U0097353

古典詩歌研究彙刊

第十一輯

龔鵬程 主編

第18冊

宋詞取材唐傳奇之研究

林宏達 著

國家圖書館出版品預行編目資料

宋詞取材唐傳奇之研究／林宏達 著 — 初版 — 新北市：花木蘭文化出版社，2012〔民 101〕

目 6+292 面；17×24 公分

（古典詩歌研究彙刊 第十一輯；第 18 冊）

ISBN 978-986-254-736-6（精裝）

1. 宋詞 2. 唐代傳奇 3. 詞論

820.91 101001398

ISBN-978-986-254-736-6

古典詩歌研究彙刊

第十一輯 第十八冊 ISBN：978-986-254-736-6

宋詞取材唐傳奇之研究

作　　者 林宏達

主　　編 龔鵬程

總 編 輯 杜潔祥

出　　版 花木蘭文化出版社

發 行 所 花木蘭文化出版社

發 行 人 高小娟

聯絡地址 新北市永和區中正路五九五號七樓

電話：02-2923-1455 ／傳眞：02-2923-1452

網　　址 http://www.huamulan.tw 信箱 sut81518@gmail.com

印　　刷 普羅文化出版廣告事業

初　　版 2012 年 3 月

定　　價 第十一輯 30 冊（精裝）新台幣 42,000 元

宋詞取材唐傳奇之研究

林宏達 著

作者簡介

林宏達，臺灣臺南人，東吳大學中國文學系碩士，現就讀於國立成功大學中文博士班，曾任實踐大學高雄校區應用中文系、國立臺南護理專科學校兼任講師。研究領域與創作均以古典詩詞為主，已發表〈清代「論詞絕句」論李煜及其作品探析〉、〈試析蘇、辛所作〈玉樓春〉、〈木蘭花令〉詞調內容之異同〉、〈宋翔鳳論詞長短句評《絕妙好詞》三首探析〉、〈宋詞取材〈長恨歌、傳〉與李、楊相關本事探析〉、〈辛棄疾《稼軒長短句》借鑒《莊子》之探析〉等近二十篇。

提　　要

詞與傳奇小說均勃發於唐代，詞體尤其在宋朝發展更為成熟，在內容與形式上，均有更多元的選擇。本文以兩宋詞為主要研究目標，探討宋詞中取材唐代傳奇的相關詩文、情節，或以傳奇故事為主題的詞作，並進一步深入研析「取材唐傳奇的背景意義」、「取材之重要主題」、「取材之表現手法」與「跨文體結合產生的影響」等四大面向，將詞與傳奇小說文體融攝後所呈現於詞作中的意義與特色，不僅溯源，也觀察對往後文學的影響。對於傳奇小說與詞相互結合的因緣，從兩代朝廷政策上、歌妓文化的淵源、唐傳奇主體內蘊與後代傳播效果等方面加以考察；在取材主題上，宋詞主要取用唐傳奇有「婚戀情感」、「夢幻神仙」、「人物軼異」與「綜合主題」等四種，分析不同的主題典用於詞作之中，所創造出不同的詞情;在表現手法上也針對取材小說之詩的各項技巧、取材重點情節與人物形象、物象加以析論，也包含檃括小說為主題之詞作做全面性的討論。跨文體的結合在詞體上增加詞的敘事性、畫面感、凝鍊文意等效果，以及趨於雅化的特性；另外對於詞人的影響，則是在傳奇故事思維上的轉化與取材的過程中，憑藉成心靈的出口；而對後代文學的影響則以諸宮調與元雜劇影響較深，亦可以清楚觀察到戲曲史主題傳承的脈絡延續。

目次

圖表目次

第一章　緒　論

第一節　研究動機與目的

一、研究動機

文學體裁自古以來，不斷流變，有部分透過時間的積累，演化成另一種文體，有些因鮮於使用，而式微消失。流傳至今，有詩歌、散文、小說、戲劇等四大文體並重於世。唐代爲開明盛世，當時的文學與其國勢一樣繁盛，在詩歌、散文上均有耀眼成績，除此之外，還有傳奇的盛行，變文的出現，與詞體的形成，使得唐代文學滿結碩果，相較於唐前諸世來得豐富許多。而「傳奇小說」與「詞」此兩種文學體裁，於唐世勃發，並各自開展出不同的路線，甚至影響後來的文體演變。然而文體間的互相交流由古至今，始終存在，散文與詩之間，小說與詩之間，詞與詩之間等，甚至於現今的「跨文體」寫作，如現代詩亦有所謂散文詩，或者小說方面發展出詩小說（詩化小說）者，均是文體間交互撞擊所帶來的改變。觀察唐代傳奇小說，發現詩與小說文本的交融十分密切，根據崔際銀所著《詩與唐人小說》之統計，以《全唐五代小說》爲檢索目標，該書收小說共 2114 篇，而全書所收詩歌總數爲966首，〔註1〕以此比例看待，唐代小說運用詩歌，是非常普遍的現象。

文體間的交流既然存在，在傳奇小說與後出的詞體，兩者之間是否曾有交涉？從文學史的角度探查，最顯著的例子，便是元稹〈鶯鶯傳〉流傳演變到金代董解元〈西廂記〉之間，曾有宋朝趙令畤寫過〈商調蝶戀花〉十二闋鼓子詞，劉大杰《中國文學發展史》與葉慶炳《中國文學史》有如是說明：

> 鶯鶯傳的故事，由元稹到趙令畤，再到董解元，達到了戲劇的高潮，奠定了王實甫《西廂記》的基礎。〔註2〕
>
> 董解元西廂記諸宮調，爲現存唯一完整之諸宮調。又名絃索西廂，以其以絃樂伴奏；亦稱董西廂。……其故事源流，上承元稹鶯鶯傳、趙令畤商調蝶戀花，下開王實甫西廂記雜劇等戲曲。〔註3〕

王國維的〈錄曲餘談〉亦言：

> 戲曲之存於今者，以《西廂》爲最古，亦以《西廂》爲最富。宋趙德麟（令畤）始以〈商調·蝶戀花〉十二闋，譜《會眞記》事。南宋官本雜劇段數有《鶯鶯六么》一本，金則有董解元之《弦索西廂》，元則有王實甫、關漢卿之北《西廂》。〔註4〕

〈戲曲考原〉又言：

> 趙德麟〈商調·蝶戀花〉述《會眞記》，凡十闋，並置原文於曲前，又以一闋起，一闋結之。視後世戲曲之格律，幾於具體而微。〔註5〕

〔註1〕此數據可見崔際銀：《詩與唐人小說》（天津：天津古籍出版社，2004年6月），頁14。

〔註2〕劉大杰：《中國文學發展史》（臺北：華正書局，2002年8月），頁843。

〔註3〕葉慶炳：《中國文學史》（臺北：臺灣學生書局，1997年6月），下冊，頁195。

〔註4〕王國維：〈錄曲餘談〉，《王國維戲曲論文集》（臺北：里仁書局，2000年7月），頁312。

〔註5〕王國維：〈錄曲餘談〉，《王國維戲曲論文集》，頁241。又吳梅〈顧曲

〈商調蝶戀花〉鼓子詞所描寫的主題就是以〈鶯鶯傳〉傳奇敷衍而來。趙氏在作此詞時，前有一段似序言的說明：

> 夫傳奇者，唐元微之所述也，以不載於本集而出於小說，或疑其非是。今觀其詞，自非大手筆，孰能與於此。至今士大夫極談幽玄，訪奇述異，無不舉此以爲美話。至於倡優女子，皆能調說大略，惜乎不被之以音律，故不能播之聲樂，形以管絃，好事君子極飲肆歡之際，願欲一聽其說，或舉其末而忘其本，或紀其略而不及終其篇，此吾曹之所共恨者也。今於暇日，詳觀其文，略其煩褻，分之爲十章。每章之下，屬之以詞，或全摭其文，或止取其意，又別爲一曲，載之傳前，先敘前篇之義。調曰商調，曲名蝶戀花，句句言情，篇篇見意，奉勞歌伴，先定格調，後聽蕪詞。〔註6〕

趙氏強調〈鶯鶯傳〉在當時受歡迎的程度，以及爲何將此小說改篇成鼓子詞之動機。透過元稹〈鶯鶯傳〉與趙氏的詞，了解到詞與傳奇小說有此互動，由此角度觀察，吾人對於宋詞與唐代傳奇兩者之間是否有更深入之交融產生疑問，便觸發進行研究之動機。

二、前人研究概況

將宋詞與唐傳奇兩文體關係提出討論者，至今僅有少數學者有相關研究，大致是兩種方向，其一是對宋詞作「主題研究」者，所談及使用典故方面，例如楊海明在《唐宋詞主題探索》漫談宋代七夕詞與其相關運用之典故；〔註7〕張金蓮《兩宋上巳寒食清明詞研究》等人〔註8〕

麈談〉云：「傳奇之名，雖昉於金源，顧宋趙德麟〈蝶戀花〉詞，以七言韻語，加入微之原文，而按節彈唱，則已啓傳奇串演之法，惟其名乃成於元耳。」見吳梅：《吳梅戲曲論文集》（北京：中國戲劇出版社，1983年5月），頁48。

〔註6〕〔宋〕趙令畤撰，孔凡禮點校：《侯鯖錄》（北京：中華書局，2002年9月），頁135。

〔註7〕詳參楊海明：《唐宋詞主題探索》（高雄：麗文文化事業公司，1995年10月），頁221～231。

〔註8〕張金蓮：《兩宋上巳寒食清明詞研究》（臺北：東吳大學中文研究所碩士論文，1993年），頁285～308；劉學燕：《兩宋七夕與重陽詞研

對節令詞所使用有關於唐代小說的典故有大略介紹；再者趙福勇《北宋夢詞研究》、洪慧娟《南宋夢詞研究》、楊小鈴《唐宋牡丹詞研究》、戴麗娟《宋詞燕意象研究》等人對主題詞或詠物詞中的典故運用有約略提到；〔註 9〕史雙元《宋詞與佛道思想》論及宋詞運用佛道思想的典故。〔註 10〕另外一類是以「名家詞」爲研究者，相關處在於探討詞人的用典手法上，例如林宛瑜《晁補之及其詞研究》、吳素音《賀鑄《東山詞》研究》分析詞人用典概況，〔註 11〕談及較多者，有田玉琪所著《徘徊於七寶樓台——吳文英詞研究》，其中第二章「吳文英詞的藝術風格」提及用典，解析夢窗詞取材唐代小說之概論。〔註 12〕除上述二類之外，目前有王師偉勇在〈綜論兩宋詞人借鑒唐詩之技巧〉中總括性的討論宋詞與唐詩之關係，其中也涉及到有關唐傳奇部分。〔註 13〕以上研究，均是附屬於該主題所延伸出來的枝節，而較明顯將宋詞與唐傳奇關係加以探

究》（臺北：東吳大學中文研究所碩士論文，1996 年），頁 309～352。

〔註 9〕詳見趙福勇：《北宋夢詞研究》（臺南：成功大學中文研究所碩士論文，1995 年），頁 175～177、洪慧娟：《南宋夢詞研究》（臺北：東吳大學中文研究所碩士論文，1998 年），頁 194～208、楊小鈴：《唐宋牡丹詞研究》（彰化：彰化師範大學國文研究所碩士論文，2005 年），頁 91～100、戴麗娟：《宋詞燕意象研究》（高雄：高雄師範大學國文教學研究所碩士論文，2004 年），頁 78～84。另外還有俞玄穆：《宋代詠花詞研究》（臺北：政治大學中文研究所碩士論文，1985 年）、鄭淑玲：《兩宋詠史詞研究》（臺北：中國文化大學中文研究所碩士論文，1996 年）、林鶴音：《稼軒詞中人物意象之研究》（臺南：成功大學中文研究所碩士論文，2005 年）、賴慶芳：《南宋詠梅詞研究》（臺北：臺灣學生書局，2003 年 8 月）等等。

〔註 10〕史雙元：《宋詞與佛道思想》（北京：今日中國出版社，1992 年 11 月），頁 92～95。

〔註 11〕見林宛瑜：《晁補之及其詞研究》（桃園：中央大學中文研究所碩士論文，2000 年），頁 139～143、吳素音：《賀鑄《東山詞》研究》（高雄：高雄師範大學中文研究所碩士論文，2005 年），頁 138～149。

〔註 12〕詳見田玉琪：《徘徊於七寶樓台——吳文英詞研究》（北京：中華書局，2004 年 8 月），頁 92～113。

〔註 13〕在宋詞借鑒唐詩的九種技巧的其中一種「援引唐詩人故實」，有舉例提及唐傳奇之作品，如〈鶯鶯傳〉、〈柳氏傳〉等。詳見王師偉勇：《宋詞與唐詩之對應研究》（臺北：文史哲出版社，2004 年 3 月），頁 54～62。

討者，有崔海正〈東坡詞與小說〉〔註 14〕、譚傳永《至味與知味—趙令畤及其《侯鯖錄》研究》後篇〔註 15〕、王曉驪《唐宋詞與商業文化關係研究》下編第二章〈詞與文人小說〉〔註 16〕、黃美鈴〈〈馮燕傳〉、〈馮燕歌〉、〈水調七遍〉對馮燕的謳歌—男性中心層級分明的道德體系呈現〉〔註 17〕、王小琳：〈〈馮燕傳〉及其相關故事的女性閱讀—兼論當代文學女性婚外戀的書寫角度〉〔註 18〕等數篇涉及，但數量仍屬少數，由此看來，此論題的確是一個值得開發的新角度。

三、研究目的

爲此，筆者曾試圖從詞體與單篇傳奇小說之間的取材關係深入探究，如拙著〈宋詞中取材〈鶯鶯傳〉本事試探〉〔註 19〕、〈宋詞取材〈長恨歌、傳〉與李、楊相關本事探析〉，〔註 20〕發現詞作取材傳奇小說，對於詞作的內容、形式與表現手法上均有所影響；另外又嘗試關照詞與「軼事小說」的取材關係，以「本事再利用」此一觀點出發，

〔註 14〕崔海正：〈東坡詞與小說〉，《中國第十屆蘇軾研討會論文集》（濟南：齊魯書社，1999 年 3 月），頁 333～343。

〔註 15〕譚傳永：《至味與知味—趙令畤及其《侯鯖錄》研究》（臺北：輔仁大學中文研究所碩士論文，2000 年），後篇「錄」中之「鯖」－趙令畤的「鶯鶯學」。

〔註 16〕王曉驪：《唐宋詞與商業文化關係研究》（北京：中國社會科學出版社，2004 年 8 月），頁 251～285。

〔註 17〕黃美鈴：〈〈馮燕傳〉、〈馮燕歌〉、〈水調七遍〉對馮燕的謳歌——男性中心層級分明的道德體系呈現〉，《漢學研究》第 24 卷第 2 期（2006 年 12 月），頁 171～190。

〔註 18〕王小琳：〈〈馮燕傳〉及其相關故事的女性閱讀——兼論當代文學女性婚外戀的書寫角度〉，中山大學文學院主辦「2006 當代跨文化國際研討會」會議論文，2006 年 10 月 21 日。（文章詳參網頁，http://www.la.nsysu.edu.tw/MCR2006/papers/wang%20shu%20lin.doc）

〔註 19〕詳參拙作：〈宋詞中取材〈鶯鶯傳〉本事試探〉，《東吳中文研究集刊》第 14 期（2007 年 6 月），頁 91～109。

〔註 20〕詳參拙作：〈宋詞取材〈長恨歌、傳〉與李、楊相關本事探析〉，《靜宜人文社會學報》第 1 卷第 2 期（2007 年 2 月），頁 127～158。

又作〈本事的再利用——以宋詞取材《本事詩・情感》爲例〉〔註21〕進行觀察，亦釐清其中之關聯性。透過以上對於宋詞取材傳奇之蠡探後，更明白此論題之發展性，也加深筆者欲更進一步研究之信念。

的確，以文學史的角度而言，「故事」對於說唱文學、戲曲以及後代小說的影響較爲深切，原因在於「故事」用於該類文體上，可以得到進一步的發展。然而宋代傳承唐代文學而來，各類文體間的互相影響其實顯而易見，而詞體在宋代有了高度的發展，所接受於前代的文學內容不只有詩歌一項，吾人站在肯定詞的內容多元接受各類文體之前提下，選定傳奇小說一類，試圖理解宋詞取材唐傳奇相關本事之比例及表現手法，並深入分析爲何宋代詞人取材唐傳奇之原因，以及取材唐傳奇對於詞體本身是否造成影響，並觀察兩代文學交互融通的一面，以略補宋詞接受影響史之一隅。

第二節　研究範圍之界定

文言小說之發端可溯源於戰國，經過千年的開展，到了唐代完成更進一步的形式條件。明代胡應麟《少室山房筆叢》云：

> 凡變異之談，盛於六朝，然多是傳錄舛訛，未必盡幻設語。至唐人乃作意好奇，假小說以寄筆端。〔註22〕

唐代小說臻於成熟，係因創作小說的觀念與審美態度有所改變，一別唐代以前小說作品的稚簡，在形式與內容上都做到相當的變化。也因此唐小說前則承繼史傳文學、六朝志怪、志人小說的基礎，在不同的社會條件下，擺脫古小說「街談巷語，道聽途說」的包袱，成爲有意識創作的小說，亦更貼近現今所謂的小說特徵，如此變革，使得傳奇不再依附於史傳等其他文體，而形成一種小說創作的新領域。

〔註21〕詳參拙作：〈本事的再利用——以宋詞取材《本事詩．情感》爲例〉，《雲漢學刊》第14期（2007年6月），頁23～48。

〔註22〕〔明〕胡應麟：《少室山房筆叢．二酉綴遺中》（上海：上海書店出版社，2001年8月），頁371。

雖說唐代小說一般皆以唐傳奇來代稱，一方面用於區分六朝志怪、志人小說，以及後世的宋元話本、明清章回小說；另一方面，則用來標示傳奇小說是唐代小說裡最一枝獨秀者。然而唐代小說卻非只有傳奇一體，還包括承襲六朝風格的志怪小說，以及志人小說之後裔——筆記（或軼事）小說。〔註 23〕如上述所言，何類小說，才稱得上「傳奇」小說？經李劍國考證，最早將傳奇當成文體稱呼小說者，始於南宋謝采伯《密齋筆記》的自序，李氏引其文並說明：

> 「經史本朝文藝雜說幾五萬餘言，固未足追媲作者，要之無牴牾於聖人，不猶愈於稗官小說、傳奇志怪之流乎？」〔註 24〕這裏以傳奇和志怪對舉，說得十分清楚明白。自然他並不專指唐傳奇，宋人也有傳奇，但宋傳奇來自唐傳奇，所以完全可以理解爲他已經明確把唐代的新體小說稱爲傳奇了。至於說的稗官小說，則指一般雜史雜事性質的筆記小說。三者是區分得很清楚的。〔註 25〕

謝采伯將唐代小說大致瓜分成三種體裁，但並未對這三類作一深入說明，而元代學者虞集在《道園學古錄》提出對唐代傳奇的看法：

> 蓋唐之才人，於經藝道學有見者少，徒知好爲文辭，閒暇無所用心，輒想像幽怪遇合，才情恍惚之事，作爲詩章答問之意，傅會以爲說。盍簪之次，各出行卷，以相娛玩，非必眞有是事，謂之傳奇，元稹、白居易猶或爲之，而況他乎！〔註 26〕

〔註 23〕另外還有非文言小說，如唐代的市人小說、民間小說等通俗化者，此系統則不在討論之列。

〔註 24〕〔宋〕謝采伯：《密齋筆記》（臺北：臺灣商務印書館，1986 年 2 月，《景印文淵閣四庫全書》本，冊 864），頁 644。

〔註 25〕李劍國：《唐五代志怪傳奇敘錄》（天津：南開大學出版社，1993 年 12 月），上冊，頁 7。在謝采伯之前或同時，亦有討論「傳奇」一詞的相關文獻，但皆不是指涉傳奇爲一種文體，而是另有指稱。在李宗爲所撰《唐人傳奇》（北京：中華書局，2003 年 6 月）一書「緒論」部分有作較詳盡的考辨可詳參，本文在此不加以贅述。

〔註 26〕〔元〕虞集：《道園學古錄．寫韻軒記》（臺北：臺灣商務印書館，1987 年 2 月，《景印文淵閣四庫全書》本，冊 1207），卷 38，頁 544。

文中將傳奇之範圍擴大到「幽怪遇合，才情恍惚」，不單只指人事情戀一環，也使傳奇一詞之詮解有新的突破。明胡應麟亦曾試圖區分唐代小說的派別，在《少室山房筆叢》提及：

> 小說家一類又自分數種：一曰志怪，《搜神》、《述異》、《宣室》、《酉陽》之類是也；一曰傳奇，〈飛燕〉、〈太眞〉、〈崔鶯〉、〈霍玉〉之類是也。……至於志怪、傳奇，尤易出入，或一書之中二事並載，一事之內兩端並存，姑舉其重而已。〔註27〕

胡氏羅列作品舉例傳奇與志怪之別，並進一步透露傳奇不限於單篇之形式，亦包含成本之書，而文中所指涉曰傳奇者，則大多是記載人事。胡氏的說法僅能大概判別傳奇、志怪的分歧，仍無法解釋其中的模糊地帶。直到近人魯迅對於「傳奇」一詞有更精進的見解：

> 武斷的說起來，則六朝人小說，是沒有記敘神仙或鬼怪的，所寫的幾乎都是人事，文筆是簡潔的，材料是笑柄、談資，但好像很排斥虛構，……唐代傳奇文可就大兩樣了：神仙人鬼妖物，都可以隨便驅使，文筆是精細、曲折的，至于被崇尚簡古者所詬病；所敘的事，也大抵具有首尾和波瀾，不止一點斷片的談柄，而且作者往往故意顯示著這事迹的虛構，以見他想像的才能了。〔註28〕

魯迅認爲唐傳奇在內容上不限定在人事戀情上，亦可描述「神仙人鬼妖物」，而文筆也有別於六朝，這點他在《中國小說史略》又提出：「小說亦如詩，至唐代而一變，雖尚不離于搜奇記逸，然敘述宛轉，文辭華豔，與六朝之粗陳梗概者較，演進之迹甚明，而尤顯者乃在是時則始有意爲小說。」〔註29〕周氏認爲「敘述宛轉，文辭華豔」是傳奇具備的特徵之一。李劍國站在魯迅所指出的唐傳奇特徵，從「創作意識」和「審美特徵」上來區分志怪和傳奇小說。在《唐五代志怪傳奇敘錄》

〔註27〕〔明〕胡應麟：《少室山房筆叢．九流緒論下》，頁282～283。

〔註28〕魯迅：〈六朝小說和唐代傳奇文有怎樣的區別〉，《魯迅小說史論文集》（臺北：里仁書局，1990年10月），頁500。

〔註29〕魯迅：《魯迅小說史論文集》，頁59。

之凡例解釋：

> 本書所敘爲唐世及五代十國之文人單篇傳奇與志怪傳奇集。其餘所謂筆記小說者概不取，蓋以其記事平實，少幻設之趣，殊乏小說意味也。」又將作品性質分爲六類：(一)傳奇文：單篇傳奇小說；(二)傳奇集：全爲傳奇體或極少量爲志怪體者；(三)志怪集：全爲志怪體或極少量爲傳奇體者；(四)志怪傳奇集：以志怪爲多而含相當數量傳奇者；(五)傳奇志怪集：以傳奇爲多而含相當數量志怪者；(六)志怪傳奇雜事集：以志怪傳奇爲主而含少量雜事者。〔註30〕

本文借重李氏此書分辨傳奇、志怪文之基礎，將唐傳奇之研究範圍鎖定於書中判爲「傳奇文」與「傳奇集」者，傳奇文如〈古鏡記〉、〈補江總白猿傳〉與〈遊仙窟〉等，而純爲傳奇集在李書中僅五部，分別爲林登《續博物志》、李玫《纂異記》、袁郊《甘澤謠》、裴鉶《傳奇》與陳翰的傳奇選《異聞集》；另外書中若標名「殘存」(如〈劉幽求傳〉等)或此篇已亡佚者(如〈孝德傳〉、〈神異記〉、〈續神異記〉、《騰聽異志錄》、《玄門靈妙記》等)，亦不列入討論。除此之外，再透過李時人編校，何滿子審訂的《全唐五代小說》作複檢，〔註31〕此書共收唐五代時期的小說和接近小說規制的敘事作品，分爲正編100卷，收作品1313篇，外編25卷，收作品801篇。〔註32〕外編即所謂李氏所言「接近小說規制的敘事作品」，故不列入研究範圍，正編100卷裡，

〔註30〕李劍國：《唐五代志怪傳奇敘錄》，上冊，頁106～107。

〔註31〕相關於唐代傳奇的整理，以總集出版的書目有三種，一是王汝濤輯的《全唐小說》，其次是李時人編校，何滿子審訂的《全唐五代小說》，還有袁閭琨、薛洪勣輯的《唐宋傳奇總集》。王汝濤《全唐小說》只收傳奇50篇，除此之外，還將傳奇集作品全部歸爲志怪類，而袁閭琨、薛洪勣《唐宋傳奇總集》收唐代傳奇約255篇，基本上判別方式與李劍國《唐五代志怪傳奇敘錄》此書大同小異；李時人《全唐五代小說》能總括性看待唐代小說，又與李劍國書判別方法不同，故選擇以李時人《全唐五代小說》爲複檢書目。

〔註32〕李時人編校，何滿子審訂：《全唐五代小說》(西安：陝西人民出版社，1998年9月)，冊1，凡例，頁1。

卷 79 以後爲五代小說，或者爲變文、講唱體詞文等共 177 篇，亦不列入範圍，剩餘的一千多篇作品，再與李書作交叉比對後，通過兩層檢視所存留之傳奇文，即是本文欲研究之對象。所得作品依李書目錄之分期羅列於下：

圖表一　宋詞取材唐傳奇篇目之研究對象

第一期單行傳奇							
編號	傳奇名	編號	傳奇名	編號	傳奇名	編號	傳奇名
1	〈古鏡記〉	2	〈補江總白猿傳〉	3	〈晉洪州西山十二眞君內傳〉	4	〈遊仙窟〉
5	〈猿婦傳〉	6	〈蘭亭記〉	7	〈梁四公記〉節存	8	〈鏡龍圖記〉
9	〈綠衣使者傳〉節存	10	〈傳書燕〉節存	11	〈唐晅手記〉	12	〈放魚記〉節存
13	〈李牟吹笛記〉節存	14	〈仙游記〉	15	〈杜鵬舉傳〉		
第二期單行傳奇							
編號	傳奇名	編號	傳奇名	編號	傳奇名	編號	傳奇名
16	〈離魂記〉	17	〈任氏傳〉	18	〈枕中記〉	19	〈周廣傳〉節存
20	〈李娃傳〉	21	〈柳毅傳〉〔註 33〕	22	〈魂遊上清記〉	23	〈楚寶傳〉
24	〈稚川記〉	25	〈柳氏傳〉	26	〈南柯太守傳〉	27	〈鶯鶯傳〉
28	〈秀師言記〉	29	〈李章武傳〉	30	〈長恨傳〉	31	〈感夢記〉節存
32	〈三夢記〉	33	〈東城老父傳〉	34	〈廬江馮媼傳〉	35	〈李赤傳〉
36	〈河間傳〉	37	〈石鼎聯句詩序〉	38	〈古岳瀆經〉	39	〈烟中怨解〉節存
40	〈異夢錄〉	41	〈蔡少霞傳〉	42	〈崔少玄傳〉	43	〈盧陲妻傳〉

〔註 33〕此篇又名〈洞庭靈姻傳〉。以下特別註明同一傳奇之另題篇名者，係因兩種名稱均爲後代目錄書沿用，故並陳示之。

44	〈謝小娥傳〉	45	〈燕女墳記〉節存	46	〈湘中怨解〉	47	〈馮燕傳〉
48	〈感異記〉	49	〈東陽夜怪錄〉	50	〈楊媛徵驗〉節存	51	〈盧逍遙傳〉節存
52	〈客僧傳〉節存〔註34〕	53	〈達奚盈盈傳〉節存	54	〈上清傳〉	55	〈韋丹傳〉
56	〈三女星精〉	57	〈瞿童述〉	58	〈昭義軍別錄〉節存	59	〈柳及傳〉
60	〈秦夢記〉	61	〈霍小玉傳〉				
第三期單行傳奇							
編號	**傳奇名**	**編號**	**傳奇名**	**編號**	**傳奇名**	**編號**	**傳奇名**
62	〈楊娼傳〉	63	〈周秦行紀〉	64	〈劉無名傳〉	65	〈宣州昭亭山梓華君神祠記〉
66	〈鄭潔妻傳〉節存	67	〈梅妃傳〉	68	〈大業拾遺記〉〔註35〕	69	〈華嶽靈姻傳〉節存
70	〈后土夫人傳〉	71	〈冥音錄〉	72	〈侯眞人降生臺記〉	73	〈無雙傳〉
74	〈鄭德璘傳〉	75	〈虬鬚客傳〉	76	〈中元傳〉		
第四期單行傳奇							
編號	**傳奇名**	**編號**	**傳奇名**	**編號**	**傳奇名**	**編號**	**傳奇名**
77	〈隋煬帝海山記〉	78	〈隋煬帝迷樓記〉	79	〈隋煬帝開河記〉	80	〈余媚娘敘錄〉節存
81	〈非烟傳〉	82	〈雙女墳記〉節存	83	〈鄴侯外傳〉		
傳奇集							
林登《續博物志》							
編號	**傳奇名**	**編號**	**傳奇名**	**編號**	**傳奇名**	**編號**	**傳奇名**
84.1	〈黃花寺壁〉	84.2	〈蕭思遇〉	84.3	〈崔書生〉	84.4	〈趙平原〉
李玫《纂異記》							

〔註34〕此篇又名〈崔無隱〉。

〔註35〕此篇又名〈南部烟花記〉。

編號	傳奇名	編號	傳奇名	編號	傳奇名	編號	傳奇名
85.1	〈楊禎〉	85.2	〈韋鮑生妓〉	85.3	〈許生〉	85.4	〈陳季卿〉
85.5	〈徐玄之〉	85.6	〈嵩岳嫁女〉	85.7	〈劉景復〉	85.8	〈張生〉（妻夢）〔註36〕
85.9	〈蔣琛〉	85.10	〈三史王生〉	85.11	〈浮梁張令〉	85.12	〈張生〉（夢舜）
85.13	〈齊君房〉	85.14	〈滎陽氏〉				
袁郊《甘澤謠》							
編號	傳奇名	編號	傳奇名	編號	傳奇名	編號	傳奇名
86.1	〈魏先生〉	86.2	〈素娥〉	86.3	〈陶峴〉	86.4	〈懶殘〉
86.5	〈韋騶〉	86.6	〈圓觀〉	86.7	〈紅綫〉	86.8	〈許雲封〉
裴鉶《傳奇》							
編號	傳奇名	編號	傳奇名	編號	傳奇名	編號	傳奇名
87.1	〈崔煒〉	87.2	〈陶尹二君〉	87.3	〈許棲巖〉	87.4	〈裴航〉
87.5	〈封陟〉	87.6	〈金剛仙〉	87.7	〈崑崙奴〉	87.8	〈聶隱娘〉
87.9	〈張無頗〉	85.10	〈曾季衡〉	87.11	〈趙合〉	87.12	〈顏濬〉
87.13	〈韋自東〉	87.14	〈盧涵〉	87.15	〈陳鸞鳳〉	87.16	〈江叟〉
87.17	〈周邯〉	87.18	〈馬拯〉	87.19	〈王居貞〉	87.20	〈甯茵〉
87.21	〈蔣武〉	87.22	〈孫恪〉	87.23	〈鄧甲〉	87.24	〈高昱〉
87.25	〈薛昭〉	87.26	〈蕭曠〉	87.27	〈姚坤〉	87.28	〈元柳二公〉
87.29	〈文簫〉	85.30	〈湘媼〉	87.31	〈楊通幽〉		
陳翰《異聞集》							
編號	傳奇名	編號	傳奇名	編號	傳奇名	編號	傳奇名
88.1	〈神告錄〉	88.2	〈韋仙翁〉	88.3	〈僕僕先生〉	88.4	〈稠桑老人〉〔註37〕
88.5	〈白皎〉	88.6	〈王生〉	88.7	〈賈籠〉	88.8	〈獨孤穆〉
88.9	〈櫻桃青衣〉						

〔註38〕

〔註36〕李玫有兩篇題名「張生」之作品，此處於括號處題（妻夢）與12題（夢舜）均非原題，爲筆者自加，以辨別之用。

〔註37〕此篇又名〈李行脩〉。

〔註38〕據《唐五代志怪傳奇敘錄》說明陳翰《異聞集》乃傳奇文之選集，

以上所列 88 種，149 篇作品，若在文中有引述者，均以《全唐五代小說》作爲底本標明，以統一用書版本，若遇較爭議之問題，則假以魯迅《唐宋傳奇集》〔註 39〕、汪辟疆《唐人傳奇小說》〔註 40〕及王夢鷗《唐人小說校釋》〔註 41〕等人的學術成果，加以並陳說明之。

至於宋詞方面，本文研究範圍以唐圭璋主編的《全宋詞》〔註 42〕與孔凡禮補輯《全宋詞補輯》〔註 43〕爲底本。取材用典方面，則借重朱德才主編的《增訂注釋全宋詞》〔註 44〕與各名家詞集的相關箋注本爲蒐索範本。

第三節　研究方法與步驟

一、研究方法

將唐傳奇欲研究之目標界定與鎖定範圍後，接著則說明從《全宋詞》與《全宋詞補輯》取材唐傳奇文的選取原則，大略有以下幾點，說明如次：

第一，詞題（序）中言明傳奇篇名、人物之詞者。例如：鄭僅〈調笑轉踏〉（時節）其本事詩中提及：「綽約妍姿號太眞」（頁 446）太眞即是指楊貴妃〔註 45〕、秦觀〈調笑〉（春夢）其詞題爲「鶯鶯」（頁

所收可信者共 39 篇，有 29 篇爲上述單行之傳奇，故此處僅羅列未重複者。詳見該書，頁 876～888。

〔註 39〕魯迅：《唐宋傳奇集》（濟南：齊魯書社，1997 年 11 月）。

〔註 40〕汪辟疆：《唐人傳奇小說》（臺北：文史哲出版社，1988 年 4 月）。

〔註 41〕王夢鷗：《唐人小說校釋》（臺北：正中書局，1994 年 8 月）。

〔註 42〕唐圭璋主編：《全宋詞》（北京：中華書局，1998 年 11 月），此版本爲 1965 年 6 月之再刷版。

〔註 43〕孔凡禮補輯：《全宋詞補輯》（臺北：源流出版社，1982 年 12 月）。

〔註 44〕朱德才主編：《增訂注釋全宋詞》（北京：文化藝術出版社，1997 年 12 月）。

〔註 45〕〈長恨傳〉大致有三種版本，第一是《太平廣記》卷 486 本（1256 字，加〈長恨歌〉840 字，共 2096 字，簡稱《太》本）；第二是《文苑英華》卷 794 本（1109 字，無〈長恨歌〉，簡稱《文》本）；第三

466）、又秦觀〈調笑〉（心素）一闋，其詞題爲「離魂記」。（頁 466）

第二，詞中引用傳奇篇名、人物之詞者。例如：辛棄疾〈江神子〉（五雲高處望西清）：「咫尺西風詩酒社，石鼎句，要彌明。」（頁 1957）姚鏞〈謁金門〉（吟院靜）：「飛絮遊絲無定。誤了鶯鶯相等。欲喚海棠教睡醒。奈何春不肯。」（頁 3013）劉辰翁〈八聲甘州〉（甚花間、兒女笑盈盈）：「招得梅妃魂也，好似去年春。柳亦何曾絮，都是雲英。」（頁 3224）

第三，詞中引用或檃括傳奇內容之詩句者。例如：蘇軾〈定風波〉：「斷絃塵管伴啼妝。不信歸來但自看。怕見。爲郎憔悴卻羞郎。」（頁 289）襲用小說之詩成句；趙以夫〈徵招〉（玉壺凍裂琅玕折）：「更翦翦梅花，落雲階月地。化工眞解事。強勾引、老來詩思。」（頁 2663）

是明刻本《文苑英華》附錄《麗情集》本（1248 字，無〈長恨歌〉，簡稱《麗》本）歷來學者各有主張，以《文》本與《麗》本較有爭論。主《文》本較近原作者，有魯迅、王夢鷗、劉雅農、卞孝萱、程毅中等人。魯迅認爲《麗》本疑經張君房增改以便觀覽（見《魯迅小說史論文集》，頁 64～65），但魯迅只是懷疑，並沒有進一步深入考察眞正原因，而王夢鷗在《唐人小說校釋》質疑：「自唐至宋初，並無《麗情集》所收之〈長恨歌傳〉，僅有白居易之〈長恨歌〉與陳鴻之〈長恨傳〉，但經五季宋初，駢體復爲時人所好，或從而增飾通行本，然後乃有此別本爲《麗情集》所收也。」（頁 122）。劉雅農在考校此傳時，也據《文》本爲底本。其他如李劍國、李時人、寧稼雨與鄧姍姍也主此本，原因不出上述。主張《麗》本較近原作者，如陳寅恪、詹瑛、竹村則行、張宗原與周相錄均提出看法。陳氏以爲《麗》本爲陳鴻原作，而《文》本是經過白居易刪改過（見《元白詩箋證稿》，臺北：明倫出版社，1970 年 8 月，頁 41），詹瑛也肯定陳氏的說法，但不能確定刪改者就是白居易；而周相錄對於〈長恨傳〉的版本問題，有較深入的討論，首先檢討《太》、《文》兩本不可能爲最接近原本的可能性，再提出數點，說明《麗》本較近原本的證據，詳見周作《長恨歌研究》（成都：巴蜀書社，2003 年 10 月，頁 37～66），此處則不再贅述。雖眾家學者各持己見，力辨版本，然而後代著錄此傳，仍以所謂「通行本」（指《文》本或《太》本）爲多，似乎因此肯定該版本的文學與流傳價值。再加上陳寅恪在《元白詩箋證稿》認爲〈長恨歌〉與〈長恨傳〉實爲一個「不可分離之共同機構」（頁 4），而且「必須合併讀之，賞之，評之。」（頁 41），故本文探討〈長恨傳〉時，會將兩者「情節」部分合併觀察。

截取小說之詩字面；汪元量〈滿江紅〉（一個蘭舟）：「秋水長天迷遠望，曉風殘月空凝佇。問人間、今夕是何年，清如許。」（頁 3338）取用小說之詩句意。

第四，詞中取材傳奇之情節者。例如：晁端禮〈雨中花〉（荳蔻梢頭）：「幾多映月憑肩私語，傍花和淚深盟。爭信道、三年虛負，一事無成。」（頁 422）李曾伯〈沁園春〉（二十年前）：「一枕黃粱，滿頭白髮，屈指舊游能幾人。」（頁 2822）張炎〈疏影〉（黃昏片月）：「依稀倩女離魂處，緩步出、前村時節。」（頁 3474）

其中若遇有爭議之取材內容，則加註說明。有爭議之狀況，大致分爲兩類，以下舉例說明：一種是例如〈鶯鶯傳〉故事中引用楊巨源詩，若遇有櫽括此詩之詞者，亦當作取材該傳之範圍，而「蕭娘」〔註 46〕一詞係引用他典，若單就該詞引以爲典，則不在取材範圍之內。另一種如楊貴妃與唐玄宗故事除了〈長恨歌〉與〈長恨傳〉〔註 47〕記載外，另有許多旁支故事，例如《明皇雜錄》、《松窗雜錄》、《逸史》、《國史補》與《開元天寶遺事》諸作，〔註 48〕均有提及此段帝妃軼事，若詞作係從以上諸作取材而來，則不予收錄。若其他傳奇文遇以上狀況，則比照處理。

二、研究步驟

選定材料後，再依詞作內容所呈現之含意，分析整理，並有系統的編派至論文之中，共爲七章，架構如下：

第一章爲「緒論」，說明論題研究之動機與目的，再檢視相關研

〔註 46〕「蕭娘」一典，出自《南史．臨川靖惠王宏傳》（北京：中華書局，1975 年 5 月）：「宏不敢便違群議，停軍不前。魏人知其不武，遺以巾幗。北軍歌曰：『不畏蕭娘與呂姥，但畏合肥有韋武。』武謂韋叡也。」（頁 1275）

〔註 47〕以下簡稱〈長恨歌、傳〉。

〔註 48〕其他次要者還有：《樂府雜錄》、《酉陽雜俎》、《開天傳信記》、《津陽門詩注》、《談賓錄》、《宣室志》、《杜陽雜編》、《仙傳拾遺》以及部分唐人詩作等。

究成果，釐清並確立研究目標之範圍與相關名詞之界定，以開展本論文所欲研討的論題。

第二章爲「唐五代至宋初詞與唐傳奇之文體融攝」，回溯詞體與唐傳奇最早之關係，以唐五代詞與宋初開國至百年間之詞作觀察，了解兩種文體交融之現象，並深入探討該時期詞人取材唐傳奇之原因。

第三章爲「宋詞取材唐傳奇之背景意義」，一方面從史學、文學史與當代社會學之角度觀察宋詞與唐傳奇之間的關聯性，由唐宋的文學背景、歌妓文化的社會角度，以及唐傳奇本身的特質一一檢視；另一方面再從作者角度，探討詞人心理層面與傳奇故事之情節的契合度，以及傳鈔、重寫帶來的大量傳播如何影響詞人的創作，來辨明宋代詞人取材唐傳奇的背景與意義。

第四章是「取鑒唐傳奇之主要題材與詞作類型」，將搜尋得到之取材唐傳奇的詞作加以整理分類，並將其歸爲數類，分別是「婚戀情感」、「夢幻神仙」、「人物軼異」與「綜合主題」。每類下舉其取材詞作較多數之傳奇小說進行討論，並簡述該傳奇之內容、取材詞作之份量，再判定取材詞作之類型，如抒情詞、詠物詞、羈旅行役詞、懷古詞、檃括詞、祝壽詞與和韻、次韻詞作等，最後再將所有取材作品逐筆呈現於附錄之中，以利檢視。

第五章是「取材唐傳奇之表現手法綜論」，整合並分析所有取材詞作之表現手法，概分三大類：第一類是「借鑒小說之詩作」，解析且舉例詞作檃括詩作之技巧；第二類是「取材小說之人物與情節」，包括小說人物的形象、小說中出現的物品，鎖定重要情節，或反用情節等角度示例說明；第三類是「檃括小說爲主題」，從詞作擇調與剪裁小說原文的方向，解釋詞人將傳奇小說視爲一種主題吟詠的原因。

第六章「取材小說情節對文學之影響」，深入詞體之根本進行觀察，爲了解詞作典用唐傳奇之部分情節或檃括整體故事，造成詞體本身發展上出現何種影響。另外，從詞人的角度，來理解詞人對於取材傳奇所接受其文本的態度是否與原作有所出入，抑或對後人產生影響，並試圖觀察宋以後如諸宮調與元雜劇等文學體製在文學演變的脈絡中，是否被兩種文體交融之現象所影響。

第七章「結論」，總結以上各章節的研究成果，歸納整理其重點，並與本論文之研究動機與目的作一呼應，最後則簡述宋詞取材唐傳奇之作品，在中國文學史上的意義與價值。

第二章　唐五代至宋初詞與唐傳奇之文體融攝

詩與小說（包含傳奇、志怪、軼事筆記體）的發展，在唐代幾乎可說是並駕齊驅，故兩者之間的文體交互融攝，是顯而易見的。小說的發展，即在志怪和傳奇之間，配合各種不同的題材，以各種表現形式與創作方法，不斷地刺激變化消長。唐代因國風多元，在外族文化的相互激盪下，使得文學體製也多元起來。不僅改革詩的體製，也將原是殘叢小語的志怪文，活絡成內容豐富的傳奇體，當然一方面也保留古典散文與賦的美好，最重要的，即是出現「詞」這一種新的文學體製。一個時代在多重文體盛行的同時，文體之間勢必會有所交集，其中以詩與小說之間的關係最爲密切，更甚至出現某甲寫其事，某乙傳其詩的狀況，例如元稹〈鶯鶯傳〉與李紳〈鶯鶯歌〉、陳鴻〈長恨傳〉與白居易〈長恨歌〉、白行簡〈李娃傳〉與元稹〈李娃行〉等，〔註1〕足以證明詩與小說之間文體融攝的普遍性。李劍國亦對詩歌與小說之間作簡單的說明：

〔註1〕李宗爲：《唐人傳奇》所云：「貞元末、元和初，唐人傳奇中「傳」類的創作出現了一個空前絕後的高潮。這一高潮的形成，得歸因於元稹、白居易、白行簡、陳鴻與李紳等後來文名藉藉、聲望煊赫的青年文人互相配合爲同一題材創作相輔而行的傳奇與敘事歌行，在實際上一度形成了一個特殊的文學團體。」（頁58）

> 小說系統的內部運動同詩歌、散文、民間說唱藝術的關係比較密切，說唱藝術的發展只能了解個大概，而詩文發展線索則是清晰可見的。小說的發展與詩文發展在宏觀上不同步，但在局部上卻經常有同步現象。無論同步不同步，都反映著小說和詩文的不同方式的總體聯繫。〔註2〕

詩與小說的關係，許麗芳的《古典短篇小說中之韻文運用及其相關意義——以唐傳奇、話本小說爲主》，〔註3〕與崔際銀所著《詩與唐人小說》〔註4〕與兩書所論述已頗爲詳盡，作者將唐人小說對詩歌之接受、如何在小說運用詩歌、詩歌在小說裡的作用等論題作一番解釋，筆者於此不費筆墨再進行討論。既然詩歌與小說之間關係密切，以此一觀點去深究詞與小說，或許亦可以找到初始詞與小說文體交涉的線索。汪辟疆在〈唐人小說在文學上的地位〉亦論及唐人小說與詩歌的關係，汪氏將之細分爲三類討論，一爲詠本事專篇，二爲本文內詩歌，三爲詩歌引用唐稗故實。〔註5〕而與詞體的關係，亦可透過此三類來觀察。故本章將鎖定兩個時期的詞作，一是唐五代詞，另一個部分是宋初文人所作之詞，藉以觀察詞與唐傳奇之間的文體融攝現象。

第一節　唐五代詞與唐傳奇

詞的起源一直存有眾多說法，至今尚未有所定論，但大致可判定於盛唐開始。傳奇在中唐時期，已趨於成熟，作品亦累積相當份量。

〔註2〕李劍國：《唐五代志怪傳奇敘錄》，上冊，頁33。

〔註3〕許麗芳：《古典短篇小說中之韻文運用及其相關意義——以唐傳奇、話本小說爲主》（高雄：中山大學中文研究所博士論文，1997年）其中第二章〈唐傳奇中韻文現象之析論〉介紹韻文與傳奇小說結合的諸多面向。詳參許書，頁25～64。

〔註4〕崔際銀在《詩與唐人小說》第一章〈唐人小說對詩歌之接受〉（頁23～60）與第六章〈詩與唐人小說融合因緣探究〉（頁247～279）有詳細說明兩文體融攝的原因與意義，詳參崔書。

〔註5〕汪辟疆：〈唐人小說在文學上的地位〉，《汪辟疆文集》（上海：上海古籍出版社，1988年12月），頁608～609。

此兩種文體在唐代交融的機會，仍具有相當的可能性。筆者以曾昭岷、曹濟平、王兆鵬、劉尊明所編著的《全唐五代詞》，以及李時人編校的《全唐五代小說》作爲檢索對象，可得如以下之分析。

一、詞與唐傳奇文本之交融

詞這一種文體在唐代仍在開發當中，常與詩、聲詩或樂府有混爲一談的狀況，後代拾掇整理作品成爲他本選集時，也常將詩歸爲詞，或詞歸作詩，此一現象可從《全唐五代詞》副編中見得。〔註6〕該現象雖屢見於各選集中，但仍可以搜尋出唐傳奇文本裡，出現詞作的作品，例如袁郊《甘澤謠》裡〈圓觀〉一篇：

> 後十二年秋八月，直詣餘杭，赴其所約。時天竺寺，山雨初晴，月色滿川，無處尋訪。忽聞葛洪川畔，有牧豎歌〈竹枝詞〉者，乘牛叩角，雙髻短衣，俄至寺前，乃圓觀也。……圓觀又唱〈竹枝〉，步步前去，山長水遠，尚聞歌聲，詞切韵高，莫知所謂。初到寺前歌曰：「三生石上舊精魂，賞月吟風不要論。慚愧情人遠相訪，此身雖異性長存。」又歌曰：「身前身後事茫茫，欲話因緣恐斷腸。吳越溪山尋已遍，却回烟棹上瞿塘。」〔註7〕

此二闋〈竹枝〉詞是李源與圓觀多年後依約相會時，圓觀所唱之詞，

〔註6〕如喬知之〈楊柳枝〉：「可憐濯濯春楊柳，攀折將來就纖手。妾容與此同盛衰，何必君恩能獨久」本樂府詩，《唐詞紀》改作〈楊柳枝〉詞；韓翃〈章臺柳〉：「章臺柳。章臺柳。往日依依今在否。縱使長條似舊垂，亦應潘折他人手。」此首本長短句詩，始見於許堯佐〈柳氏傳〉，按唐宋載籍既明謂是詩，又無此調、此篇入樂歌唱之記載，顯非詞，乃明人所認定。又如江采蘋〈一斛珠〉：「柳葉雙眉久不描。殘妝和淚污紅綃。長門盡日無梳洗，何必珍珠慰寂寥。」此首始見於無名氏所著〈梅妃傳〉，《萬首唐人絕句》收作梅妃江采蘋詩，《唐詞紀》則收作〈一斛珠〉詞，此是詩而非詞。詳見曾昭岷、曹濟平、王兆鵬、劉尊明編著：《全唐五代詞》（北京：中華書局，1999年12月）副編部分。

〔註7〕李時人編校，何滿子審訂：《全唐五代小說》，冊3，頁1731，亦可見於曾昭岷、曹濟平、王兆鵬、劉尊明編著：《全唐五代詞》，上冊，頁136。

而「忽聞葛洪川畔，有牧豎歌〈竹枝詞〉者」一句，又點出〈竹枝〉詞的音樂旋律。〈圓觀〉除了影響後代相關小說的創作，〔註8〕更甚至有學者提出，該作品與鉅著《紅樓夢》有所關聯：如王關仕在〈紅樓夢考鏡（十八）〉提出〈圓觀〉與《紅樓夢》的關係。主要是利用兩個故事的文字去繫聯，如詞文「三生石上舊精魂」，《紅樓夢》第一回：「只因西方靈河岸上，三生石畔，有絳珠草一株。」又〈圓觀〉開頭云：「圓觀者，大歷末……。」王氏認爲是「大觀園」命名之由來等，是有附會之嫌？在此備爲一說。〔註9〕另外在〈隋煬帝海山記〉（以下簡稱〈海山記〉）一文中，也發現傳奇與詞的融攝線索：

> 湖中積土爲山，構亭殿，曲屈盤旋，廣袤數千間，皆窮極人間華麗。……帝多泛東湖。帝因制湖上曲〈望江南〉八闋：
>
> 湖上月，偏照列仙家。水浸寒光鋪象簟，浪搖晴影走金蛇。偏稱泛靈槎。　光景好，輕彩望中斜。清露冷侵銀兔影，西風吹落桂枝花。開宴思無涯。
>
> 湖上柳，煙柳不勝垂。宿露洗開明媚眼，東風搖弄好腰肢。煙雨更相宜。　環曲岸，陰覆畫橋低。線拂行人春晚後，絮飛晴雪暖風時。幽意更依依。
>
> 湖上雪，風急墮還多。輕片有時敲竹衣，素華無韻入澄波。煙外玉相磨。　湖水遠，天地色相和。仰面莫思梁苑賦，朝尊且聽玉人歌。不醉擬如何。
>
> 湖上草，碧翠浪通津。修帶不爲歌舞綬，濃鋪堪作醉作茵。無意親香衾。　晴霽後，顏色一般新。遊子不歸生滿地，佳人遠意寄青春。留詠卒難伸。

〔註8〕與〈圓觀〉有關的作品有：蘇軾〈僧圓澤傳〉、宋無名氏《湖海新聞夷堅續志．後集》的〈僧圓澤〉、明田汝成《西湖遊覽志》卷十一的〈北山勝蹟．三生石〉、馮夢龍《喻世明言．明悟禪師趕五戒》、清古吳墨浪子《西湖佳話．三生石跡》、陳樹基《西湖拾遺．三生石上訂奇緣》等。

〔註9〕王關仕：〈紅樓夢考鏡（十八）〉，《中國學術年刊》第18期（1997年3月），頁273～276。

湖上花，天水浸靈葩。浸蓓水邊匀玉粉，濃苞天外剪明霞。只在列仙家。　開爛熳，插鬢若相遮。水殿春寒微冷豔，玉軒清照暖添華。清賞思何賒。

湖上女，精選正宜身。輕恨昨離金殿侶，相將今是採蓮人。清唱滿頻頻。　軒內好，嬉戲下龍津。玉琯朱弦聞晝夜，踏青鬥草事青春。玉輦從群真。

湖上酒，終日助清歡。檀板輕聲銀線緩，醅浮香米玉蛆寒。醉眼暗相看。　春殿晚，仙豔奉杯盤。湖上風煙光可愛，醉鄉天地就中寬。帝王正清安。

湖上水，流遶禁園中。斜日暖搖清翠動，落花香緩眾紋紅。蘋末起清風。　閒縱目，魚躍小蓮東。泛泛輕搖蘭棹穩，沉沉寒影上仙宮。遠意更重重。〔註10〕

〈海山記〉最早見於北宋劉斧《青瑣高議》後集，〔註11〕不明原作者爲誰，雖文中說明此八闋〈望江南〉爲隋煬帝所制，實應爲作者自作假託。以八闋詞寫當時隋煬帝鑿五湖，遊翠光湖所聞見湖景之人事物，這也是唐傳奇中出現最多詞作的一篇。

二、五代詞取材唐傳奇爲典

五代時長安、洛陽因禍亂而敗壞不堪，在文學發展上取而代之

〔註10〕李時人編校，何滿子審訂：《全唐五代小說》，冊3，頁1877～1878，亦可見於曾昭岷、曹濟平、王兆鵬、劉尊明編著：《全唐五代詞》，上冊，頁782～786。

〔註11〕該傳奇《四庫提要》、《鄭堂讀書志》等以爲宋人著，後多從之。〈海山記〉首見於北宋劉斧《青瑣高議》後集卷五，《說郛》署〈海山記〉爲唐闕名撰；李劍國以爲該篇卷上載煬帝〈湖上曲‧望江南〉八闋。段安節《樂府雜錄》云：「望江南，始自朱崖李太尉鎮浙西日，爲亡妓謝秋娘所撰。本名〈謝秋娘〉，後改此名，亦曰〈夢江南〉。」據《舊唐書‧李德裕傳》，德裕曾三鎮浙西，末次在開成元年至二年，而德裕卒於大中三年。本篇以德裕所撰歌調托之隋主，德裕生前必不能剿襲如此。又者隋煬三記與大中中無名氏所傳《大業拾遺記》頗類，且有相同者，顯見依擬之迹，故知其必出大中之後。茲定爲唐末之作，庶幾近矣。見李劍國：《唐五代志怪傳奇敘錄》，下冊，頁896。

者，即是偏安一隅四川成都的西蜀，以及江蘇南京的南唐兩地，由於大多數的西蜀詞人不是以模仿溫庭筠爲主調，就是爲了迎合後蜀君主孟昶以作豔詞，再配合上當時宮廷享樂風氣，和城市遊樂生活的影響，使得內容上較爲直白，少用典故，若有用典處，又以唐詩或唐代之前作品爲多；而南唐的二主一相，雖擴展詞境，內容仍專以宮廷生活、男女情愛，或者感傷情懷爲主。故五代詞人對於取材於唐傳奇之文句或情節也鮮少見到，假設再擴大成取材「小說」類來談，則筆記小說還勝過傳奇小說。除五代文人詞外，觀察敦煌曲子詞，也發現相關取材現象，如〈南歌子〉（自從君去後）：「蟬鬢朱簾亂，金釵舊股分。」〔註 12〕用〈長恨歌〉之詩句：「唯將舊物表深情，鈿合金釵寄將去。釵留一股合一扇，釵擘黃金合分鈿。」〔註 13〕〈竹枝子〉（高卷珠簾垂玉牖）：「口含紅豆相思語。幾度遙相許。修書傳與蕭娘。倘若有意嫁潘郎。休遣潘郎爭斷腸。」〔註 14〕化用〈鶯鶯傳〉裡楊巨源詩：「清潤潘郎玉不如，中庭蕙草雪銷初。風流才子多春思，腸斷蕭娘一紙書。」〔註 15〕而較具特色者，有〈菩薩蠻〉：

> 清明節近千山綠。輕盈士女腰如束。九陌正花芳。少年騎馬郎。　　羅衫香袖薄。佯醉拋鞭落。何用更回頭。謾添春夜愁。〔註 16〕

該詞取材白行簡〈李娃傳〉之經典情節：

> 有娃方憑一雙鬟青衣立，妖姿要妙，絕代未有。生忽見之，不覺停驂久之，徘徊不能去。乃詐墜鞭于地，候其從者，敕取之，累眄于娃，娃回眸凝睇，情甚相慕，竟不敢措辭而去。〔註 17〕

〔註 12〕曾昭岷、曹濟平、王兆鵬、劉尊明編著：《全唐五代詞》，下冊，頁 926～927。

〔註 13〕李時人編校，何滿子審訂：《全唐五代小說》，冊 1，頁 677。

〔註 14〕曾昭岷、曹濟平、王兆鵬、劉尊明編著：《全唐五代詞》，下冊，頁 805。

〔註 15〕李時人編校，何滿子審訂：《全唐五代小說》，冊 1，頁 660～661。

〔註 16〕曾昭岷、曹濟平、王兆鵬、劉尊明編著：《全唐五代詞》，下冊，頁 906。

〔註 17〕李時人編校，何滿子審訂：《全唐五代小說》，冊 1，頁 624。

騎馬少年邂逅如花少女，以墜鞭引起對方注意，用此情節來強化春思之情。

然不管在五代詞或敦煌詞中，取材於唐傳奇者，對單一作者而言，均是零星少見，惟有孫光憲是較頻繁取用者。

孫光憲（896？～968）〔註 18〕出生在唐末衰亡之際，少年則處於五代十國的分裂時期，《宋史》記載：

> 孫光憲字孟文，陵州貴平人。世業農畝，惟光憲少好學。游荊渚，高從誨見而重之，署爲從事。……光憲博通經史，尤勤學，聚書數千卷，或自抄寫，孜孜讎校，老而不廢。好著譔，自號葆光子。〔註 19〕

雖生逢亂世，卻不惜金帛，廣購書籍，勤奮苦讀。他著述頗豐，可惜僅有《北夢瑣言》與其詞流傳，餘則皆已亡佚。另一方面孫光憲在《北夢瑣言》提及：

> 光憲自蜀沿流，一夕夢葉生云：「子於青衣，亦不得免。」覺而異之。洎發嘉州，取路山陽，乘小舟，以避青衣之險。〔註 20〕

從後唐同光四年（926），前蜀被滅，孫氏避地江陵，直到宋乾德元年（963）歸順宋朝，共歷時三十七年之久，孫氏一直在高季興統治的荊南（即南平國）爲官，歷事武信王高季興、文獻王高從誨、貞懿王高保融、侍中高保勖、侍中高繼沖。荊南相較於中原各國而言，也是較安定之一隅。或許正因如此，孫氏在詞的創作數量，以五代詞人而言，只亞於馮延巳，共八十四首之多。

〔註 18〕歷來孫光憲之生年說法不一，本文依劉尊明：《唐五代詞史論稿·「花間」大家孫光憲考論》（北京：文化藝術出版社，2000 年 10 月）所考証之年代爲據。（頁 239～244）

〔註 19〕〔元〕脫脫：《宋史》（北京：中華書局，1977 年 10 月），卷 483，頁 13956。

〔註 20〕見〔五代〕孫光憲：《北夢瑣言》（鄭州：大象出版社，2003 年 10 月，《全宋筆記》本），佚文一，頁 214。此佚文輯於〔宋〕李昉等編：《太平廣記》（臺北：文史哲出版社，1981 年 11 月），卷 80，頁 511～512。

孫氏取材唐傳奇大致分爲兩類，一類是取材白居易、元稹的〈長恨歌、傳〉，例如〈虞美人〉：「紅窗寂寂無人語。暗澹梨花雨。繡羅紋地粉新描。博山香炷旋抽條。暗魂銷。」〔註21〕取用〈長恨歌〉：「玉容寂寞淚闌干，梨花一枝春帶雨」〔註22〕之詩文；又〈清平樂〉：「連理分枝鸞失伴。又是一場離散。」與〈南歌子〉：「願如連理合歡枝，不似五陵、狂蕩薄情郎。」〔註23〕均化用「在天願爲比翼鳥，在地願爲連理枝」〔註24〕之詩句；而〈生查子〉：

> 寂寞掩朱門，正是天將暮。暗澹小庭中，滴滴梧桐雨。
> 　　繡工夫，牽心緒。配盡鴛鴦縷。待得沒人時，偎倚論私語。〔註25〕

此詞似乎有取材〈長恨歌、傳〉情節之痕跡。〈長恨傳〉寫唐皇與貴妃仙山重逢，云：「時夜殆半，休侍衛於東西廂，獨侍上。上憑肩而立，因仰天感牛女事，密相誓心，願世世爲夫婦。」〔註26〕而〈長恨歌〉裡又有：「春風桃李花開夜，秋雨梧桐葉落時」與「七月七日長生殿，夜半無人私語時。」〔註27〕無人憑肩私語之情節，在該詞可以見得。除了孫光憲取材外，又有花蕊夫人〈採桑子〉：「三千宮女皆花貌，妾最嬋娟。此去朝天。只恐君王寵愛偏。」李煜〈喜遷鶯〉：「片紅休掃盡從伊。留待舞人歸。」〔註28〕化用〈長恨歌〉：「後宮佳麗三

〔註21〕曾昭岷、曹濟平、王兆鵬、劉尊明編著：《全唐五代詞》，上冊，頁624。

〔註22〕李時人編校，何滿子審訂：《全唐五代小說》，冊1，頁677。

〔註23〕曾昭岷、曹濟平、王兆鵬、劉尊明編著：《全唐五代詞》，上冊，頁628、642。

〔註24〕李時人編校，何滿子審訂：《全唐五代小說》，冊1，頁677。雖比翼鳥與連理枝分別出自於《爾雅》與《搜神記》中，但此處詞文較近白氏詩文，故認爲有取材之跡。

〔註25〕曾昭岷、曹濟平、王兆鵬、劉尊明編著：《全唐五代詞》，上冊，頁625。

〔註26〕李時人編校，何滿子審訂：《全唐五代小說》，冊1，頁673。

〔註27〕李時人編校，何滿子審訂：《全唐五代小說》，冊1，頁675、677。

〔註28〕曾昭岷、曹濟平、王兆鵬、劉尊明編著：《全唐五代詞》，上冊，頁734、748。

千人，三千寵愛在一身」與「西宮南苑多秋草，落葉滿階紅不掃」詩文。另一類則與隋煬帝築堤有關，例如〈楊柳枝〉:「萬株枯槁怨亡隋，似弔吳客各自垂。」〔註29〕反用〈隋煬帝開河記〉（以下簡稱〈開河記〉）煬帝築堤種柳一事，而隋亡則柳樹亦隨之枯萎。〔註30〕而眞正取材唐傳奇情節者，應屬孫氏〈河傳〉〔註31〕一闋：

> 太平天子。等閒遊戲。疏河千里。柳如絲，偎倚淥波春水，長淮風不起。　　如花殿腳三千女。爭雲雨。何處留人住。錦帆風。煙際紅。燒空。魂迷大業中。〔註32〕

此闋吟詠隋煬帝荒淫誤國之史實，並以古諷今，點出五代帝王之生活豪奢。因此孫氏取材〈開河記〉之內容：

> 于是吳越間取民間女年十五六歲者五百人，謂之殿腳女。至于龍舟御楫，即每船用彩纜十條，每條用殿腳女十人，嫩羊十口，令殿腳女與羊相間而行，牽之。時恐盛暑，翰林學士虞世基獻計，請用垂柳栽于汴渠兩堤上。……帝御筆寫賜垂楊柳姓楊，曰「楊柳」也。時舳艫相繼，連接千里，自大梁至淮口，聯綿不絕。錦帆過處，香聞十里。〔註33〕

〈開河記〉故事頗長，孫氏則引用其中在河上的一段情節鎔裁於詞中。〈開河記〉、〈海山記〉與〈隋煬帝迷樓記〉（以下簡稱〈迷樓記〉）係屬同一人之作品，李劍國考訂此三記爲唐末之作，孫氏該詞取材〈開河記〉一文，可略爲補證此三篇傳奇非宋人所作之說。

〔註29〕曾昭岷、曹濟平、王兆鵬、劉尊明編著:《全唐五代詞》，上冊，頁636。

〔註30〕李時人編校，何滿子審訂:《全唐五代小說》，冊1，頁674、676。

〔註31〕與孫光憲取自同題材，又早於孫氏者，有韋莊〈河傳〉:「何處。煙雨。隋堤春暮。柳色蔥蘢。畫橈金縷。翠旗高颭香風。水光融。　　青娥殿腳春妝媚。輕雲裏。綽約司花妓。江都宮闕，清淮月映迷樓。古今愁。」見曾昭岷、曹濟平、王兆鵬、劉尊明編著:《全唐五代詞》，上冊，頁163。此詞亦是取材隋煬帝故事之一〈大業拾遺記〉，與孫詞表現有所不同，韋詞較似懷古詞，諷諫意味較淡。

〔註32〕曾昭岷、曹濟平、王兆鵬、劉尊明編著:《全唐五代詞》，上冊，頁619。

〔註33〕李時人編校，何滿子審訂:《全唐五代小說》，冊3，頁1897～1898。

孫光憲從蜀自荊南的游歷生活，到安定於荊南為官，使他的詞作有不同的題材與方向。黃進德在《唐五代詞》云：

> 就孫光憲而言，他在詞的領域裡的突出成就並非對題材的開拓，而在於藝術技巧的運用方面。……善於捕捉那些富於詩情畫意或足以表現人物心理的鏡頭，率意勾勒，從而使人物的情態躍然紙上。〔註34〕

黃氏在肯定孫光憲的藝術技巧一環所說誠然，除他所描述之特色外，使用典故也是孫氏表現藝術技巧的方法之一，使詞作較為內斂而蘊藏深意，即使在最常寫作的男女情愛題材上。而劉尊明在《唐五代詞史論稿》中有不同的看法，他肯定孫氏對於題材開拓的貢獻：

> 孫光憲也屬於「花間詞人」中有所開拓的重要詞人之一。孫光憲的詞雖未能完全擺脫「花間詞」的表現範疇，但是他又能對「花間」題材有所突破，把筆觸伸向更廣闊的表現領域。……除了「花間」一般豔情題材之外，我們還可以把孫光憲的詞從內容題材上劃分為四類：詠史詞、邊塞詞、風物詞、抒情詞。〔註35〕

〈河傳〉即是取材唐傳奇之詞作，也是他詠史作品之一。詠史之作大多借歷史掌故，來對應現今事實，而孫光憲選擇一篇關於隋煬帝的故事來依古鑑今，這當中是有一定之關聯性的。孫氏年少時，即目睹前蜀荒淫誤國之實，可看新、舊《五代史》云：

> 衍，建之幼子也。建卒，衍襲偽位，改元乾德。六年十二月，改明年為咸康。秋九月，衍奉其母、徐妃同遊於青城山，駐於上清宮。時宮人皆衣道服，頂金蓮花冠，衣畫雲霞，望之若神仙，及侍宴，酒酣，皆免冠而退，則其髻髽然。又構怡神亭，以佞臣韓昭等為狎客，雜以婦人，以恣荒宴，或自旦至暮，繼之以燭。〔註36〕

〔註34〕黃進德：《唐五代詞》（臺北：國文天地雜誌社，1990年11月），頁136。
〔註35〕劉尊明：《唐五代詞史論稿》，頁256。
〔註36〕〔宋〕薛居正等：《舊五代史》（北京：中華書局，1976年5月），卷136，頁1819。

> 二年冬，北巡，至于西縣，旌旗戈甲，連亙百餘里。其還也，自閬州浮江而上，龍舟畫舸，照耀江水，所在供億，人不堪命。……五年，起上清宮，塑王子晉像，尊以爲聖祖至道玉宸皇帝，又塑建及衍像，侍立於其左右；又於正殿塑玄元皇帝及唐諸帝，備法駕而朝之。……唐莊宗滅梁，蜀人皆懼。莊宗遣李嚴聘蜀，衍與俱朝上清，而蜀都士庶，簾帷珠翠，夾道不絕。嚴見其人物富盛，而衍驕淫，歸乃獻策伐蜀。〔註 37〕

這等現象即使到後蜀時期仍不斷上演。孫氏將所見史實呈現於詞作中，眼見歷史之前鑑不遠，又體悟出這些偏安一隅的西蜀小國，其君主們各個毫無憂患意識，這也包括他所身處的荊南小國在內，《十國春秋》記載：

> 文獻王立，會梁震乞休，悉以政事委光憲。王居恆羨馬氏豪靡，謂僚佐曰：「如馬王，可謂大丈夫矣。」光憲曰：「天子諸侯，禮有等差，彼乳臭子，徒驕侈僭汰，取快一時，危亡無日矣，又何足慕之？」王忽悟曰：「公言是也。」爲悔謝久之。〔註 38〕

孫氏兩次諫言南平國之君主應戒淫奢，作此詠史詞，應是有感慨而鳴之。

總之，孫光憲的詞對於五代詞取材唐傳奇是有較大貢獻者，不僅如此，孫詞對於北宋詞家的影響亦不小，就如詹安泰先生便曾言：「宋人張子野、賀方回均由孫出，張得其意，賀得其筆。」〔註 39〕

第二節　宋初詞與唐傳奇

相較於唐五代詞取材唐傳奇的不顯著，一直到宋初，詞與唐傳奇

〔註 37〕〔宋〕歐陽脩：《新五代史》（北京：中華書局，1973 年 11 月），卷 63，頁 792～793。

〔註 38〕〔清〕吳任臣撰，徐敏霞、周瑩點校：《十國春秋》（北京：中華書局，1983 年 12 月），卷 102，頁 1463。

〔註 39〕詹泰安：《詹安泰詞學論集．讀詞偶記》（汕頭：汕頭大學出版社，1999 年 11 月），頁 309。

便有新的氣象。也正因唐五代詞雖有取材到唐傳奇的部分，但畢竟與唐傳奇創作之時代過於相近，無法直接且清楚察覺唐傳奇與詞體兩者的關係，故不得不深入關照宋初的詞作，來理解對於兩種文體交涉程度的深淺。再加上宋代初期的詞作並未因朝代的更替而有明顯的轉變，由於宋初文人不刻意爲詞，故單一作家所保留的作品相對不多，檢視《全宋詞》〔註40〕裡宋初之詞作，仍承襲唐五代詞之餘韻，雖詞作用典已較爲頻繁，但涉及到唐傳奇者，亦是少見。直到晏殊、柳永等詞人之詞作，才能觀察到宋初詞取材唐傳奇之現象。爲求釐清唐傳奇與詞體之間融攝的完整性，本章節再將宋朝開國至百年間（960～1060）的詞作納入討論，並列舉重要詞人分述宋初詞人取材唐傳奇之過程，以期盼做到兩文體融攝的全面性關照。

一、晏殊、歐陽脩

晏殊（991～1055）《珠玉詞》裡所作之詞均屬小令，在這簡短的體製裡，取材傳奇的方式，則是直接檃括傳奇之詩文爲主，例如〈浣溪沙〉、〈木蘭花〉：

> 青杏園林煮酒香。佳人初試薄羅裳。柳絲無力燕飛忙。　乍雨乍晴花自落，閒愁閒悶日偏長。爲誰消瘦減容光。（頁88）
>
> 一向年光有限身。等閒離別易銷魂。酒筵歌席莫辭頻。　滿目山河空念遠，落花風雨更傷春。不如憐取眼前人。（頁90）
>
> 簾旌浪卷金泥鳳。宿醉醒來長瞢鬆。海棠開後曉寒輕，柳絮飛時春睡重。　美酒一盃誰與共。往事舊歡時節動。不如憐取眼前人，免更勞魂兼役夢。（頁95）

此三闋詞均是直接增損使用崔鶯鶯詩句，即「自從消瘦減容光，萬轉

〔註40〕以下所出現之詞作，均據唐圭璋主編：《全宋詞》之版本，爲節省篇幅，詞作不另出注頁數，頁數一律標於該詞後方，以括號表示之。

千回懶下牀。不爲旁人羞不起，爲郎憔悴却羞郎。」與「棄置今何道？當時且自親。還將舊時憶，憐取眼前人。」〔註41〕二詩。除了取材〈鶯鶯傳〉外，晏殊對〈長恨歌、傳〉之詩文也典用達三闋。

歐陽脩（1007～1072）亦是宋初重要詞人之一，然取材唐傳奇之作品，仍與晏殊差異不大，主要以〈長恨歌、傳〉、〈鶯鶯傳〉爲對象，例如〈漁家傲〉：

> 乞巧樓頭雲幔卷。浮花催洗嚴妝面。花上蛛絲尋得遍。顰笑淺。雙眸望月牽紅線。　　奕奕天河光不斷。有人正在長生殿。暗付金釵清夜半。千秋願。年年此會長相見。（頁131）

下片典用〈長恨傳〉裡半夜分釵寄情之情節，與「七月七日長生殿，夜半無人私語時。」〔註42〕之詩句，又如〈蝶戀花〉上片：「幾度蘭房聽禁漏。臂上殘妝，印得香盈袖。酒力融融香汗透。春嬌入眼橫波溜。」（頁 149）取用〈鶯鶯傳〉中紅娘促成崔、張二人交合後，張生疑爲是夢之情節：「及明，睹妝在臂，香在衣，淚光熒熒然，猶瑩于茵席而已。」〔註43〕歐陽脩在取材唐傳奇的運用上，多了晏殊所無的畫面感。

二、柳永、張先

柳永（984？～1053？），〔註44〕以寫長調爲名，因詞文須鋪陳之

〔註41〕見李時人編校，何滿子審訂：《全唐五代小說》，冊 1，頁 662。《全唐詩》「還將舊時憶」作「還將舊來憶」，見〔清〕彭定求等編：《全唐詩》（北京：中華書局，1960 年 4 月），冊 23，卷 800，頁 9002。

〔註42〕李時人編校，何滿子審訂：《全唐五代小說》，冊 1，頁 677。

〔註43〕李時人編校，何滿子審訂：《全唐五代小說》，冊 1，頁 658。

〔註44〕柳永生卒年，近人雖說法不一，對其家世背景與生平事跡之研究考證，成果頗豐，如唐圭璋：《詞學論叢．柳永事跡新證》（臺北：宏業書局，1988 年 9 月，原刊於《文學研究》1957 年第 3 期（1957 年 9 月），提出生於宋太宗雍熙四年（987），卒於宋仁宗皇祐五年（1053）一說（頁 610～611），其他如李思永：〈柳永家世生平新考〉，《文學遺產》1986 年第 1 期（1986 年 1 月），頁 22～32；謝桃坊：〈柳永事跡考述〉，《柳永詞賞析集》（成都：巴蜀書社，1987 年 7 月），頁 261～280；曾大興：《柳永和他的詞》（廣州：中山大學出版社，1990 年

故，詞作中常運用典故來增加詞作之豐富性。在兩百多闋作品中，有八闋典用唐傳奇的文句。大致上分爲兩類，第一類是引用傳奇裡的文句，例如〈柳腰輕〉上片：「英英妙舞腰肢軟。章臺柳、昭陽燕。錦衣冠蓋，綺堂筵會，是處千金爭選。顧香砌、絲管初調，倚輕風、佩環微顫。」（頁 15）用〈柳氏傳〉裡的詩句：「章臺柳，章臺柳，昔日青青今在否？」〔註 45〕第二類是典用傳奇之情節，如〈二郎神〉下片：

> 閒雅。須知此景，古今無價。運巧思、穿針樓上女，擡粉面、雲鬟相亞。細合金釵私語處，算誰在、回廊影下。願天上人間，占得歡娛，年年今夜。（頁 29）

「細合金釵私語處」是〈長恨傳〉中分釵寄情之情節：

> 揖方士問皇帝安否，次問天寶十四載已還事。言訖憫然，指碧衣取金釵鈿合，各折其半授使者曰：「爲我謝太上皇，謹獻是物，尋舊好也。」……玉妃茫然退立，若有所思，徐而言曰：「昔天寶十載，侍輦避暑於驪山宮。秋七月，牽牛織女相見之夕，秦人風俗，是夜張錦綉，陳飲食，樹瓜華，焚香於庭，號爲『乞巧』，宮掖間尤尚之。時夜殆半，休侍衛於東西廂，獨侍上。上憑肩而立，因仰天感牛女事，密相誓心，願世世爲夫婦。」〔註 46〕

此文所述也就是〈長恨歌〉裡「空持舊物表深情，鈿合金釵寄將去。釵留一股合一扇，釵擘黃金合分鈿。」〔註 47〕對應之詩句。而〈傾杯〉下片：「慘黛蛾，盈盈無緒。共黯然消魂，重攜纖手，話別臨行，猶自再三、問道君須去。頻耳畔低語。知多少、他日深盟，平生丹素。從今盡把憑鱗羽。」（頁 25）亦是暗用該情節寫離別之情。另一例〈秋

6 月），頁 1～18 等討論。本文參考吳熊和：《唐宋詞通論》（北京：商務印書館，2003 年 10 月）附錄〈從宋代官制考證柳永的生平仕履〉一文（頁 426～438），與孫望、常國武主編：《宋代文學史》（北京：人民文學出版社，2001 年 12 月）將其生年推於宋太宗雍熙元年（984）之意見。（頁 83）

〔註 45〕李時人編校，何滿子審訂：《全唐五代小說》，冊 1，頁 620。

〔註 46〕李時人編校，何滿子審訂：《全唐五代小說》，冊 1，頁 672～673。

〔註 47〕李時人編校，何滿子審訂：《全唐五代小說》，冊 1，頁 677。

蕊香引〉下片：

> 風月夜，幾處前蹤舊跡。忍思憶。這回望斷，永作終天隔。向仙島，歸冥路，兩無消息。（頁25）

則是取用方士尋妃之過程，在〈長恨傳〉云：

> 適有道士自蜀來，知上皇心念楊妃如是，自言有李少君之術。玄宗大喜，命致其神。方士乃竭其術以索之，不至。又能遊神馭氣，出天界、沒地府以求之，不見。又旁求四虛上下，東極大海，跨蓬壺。〔註48〕

也就是〈長恨歌〉所寫：「爲感君王展轉思，遂教方士殷勤覓。排空馭氣奔如電，升天入地求之遍。上窮碧落下黃泉，兩處茫茫皆不見。」〔註49〕同樣寫離別，〈傾杯〉描述離別當下，而〈秋蕊香引〉則敘述久別無法重逢之痛，取材同一傳奇之不同情節，表現不同強度的情感。

柳永八闋詞中，有五闋以取材〈長恨歌、傳〉爲主，但柳永比同期詞人多元，在〈尉遲杯〉一闋中，即運用三篇傳奇入典：

> 寵佳麗。算九衢紅粉皆難比。天然嫩臉修蛾，不假施朱描翠。盈盈秋水。恣雅態、欲語先嬌媚。每相逢、月夕花朝，自有憐才深意。　　綢繆鳳枕鴛被。深深處、瓊枝玉樹相倚。困極歡餘，芙蓉帳暖，別是惱人情味。風流事、難逢雙美。況已斷、香雲爲盟誓。且相將、共樂平生，未肯輕分連理。（頁21）

先後使用〈柳氏傳〉裡柳氏憐才之情節，再用〈霍小玉傳〉中形容小玉「瓊林玉樹」的美色，以及〈長恨歌〉詩之字面「芙蓉帳暖」。柳永是首位宋代詞家綜合數篇唐傳奇於一闋詞中者。

張先（990～1078）的詞作裡，則較少見取材傳奇，在〈碧牡丹・晏同叔出姬〉裡：

> 步帳搖紅綺。曉月墮，沈煙砌。緩板香檀，唱徹伊家新製。怨入眉頭，斂黛峰橫翠。芭蕉寒，雨聲碎。　　鏡華翳。

〔註48〕李時人編校，何滿子審訂：《全唐五代小說》，冊1，頁672。
〔註49〕李時人編校，何滿子審訂：《全唐五代小說》，冊1，頁676。

閒照孤鸞戲。思量去時容易。鈿盒瑤釵，至今冷落輕棄。望極藍橋，但暮雲千里。幾重山，幾重水。（頁 84）

其一是反用〈長恨傳〉分釵寄情的情節，說明信物如今遭輕棄；再者則運用裴鉶《傳奇・裴航》裡的「藍橋」〔註 50〕典實。另一首〈夢仙鄉〉則用《傳奇・文簫》主角吳彩鸞之美來比喻所見之美人。雖然柳、張二人在取材唐傳奇沒有一定的份量，但也實際看見詞人運用傳奇裡的情節，加入詞作的一個過程。

三、李冠、宋祁、王安石

以上四位詞人對於取材唐傳奇上並無重大突破，若論較特出者，應屬李冠與宋祁之詞。

李冠（？～？）在《全宋詞》存詞五首，其中〈六州歌頭・驪山〉便是取材於〈長恨歌、傳〉之內容。

淒涼繡嶺，宮殿倚山阿。明皇帝。曾游地。鎖煙蘿。鬱嵯峨。憶昔眞妃子。豔傾國，方姝麗。朝復暮。嬪嬙妒。寵偏頗。三尺玉泉新浴，蓮羞吐、紅浸秋波。聽花奴，敲羯鼓，酣奏鳴鼉。體不勝羅。舞婆娑。　　正霓裳曳。驚烽燧。千萬騎。擁琱戈。情宛轉。魂空亂。蹙雙蛾。奈兵何。痛惜三春暮，委妖麗，馬嵬坡。平寇亂。回宸輦。忍重過香瘞紫囊猶有，鴻都客、鈿合應訛。使行人到此，千古只傷歌。事往愁多。（頁 114）

李冠走訪驪山，作詞懷古，詞中寫唐明皇與楊貴妃事跡，以順時的筆法將楊妃受寵到死於馬嵬的片段，詞文大多脫胎〈長恨歌、傳〉而來，最後以史實的角度說明香囊存在，貴妃死於馬嵬是事實，而方士尋妃這種文人虛構的故事，只是個傳說，留給後人緬懷之用，直接否定具神話色彩的傳奇內容。

宋祁（998～1061），《全宋詞》存詞七闋，其中〈蝶戀花〉一闋作法與李冠詞同，內容爲：

〔註 50〕〈裴航〉一篇裡描述了裴航在藍橋上遇仙女雲英一事。

> 雨過蒲萄新漲綠。蒼玉盤傾，墮碎珠千斛。姬監擁前紅簇簇。溫泉初試眞妃浴。　　驛使南來丹荔熟。故翦輕綃，一色頒時服。嬌汗易晞凝醉玉。清涼不用香綿撲。（頁 116）

此詞爲詠荷花詞，但內容則化用楊貴妃之相關軼事在其中，以「溫泉初試眞妃浴」使用〈長恨歌、傳〉的內容，雖不像李冠詞做全面性的引用，倒也發展出詠物詞與取材唐傳奇的一條路線。

最後是王安石（1021～1086），以他存詞 29 闋，取材唐傳奇僅有兩闋，確實稍嫌短少，但王氏詞風與所取材的傳奇，則帶入不同他家的新氣象。〈漁家傲〉一詞云：

> 平岸小橋千嶂抱。柔藍一水縈花草。茅屋數間窗窈窕。塵不到。時時自有春風掃。　　午枕覺來聞語鳥。欹眠似聽朝雞早。忽憶故人今總老。貪夢好。茫然忘了邯鄲道。（頁 205）

王安石有〈漁家傲〉兩闋，均寫山林閒適之情，而上引之詞下片即帶出〈枕中記〉裡盧生於邯鄲客店中一枕黃粱夢之情境。這也是王安石詞中最常涉入的山水靜觀，釋禪悟道之理趣，他適切地加入沈既濟之傳奇做爲輔助，以故事情節，來達到欲傳達之旨意。

第三節　取材唐傳奇之因

由以上分析可知五代、宋初詞較常取材之唐傳奇以白居易、陳鴻〈長恨歌、傳〉、元稹〈鶯鶯傳〉與裴鉶《傳奇》爲最，其中又以〈長恨歌、傳〉、〈鶯鶯傳〉被多次引用，歸究其原因有：

一、盪漾於元、白文風之餘韻

從文學史的角度觀察，在近體詩方面，至宋初瀰漫著模仿晚唐李商隱、杜牧之作品，並將此二人視爲宗主。而透過此一分析亦可間接證明除了西崑體之外，五代、宋人對於中唐當時所流行的文學潮流仍有所承接。元稹、白居易二人，其文學作品對後世影響頗深，包括元、白之情詩、傳奇文，亦持續影響著五代與宋初文人之創作。宋代發展古文運動時，文壇領袖歐陽脩等人尊韓愈而抑元、白，但仍可從《新、舊唐書》中找出端倪。葉慶炳繼承陳寅恪之說法，在《中國文學史》曾提到：

> 自來論唐代散文，鮮有注意元稹、白居易者。實則元、白在當時文譽尚在韓愈之上。論唐文而獨尊韓愈，實出於宋代古文家之偏見。〔註51〕

葉氏從《新、舊唐書》裡找出相關資料，例如：

> 穆宗皇帝在東宮，有妃嬪左右嘗誦稹歌詩以爲樂曲者，知稹所爲，嘗稱其善，宮中呼爲元才子。……即日轉祠部郎中、知制誥。朝廷以書命不由相府，甚鄙之，然辭誥所出，夐然與古爲侔，遂盛傳於代。(《舊唐書・元稹傳》)〔註52〕
> 元和主盟，微之、樂天而已。臣觀元之制策，白之奏議，極文章之壺奧，盡治亂之根荄，非徒謠頌之片言，盤盂之小說。……贊曰：文章新體，建安、永明。沈、謝既往，元、白挺生。(《舊唐書・白居易傳》)〔註53〕
>
> 贊曰：居易在元和、長慶時，與元稹俱有名。最長於詩，它文未能稱是也。(《新唐書・白居易傳》)〔註54〕
>
> 愈所爲文，務反近體，抒意立言，自成一家新語。後學之士，取爲師法。當時作者甚，無以過之，故世稱「韓文」焉。然時有恃才肆意，亦有盭孔、孟之旨。若南人妄以柳宗元爲羅池神，而愈譔碑以實之；李賀父名晉，不應進士，而愈爲賀作諱辨，令舉進士；又爲毛穎傳，譏戲不近人情：此文章之甚紕繆者。時謂愈有史筆，及撰順宗實錄，繁簡不當，敍事拙於取捨，頗爲當代所非。(《舊唐書・韓愈傳》)

〔註51〕葉慶炳：《中國文學史》，上冊，頁454。

〔註52〕〔後晉〕劉昫等：《舊唐書》（北京：中華書局，1975年5月），卷166，頁4333。

〔註53〕〔後晉〕劉昫等：《舊唐書》，卷166，頁4360。

〔註54〕〔宋〕歐陽脩等：《新唐書》（北京：中華書局，1975年2月），卷119，頁4305。

〔註 55〕

在歐陽脩、宋祁等人有意識提倡並革新文學潮流之同時，也開始有抑元、白之現象，因此在古文運動開始之前，文壇除了一味模仿李商隱詩風之外，另一個較重要的影響，即是中唐元、白之文風。詞由五代到宋初這一脈絡看來，便可以看見其中之關聯，《舊唐書》乃是五代人所編，更能具體說明五代時人之意見。

二、安定的享樂心態

詞是音樂文學、娛樂文學，在唐代便是由享樂風氣而漸漸流行。南宋鮦陽居士〈復雅歌詞序略〉云：

> 迄於開元、天寶間，君臣相與爲淫樂，而明宗尤溺於夷音，天下薰然成俗。於時才士始依樂工拍彈之聲，被之以辭句之長短，各隨曲度，而愈失古之聲依永之理也。〔註 56〕

盛世裡的享樂文化在朝代更替後，並無失傳，反而間接被西蜀、南唐等存有「中國多故，而據險一方，君臣務爲奢侈以自娛。」〔註 57〕此等偏安心態而有所承繼。《十國春秋》多次提及前後蜀之君王耽溺於享樂風潮之史實：據〈前蜀後主本紀〉載：「帝以上巳節，宴怡神亭，自執板唱〈霓裳羽衣〉，內臣嚴凝月等競歌〈後庭花〉、〈思越人〉之曲，婦女雜坐，履舄交錯，酣飲達旦。」又〈鹿虔扆傳〉云：「與歐陽炯、韓琮、閻選、毛文錫等，俱以工小詞供奉。後主時，人忌之者號曰『五鬼』。」〈歐陽炯傳〉引宋太祖之言：「朕常聞孟昶君主溺於聲樂。」〔註 58〕如此上行下效，以前後蜀爲例，可見一斑。謝桃坊在《中國詞學史》云：「晚唐五代的文人沉迷於花間尊前的享樂，確是

〔註 55〕〔後晉〕劉昫等：《舊唐書》，卷 160，頁 4204。

〔註 56〕此序見〔宋〕謝維新：《古今合璧事類備要》（臺北：臺灣商務印書館，1986 年 8 月，《景印文淵閣四庫全書》本，冊 941），外集卷 11，頁 511。

〔註 57〕〔宋〕歐陽脩：《新五代史》，卷 64，頁 805～806。

〔註 58〕〔清〕吳任臣撰，徐敏霞、周瑩點校：《十國春秋》，卷 37，頁 538、卷 56，頁 815、卷 52，頁 777。

在戰亂與憂患的社會中所採取的逃避現實的方法。」〔註59〕五代文人藉此逃避，而宋初文人的心態略有不同。到宋初一統中原後，時局更趨安定，創造更多發展娛樂文化的機會，宋太祖自言：「人生駒過隙爾，不如多積金、市田宅以遺子孫，歌兒舞女以終天年。」〔註60〕此一引導，宋代官僚儲養家妓成風，另外太宗精曉音律，前後親制之曲子就達近四百首之多，〔註61〕這均是因安定國勢後，漸漸興起的享樂風氣。也正因享樂風氣盛，在筵歡時歌舞曲詞內容脫離不了宮體、倡風等主題，而這些以情愛著名的傳奇，理所當然成爲典用的對象。

三、保持五代詞風

在於宋初詞人並無因易代後對「詞」有所改革，他們尙未脫離五代詞之窠臼，仍保留在學習模仿階段。正如王國維《人間詞話》所言：「馮正中詞，雖不失五代風格，而堂廡特大，開北宋一代風氣。」〔註62〕又劉熙載《藝概》云：「馮延巳詞，晏同叔得其俊，歐陽永叔得其深。」〔註63〕宋初詞人透過模仿的過程塡寫詞文，因此保留五代詞的所有體製，除了詞情的學習外，詞作的內容與五代詞一樣，見《花間集・序》云：

> 有綺筵公子，繡幌佳人，遞葉葉之花箋，文抽麗錦；舉纖纖之玉指，拍按香檀。不無清絕之辭，用助嬌嬈之態。自南朝之宮體，扇北里之倡風……庶使西園英哲，用資羽蓋之歡。南國嬋娟，休唱蓮舟之引。〔註64〕

雖歐陽炯序中說明要有別前朝宮體與市井之倡風，但《花間集》裡彌

〔註59〕謝桃坊：《中國詞學史》（成都：巴蜀書社，2002年12月），頁21。

〔註60〕〔元〕脫脫：《宋史》，卷250，頁8810。

〔註61〕〔元〕脫脫：《宋史》，卷142，頁3351。

〔註62〕王國維：《人間詞話》（北京：中華書局，2005年10月，《詞話叢編》本，冊5），頁4243。

〔註63〕〔清〕劉熙載：《藝概・詞概》（北京：中華書局，2005年10月，《詞話叢編》本，冊4），頁3689。

〔註64〕〔後蜀〕歐陽炯：〈花間集序〉，《花間集校》（北京：人民文學出版社，1998年3月），頁1～2。

漫著多數以男女情愛、離情別怨的曲調，仍深刻影響宋初詞人。只是宋初詞人多出一種充實詞作的新選擇，就是取材於唐傳奇。

從觀察宋初詞人取材唐傳奇的狀況中，也大略可看出取材的幾種方式，有直接增刪修改傳奇之詩、文者，或使用某段情節入詞者；以及將傳奇中的人物與場景加以比擬化用。這些不同的技巧均在宋初詞作中已備足。

第三章　宋詞取材唐傳奇之背景意義

詞的發展從唐、五代跨越至宋代，經過不同朝代的文人一再創作，加上攝取歷朝廣大的文學背景，讓以抒情為主的詞，得以面貌多元。而宋代詞將詞之體製發展成熟，不僅成為一種獨立的文學體製，又向詩、文靠攏，使之趨雅，而且可言志；另一方面接近小說、戲劇等市民文化，在市井之中留有一定的發展空間與地位。唐傳奇是宋詞眾多可吸收的資源之一，這兩種文體在起步上，萌芽於同個朝代，嚴格來說，詞稍晚於傳奇小說，但兩者各有所源，詞在取材用事上，延續韻文體系，對小說作品所表述的事，也多有運用；而小說與韻文之間的結合，在唐代大大興盛，這也意外造成傳奇與詞兩者之間的相互交流。在宋詞取材唐傳奇部分就占全宋詞的近二十分之一，這當中還不包括唐筆記小說與志怪類小說，在數量已不算少，可見兩者之間的關係密切。王曉驪在《唐宋詞與商業文化關係研究》中指出文人小說與詞的關係有兩大面向：

> 文人小說與詞的關係主要表現在兩個方面：一是文人小說起源較詞早，因此在功能設置、題材選擇等方面都作為一種文學傳統影響了詞的創作；二是在共同的社會文化背景下，這兩者在唐（中唐以後）宋時代出現了世俗化、豔情化的共同發展趨勢，甚至還互相滲透、互相交叉，出現了

敘事性的文人詞和夾雜曲子詞的傳奇體。〔註 1〕

宋詞之所以會向唐傳奇的內容取材，除上述所言的背景意義，以及第二章第三節所討論的相關取材之因外，還包括幾項重要的背景因素，以下略分四點進行說明。

第一節　詞與歌妓文化密切

詞與音樂密不可分，而詞與歌妓文化相對也是相當緊密。唐宋兩代在歌妓制度上可謂十分完備，歌妓與士人接觸的機會大增，詞便是建立在士人與歌妓交往下完成。歌妓需要以詞來作爲歌唱表演，而士人塡詞作曲，藉由歌妓的聲情表現，讓眾人欣賞到詞的魅力。現今研究詞體與歌妓制度關係的論文很多，本節則彙集前人之說，重點說明兩者之密切，以及與唐傳奇取材相關的原因。

一、唐代文學與歌妓之關係

（一）唐代政策影響

唐世社會風氣開放，揮別漢代以降，儒家禮教之束縛，使得情愛的描寫較少出現於文學作品中，而李唐源於夷狄，在初始的政策上明顯壓抑在社會、政治上存在的其中一種勢力——舊山東士族。士族重視禮法，而國策卻與之背離；到了武則天時代，更提拔平民、商人及小吏等，以鞏固自我勢力，並改革科舉內容，摒棄經學儒術，於科舉取士中特重以文辭判優劣的進士科，使得進士階層「重詞賦而不重經學，尙才華而不尙禮法。」〔註 2〕唐初的政策與武氏改革科舉影響整個社會階層的改變，亦影響文學的改變。「傳奇」便以其「文備眾體」，創作時有助磨練文詞，正如趙彥衛在《雲麓漫鈔》所云：

唐之舉人，多先藉當世顯人以姓名達之主司，然後以所業投獻，踰數日又投，謂之「溫卷」，如《幽怪錄》、《傳奇》等

〔註 1〕王曉驪：《唐宋詞與商業文化關係研究》，頁 251。
〔註 2〕陳寅恪：《元白詩箋證稿》，頁 81～82。

> 皆是也。蓋此等文備眾體，可以見史才、詩筆、議論。至進士則多以詩爲贄，今有唐詩數百種行於世者是也。〔註3〕

清代李慈銘在《越縵堂讀書記》卻直指唐世文人作小說是：「唐時禁網寬弛，無文字忌諱之禍，故其文士多輕薄，喜造纖豔小說，以至斥言宮闈，污蔑不根。」〔註4〕又指出：

> 唐人小說多進士浮薄及窮不得志者所爲，如《逸史》言盧杞妻太陰夫人，《神仙感遇傳》言張嘉貞家妻織女婺女須女三星，《異聞錄》言韋安道妻后土夫人，其荒誕鄙妄至此。小人之無忌憚，何怪〈周秦行紀〉言牛僧孺與楊太眞冥合也。蓋唐重詩賦，弊遂至此。鄭覃李德裕欲廢進士科，有以也夫。〔註5〕

時代風氣自由，加上士人心態較爲輕放，不太顧忌道德規範，以風流自許，狎妓遊樂漸漸形成一種風氣，程國賦指出：「追求風流，不僅是文士顯示個人才學、魅力、風度的一種手段，而且它已經融入文士的個性之中，成爲其性格不可分割的一個構成部分，成爲文士群體性格特徵中一個共同的因素。」〔註6〕甚至文人將與歌妓交往的經歷加以書寫，以示炫耀，而市民也樂於談論這等風流豔事。陳寅恪亦認爲唐代進士科「爲浮薄放蕩之途所歸聚，與倡伎文學殊有關聯。」〔註7〕於是體現在文學上，不管是詩歌或傳奇，均與歌妓有一定的關聯。劉開榮則更直言唐代文學即是進士與倡妓文學：

> 進士與倡妓文學，就是進士與倡妓中間的社交與戀愛關係所產生的文學。它裏面的性質常是抒情的，結局也多數是

〔註3〕〔宋〕趙彥衛撰，劉雅農校：《新校雲麓漫鈔》（臺北：世界書局，1985年9月，《世界文庫四部刊要》本），卷8，頁111。

〔註4〕〔清〕李慈銘撰，由雲龍輯：《越縵堂讀書記》（上海：上海書店出版社，2000年6月），「子部．雜家類．容齋隨筆條」，頁671。

〔註5〕〔清〕李慈銘撰，由雲龍輯：《越縵堂讀書記》，「子部．小說家．太平廣記條」，頁853。

〔註6〕程國賦：《唐五代小說的文化闡釋》（北京：人民文學出版社，2000年1月），頁142。

〔註7〕陳寅恪：《元白詩箋證稿》，頁82。

> 悲劇的。由於封建背景下的一些不可調和的衝突，而產生的一些詩歌或小說，都是一些可泣的作品。……然而它裏面則有十之七八是進士們的欣悦與悲哀的表現或結晶。但是在這些表現與結晶中，「倡妓」，不論是直接或是間接的，關於日常生活的或戀愛的，都佔有一個非常重要或相當大的地位或篇幅，所以唐代的文學史，就名之爲進士與倡妓的文學史，亦不爲過。〔註8〕

讓歌妓與進士之間有更頻繁的交流，是玄宗即位後，士族有機會重整儒術，使得遵從禮法之風氣重新盛行，而上流社會的女性因礙於禮教，又再度止於閨中，因此當時爲「賤民」地位的歌妓，不受該層面之束縛，與文人能輕易產生交流。而大都市內妓館發達，以長安而言，「平康坊」便是一處門庭若市熱門的妓館，唐人均愛至此狎遊。在《開元天寶遺事》記錄：「長安有平康坊，妓女所居之地，京都俠少萃集於此，兼每年新進士以紅牋名紙遊謁其中，時人謂此坊爲風流澤藪。」〔註9〕再加上歌妓爲了生活，迎合服務對象之需求，在教養與技能的學習也得有一定水準，從孫棨《北里志・序》可見：

> 京中飲妓，籍屬教坊，……諸妓皆居平康里，舉子、新及第進士、三司幕府但未通朝籍未直館殿者，咸可就詣。如不吝所費，則下車水陸備矣。其中諸妓，多能談吐，頗有知書言語者，自公卿以降，皆以表德呼之。其分別品流，衡尺人物，應對非次，良不可及。〔註10〕

有些較優秀的歌妓善於交際，又能歌舞，知詩書，除了美貌之外，還擁有眾多才藝，在與文人交流之中，能更爲契合，也因此不免會觸發相慕之情，而這些情感又因文人之筆，進而成爲作品呈現。

〔註8〕劉開榮：《唐代小說研究》（臺北：臺灣商務印書館，1994年5月），頁73～74。

〔註9〕〔五代〕王仁裕撰，丁如明輯校：《開元天寶遺事》（上海：上海古籍出版社，1985年1月，《開元天寶遺事十種》本），「風流藪澤」條，頁79。

〔註10〕〔唐〕孫棨撰，曹中孚校點：《北里志》（上海：上海古籍出版社，2000年3月，《唐五代筆記小說大觀》本），下冊，頁1403。

（二）歌妓產業發達

宋代的歌妓制度大致上與唐代相同，〔註 11〕有官妓、家妓和私妓。官妓包含教坊裡的歌妓、軍中的女妓、中央與地方官署的歌妓等；家妓則是貴族、士大夫家中所蓄養的能歌善舞之女妓，以娛賓助興之用；而私妓則是指市井中在歌樓、茶館以賣藝或賣淫爲主的女妓，例如李師師、唐安安等便是私妓。官妓、家妓或者私妓，其身分是可互相轉換，家妓經由主人之手可能轉爲官妓或私妓，而官妓亦可能淪爲私妓，因爲歌妓的身分爲賤民，《唐律疏議》中提及：「率土黔庶，皆有籍書。」又「婢乃賤流，本非儔類」，〔註 12〕爲妓、婢之身份是被當物品一般看待，例如〈柳氏傳〉裡的柳氏，本李生之寵妾，李生得知柳氏戀慕韓翃，便將柳氏輕易許韓；《傳奇・崑崙奴》中勛臣一品因看重崔生，命如紅綃等豔皆絕代的三妓前來服侍；又《纂異記・韋鮑生妓》記載：

> 酒徒鮑生，家富畜妓。開成初，行歷陽道中，止定山寺，遇外弟韋生下第東歸，同憩水閣。鮑置酒，酒酣，韋謂鮑曰：「樂妓數輩焉在？得不有攜者乎？」鮑生曰：「幸各無恙，然滯維揚日，連斃數駟，後乘既闕，不果悉從。唯與夢蘭、小倩俱，今亦可以佐歡矣。」……鮑謂韋曰：「出城得良馬乎？」對曰：「予春初塞遊，自邊坊歷烏延，抵平夏。止靈武而回。部落駔駿獲數匹，龍形鳳頸，鹿頸梟膺，眼大足輕，脊平肋密者，皆有之。」鮑撫掌大悅，乃停杯命

〔註 11〕唐宋的歌妓制度大約相同，兩者略有差異處，李劍亮提出三點：其一，教坊制度與唐代有異，北宋官妓與唐代一樣，由教坊管理，但到了南宋時廢除教坊，歌妓主要活動的場所爲「勾欄」、「瓦舍」。其二，有關的稱謂不同，唐代曲之內妓之頭角者爲「都知」，而宋代官妓的魁首稱之爲「行首」。其三，管理的寬嚴不同，唐代對官吏游妓無禁令，因此官吏與歌妓交往時，可由歌妓侍寢，宋代則更嚴格。詳參李書：《唐宋詞與唐宋歌妓制度》（杭州：浙江大學出版社，2006 年 10 月），頁 25。

〔註 12〕〔唐〕長孫無忌等撰，劉俊文點校：《唐律疏議》（北京：中華書局，1973 年 9 月），卷 12，「戶婚」150 條，頁 231、卷 13，「戶婚」178 條，頁 256。

> 燭，閱馬於輕檻前數匹，與向來誇誕，十未盡其八九。韋戲鮑曰：「能以人換，任選殊尤。」鮑欲馬之意頗切，密遣四弦，更衣盛妝，頃之乃至。〔註13〕

由這些故事可知，歌妓的賤民身分，在當時等同物品可以被收藏，故唐代蓄妓之風盛行，蓄妓便是爲了可以在宴席上助興勸酒之用，如〈崑崙奴〉、〈韋鮑生妓〉的紅綃、夢蘭、小倩等；然而主人遇到更想要的物品，家妓還可當成物品被以物易物，如四弦妓被主人當成換馬的籌碼。在唐傳奇中多半描寫家妓或私妓與文人交往的事跡，家妓身分如上述〈柳氏傳〉、《纂異記・韋鮑生妓》與《傳奇・崑崙奴》等，而私妓則如〈鶯鶯傳〉、〈霍小玉傳〉與〈李娃傳〉等。

二、歌妓制度對宋詞之影響

（一）詞透過歌妓傳播

宋代歌妓產業發達，可以從宋人記錄過往生活得知，如《東京夢華錄》記載：

> 凡京師酒店，門首皆縛綵樓歡門，唯任店入其門，一直主廊約百餘步，南北天井兩廊皆小閣子，向晚燈燭熒煌，上下相照，濃妝妓女數百，聚於主廊槏面上，以侍酒客呼喚，望之宛若神仙。〔註14〕

周密《武林舊事》載：

> 平康諸坊，如上下抱劍營、漆器牆、沙皮巷、清河坊、融和坊、新街、太平坊、巾子巷、獅子巷、後市街、薦橋，皆群花所聚之地。外此諸處茶肆，清樂茶坊、八仙茶坊、珠子茶坊、潘家茶坊、連三茶坊、連二茶坊，及金波橋等兩河以至瓦市，各有等差，莫不靚妝迎門，爭妍賣笑，朝歌暮弦，搖蕩心目。〔註15〕

〔註13〕李時人編校，何滿子審訂：《全唐五代小說》，冊2，頁1383～1384。

〔註14〕〔宋〕孟元老撰，周峰點校：《東京夢華錄》（北京：文化藝術出版社，1998年8月《東京夢華錄（外四種）》本），卷2，「酒樓」條，頁16。

〔註15〕〔宋〕周密撰，周峰點校：《武林舊事》（北京：文化藝術出版社，1998

宋代歌妓充斥在當時的社會當中，文人雅士不僅在生活中會接觸，在宴席、官場上亦避免不了，對於宋代歌妓如此繁盛，黃文吉提出的幾點意見：1.「享樂思想的發達」、2.「宴飲酬酢的頻繁」、3.「聽歌唱詞的喜愛」、4.「心靈情感的空虛」。〔註16〕在結束戰爭，歸於和平後，宋代君王們雖記取前代淫樂亡國之理，卻無法忘記自己喜愛音樂的興趣，除宋太祖自言：「人生駒過隙爾，不如多積金、市田宅以遺子孫，歌兒舞女以終天年。」〔註17〕外，其他宋君王亦有對舞樂相關貢獻，如：

> 太宗（976～997）所製曲，乾興（1022）以來通用之，凡新奏十七調，總四十八曲。
>
> 仁宗（1023～1063）洞曉音律，每禁中度曲，以賜教坊，或命教坊使撰進，凡五十四曲，朝廷多用之。
>
> 徽宗（1082～1135）銳意制作，以文太平，……以帝指爲律度，鑄帝鼐、景鍾。樂成，賜名大晟，謂之雅樂，頒之天下，播之教坊。〔註18〕

故當時「帝王喜歡舞文弄墨、推行特殊文藝政策、對文學之士格外與以獎掖之時，文化和社會背景對藝術創作的影響便顯得更加突出和直接。」〔註19〕如此上行下效，承平時代漸漸帶出的享樂思想，發酵在貴族階層與市民階層當中。在這樣的前提之下，造成當時宴會、酬酢的機會頻繁。也因爲聚會的增加，宴飲之餘，需要有節目以供娛樂，漸漸培養出文人對歌妓唱詞的好感，以及聽歌的興趣，透過這些活動，補足文士們某一層面的心靈空虛。即使時至南宋仍受整體社會風氣影響，對於「聲色歌舞之娛」亦未減少，舉龍榆生〈兩宋詞風轉變論〉所言：

年8月，《東京夢華錄（外四種）》本），卷6，「歌館」條，頁408。

〔註16〕詳見黃文吉：《黃文吉詞學論集》（臺北：臺灣學生書局，2003年11月），頁45～48。

〔註17〕〔元〕脫脫：《宋史》，卷250，頁8810。

〔註18〕〔元〕脫脫：《宋史》，卷126，頁2937、卷142，頁3356。

〔註19〕陶爾夫、諸葛憶兵：《北宋詞史》（哈爾濱：黑龍江教育出版社，2002年12月），頁442。

> 南宋遷都臨安，夙擅湖山之勝。偏安局定，士習苟安，激昂蹈厲之風，恆觸時忌。於是名門世冑權相遺賢，異軌同奔，極意聲樂。池臺亭榭之盛，聲色歌舞之娛，燕衎湖山，聊以永日。文人才士既各有所依歸，杯酒交歡，聯吟結社。於是對於音律之研索、文字之推敲，乃各竭精殫思，以相角勝。其影響於詞風者至鉅，而關係於世運者尤深。〔註20〕

整個宋代除了北宋末南宋初，與南宋末年兩個階段，因國勢衰頹而不昇舞樂外，宋代因經濟發達，享樂風氣瀰漫社會各階層。

歌妓的繁盛，也影響傳播者的改變，如王灼《碧雞漫志》云：「古人善歌得名，不擇男女，……今人獨重女音，不復問能否。而士大夫所作歌詞，亦尚婉媚，古意盡矣。」〔註21〕在宋代男性藝人或者年紀較大的歌妓在唱曲方面不受士大夫族群歡迎，多半還是由年輕歌妓擔任這樣的工作。多數歌妓們在幼年就必須提升自己的歌舞技藝，才能迎合當時在酒宴歌席上，兼具視覺與聽覺的表演工作。所以歌妓們需要新曲、好詞，來讓自己與眾不同，而文人們爲了滿足歌妓的需求，以及展現自己的長才，多半會配合歌妓，填詞作曲。爲了享樂歡宴能有美好的節目、爲了滿足聽歌唱詞的興趣，文人與歌妓之間產生另一層面的微妙關聯。歌妓藉由歌聲與明辨音樂的才藝，文人透過填詞譜曲的才能，兩者合作進行一項文學性的活動。詞人、歌妓與詞，於是存在著彼此互相依賴的關係，這樣的合作更加深化文士與歌妓的關係建立在「憐色愛才」的情愛糾葛上，更讓所謂「進士與倡妓文學」培養出新品種，且更密不可分。

（二）文人為歌妓作詞

正因歌舞佐酒和聽歌填詞的活動，已是宋代普遍的社會現象，歌妓與詞人間的互動因這些活動的頻繁而更爲緊密，造成詞人們有不斷

〔註20〕龍榆生：《龍榆生詞學論文集》（上海：上海古籍出版社，1997 年 7 月），頁 249。

〔註21〕〔宋〕王灼：《碧雞漫志》（北京：中華書局，2005 年 10 月，《詞話叢編》本，冊 1），卷 1，頁 79。

創作的欲望，而歌妓們亦會主動向詞人索詞。如葉夢得《避暑錄話》曾載：

> 柳耆卿爲舉子時，多游狹邪，善爲歌詞，教坊樂工每得新腔，必求永爲詞，始行於世，於是聲傳一時。〔註22〕

歌妓向詞人索詞，除了滿足詞人自身的聽覺享受，當然還包括歌妓們可藉此機會，增添身價。李劍亮針對此點提出：

> 她們（歌妓）希望能不斷地獲得詞人的新作，使自己成爲這些新作的首唱者，以此給聽眾留下全新的感覺。同時，也通過詞人在詞中對自己的讚詠來擴大名聲，提高身價。〔註23〕

就如同羅燁在《醉翁談錄》描述柳永爲妓作詞的一段記錄：「耆卿居京華，暇日遍遊妓館。所至，妓者愛其有詞名，能移宮換羽，一經品題，聲價十倍，妓者多以金物資給之。」〔註24〕表演藝術除了自身求精，另一方面就得委外求變。若有創曲天賦的歌妓們，可以憑藉自身的才能自度新曲，反之，則必須借重知名詞人，幫助自己能受到更多青睞，提升知名度。在歌妓向詞人乞詞的同時，其實另一方面，詞人也希望著名的歌妓能唱著自己的創作，這是雙向的互動，而非單向的乞索。不管是詞人主動贈詞於歌妓，或是歌妓索詞，在宋詞中都不難觀察到，例如：

> 晁補之〈江城子・贈次膺叔家娉娉〉（娉娉聞道似輕盈）（頁576）
>
> 周邦彥〈望江南・詠妓〉（歌席上）（頁615）
>
> 向子諲〈鷓鴣天・番禺齊安郡王席上贈故人〉（召棣初逢兩妙年）（頁956）
>
> 王之望〈臨江仙・贈妓〉（十二峰前朝復暮）（頁1338）
>
> 袁去華〈清平樂・贈游簿侍兒〉（長條依舊）（頁1503）

〔註22〕〔宋〕葉夢得：《避暑錄話》（揚州：江蘇廣陵古籍刻印社，1990年10月，《學津討源》本，冊13），卷下，頁616。

〔註23〕李劍亮：《唐宋詞與唐宋歌妓制度》，頁93～94。

〔註24〕〔宋〕羅燁：《醉翁談錄》（臺北：世界書局，1975年5月），丙集，卷2，「三妓挾耆卿作詞」條，頁32。

辛棄疾〈念奴嬌・贈妓善作墨梅〉(江南盡處)(頁 1892)

吳文英〈聲聲慢・飲時貴家，即席三姬求詞〉(春星當戶)(頁 2920)

而這類詞作在內容上，不乏出現讚美歌妓形貌，或者記述歌妓生活與其遭遇，如柳永〈少年遊〉上片：「層波瀲灩遠山橫。一笑一傾城。酒容紅嫩，歌喉清麗，百媚坐中生。」(頁 32) 王之道〈一剪梅〉上片：「風揭珠簾夜氣清。香撲尊罍，初見雲英。藍橋何處舊知名。今夕相逢，此恨消停。」(頁 1160) 劉天迪〈鳳棲梧〉下片：「臉暈潮生微帶酒。催唱新詞，不應頻搖手。閒把琵琶調未就。羞郎卻又垂紅袖。」(頁 3562) 也因爲詞與歌妓文化如此密切的這層關係，詞人在創作上很自然的會將詞中所陳述的內容，融合與歌妓文化亦是相當密切的唐傳奇，運用前代知名的人物、故事中經典的情節加以投射在今人身上，不僅會提高詞作的同感共鳴，又能美化歌妓的形象。

第二節　結合唐傳奇之內蘊

唐傳奇具備那些特質，能讓宋詞不斷的取材運用？的確，唐傳奇改變魏晉南北朝志怪小說的殘叢小語模式，豐富骨架肌脈，使之有首有尾，有劇情的鋪陳，有人物的形象，有多元的題材，以及跨文體的創作模式，在唐代文學裡異軍突起。這些特質有某些部分與詞的獨特性恰好不謀而合，以致於詞能加以取材。以下分點論述。

一、用事於小說之因緣

小說的概念源於春秋戰國，盛行於漢魏六朝。將小說作爲獨立的文體，是漢代才開始產生的觀點。「小說」一詞最原先的意涵，在《莊子・外物》有言：「飾小說以干縣令，其於大達亦遠矣。」[註 25] 又《荀子・正名》所說：「故智者論道而已矣，小家珍說之所願皆衰矣。」

[註 25] 〔清〕郭慶藩：《莊子集釋・外物》(北京：中華書局，1997 年 10 月)，冊 4，頁 925。

〔註 26〕兩者的說法，都將該詞用來與「大道」做爲對稱，認爲小說是一種「小道理」，這樣的觀念也被後代小說家承接。到了漢代，〈藝文志〉著錄有十五種小說，但在隋代時均已全部失傳，今存所謂漢代小說者，均是託名漢人所作，應屬魏晉時期的作品，如《列仙傳》、《神異經》、《十洲記》、《燕丹子》、《漢武故事》、《飛燕外傳》等。而魏晉南北朝也出現爲數不少的「志怪」、「志人」小說，如《搜神記》、《博物志》、《述異記》、《世說新語》、《幽明錄》、《冥祥記》、《續齊諧記》等，這些舊題漢代小說，與魏晉六朝的志人、志怪小說時常被引用爲典，不僅唐詩如此，宋詞亦是，一方面表現在詞作內容的選擇上，例如詞在初步發展時，是「塡曲多詠其曲名」，〔註 27〕如黃昇所言《唐宋諸賢絕妙詞選》:「唐詞多緣題所賦，〈臨江仙〉則言仙事，〈女冠子〉則述道情，〈河瀆神〉則詠祠廟，大概不失本題之意。」〔註 28〕詞調名一開始確實與內容有關，因爲在當時就知道這個曲子本身創作的旨意，而後來想寫類似題旨的作品時，便會選擇這個詞牌來塡詞。現今有部分詞調名均與小說有所關聯，例如〈傳言玉女〉，本事出於《漢武帝內傳》武帝與西王母紫蘭宮玉女故事；〈瑤池宴〉，本事見於《穆天子傳》天子與西王母瑤池相會事；〈鳳凰台上憶吹簫〉，本事出自《列仙傳》蕭史、弄玉故事；〈解佩令〉（或〈解仙佩〉、〈解佩環〉），本事見於《列仙傳》江妃二女與鄭交甫故事；〈連理枝〉，本事出自《搜神記》韓憑、何氏故事；〈湘妃怨〉（或〈瀟湘神〉、〈瀟湘雨〉、〈斑竹枝〉、〈斷湘弦〉），本事見於《博物志》舜崩，二妃極哀淚灑竹上事。這些詞調名或許在最原先塡詞的內容是與這些小說有所關聯的。而另一方面是表現在詞作用典上，例如：

〔註 26〕〔清〕王先謙：《荀子集解．正名篇》（臺北：華正書局，2003 年 10 月），頁 285。

〔註 27〕〔宋〕沈括：《夢溪筆談》（臺北：臺灣商務印書館，1986 年 2 月，《景印文淵閣四庫全書》本，冊 862），卷 5，頁 735。

〔註 28〕〔宋〕黃昇編：《唐宋諸賢絕妙詞選》（臺北：臺灣商務印書館，1967 年 9 月，《四部叢刊》初縮本，冊 438），卷 1，頁 14。

柳永〈應天長〉:「聚宴處,落帽風流,未饒前哲。」(頁 32)
典《世說新語》孟嘉落帽事;

黃裳〈滿江紅〉:「應是有,瑤池盛會,靚妝臨水。」(頁 308)
典《穆天子傳》天子與西王母瑤池相會事;

賀鑄〈生查子〉:「揮金陌上郎,化石山頭婦。」(頁 505)
典《幽明錄》婦立望夫而化爲立石事;

周邦彥〈蕙蘭芳引〉:「倦遊厭旅,但夢遶、阿嬌金屋。」(頁 605)

典《漢武帝故事》金屋藏嬌事;

辛棄疾〈水調歌頭〉:「政恐不免耳,消息日邊來。」(頁 1871)
典《世說新語》晉明帝、元帝論及長安與日之遠近事;

仇遠〈金縷曲〉:「錦瑟謾彈斑竹恨,難寫湘妃怨語。」(頁 3397)

典《博物志》舜崩,二妃極哀淚灑竹上事。

詞作裡取材唐前小說爲典亦爲數不少,而這些典故通常是繼承唐詩取材唐前小說而來。

上述的兩種現象也出現在詞與唐代小說之間。在詞調名的部分,仍然有出現唐代小說的故事被當成詞調名使用,例如〈楊柳枝〉,由〈開河記〉所載煬帝命袁寶兒唱〈柳枝〉詩,傳唱不輟,遂傳入唐教坊;〈一斛珠〉,即從《梅妃傳》梅妃所賦詩而來;〈雨霖鈴〉、〈解語花〉、〈華清引〉,是從《明皇雜錄》、《開元天寶遺事》、《長恨歌、傳》中李隆基與楊貴妃情事敷衍出來等。在取用爲典故,或者成爲詞作的主題部分,更是俯拾皆是,光是唐傳奇的取用就占宋詞的近二十分之一。詞作只是將用事於小說的觸角,漸漸延伸至近代的文體中,對於詞體的用事要求,簡單來說是忌澀忌多,最好是能符合通俗淺顯,又能融化無痕的效果,還得顧及到詞的音律性與婉約特質,故廣爲宋人所知的唐傳奇,不僅在自我風格上不會影響詞的特質,還能有相輔相承的功效,尤其以唐傳奇的「情愛」性與「傳奇」性,在取材運用後,更能凸顯詞的特質，故詞人們樂於發展用事的新題材。

二、愛情文學大量產生

（一）文士們嚮往愛情

歷代居於正統的文學一直以來包裹著以儒家爲主的思想觀念，以明志載道爲核心，但人類並非思想單純的生物，需要多元的情感來圓滿生命所需的眞善美。而愛情一環，始終在歷來文學中，占有一席地位。愛情呈現的神秘性、難解性，讓男女無法忘懷，並且想加以探索。然而在儒家思想的範疇裡，對於情愛並不如此重視，重視的是在於男女相合後的禮義之本，如《禮記．昏義》所載：

> 昏禮者，將合二姓之好，上以事宗廟，而下以繼後世也。故君子重之。是以昏禮納采，問名，納吉，納徵，請期，皆主人筵几於廟，而拜迎於門外，入，揖讓而升，聽命於廟，所以敬愼重正昏禮也。……敬愼重而后親之，禮之大體，而所以成男女之別，而立夫婦之義也。男女有別，而后夫婦有義；夫婦有義，而后父子有親；父子有親，而后君臣有正。故曰：昏禮者，禮之本也。〔註29〕

傳統婚姻中全然不以愛情爲重，強調的是個人對家庭的責任與義務，重視的是家庭對政治的功能與作用。加上婚姻的建立在於「父母之命」、「媒妁之言」等條件下生成，進入婚姻的兩人，並沒有實質的權力選擇相伴一生的對象，一切依憑家族、父母作主，多半是毫無感情基礎的狀況，完成婚姻的儀式。然而未婚男女對戀愛是產生想像與憧憬的，這是人性潛藏的本質之一，因爲人性本有，即使有婚配的關係，還是摒除不去對「愛」的想望，尤其以青年男性的士大夫族群，雖滿懷儒家齊家、治國之志，符合社會對士人應有的期待，卻透過一些管道來滿足自身對「性、愛」自主的權力。而這

〔註29〕《禮記．昏義第四十四》（臺北：藝文印書館，2001年12月，《十三經注疏》本，冊5），卷61，頁999～1000。

些管道其中一部分與歌妓有很大的關聯。唐宋兩代，士人與歌妓的交往是公開且自由的，這也滿足他們對愛情的嚮往，但士人們卻往往將與歌妓的相處點滴或這對於私密情感表達，選擇以「小道」的文學體製來記錄，這正如楊海明所言:「在以往的政史類著述和詩、文作品中，人所見慣的卻主要只是男人之間的紛爭，以及他們在政治舞台上的種種表演，而這些男人心中又似乎永遠盛滿著敵意與牢騷。」〔註 30〕在詩、文作品裡呈現滿懷對於家國的抱負，在餘事爲之的作品裡，才將內心對情感的期待與經驗，化爲文字表現出來。最顯著的例子當然就是唐傳奇裡大量的婚戀主題作品。在這些作品之中的男性角色不管是薄倖負心，或是癡情憨厚，都享有過主動追求情感的經歷。如〈任氏傳〉裡的鄭六與任氏在長安市街偶然相逢，進而一見鍾情;〈李娃傳〉中，滎陽生耗盡千金，只爲李娃一人，李娃見殘缺的滎陽生,內心的不捨亦是爲難得之愛所感動;〈霍小玉傳〉中李益在鮑十一娘引介下，與霍小玉有相識的機會，赴約前，李益悉心準備一切，內心產生的患得患失，與雀躍的心情，體現李益對情愛的期待。男女雙方在交往時的不確定性，時而悵然若失，時而欣喜若狂，到進入戀愛後的心情起伏與折磨，都是愛情之所以吸引人進入的魅力與神祕處，而這些行爲是被規矩束綁住的，是傳統社會不能爲的事，也是受制約的傳統婚姻所無法提供的體驗。正因歌妓或是想像而來的異類女性這種角色，在社會上是不受閨門禮法所限制的，她們也成爲參與社交活動最自由的女性族群，所以有歌妓存在的歌樓酒館形成追逐愛情的主要場所，這些女性們，也成爲文士體驗愛情的重要對象。在唐代極重視門第觀念，有所謂娶得「五姓女」的婚姻標準，與高門結親，不僅可以提高社經地位，也是平步青雲走上仕途的捷徑，文士爲求自我前途與家庭的名譽的美好，再加上唐律嚴禁良賤通婚，所以士人無法與娼妓有共結連理的機

〔註 30〕楊海明:《唐宋詞與人生》(石家莊:河北人民出版社,2002 年 5 月),頁 312～313。

會，兩者之間的相戀只是一段插曲、邂逅，是文人以筆墨寫出心中的幻想期待，以及對愛情的想望。這樣的現象在宋代亦是如此，屬於賤民的歌妓們始終只能是文人的戀愛對象，而非結婚對象，但這種現象卻意外讓兩種所謂「小道」文體，有融合的可能與發展，唐代文人利用傳奇小說寫下自己的愛情經歷或期待，宋代文人利用詞來表達內心對情愛的感觸，不同的時空，卻透過本質雷同、主題相似，而能夠取鑒運用，也企圖結合前代作品與讀者達到同感共鳴的效果。

（二）為女性書寫傳記

唐傳奇裡有許多以女性為篇名的小說，例如〈任氏傳〉、〈柳氏傳〉、〈河間傳〉、〈鶯鶯傳〉、〈李娃傳〉、〈霍小玉傳〉、〈梅妃傳〉、〈無雙傳〉、〈楊娼傳〉、〈聶隱娘〉等等，內容也頗為多元，有婚戀、神怪以及俠義的相關記述，以婚戀類小說最多。唐代小說受傳統史傳文學與儒家思想的影響，在創作態度上，是希望能發揮教化功能。如班固《漢書・藝文志》所云：

> 小說家者流，蓋出於稗官，街談巷語、道聽塗說者之所造也。孔子曰：「雖小道，必有可觀焉，致遠恐泥，是以君子弗為也。然亦弗滅也。閭里小知者之所及，亦使綴而不忘，如或一言可采，此亦芻蕘狂夫之議也。」〔註31〕

桓譚《新論》說明：

> 若其小說家，合叢殘小語，近取譬論，以作短書，治身理家，有可觀之辭。〔註32〕

女性在社會中並不具主體性，往往非聖即賤，不是被歌頌為貞女潔婦，就是被認為是卑微輕賤，歷來文學作品的內容涉及有關女性者，會在角色上投射兩種形象：一為傳達社會對良家婦女的要求，彰顯理

〔註31〕〔漢〕班固撰，〔唐〕顏師古注：《漢書・藝文志》（北京：中華書局，1962年5月），卷30，頁1745。

〔註32〕〔漢〕桓譚：《新論》（臺北：新文豐出版公司，1985年1月，《叢書集成新編》本，冊21），頁14。

想女性應有的特質；另一種則是對以色藝供人娛樂的女子爲模型，爲文人描寫美色的愛好提供最佳對象。〔註33〕在這樣的思想及儒家與史學文學教化功能籠罩下，唐代小說的女性傳記亦是包裹著道德意識與鑑戒功能。如陳鴻〈長恨傳〉、白行簡〈李娃傳〉、李公佐〈謝小娥傳〉在文後透露的寫作意圖：

> 質夫舉酒於樂天前曰：「夫希代之事，非遇出世之才潤色之，則與時消沒，不聞于世。樂天深於詩，多於情者也，試爲歌之，如何？」樂天因爲〈長恨歌〉。意者不但感其事，亦欲懲尤物，窒亂階，垂於將來者也。歌既成，使鴻傳焉。〔註34〕

> 貞元中，予與隴西公佐話婦人操烈之品格，因遂述汧國之事。公佐拊掌竦聽，命予爲傳。乃握管濡翰，疏而存之。〔註35〕

> 君子曰：「誓志不捨，復父夫之讎，節也；傭保雜處，不知女人，貞也。女子之行，唯貞與節能終始全之者。如小娥，足以儆天下逆道亂常之心，足以勸天下貞夫孝婦之節。」余備詳前事，發明隱文，暗與冥會，符於人心。知善不錄，非《春秋》之義也。故作傳以旌美之。〔註36〕

這些作品都利用故事來包裝對歷史的借鑒意義、彰表婦女之德或企圖發揮懲惡勸善的功用而作。

唐代小說家均是男性創作者，他們創作小說除發揮教化效果外，還包含自我內心想達成的願望，投射在創作上。除上述論及對愛情的渴望一點外，當然還包括文人面對仕途進退的感受。科舉制度讓讀書人有功成名就的機會，苦讀千冊，就是爲求考取功名。在女性傳記當中，文人一方面將自我理想的追求寫入小說，如〈鶯鶯傳〉、〈霍小玉

〔註33〕康正果：《風騷與豔情：中國古典詩詞的女性研究》，（臺北：雲龍出版社，1991年2月），頁5。
〔註34〕李時人編校，何滿子審訂：《全唐五代小說》，冊1，頁673。
〔註35〕李時人編校，何滿子審訂：《全唐五代小說》，冊1，頁631。
〔註36〕李時人編校，何滿子審訂：《全唐五代小說》，冊1，頁651～652。

傳〉、〈李娃傳〉等，男主角均是爲求功名的文士，透過追求功名的過程，進而與女子相遇，又以佳人「愛才」的心態，彰顯文士的才情高妙，達到一種理想化的滿足。在文人追求功名的路途中，「修史」的工作是文人想完成的一項任務，《隋唐嘉話》中記載：

> 薛中書元超謂所親曰：「吾不才，富貴過分，然平生有三恨：始不以進士擢第，不得娶五姓女，不得修國史。」〔註37〕

薛元超位居宰相，將未能修國史爲視爲終身恨事，可以想見當時文人期盼修國史的感受。唐代史學相當繁盛，首創開設史館，官修國史之制度，許多史書均成於此時，而在後代部分史書也成爲所謂「正史」。初唐因國事猶未底定，軍國倥傯，加以玄武門事變，尚未能正式進行修史工作。至貞觀年間，政局漸安，人才眾多，書籍漸備，於是太宗與魏徵、房玄齡、令狐德棻等君臣大力推動，展開大規模開修前朝國史工作，在這幾十年間，動員上百名的君相史臣進行工作。〔註38〕在這樣的風氣下，文人們大多嚮往修史，尤以能修國史爲榮。然而修史與考取功名均只能成就少數人，於是當時有些文人得不到修史書的機會，開始著手對一些具有教化意義的人、物，行於文中，再加上古文家對傳記的推展，至中唐如韓愈〈圬者王承福傳〉、〈毛穎傳〉，柳宗元的〈河間傳〉、〈梓人傳〉、〈種樹郭橐駝傳〉等，透過這些人、物所引發的事蹟或寓意，藉由史筆的觀念、小說的體製，以完成一己之心願，也因此導致女性傳記大幅度的增加。

（三）愛情文學之轉移

就唐代而言，許多文體在這個階段成長茁壯，觀察以愛情爲題材的作品，唐傳奇的確是多過詩歌與散文的份量。傳奇隨著時代的變遷，從初期的〈遊仙窟〉、〈傳書燕〉等涉及男女情愛，到中唐極爲盛

〔註37〕〔唐〕劉餗撰，程毅中點校：《隋唐嘉話》（北京：中華書局，1979年12月），卷中，頁28。

〔註38〕雷家驥：《中古史學觀念史》（臺北：臺灣學生書局，1990年10月），頁609～629。

行的〈離魂記〉、〈李娃傳〉、〈柳氏傳〉、〈霍小玉傳〉、〈鶯鶯傳〉等等愛情文學大量產生，卻在晚唐出現另一種光景，王曉驪指出：

> 到唐代傳奇的興盛要早於文人詞，文人傳奇在從中唐到晚唐的嬗變歷程中出現了一個饒有趣味的題材轉移，即愛情題材的大量減少。中唐傳奇作品以愛情傳奇最爲出色，……這一時期的婦女形象也大多以愛情女主人公的角色成爲中唐傳奇中最具光輝的形象，如崔鶯鶯、霍小玉、李娃等。而晚唐的愛情傳奇大爲減少，女性角色也逐漸從愛的簡單對應關係中脱離出來，具有更多的社會化色彩。〔註39〕

晚唐傳奇對女性傳記的書寫較少，有發揮者，在描述上也漸漸脫離情愛主題，轉而傾向較俠風、義行的氣息，如〈楊娼傳〉、〈聶隱娘〉、〈素娥〉、〈紅綫〉等等。主題的改變與大環境的變遷有相當的關聯，晚唐經安史之亂後，國力大減，藩鎮日益強大，因此影響文人在創作上有加以影射現況的痕跡，即使是書寫以女性爲角色的故事，仍不免加入對身處亂世的感懷，另一方面則是晚唐在詞體發展上，已初步完成到一個階段，比起傳奇小說更適合用以抒發情感，尤其是情戀的心緒，於是愛情主題因文體發展的變遷，從傳奇轉移至詞裡，不僅是主題的轉移，也包含內容上的再次延續，所以出現詞作大量取材唐傳奇愛情故事的狀況。

三、作意好奇之創作觀

（一）小說之遊戲性

在傳統文化上，「小說」一體常是被忽略、不被看重的一塊，人們對它能帶來的教化功能相對期待不高，小說也漸漸走向「資閑談」爲主的娛樂功用，記錄「街談巷語」、「道聽塗說」、人之情欲等不被正統文學關注的事件。因爲創作的限制較少，於是在小說靠攏於「教化功能」的同時，也發展出「以文爲戲」的創作觀。韓愈在〈答張籍書〉中提出寫如〈毛穎傳〉這類文章的看法：「吾子又譏吾與人人爲無實駁雜之說，

〔註39〕王曉驪：《唐宋詞與商業文化關係研究》，頁274。

此吾所以爲戲耳；比之酒色，不有間乎？吾子譏之，似同浴而譏裸裎也。」〔註40〕其中「無實駁雜之說」便是指傳奇小說這種寫作的內容，認爲小說可以帶來歡樂，也提出有關爲文可「戲」的概念。而柳宗元也在〈讀韓愈所著〈毛穎傳〉後題〉一文中引申此觀點，云：

> 韓愈爲〈毛穎傳〉，不能舉其辭，而獨大笑以爲怪，而吾久不克見。楊子誨之來，始持其書，索而讀之，若捕龍蛇，搏虎豹，急與之角而力不敢暇，信韓子之怪於文也。世之模擬竄竊，取青媲白，肥皮厚肉，柔筋脆骨，而以爲辭者之讀之也，其大笑固宜。且世人笑之也，不以其俳乎？而俳又非聖人之所棄者。《詩》曰：「善戲謔兮，不爲虐兮。」《太史公書》有〈滑稽列傳〉，皆取乎有益於世者也。故學者終日討說答問，呻吟習復，應對進退，掬溜播灑，則罷憊而廢亂，故有「息焉游焉」之說，不學操縵，不能安弦，有所拘者，有所縱也。大羹玄酒，體節之薦，味之至者，而又設以奇異小蟲、水草、樝梨、橘柚，苦鹹酸辛，雖蜇吻裂鼻，縮舌澀齒，而咸有篤好之者。文王之昌蒲葅，屈到之芰，曾晳之羊棗，然後盡天下之味以足於口，獨文異乎？韓子之爲也，亦將弛焉而不爲虐歟，息焉游焉而有所縱歟，盡六藝之奇味以足其口歟？……韓子窮古書，好斯文，嘉穎之能盡其意，故奮而爲之傳，以發其鬱積，而學者得之勵，其有益於世歟！〔註41〕

柳氏舉出《詩經・衛風・淇奧》與《史記・滑稽列傳》二例說明這類作品「有益於世」，就如人生活除正規工作外，也需要休息與娛樂，飲食除「大羹玄酒，體節之薦」的正菜外，也需「設以奇異小蟲、水草、樝梨、橘柚」來增添生活趣味，文學亦不能例外，所以那些「小道」文學也有存在的必要。而「以文爲戲」觀念的提出，彰顯當代對

〔註40〕〔唐〕韓愈撰，羅聯添編：《韓愈古文校注彙輯》（臺北：國立編譯館，2003年6月），冊1，頁561。

〔註41〕〔唐〕柳宗元：《柳宗元集》（北京：中華書局，2000年1月），冊1，頁569～571。

小說的美學特徵有進一步的認識，意識到小說這種雅俗共賞的藝術形式，所包含的「遊戲性」功能。這種特性在小說創作中不難見到，傳奇小說家將徵奇搜逸視作職志，在與友朋聚會時，除聽歌題詩之外，還有以講述新奇故事作爲娛樂的風氣，如沈既濟〈任氏傳〉文末提及作者與當時同被貶謫東南的數人「晝讌夜話，各徵其異說」；〔註 42〕李公佐〈廬江馮媼傳〉最後述及創作動機：「江淮從事李公佐使至京。回次漢南，與渤海高鉞、天水趙儹、河南宇文鼎會於傳舍，宵話徵異，各盡見聞。鉞具道其事，公佐因爲之傳。」〔註 43〕而元稹〈鶯鶯傳〉文末亦有：

> 予常於朋會之中，往往及此意者，夫使知者不爲，爲之者不惑。貞元歲九月，執事李公垂宿於予靖安里第，語及於是。公垂卓然稱異，遂爲〈鶯鶯歌〉以傳之。〔註 44〕

將自己有別於他人的經歷敘說給友輩知。

唐傳奇本著記載新奇、怪異的事爲創作目的，這是唐人「好奇」的審美心理，以這種記錄新奇的創作精神，再加上爲文的遊戲性，影響同屬「小道」文學的詞體。詞流行於城市的歌樓酒館，供宴會佐歡的娛樂文學，透過唱詞、聽詞，讓人們舒緩生活帶來的壓力；詞人塡詞作曲多半也是因爲娛樂或遊戲性質，如楊世脩〈陽春集序〉云：

> 以金陵盛時，內外無事，朋僚親舊，或當燕集，多運藻思，爲樂府新詞，俾歌者倚絲竹而歌之，所以娛賓而遣興也。〔註 45〕

黃昇輯《中興以來絕妙詞選》，亦是爲：

> 花前月底，舉杯清唱，合以紫簫，節以紅牙，飄飄然作騎鶴揚州之想，信可樂也。〔註 46〕

〔註 42〕李時人編校，何滿子審訂：《全唐五代小說》，冊 1，頁 541～542。

〔註 43〕李時人編校，何滿子審訂：《全唐五代小說》，冊 1，頁 646。

〔註 44〕李時人編校，何滿子審訂：《全唐五代小說》，冊 1，頁 662～663。

〔註 45〕〔宋〕陳世脩：〈陽春集序〉，《唐宋詞集序跋匯編》（臺北：臺灣商務印書館，1993 年 2 月），頁 8。

〔註 46〕〔宋〕黃昇輯：《中興以來絕妙詞選・序》（臺北：臺灣商務印書館，

辛稼軒創作詞的用意，在〈稼軒詞序〉說明：

> 公之於詞亦然：苟不得之於嬉笑，則得之於行樂；不得之於行樂，則得之於醉墨淋漓之際。〔註 47〕

可以想見詞對於文人的娛樂性；另外從詞集名稱也可以看出詞人將詞視爲筆墨遊戲的想看法，如《酒邊集》、《哄堂集》、《好庵游戲》、《笑笑集》等等，意指填詞只是用來提供娛樂，用以遊戲而已，這種「遊戲性」的想法，不僅是對詞本身在體製上的觀念，部分詞人也將之實踐在詞作當中，如詞作裡有所謂「戲謔」詞、「俳諧」詞等，均是以文爲戲之作，較常創作該類作品者大多屬於豪放派詞人，如蘇軾、黃庭堅、辛棄疾、劉克莊等人。

（二）小說之戲劇性

魯迅在《中國小說史略》一書從神話與傳說開始講述小說開展的脈絡，也說明神話之於後代小說帶來的影響。〔註 48〕而李悔吾的《中國小說史》也提出：

> 中國古代神話，是中國小說的最初淵源。神話有簡單的故事情節和有一定個性的人物形象，這正是萌芽時期的小說藝術要素。〔註 49〕

神話的確是小說的源頭之一，可以從內容上的不斷繼承明顯觀察到；另外許多神話所具備的特質，如虛構性、浪漫性、故事性，也被後來的小說體製全盤接收，神話對小說影響是極爲深遠的。而李文鈺在《宋詞中的神話特質與運用》探討宋詞與神話的緊密性，提出詞與神話相近的特質，其中有云：

> 詞與神話的相似特質，在表象方面，詞之有別於詩的重要

1967 年 9 月，《四部叢刊》初縮本，冊 438），頁 1。

〔註 47〕〔宋〕范開：〈稼軒詞序〉，《增訂本稼軒詞編年箋注》（臺北：華正書局，2003 年 9 月），頁 596。

〔註 48〕詳見魯迅：《中國小說史略》（臺北：里仁書局，1990 年 10 月，《魯迅小說史論文集》本），第 2 章，頁 13～20。

〔註 49〕李悔吾：《中國小說史》（臺北：洪葉文化事業公司，1995 年 4 月），頁 16。

> 特徵，在以參差不齊之句寫鬱勃難狀之情，並經營一種蘊藉深婉、有餘不盡的美感風格。因此詞人往往以比興手法取代賦筆直書，寄情外物、設景寓情，賦予萬物萬象以情思靈魂，從而成就了交織著意志與熱情、充突與矛盾，宛如戲劇世界般的詞境。……在內蘊深度方面，詞能言詩之所不能言，其內蘊深曲細密、繹之無窮，已是人所共知的重要特質；而神話則不僅是情感的產物，據榮格（C. G. Jung）分析心理學的闡釋，神話更是遺傳記憶、集體經驗的載體，神話意象中烙印著超個人、超時空，世代積澱、往復循環的生存經驗和領悟模式。……詞中的情感表述原非單向的、靜態的獨白，而是交纏著永不停息的對立與衝突、抉擇與遲疑、承受與抗爭的內在辯證；詞中表達的也絕非僅是作者個人的經驗與情感，而是交融了來自遺傳記憶、深埋在無意識心靈的經驗痕跡與複雜情思。〔註50〕

若說詞中有與神話相似的特質，那麼直接影響的關鍵因素便在於小說對詞體的近代衝擊。傳奇吸收大量神話的特性，並加以改良、演繹，這些進步的成果，更符合詞體在成長上的激素之一，從傳奇本身的辭情意境觀察，可以發現傳奇小說的文體風韻，與詞體是契合的。以語辭方面來看，就如前人所言，是「莫不宛轉有思致」〔註51〕、「藻繪可觀」〔註52〕、「婉縟流麗」〔註53〕的，在辭藻上傳奇呈現出宛轉有風華，又帶有些許瑰麗色彩；從意境上來看，即是「小小情事，淒惋欲絕」〔註54〕、「著文章之美，傳要妙之情」，〔註55〕在意境上呈現含

〔註50〕李文鈺：《宋詞中的神話特質與運用》（臺北：臺灣大學出版委員會，2006年12月），頁829。

〔註51〕〔宋〕洪邁：《容齋隨筆》（臺北：臺灣商務印書館，1986年2月，《景印文淵閣四庫全書》本，冊851），卷15，「唐詩人有名不彰顯者」條，頁387。

〔註52〕〔明〕胡應麟：《少室山房筆叢．九流緒論下》，頁283。

〔註53〕〔明〕湯顯祖：〈點校《虞初志》序〉，《中國近代小說史料續編．虞初志》（臺北：廣文書局，1986年9月），頁2。

〔註54〕洪邁此語，係桃源居士引洪氏語，可見〈唐人小說序〉，《中國古代百家短篇小說叢書》（北京：北京圖書館出版社，1998年1月），冊

蓄情愫、要妙之旨，又如桃源居士所言：

> 蓋詩多賦事，唐人於歌律以興以情，在有意無意之間。文多徵實，唐人於小說摛詞布景，有翻空造微之趣。至纖若錦機，怪同鬼斧，即李杜之跌宕，韓柳之爾雅，有時不得與孟東野、陸魯望、沈亞之、段成式輩爭奇競爽。猶耆卿、易安之於詞，漢卿、東籬之於曲，所謂厥體當行，別成奇致，良有以也。〔註56〕

小說的「摛詞布景，有翻空造微之趣」，可謂包羅萬象，時而典雅肅穆，時而情思糾結，而這樣的辭藻、意境與詞的內蘊有許多的關聯性。

小說從歷朝歷代不斷複製於神話內蘊的特質，再透過與詞體的時代關係，跨文體直接移植到詞體內部，使詞體擁有虛構、浪漫的血脈，以及戲劇張力的詞境。以致於詞可以展現一種物我有情，命運一體的戲劇印象。

宋詞吸收小說的遊戲特質與神話經驗，讓詞體有別於有宋代其他的文學體製，引王曉驪在〈論宋詞對前代文人小說的受容〉一文提出的結論，其中說明：

> 對前代文人小說的受容使之具有了宋詩所缺乏的浪漫氣質，這在很大程度上彌補了宋代文學重理性而乏情韻的缺憾。此外，從文體發展的角度而言，一種文學形式之所以能在較短時間內成熟，一方面固然得之於時代文化的滋養，另一方面也得益於其他文學樣式的影響和推動。〔註57〕

的確，詞體發展有諸多因素的配合，才能成就詞的新興，而吸收小說的內蘊所帶來的影響，在詞作中有不可磨滅的痕跡。

1，頁1。

〔註55〕李時人編校，何滿子審訂：《全唐五代小說》，冊1，頁541。

〔註56〕〔明〕桃源居士：〈唐人小說序〉，《中國古代百家短篇小說叢書》，冊1，頁1。

〔註57〕王曉驪：〈論宋詞對前代文人小說的受容〉，《陰山學刊》第17卷第3期（2004年5月），頁20。

第三節　情節與際遇之投射

一、唐傳奇創作與遊歷經驗

遊歷能拓展人生經驗，豐富閱歷，大開眼界，進而爲文學創作增加材料與內涵。知名文學家如李白、杜甫、蘇軾、辛棄疾等人，一生遊歷許多地方，見識不同的山川名勝、人文風情，也因此造就文作的雋永不朽。所以遊歷對於文學創作而言是重要且深具意義的。在唐代，各地有才華的人爲求功名或者在官場不順，被貶謫流放者，多有遊歷之經驗，在遊歷過程中的耳聞目見，不管是奇風異俗、鄉野傳說，或是社會新聞，因爲經過文人之手，而有幸保留下來，這些材料都成爲文人創作小說的現成題材。旅途中的見聞，有別於城市或宮廷的規律生活，又因科舉制度使得社會各階層得以進行流動，不同的出身背景，透過經驗的交流，會影響創作產生不同的風貌，也藉著文人間的聚合離散，許多故事得以流傳遠播。唐代眾多的傳奇小說便是因遊歷中的聞見，被一一記錄下來，如〈傳書燕〉文末云：「後文士張說傳其事，而好事者寫之。」〔註58〕張說聽聞該事，覺新奇而加以傳播，導致一傳十，十傳百，該故事變成眾人所知之事；沈亞之在〈馮燕傳〉也說明：

> 余尚太史言，而又好敘誼事。其賓黨耳目之所聞見，而謂余道元和中外郎劉元鼎語余以馮燕事。得傳焉。〔註59〕

聽別人遊歷時的聞見，再加上欣賞該人義行，而樂於傳播；而陳玄祐的〈離魂記〉亦是如此：

> 玄祐少常聞此說，而多異同，或謂其虛。大曆末，遇萊蕪縣令張仲規，因備述其本末，鎰仲規堂叔祖，而說極備悉，故記之。〔註60〕

或者如〈鶯鶯傳〉、〈李牟吹笛記〉這種個人經歷，透過作者自行記錄

〔註58〕李時人編校，何滿子審訂：《全唐五代小說》，冊1，頁175。
〔註59〕李時人編校，何滿子審訂：《全唐五代小說》，冊1，頁694。
〔註60〕李時人編校，何滿子審訂：《全唐五代小說》，冊1，頁533～534。

而廣爲人知，又或者在友朋聚會時，宵話徵異，各盡見聞，如〈古嶽瀆經〉：

> 唐貞元丁丑歲，隴溪李公佐泛瀟湘蒼梧，偶遇征南從事弘農楊衡，泊舟古岸，淹留佛寺，江月空浮，徵異話奇。〔註61〕

再如〈謝小娥傳〉、〈廬江馮媼傳〉等傳奇，亦是李公佐在遊歷途中所聽聞的事，是文人旅途相遇之中，閒談之下，進而創造出的作品。

二、詞人對相同經驗之投射

唐人的遊歷經驗，在落入歷史洪流之中，成爲後代文人創作的借鑒，當後人觸發相似的感知經歷時，便會在創作上進行投射作用，將他人的生活經驗與自己現下的遭遇相互結合。例如當宋詞人受到情感折磨，與愛人相隔兩地，又見庭中有燕鳥停佇，便會出現如呂渭老〈西江月慢〉（春風淡淡）：「記去年、紫陌朱門，花下舊相識。向寶帕、裁書憑燕翼。」（頁 1128）袁去華〈踏莎行〉（醉撚黃花）：「燕鴻曾寄去年書，漢皋不記來時路。」（頁 1508）周密〈水龍吟〉（舞紅輕帶愁飛）：「賦行雲、空題短句。情絲繫燕，么絃彈鳳，文君更苦。」（頁 3286）等，與〈傳書燕〉相同的感知，恨不得傳奇中的燕子便是眼前所見的，可以爲自己傳遞情訊；當宋詞人遊歷於江水之上或者聽聞笛聲嘹亮，可能會引發如陳亮〈好事近〉（橫玉叫清宵）：「人在畫樓高處，倚闌干幾曲。穿雲裂石韻悠揚。」（頁 2103）劉克莊〈滿庭芳〉（涼月如冰）：「天風海浪，滿目淒清。更一聲鐵笛，石裂龍驚。」（頁 2623）仇遠〈八犯玉交枝〉（滄島雲連）：「莫須長笛吹愁去。怕喚起魚龍，三更噴作前山雨。」（頁 3403）等，透過相同的場景、物件，喚起詞人對〈李牟吹笛記〉所記載的氛圍產生共鳴，因而借以爲典，用來形塑對人生的些許懷想；當宋詞人邂逅佳人後，又陷入思念的情懷時，會投射前代美人的形象與佳人形象重疊，如李之儀〈驀山溪〉（青樓薄倖）：「千言萬語，畢竟總成虛，章臺柳。青青否。」（頁

〔註61〕李時人編校，何滿子審訂：《全唐五代小說》，冊 1，頁 646。

348）賀鑄〈迎春樂〉（逢迎一笑金難買）：「小櫻唇、淺蛾黛。玉環風調依然在。」（頁 502）高觀國〈隔浦蓮〉（銀灣初霽暮雨）：「西廂舊約，玉嬌誰見私語。」（頁 2359）等，利用〈柳氏傳〉、〈長恨傳〉與〈鶯鶯傳〉所描述的前代美人，將懷念的對象具體化。

唐傳奇的內容因不受傳統文學所束縛，可謂包羅萬象。除了記錄人生際遇裡較爲奇特的事件，也憑空想像一些虛構的事。宋代詞人在閱讀故事後，可能會發現自己所遭遇的事，與主角們相似，又可能感嘆自己經歷的事件，若能夠如同小說中虛構性質的描述那般美善就好，而導致詞人們進一步借鑒並投射。

第四節　重寫與經典之傳播

一、宋代對小說之積極傳播

唐末陳翰輯唐傳奇爲《異聞集》十卷，保存當時是「單行本」的傳奇如〈古鏡記〉、〈柳氏傳〉、〈李娃傳〉、〈南柯太守傳〉等等，讓不少單行的傳奇能爲後世所見，是較早對於唐代小說的傳播。宋代開國不久，便曾有大規模對前代小說做搜集整理的動作，在北宋太平興國年間曾編撰的《太平御覽》、《太平廣記》等叢書，是「宋四大書」的其中兩部，因爲君王的重視，再加上活字印刷術的發明與改進，使得大量文獻得以流傳後世，尤以《太平廣記》是一部以小說爲主題搜集的叢書，並加以分門別類，對於小說的傳播有極大功效；個人方面也有如晁載之作《續談助》，節錄《十洲記》、《洞冥記》、《牛羊日曆》、《三水小牘》等二十餘種小說集的內容。在南宋也有曾慥的《類說》、朱勝非的《紺珠集》、委心子的《分門古今類事》、皇都風月主人《綠窗新話》等書，繼續流傳小說文獻。另外一方面，則是透過口傳文學，來延續小說的內容與價值，因宋代商業發達而興起的市民文化，許多「說話」者，便是取材小說的內容加以改編，如《都城紀勝》所云：

> 說話有四家：一者小說，謂之銀字兒，如煙粉、靈怪、傳奇。說公案，皆是搏刀趕棒，及發跡變泰之事。說鐵騎兒，謂士馬金鼓之事。說經，謂演說佛書。說參請，謂賓主參禪悟道等事。講史書，講說前代書史文傳、興廢爭戰之事。最畏小說人，蓋小說者能以一朝一代故事頃刻間提破。合生與起令隨令相似，各占一事。〔註 62〕

其中「小說」一家講述的範本或題材，部分就是從唐代傳奇而來。經過書面上的文字傳播，以及說話式的口語傳播，宋代文人是可以輕而易舉接觸到相關於傳奇小說的內容，正因當時對小說的積極傳播，部分詞人在閱讀小說之餘，也著手創作小說，例如蘇軾將袁郊《甘澤謠‧圓觀》改寫為〈僧圓澤傳〉，另外還寫過〈杜處世傳〉、〈醉鄉記〉等近似小說的作品，又在《東坡志林》中采錄不少異聞軼事；其弟蘇轍有〈夢仙記〉一文，而門人如黃庭堅有〈李氏女〉、〈尼法悟〉；秦觀有〈大安寺夢記〉、〈錄龍井辯才事〉等作品。所以宋代文人對於傳奇小說是毫不陌生的，也因為傳播之盛，宋詞的創作很難不被小說的內容所影響。

二、宋人「重寫」之風氣

唐代傳奇小說在宋代被大量傳播，使得不管是黎民百姓或者士人貴族，都可以接觸、閱讀。如宋初錢惟演自述：「平生惟好讀書，坐則讀經史，臥則讀小說，上廁則閱小辭，蓋未嘗傾刻釋卷也。」〔註 63〕閱讀小說成為文人休閒之樂趣。除印刷保存文獻以及口語傳播外，還有所謂「重寫」這種方式。「重寫」是小說傳播有效的方式之一，以

〔註 62〕〔宋〕灌圃耐得翁撰，周峰點校：《都城紀勝》（北京：文化藝術出版社，1998 年 8 月，《東京夢華錄（外四種）》本），頁 86～87。據葉慶炳：《中國文學史》解釋，說話四家數應為：「一曰小說；二曰說經、說參請，或加說諢經；三曰講史；四曰合生。商謎以下不在四家數內。」（頁 182）

〔註 63〕〔宋〕歐陽脩撰，李逸安校點：《歸田錄》（北京，中華書局，2001 年 3 月，《歐陽修全集》本，冊 5），卷 2，頁 1931。

〈鶯鶯傳〉為例：

唐・元稹〈鶯鶯傳〉————唐・李紳〈鶯鶯歌〉

├宋・話本〈鶯鶯傳〉；小說摘編《綠窗新話・張公子遇崔鶯鶯》；
雜劇《鶯鶯六么》、趙令畤鼓子詞〈商調蝶戀花〉十二闋；
秦觀、毛滂〈調笑詞〉。
├金・董解元《西廂記諸宮調》。
├元・關漢卿《普天樂・崔張十六事》、王實甫《西廂記》雜劇；
《崔鶯鶯西廂記》戲文。
├明・李日華《南西廂記》傳奇、陸采《南西廂記》傳奇；
周魯公《錦西廂》傳奇、李開先《園林午夢》院本。
└清・查繼佐《續西廂》雜劇、碧蕉軒主人《不了緣》雜劇；
吳國榛《續西廂》雜劇、沈謙《翻西廂》傳奇；
金聖嘆《第六才子書西廂記》傳奇、《西廂記鼓詞》。

自元稹創作〈鶯鶯傳〉以降，從唐至清均有相關該故事的重寫作品，重寫的意涵為何？黃大宏站在佛克馬重寫研究的基礎上，為重寫下一定義：

> 所謂重寫，指的是在各種動機作用下，作家使用各種文體，以復述、變更原文體的題材、敘述模式、人物形象及其關係、意境、語辭等因素為特徵所進行的一種文學創作。重寫具有集接受、創作、傳播、闡釋與投機於一體的複雜性質，是文學文本生成、文學意義積累與引申，文學文體轉化，以及形成文學傳統的重要途徑與方式。〔註64〕

所以重寫除了是再創作，也具有傳播的作用，而且具有跨文化特徵，許多小說文本不但在自身文化傳統中得以傳承，也為異質文化所承繼，與之融合，形成新的文本類型，〔註65〕這樣的傳播是有效地影響

〔註64〕見黃大宏：《唐代小說重寫研究》（重慶：重慶出版社，2005年4月），頁79。

〔註65〕黃大宏：《唐代小說重寫研究》，頁51。

當時或者往後的創作風氣。再以〈長恨歌〉觀察，〈長恨歌〉寫成，依序產生如陳鴻〈長恨傳〉、樂史〈楊太眞外傳〉等派生文本，〔註 66〕這些派生文本加上原文本，影響的效力以倍數成長，被閱讀的可能性增大，相對被取材的機會也變大。〈長恨歌、傳〉影響中唐至宋初的創作者，而樂史的作品，則增添宋人對該故事的重新記憶，黃大宏針對此點也直接指出〈楊太眞外傳〉「併後世凡述貴妃事者，多直接取自本文，影響較大。」〔註 67〕而竹村則行也提出類似的看法：

> 〈楊太眞外傳〉巧妙地歸納了雜多的楊貴妃故事，作爲讀物，……此後有關楊貴妃的作品可以說基本上是拼湊〈長恨歌〉和〈長恨歌傳〉，並以〈楊太眞外傳〉記載下來的楊貴妃故事爲素材進行修飾而創作的。〔註 68〕

因爲傳播與重寫的作用，使得〈長恨歌、傳〉在宋詞當中被取材頻繁，這些詞作當然也進入「重寫」的迴圈裡，是一種「凝縮型派生文本」，也就是凝聚文本信息的緊縮形式，〔註 69〕形成「典故」，典故濃縮「原文本」整體或最重要的內容，以及「原文本」所承載的意境、情調，加上先前提到的際遇與情節相互投射，使得文人因聯想而有同類比附，異質對比的寫作模式，這便是《文心雕龍》所言：「事類者，蓋文章之外，據事以類義，援古以證今者也。」〔註 70〕援古證今這種使用典故方法，能幫助詞情渲染力加深，即「借他事以引起所記之事」〔註 71〕的同感共鳴。

〔註 66〕所謂派生文本即是「從先前某部文本中誕生的另一個文本」，例如以〈長恨歌〉爲原文本時，〈長恨傳〉、黃庭堅的〈調笑〉詞便是所謂派生文本。詳見黃大宏：《唐代小說重寫研究》，頁 65～71。

〔註 67〕黃大宏：《唐代小說重寫研究》，頁 322。

〔註 68〕〔日〕竹村則行：〈從〈長恨歌〉到《長生殿》——論楊貴妃故事的演變〉，《長生殿箋注》（鄭州：中州古籍出版社，1999 年 2 月），頁 407。

〔註 69〕黃大宏：《唐代小說重寫研究》，頁 60。

〔註 70〕〔梁〕劉勰撰，周振甫注釋：《文心雕龍注釋》（臺北：里仁書局，1998 年 9 月），頁 705。

〔註 71〕〔清〕佚名：〈臥閑草堂本儒林外史回評〉，《中國歷代小說論著選》

小說重寫傳播有具有幾項功能，再引黃氏歸納結果，如：1、延續原文本的藝術生命；2、穩固強化原文本的文學地位；3、造就派生文本的獨立藝術品格；4、構成跨文化交流的媒界；5、聯繫古今不同時代、階層文化的樞紐。〔註72〕對於詞作取材小說以「用典」的方式重寫，可以原文本的「核心情節」再次廣為流傳，如雙燕傳書、章臺問柳、月下西廂、分釵寄情、南柯一夢、裴航遇仙等等，這些典故形成一種題材符號，使讀者可以聯想，創作者可以跟隨。再延續〈長恨歌〉的例子，派生文本〈楊太眞外傳〉採不修改原文本的文字，僅對情節的安排上調度，保留了原文本藝術生命與文學地位，雖然缺乏了自己的獨立品格，但在其他派生文本，如取材「李隆基、楊貴妃故事」的詞作吸收融合原文本的內容與形式要素，進而產生關聯，也就達到傳播的效果。

宋詞之所以會取材唐傳奇故事，其中一項原因便是當時的朝廷與民間藝人均對「小說」的積極傳播，以及陸續發展的「重寫」現象，而引發詞作大量用以為典，或者視作一種主題加以創作的現象。

（南昌：江西人民出版社，2000年9月），上冊，頁471。

〔註72〕詳見黃大宏：《唐代小說重寫研究》，頁164～169。

第四章　取鑒唐傳奇之主要題材與詞作類型

一種文體中，所蘊含的主題大多均是多元的，宋詞與唐傳奇亦不例外。以唐傳奇與志怪小說中所包含的主題，概括而言可分為十大主題：性愛、歷史、倫理、政治、夢幻、英雄、神仙、宿命、報應、興趣。〔註1〕每一主題均有相當份量。至於宋詞從唐傳奇中取材的內容，則產生侷限，取材之主題也出現數量上的差距。根據筆者由所定範圍149篇小說中與宋詞比對統計後，有52篇被運用，但每篇取材之數量各有多寡，統整歸納後將宋詞取材傳奇之主題分為四大類，分別是「婚戀情感」、「夢幻神仙」、「人物軼異」與「綜合主題」等，〔註2〕每一主題下則選出被取材最頻繁的傳奇數篇進行討論，餘則以概括說明的方式呈現。然部分小說主題多元，以下分類皆以該小說最主要之主題加以分類，若多重主題卻比重相當者，則置於「綜合主題」類討論。下表則將四類主題與總取材數之比例呈現，並列出該類取材闋數前三名者，示其比重。

〔註1〕李劍國：《唐五代志怪傳奇敘錄》，上冊，頁51。

〔註2〕「婚戀情感」對應唐代小說的性愛主題；「夢幻神仙」主要對應唐代小說的夢幻、神仙、宿命、報應等主題；「人物軼異」主要對應唐代小說的歷史、倫理、政治、英雄、興趣等主題；而「綜合主題」則是橫跨此三類的其中兩類者，則列為綜合加以探討。

圖表二　宋詞取材唐傳奇主題比重分析表

項目 種類／篇名	每類闋數	比例	單篇闋數〔註3〕	單篇在該類之比例
婚戀情感	247	24.6%		
〈鶯鶯傳〉			93	37.65%
〈傳書燕〉			52	21.05%
〈柳氏傳〉			45	18.22%
夢幻神仙	157	15.6%		
〈枕中記〉			76	48.41%
〈南柯太守傳〉			52	33.12%
〈周秦行紀〉			24	15.29%
人物軼異	143	14.3%		
隋煬帝故事群			81	56.64%
〈李牟吹笛記〉			25	17.48%
〈馮燕傳〉			7	4.90%
綜合主題	457	45.5%		
〈長恨歌、傳〉情節部分			152	33.26%
〈長恨歌〉借鑒詩歌部分			151	33.04%
〈裴航〉			104	22.76%
總計	1004			

第一節　婚戀情感

「愛情」，是詞體本身相當重要的內容，世人也嘗稱詞爲「愛情文學」，中國歷來的文學作品，幾乎無法脫離男女婚戀之情事，這當然也包括唐傳奇。林秋碩在《《太平廣記》愛情主題研究》統計出愛

〔註3〕此表各篇闋數並未將一詞中取材包含兩篇以上傳奇之作品區分，故各篇闋數中有幾闋會重複計算，此表主要用以呈現取材各篇傳奇之數量。

情主題類小說約有 103 篇，其中唐傳奇占 22 篇，〔註 4〕由此可說明唐傳奇的經典主題之一，便屬一篇篇膾炙人口談情說愛的故事。李劍國對「性愛」主題也有此見解：

> 這一主題雖說不是被表現得最多的，卻無疑是最重要的，包括了相當多的優秀傳奇，具體素材或純爲人事，或涉神鬼精怪，五彩紛呈。在傳奇文中幾乎從始至終貫穿著這一主題。〔註 5〕

宋詞與唐傳奇交集出的第一個火花，即是愛情血脈的融合與延伸。在宋詞取材比例而言，唐傳奇「婚戀情事」一類的故事，是宋詞頻繁引用的材料之一。取材比例最高者，應屬元稹〈鶯鶯傳〉，而張說〈傳書燕〉、許堯佐〈柳氏傳〉次之，另外如蔣防〈霍小玉傳〉、曹鄴〈梅妃傳〉、白行簡〈李娃傳〉與陳玄祐〈離魂記〉均相有當份量的詞作引爲典用。分別探析如下。

一、取材名篇介紹

（一）〈鶯鶯傳〉

元稹所著的〈鶯鶯傳〉又名〈傳奇〉、〈會眞記〉。故事描寫張生（即元稹）在貞元年間游蒲，居普救寺，邂逅崔鶯鶯，因鶯鶯美豔絕倫，想一親芳澤，其間倩紅娘傳詩寄情，初始被拒，後鶯鶯主動私會，兩人便私合數月。然張生最終以功名爲重，離開鶯鶯，即使後來文戰不勝，也不再回到鶯鶯身邊。別後兩人均有婚配，張生以外兄身分求之見面被拒，鶯鶯賦詩盼張生能憐取眼前人，終不相見，故事以悲劇收場。〈鶯鶯傳〉裡除了情節動人外，小說裡所呈現的詩也是著名之佳作，尤以鶯鶯所作之詩三首，更爲後世文人所愛。

在宋詞取材方面，取材〈鶯鶯傳〉本事者約有 93 闋，占總取材

〔註 4〕林秋碩：《《太平廣記》愛情主題研究》（臺北：輔仁大學中文研究所碩士論文，2007 年），頁 30～51。

〔註 5〕李劍國：《唐五代志怪傳奇敘錄》，上冊，頁 51。

唐傳奇數的十分之一，引用率排名第三，足以證明該篇小說相當受歡迎，並廣爲人知，正如趙令畤所言：「至今士大夫極談幽玄，訪奇述異，無不舉此以爲美話。至於倡優女子，皆能調說大略。」〔註6〕取材該傳之詞人除了趙令畤作〈商調蝶戀花〉12 闋專詠其事外，頻繁引用者尚有賀鑄（8 闋）、周邦彥（6 闋）、蘇軾（5 闋）、晏殊（3 闋）、秦觀（3 闋）與吳文英（3 闋），雖上述諸家多屬北宋詞人，但單一詞人取材作數首詞，係取材該傳之特殊狀況，該傳在南北宋詞的比例大約各占一半，並無北重南輕之現象。

〈鶯鶯傳〉也創下詞人將之視爲主題加以創作闋數最多者，除了上述所提趙氏作 12 闋〈蝶戀花〉，還有秦觀〈調笑轉踏〉（春夢）、毛滂〈調笑轉踏〉（何處）等。

（二）〈傳書燕〉

自古以來，有許多以禽鳥傳訊的故事，包括雁、鴻、鴿子等均爲古代人類來傳遞訊息。但「燕子」似乎多用於爲情人傳訊，如《瑯嬛記》亦有燕鳥爲西王母傳書之事：「西王母有三鳥，一曰青鍾，二曰鶴，三曰燕子，常令三鳥送書於漢武帝也。」〔註7〕燕子靈巧有情，替閨中思婦傳書於夫婿，不負所託，準確達成任務而成爲美談，如〈傳書燕〉即是一篇燕爲思婦傳書的故事，文近三百字，所述如下：

> 長安豪民郭行先有女紹蘭，適巨商任宗，爲賈于湘中，數年不歸，復音信不達。紹蘭目睹堂中有雙燕戲于梁間，蘭長籲而語于燕曰：「我聞燕子自海上來，往復必經由於湘中。我婿離家不歸，數歲蔑有音耗，生死存亡，弗可知也。欲憑爾附書，投于我婿。」言訖淚下，燕子飛鳴上下，似有所諾。蘭復問曰：「爾若相允，當泊我懷中。」燕遂飛於膝上，蘭遂吟詩一首云：「我婿去重湖，臨窗泣血書，殷勤

〔註6〕〔宋〕趙令畤撰，孔凡禮點校：《侯鯖錄》，頁 135。

〔註7〕〔元〕伊世珍：《瑯嬛記》，收入於〔元〕陶宗儀：《說郛》（臺北：臺灣商務印書館，1986 年 8 月，《景印文淵閣四庫全書》本，冊 877），卷 32 上，頁 696。

憑燕翼，寄與薄情夫。」蘭遂小書其字，繫於足上，燕遂飛鳴而去。任宗時在荊州，忽見一燕飛鳴於頭上，宗訝視之，燕遂泊於肩上，見有一小封書繫在足上。宗解而示之，乃妻所寄之詩，宗感而泣下，燕復飛鳴而去，宗次年歸，首出詩示蘭，後文士張說傳其事，而好事者寫之。〔註8〕

關於取材燕足傳書者，在宋詞當中約有 52 闋，其中不包括借鑒其他詩之字句，引用率是婚戀情感類的第二名。主要以南宋詞人取材居多，尤以史達祖、周密作 4 闋爲最，而北宋賀鑄作 3 闋次之。

（三）〈柳氏傳〉

許堯佐作〈柳氏傳〉，一題〈柳氏述〉、〈章臺柳傳〉。此傳描寫天寶年間韓翊有詩名，與李生相善，李生有寵妾柳氏，豔絕一時。在宴中柳氏窺韓翊，慕之。李生得知柳氏心意，便以郎才女貌之由將柳氏許韓。隔年韓翊擢上第，間歲赴清池省家，柳氏自居京師，後遇安史之亂，兩人分隔兩地，後肅宗反正，韓翊遣使行求柳氏，題詩慰問，無料有蕃將沙吒利慕柳之色，劫之歸第。使得韓翊回京後，已不明柳氏之蹤。後偶遇於途，約明旦相會，時贈玉合而別。有一許俊聞其事，乃請韓翊題數字，便乘騎徑入沙吒利府，以書札示柳，並將柳氏救之以歸韓，故事結束於皇帝詔令柳氏歸韓，而賜錢給沙吒利的喜劇結局。該傳所述之韓翊，應爲大曆十才子之一的韓翃。〔註9〕

柳氏與韓翃故事除了許堯佐的版本外，尚有《本事詩・情感第一》與《異聞集・柳氏述》的版本，《異聞集》的版本爲許作之節文，而《本事詩》雖非據許作，但所載情節大同小異。〈柳氏傳〉被詞人取

〔註8〕李時人編校，何滿子審訂：《全唐五代小說》，冊1，頁175。

〔註9〕李時人編校，何滿子審訂：《全唐五代小說》云：「依唐人小說多用人物眞名之習，本篇『韓翊』原亦應爲『韓翃』，或爲傳抄致誤。」（冊1，頁622）李劍國：《唐五代志怪傳奇敘錄》云：「傳中韓翊，實應作韓翃，《新唐書》卷二〇三有、《唐詩紀事》卷三〇、《唐才子傳》卷四皆有翃傳，大曆十才子也。高仲武《中興間氣集》卷上、姚合《極玄集》卷下、韋莊《又玄集》卷上均亦作翃。……雖爲小說，涉眞人仕歷必班班可徵，此唐稗家之習。」（上冊，頁303）

材頻繁，流傳版本多而造成閱覽此事機會大增有相當關係。除此之外，還有類似於〈柳氏傳〉的事件，例如「灞陵折柳」與「遊冶章臺」，均是詩詞常引以爲典事，「章臺」後來被泛指成妓院或花街柳巷之代稱，本文在取材蒐羅上，有作適當區別。

宋詞取材〈柳氏傳〉者約有 45 闋，引用率爲婚戀情感類的第三名。大多以取材韓翃詩作爲主。較常引此爲典者如晁補之（4 闋）、賀鑄（3 闋）、方千里（3 闋）、楊澤民（3 闋）與陳允平（3 闋）等人。在南北宋詞作之比例約各占一半。

（四）其　他

除了上述三篇愛情傳奇被宋詞取材頻繁外，尚有〈霍小玉傳〉、〈梅妃傳〉、〈李娃傳〉與〈離魂記〉亦受宋詞人注意，引用入詞。

蔣防的〈霍小玉傳〉，內容頗長，敘述大曆時詩人李益與長安歌妓霍小玉的愛情故事。內容可分四階段：

1、鮑十一娘作媒相識：當時李益進士擢第，寓居新昌里，透過鮑十一娘而認識霍王與寵妾淨持所生之女小玉，小玉素愛李之詩，故進而兩情相悅，並立盟設約，永不相棄。

2、李益始亂終棄：後年春李益登科，授鄭縣主簿。將與小玉別，小玉猜李郎此去便會有姻緣，故提出八年歡愛之約，而後請益另選，自己則削髮爲尼。李益聞言感動，重申堅守其盟。不料太夫人將盧氏許益，李益畏太夫人之嚴，不敢辭讓。遂與小玉不相聞問。

3、小玉厲誓報復：小玉因此抱憾成疾，後輾轉得知李郎消息，多次召致，李益終不肯往。當時有黃衫義士鄙其薄倖，挾之至小玉居處，小玉見得斥李之負心，並誓爲厲鬼，使益妻終日不安，言畢長慟而卒。

4、李益因妒休妻：小玉死後，李益極爲傷心，還爲之縞素。在將葬之夜小玉現於李益眼前，有感相送之情。不久李益與盧氏完婚，卻懷疑己妻與人曖昧，常加捶楚，最後訟公庭而遣之。而後三娶，皆如初。

宋詞取材該傳約爲 26 闋，主要以借鑒霍小玉的美人形象爲取材目的。最常引用之詞人爲賀鑄（6 闋），其次爲周邦彥（3 闋）、秦觀（2 闋）。

也是著名婚戀傳奇，白行簡的〈李娃傳〉又名〈節行倡李娃傳〉、〈汧國夫人傳〉。記述天寶時常州刺史滎陽公有子赴長安應舉，其間訪友過平康里鳴珂曲，見有絕色女子立於門旁，於是墜鞭欲引女注意。訪後得知，並具禮以往。李娃欣留生於宅，然日久貲盡，娃與養母便設計棄生，而遷徙他方。生難於生，唱挽歌度日，無料父遇知此事，怒鞭生並棄去，生傷重於雪中乞食，過李娃新宅，娃聞聲知是生，抱入宅調養，並自責有捨逐之罪，便與養母分家，餘貲助生苦讀。生如願登科，不棄李娃，又得於父子相認，最後與李娃成爲夫婦。因護駕有功，官累升，李娃封爲汧國夫人，所生四子均爲大官。該傳在宋詞取材約有 17 闋，南北宋詞人典用比例相當。

另外還有曹鄴〈梅妃傳〉，又名〈梅妃外傳〉。所記爲唐玄宗與梅妃遺事。梅妃名江采蘋，在開元中被高力士選入，受玄宗寵幸，以愛梅被玄宗戲稱梅妃。楊貴妃見此生妒，輾轉使梅妃被斥上陽宮。後玄宗憶舊密召，更惹怒楊妃。梅妃書〈樓東賦〉明其幽恨，玄宗閱之悵然，便賜珍珠一斛，妃不受，作詩付使者。後安史亂，楊妃死，玄宗從蜀歸，亦失梅妃消息，百尋不得。某夜夢梅妃隔竹間泣，說明死於亂兵，骨埋梅下，尋後果於梅下得屍骸。

宋人取材該傳約有 20 闋，主要著重於「江妃愛梅」，並「死於梅下」，以及玄宗賜珍珠所作詩：「桂葉雙眉久不描，殘妝和淚濕紅綃。長門自是無梳洗，何必珍珠慰寂寥。」〔註 10〕三者當中。

陳玄祐〈離魂記〉寫張倩娘與表兄王宙自小相愛，倩娘之父張

〔註 10〕李時人編校，何滿子審訂：《全唐五代小說》，冊 3，頁 1417。

鎰也常說將來當以倩娘嫁王宙。但二人成年後，張鎰竟將倩娘另許他人。倩娘因此抑鬱成病，王宙也託辭赴京，與倩娘訣別。不料倩娘半夜追來船上，乃相偕出走蜀地，同居五年，生有二子。後倩娘思念父母，與王宙回家探望。王宙一人先至張鎰家說明倩娘私奔事，始知倩娘一直臥病在家，出奔的是倩娘離魂。兩個倩娘相會，即合爲一體。

該傳奇的特點即在於「倩娘離魂」一事，宋詞取材 12 闋亦多以該情節爲表現，較特別者，是秦觀以〈離魂記〉爲主題作〈調笑〉一闋，而吳文英引爲典實作詞 4 闋，占取材該傳之三分之一。

二、詞作內容與類型

取用婚戀情感類的傳奇入詞，在詞人的巧手下，於作品裡呈現何種化學作用？多偏重於何種類型的詞作？以下歸納後略分幾點說明：

（一）離情別怨

宋詞中，男女之間的離情別怨仍佔多數，離別帶給情人的痛苦，就如同江淹〈別賦〉所言：「黯然消魂者，唯別而已矣。」〔註 11〕取材率高的傳奇，內容也大多涉及生離死別，詞人將己身之遭遇，投射在類似的故事中，進而凝鍊傳奇的故事情節，轉化成自我的經驗，融入詞句裡。如袁去華〈宴清都〉裡，利用鶯鶯與張生的西廂之約，追憶一段過往情緣：

> 暮雨消煩暑。房櫳□、頓覺秋意如許。天高雲杳，山橫紺碧，桂華初吐。空庭靜掩桐陰，更苒苒、流螢暗度。記那時、朱户迎風，西廂待月私語。　　佳期易失難重，餘香破鏡，雖在何據。如今要見，除非是夢，幾時曾做。人言雁足傳書，待盡寫、相思寄與。又怎生、說得愁腸，千絲萬縷。(頁 1499)

〔註 11〕〔梁〕江淹：《江文通集》(臺北：臺灣商務印書館，1968 年 9 月，《國學基本叢書四百種》本，冊 263)，卷 1，頁 7。

上片因秋意如許感念時光瞬遷，進而憶及「朱戶迎風，西廂待月私語」那段美好的往事，過去種種柔情蜜意的情景，霎時在心頭不斷湧現。下片情緒忽轉，曾經「私語」所許的盟誓，如今「佳期易失難重」，再反用軼事小說《本事詩》，其中寫徐德言與樂昌公主以鏡爲信物典，說明西廂之情已逝，除非夢中相會。詞中主角的處境與崔鶯鶯等待張生歸來之心相似，故詞人利用此情節，說明內心因離愁所帶來的憂悶。另外仇遠〈愛月夜眠遲〉亦藉西廂之約，來追憶逝去的情愛：

> 小市收鐙，漸柝聲隱隱，人語沈沈。月華如水，香街塵冷，闌干瑣碎花陰。羅幃不隔嬋娟，多情伴人，孤枕最分明。見屏山翠疊，遮斷行雲。　　因記款曲西廂，趁淩波步影，笑拾遺簪。元宵相次近也，沙河簫鼓，恰是如今。行行舞袖歌裙。歸還不管更深。黯無言，新愁舊月，空照黃昏。（頁3401）

在夜深人靜時刻最容易顯現孤單之情，尤其月照孤枕，更顯落寞。也因爲這份落寞，才回憶起那段過往的歡愉歲月。主角想起「款曲西廂，趁淩波步影，笑拾遺簪」用崔、張兩人定情於西廂一事，來襯托自己與佳人的戀情。並以鶯鶯的美人形象，寫佳人輕步拾簪的景象。

而沈邈〈剔銀燈〉、歐陽脩〈蝶戀花〉均借鶯鶯與張生雲雨後之情景，來寫一段離別的開始：

> 江上秋高霜早。雲靜月華如掃。候雁初飛，啼螿正苦，又是黃花衰草。等閒臨照。潘郎鬢、星星易老。　　那堪更、酒醒孤棹。望千里、長安西笑。臂上妝痕，胸前淚粉，暗惹離愁多少。此情誰表。除非是、重相見了。（頁12）

> 幾度蘭房聽禁漏。臂上殘妝，印得香盈袖。酒力融融香汗透。春嬌入眼橫波溜。　　不見些時眉已皺。水闊山遙，乍向分飛後。大抵有情須感舊。肌膚拚爲伊銷瘦。（頁149）

張生與鶯鶯歡愛後，張生醒來鶯鶯已不在，於是疑爲夢寐，又見妝於臂、香在衣，證明與美人暗合爲眞。沈作轉化此典，以美人不捨情郎離去，留妝在臂，流淚滴胸，來說明離愁之苦；歐陽脩則直用傳奇情節，寫離別前男女之歡娛。

因爲離別，苦無情人消息，於是常倩魚鳥等可以自由來去眾方之生物，借以傳遞思念的心意。如賀鑄〈木蘭花〉下片：「危樓欲上危腸怯。縱得鸞膠難寸接。西風燕子會來時，好令小牋封淚帖。」（頁529）朱敦儒〈杏花天〉下片：「人別後、碧雲信杳。對好景、愁多歡少。等他燕子傳音耗。紅杏開也未到。」（頁 849）陸游〈一叢花〉下片：「回廊簾影晝參差。偏共睡相宜。朝雲夢斷知何處，倩雙燕、說與相思。從今判了，十分憔悴，圖要個人知。」（頁 1593）周密〈浪淘沙〉下片：「象局懶拈雙陸子，寶絃愁按十三徽。試憑新燕問歸期。」（頁 3267）飛紅〈青玉案〉下片：「傷心漸覺成牽絆。奈愁緒、寸心難管。深誠無計寄天涯，幾欲問、梁間燕。」（頁 3889）等，說明內心的思念苦無人知，多情的詞人也盼望有一隻如〈傳書燕〉裡的燕子，能知曉紹蘭心意，替之傳情。

另外，〈柳氏傳〉韓翃與柳氏的分離，也是詞人借鑒的對象之一，如東坡〈蝶戀花〉：

> 一顆櫻桃樊素口。不愛黃金，衹要人長久。學畫鴉兒猶未就。眉尖已作傷春皺。　　撲蝶西園隨伴走。花落花開，漸解相思瘦。破鏡重來人在否。章臺折盡青青柳。（頁 300）

東坡這闋贈別之作，寫一貌美歌妓只愛兩情久長，但卻不能如願，最後用破鏡重逢典，以及化用韓翃、柳氏離別後所做詩，來描寫爲相思所受之憂愁。晁補之〈勝勝慢〉下片：

> 還記章臺往事，別後縱青青，似舊時垂。灞岸行人多少，竟折柔枝。而今恨啼露葉，鎮香街、拋擲因誰。又爭可、妒郎誇春草，步步相隨。（頁 576）

運用韓翃、柳氏的遭遇，化用離別後所作之詩，寫出家妓被迫離開的感慨。

還有連用〈李娃傳〉、〈柳氏傳〉兩故事，所寫出的〈雨中花〉：

> 回首揚州，猖狂十載，依然一夢歸來。但覺安仁愁鬢，幾點塵埃。醉墨碧紗猶鎖，春衫白紵新裁。認鳴珂曲裡，舊

日朱扉，閒閉青苔。　　人非物是，半晌鸞腸易斷，寶勒空回。徒悵望、碧雲銷散，明月徘徊。忍過陽臺折柳，難憑隴驛傳梅。一番桃李，迎風無語，誰是憐才。（頁524）

賀鑄此詞，先於上片運用了滎陽公子初見李娃時的情節，寫曾經所遇之美好，下片以「人非物是」，寫別情之感慨，最後用〈柳氏傳〉裡「才色相憐」是作結。

（二）題詠花草

除了寫離情別怨外，婚戀情感類的傳奇也常被用來詠花題草。在《宋詞與民俗》一書中提及詠花卉詞，就屬詠梅之作在《全宋詞》稱冠，有1157首之多，〔註12〕從取材該類傳奇中亦可以發現詠梅之作凸出，例如周密〈滿庭芳〉：

玉沁唇脂，香迷眼纈，肉紅初映仙裳。湘皋春冷，誰翦茜雲香。疑是潘妃乍起，霞侵臉、微印宮妝。還疑是，壽陽凝醉，無語倚含章。　　絳綃，清淚冷，東風寄遠，愁損紅娘。笑李凡桃俗，蝶喜蜂忙。莫把杏花輕比，怕杏花、不敢承當。飄零處，還隨流水，應去誤劉郎。（頁3279）

將所詠湘梅次遞以潘妃、壽陽公主與鶯鶯之婢女紅娘等作擬人化之比況，將佳人之美，用來襯托湘梅的各種情態。又〈霍小玉傳〉裡有：「即令小玉自堂東閣子中而出，生即拜迎。但覺一室之中，若瓊林玉樹，互相照曜，轉盼精彩射人。」〔註13〕用來形容小玉之美所運用的「瓊林玉樹」，亦常被用來形容梅花之高潔珍貴，如陳亮〈品令〉上片：「瀟灑林塘暮。正迤邐、香風度。一番天氣，又添作瓊枝玉樹。粉蝶無蹤，疑在落花深處。」（頁2105）趙與洽〈摸魚兒〉上片作：「甚幽人、被花勾引，庭皋遙夜來去。江空歲晚誰爲伴，只有瓊枝玉樹。愁絕處。望萬里瑤臺，夢斷迷歸路。」（頁2470）無名氏〈品令〉上片：「一陽生暖。見庾嶺、梅初綻。瓊枝玉樹，渾如傅粉，壽陽妝

〔註12〕黃杰：《宋詞與民俗》（北京：商務印書館，2005年12月），頁96。
〔註13〕李時人編校，何滿子審訂：《全唐五代小說》，冊2，頁728。

面。疏影橫斜，隱隱月溪清淺。」（頁 3629）

另外梅妃愛梅一事，亦是詠梅詞會取材的典故，如辛棄疾作〈生查子〉：

百花頭上開，冰雪寒中見。霜月定相知，先識春風面。　　主人情意深，不管江妃怨。折我最繁枝，還許冰壺薦。（頁 1977）

江妃即是梅妃江采蘋，此處反用江妃憐惜梅花之心，以折梅會使江妃愁怨，來襯托「主人情意深」。劉辰翁〈酹江月〉下片：「憔悴夢斷吳山，有何人報我，前村夜發。蠟屐霜泥煙步外，轉入波光明滅。雪後風前，水邊竹外，歲晚華余髮。戴花人去，江妃空弄明月。」（頁 3220）亦是寫江妃愛梅卻無梅可賞。

〈柳氏傳〉的女主角又被稱作「章臺柳」，在詠柳時，常被加以使用，例如周密〈聲聲慢〉：

燕泥沾粉，魚浪吹香，芳堤十里新晴。靜惹遊絲，花邊裊裊扶春。多情最憐飄泊，記章臺、曾綰青青。堪愛處，是撲簾嬌軟，隨馬輕盈。　　長是河橋三月，做一番晴雪，惱亂詩魂。帶雨沾衣，羅襟點點離痕。休綴潘郎鬢影，怕綠窗、年少人驚。捲春去，翦東風、千縷碎雲。（頁 3285）

其中「多情最憐飄泊，記章臺、曾綰青青」帶出韓翃、柳氏因戰亂而兩散，並剪裁韓詩「章臺柳，章臺柳，昔日青青今在否？」〔註 14〕藉以詠柳。又如曹勛〈竹馬子〉下片：「喜韶景纔回，章臺向曉，官柳舒香縷。正和煙帶雨，遮桃映杏，東君先與。乍引柔條縈路。嬌黃照水，經渭城朝雨。翠惹絲垂，玉闌干風靜，輕輕搭住。」（頁 1218）趙長卿〈減字木蘭花〉下片：「月明風細。分付一江流去水。嬌眼傷春。誰是章臺欲折人。」（頁 1788）亦用〈章臺柳〉詩來作題詠。

其他還有楊澤民〈玉燭新〉詠梨花：

梨花寒食後。被麗日和風，一時開就。濛濛雨歇，香猶嫩、漸覺芳心彰漏。牆頭月下，似舊日鶯鶯相候。纖手爲、攀

〔註 14〕李時人編校，何滿子審訂：《全唐五代小說》，冊 1，頁 620。

折翹枝，輕盈露霑紅袖。　　風流出浴楊妃，向海上何人，
更詢安否。百花任鬥。應粉豔、未減杏龘梅瘦。膚豐肉秀。
□可與群芳推首。□方待、酣飲花前，輕歌緩奏。（頁 3013）

先以崔鶯鶯在熱戀中的美人形象，寫梨花在月光下被照耀得明豔動人，再用〈長恨傳〉裡貴妃出浴的豐嫩白玉肌膚，來比況梨花的色澤美好。朱敦儒〈促拍醜奴兒〉下片：「又是天風吹澹月，佩丁東、攜手西廂。泠泠玉磬，沈沈素瑟，舞遍霓裳。」（頁 847）暗以鶯鶯的角色性格比擬所詠之水仙；史達祖〈留春令〉：

秀肌豐靨，韻多香足，綠勻紅注。翦取東風入金盤，斷不
買、臨邛賦。　　宮錦機中春富裕。勸玉環休妒。等得明
朝酒消時，是閒澹、雍容處。（頁 2336）

史達祖作此詞詠金林檎，金林檎在宋代亦是受到貴族之喜愛，在范成大的《吳郡志》有此記載：「金林檎，以花爲貴，此種，紹興間自南京得接頭，至行都禁中接成。其花豐腴豔美，百種皆在下風。始時折賜一枝，惟貴戚諸王家始得之。」〔註 15〕故史達祖巧妙的利用梅妃與楊貴妃的特殊關係，以及在〈梅妃傳〉裡楊妃嫉妒梅妃再次受到明皇的重視，因而處處設防，阻止梅妃有機會接近君王。此處史氏將兩位美人比擬成兩種受歡迎的花卉，利用該傳之情節，將金林檎的高雅提升。

（三）季節情思

描寫各季景色，或者季節所興起的情思，在詞作中也融入婚戀情感類傳奇的內容，加以添彩表現。周邦彥連作五闋，題詠春、夏、秋三季景色，均使用〈鶯鶯傳〉傳中之詩句：

遙知新妝了，開朱戶，應自待月西廂。最苦夢魂，今宵不
到伊行。問甚時說與，佳音密耗，寄將秦鏡，偷換韓香。
天便教人，霎時廝見何妨。（〈風流子〉下片，頁 595）

〔註 15〕〔宋〕范成大撰，陸振岳校點：《吳郡志》（南京：江蘇古籍出版社，1999 年 8 月），卷 30，頁 449。

迢迢。問音信，道徑底花陰，時認鳴鑣。也擬臨朱戶，歎因郎憔悴，羞見郎招。舊巢更有新燕，楊柳拂河橋。但滿目京塵，東風竟日吹露桃。(〈憶舊游〉下片，頁599)

薄薄紗廚望似空。簟紋如水浸芙蓉。起來嬌眼未惺忪。　強整羅衣抬皓腕，更將紈扇掩酥胸。羞郎何事面微紅。(〈浣溪沙〉，頁603)

夜何其。江南路繞重山，心知謾與前期。奈向燈前墮淚，腸斷蕭娘，舊日書辭。猶在紙。雁信絕，清宵夢又稀。(〈四園竹〉下片，頁604)

古屋寒窗底。聽幾片、井桐飛墜。不戀單衾再三起。有誰知，爲蕭娘，書一紙。(〈夜游宮〉下片，頁607)

五闋當中，其中〈風流子〉與〈憶舊游〉是描繪春景，〈浣溪沙〉則是表現夏景之詞作，此三闋皆利用崔鶯鶯之詩：「待月西廂下，近風戶半開。」與「不爲旁人羞不起，爲郎憔悴却羞郎。」〔註16〕來爲季節之美，以及背後所付與的情感做增飾作用；而寫秋景的〈四園竹〉與〈夜游宮〉則同樣剪裁楊巨源〈崔娘詩〉：「風流才子多春思，腸斷蕭娘一紙書。」〔註17〕用該詩所表達出的意境，以情寫景。另外，賀鑄表現春思，則運用〈傳書燕〉之情節，其〈望湘人〉：

厭鶯聲到枕，花氣動簾，醉魂愁夢相半。被惜餘薰，帶驚賸眼。幾許傷春春晚。淚竹痕鮮，佩蘭香老，湘天濃暖。記小江、風月佳時，屢約非煙游伴。　須信鸞絃易斷。奈雲和再鼓，曲終人遠。認羅襪無蹤，舊處弄波清淺。青翰棹艤，白蘋洲畔。儘目臨皋飛觀。不解寄、一字相思，幸有歸來雙燕。(頁541)

此闋描寫主角透過晚春景色的發想，進而傷春，遙憶與佳人之前種種美好，如今卻「曲終人遠」，物是人非。首先運用〈非烟傳〉女主角

〔註16〕李時人編校，何滿子審訂：《全唐五代小說》，冊1，頁657、662。

〔註17〕李時人編校，何滿子審訂：《全唐五代小說》，冊1，頁661。又〔清〕彭定求等編：《全唐詩》，冊10，卷333，頁3737。

的形象，一位美豔的歌妓，來襯托所懷想之佳人的美貌，末句結在「不解寄、一字相思，幸有歸來雙燕。」因雙燕秋去春歸，又因燕子是傳遞情訊最佳管道，而得以解相思之苦。同樣寫「春思」，同樣取材〈傳書燕〉的情節，史達祖〈萬年歡〉上片有不同的表現：

兩袖梅風，謝橋邊、岸痕猶帶陰雪。過了匆匆燈市，草根青發。燕子春愁未醒，誤幾處、芳音遼絕。煙谿上、采綠人歸，定應愁沁花骨。（頁 2328）

冬末春初之際，大地白靄漸消，仍可見偶有霜雪未退，知道春天來臨的消息，是因為地草初萌，青綠透出地面，但燕子在早春之時，尚還未歸，誤了音訊幾回。此處反用〈傳書燕〉事，燕子未能準確將音訊傳達，而使人「愁沁花骨」。

還有像辛棄疾〈惜分飛〉與洪瑹〈謁金門〉，則是以〈李娃傳〉情節加以點綴：

翡翠樓前芳草路。寶馬墜鞭曾駐。最是周郎顧。尊前幾度歌聲誤。　　望斷碧雲空日暮。流水桃源何處。聞道春歸去。更無人管飄紅雨。（頁 1908）

風共雨。催盡亂紅飛絮。百計留春春不住。杜鵑聲更苦。　　細柳官河狹路。幾被嬋娟相誤。空憶墜鞭遺扇處。碧窗眉語度。（頁 2964）

兩闋詞均從春將去引發愁思，在「百計留春春不住」的情況，也只能空望春遠去。此處所指的「春」，有雙層含意，一是指春天，另外則暗指在春天邂逅的美好情事。故詞人利用〈李娃傳〉裡滎陽公子初見李娃時，為引起李娃注意，詐遺馬鞭，只為想多看美人一眼。〈惜分飛〉以這般一見鍾情的美妙滋味，來形容春天的美好，而〈謁金門〉則是只能從回憶過往在春天的絕妙豔遇，來保留住春已去的事實。

寫離情別怨、詠花卉，以及記錄季節變化的情思與景色，此三大題材，是詞人取材婚戀情感類傳奇最常表現的主題，其次還有像在宴席和詞、次韻之作、遊歷山川寫景之作、節令詞等，這些作品也將該類傳奇的詩文、情節注於詞中，來提升並豐富詞作的內容與情感面。

第二節　夢幻神仙

唐傳奇主題中，述及神仙事跡者占極大比例，在《太平廣記》中與神仙或旁及道教有關者，多達 86 卷，但宋人取材有關神仙類者卻不算多，即使有也多爲人仙戀的故事。反觀夢幻類，雖是唐傳奇主題中數量最少者，卻常被後世文人取材爲典。本文擇取材最豐之四篇作品：〈枕中記〉、〈南柯太守傳〉、〈周秦行紀〉與〈石鼎聯句詩序〉做相關討論。

一、取材名篇介紹

（一）〈枕中記〉

沈既濟最著名的作品，便屬〈枕中記〉一篇，又名〈呂翁枕中記〉。〔註 18〕故事寫開元年間，有盧生鬱鬱不得志，騎青駒。著短衣進京趕考，結果功名不就，垂頭喪氣。某日行經過邯鄲，在客店裏遇得神仙術之道士呂翁，盧生自歎貧困，道士呂翁輒取一青瓷枕，並云當榮適。盧生倚枕而臥，舉身入竅中，歸其家。數月便娶美妻崔氏，明年舉進士，官累升，同列誣其不軌，乃下獄，免死貶於驩州。數年後帝知其冤，復追封中書令，封爲燕國公。生五子，子均高官厚祿，嫁娶高門。盧生兒孫滿堂，享盡榮華富貴。年八十餘，病久不癒，一夕而薨。盧生因而驚醒，見偃於邸舍，一切如舊，呂翁仍坐於旁，主人蒸黃粱未熟。呂翁語曰：「人生之適，亦如是矣。」〔註 19〕盧生便悟榮辱窮達之道。

〔註 18〕〈枕中記〉今傳兩種版本，一爲《文苑英華》卷 833 載，題〈枕中記〉，沈既濟撰；二爲《廣記》卷 82 引，改題〈呂翁〉，注出《異聞集》，兩種版本異文頗多。詳見李劍國：《唐五代志怪傳奇敘錄》，上冊，頁 269～279。

〔註 19〕李時人編校，何滿子審訂：《全唐五代小說》，冊 1，頁 545。

此傳在當代便流行甚廣，可以說是無人不知曉的傳奇，除了有宗教色彩外，最重要的，是傳中揭露當世官場的腐敗，表現強烈的現實性，這也是沈既濟著作傳奇的特點之一，如〈任氏傳〉裡抨擊世風之情薄亦可看出。因爲知名度高，小說的特殊性強，故後代詞人們也熱愛取材該傳爲典，共約有 76 闋之多，是眾傳奇中引用比例排名在前五名者。最早從王安石詞見之取材外，常運用的詞人就數劉克莊，作 6 闋，爲引用之冠。其他尚有呂勝己（3 闋）、吳潛（3 闋）、李曾伯（3 闋）、吳文英（3 闋）、何夢桂（3 闋）等，亦是善用此傳作詞較多者。

（二）〈南柯太守傳〉

李公佐〈南柯太守傳〉（以下簡稱〈南柯記〉），一題〈大槐宮記〉、〈大槐國傳〉、〈南柯記〉。傳中述遊俠之士淳于棼，家住廣陵郡東，宅南有大古槐一株，常與朋輩豪飲槐下。一日大醉，醉臥東廡之下。忽見二紫衣使者，稱奉槐安國王之命相邀。遂出門登車，向古槐穴而去。及馳入洞中，見山川道路，別有天地。入大槐安國，拜見國王，招爲駙馬，又拜爲南柯郡太守。守郡二十載，頗有政績，大受寵任。後有檀蘿國軍來伐南柯，淳于棼遣將迎敵，大敗。不久公主薨，棼遂護喪歸至國都。因廣爲交遊，威福日盛，國王頗爲疑忌，奪其侍衛，禁其交遊。棼鬱鬱不樂，王即命紫衣使者將他送歸故里，云三年後當迎生。還入故里，乃矍然夢覺，見二友人尚在，斜陽猶未西落。驚駭之餘，呼二友尋槐下洞穴，但見群蟻隱聚其中，積土爲城郭臺殿之狀與夢中所見相類，於是感人生之虛幻，遂棲心道門，絕色棄酒。後三年終於家。

〈南柯記〉與〈枕中記〉可謂唐傳奇夢幻小說之雙璧，〈南柯記〉受歡迎的程度以及影響力，均不亞於〈枕中記〉。至於宋人取材的狀況亦與〈枕中記〉不分軒輊，約有 52 首之多，頻繁利用該傳之詞人，亦是南宋劉克莊，作有 5 闋，其中兩闋是合用此二傳之故事情節寫成。較特別是，〈南柯記〉與〈枕中記〉在南北宋詞人用事的比例十分懸殊，北宋詞人只占一成，餘則皆爲南宋詞人所作。

（三）〈周秦行紀〉、〈石鼎聯句詩序〉

其他取材較多的夢幻神仙類傳奇還有韋瓘〔註 20〕的〈周秦行紀〉。此傳是黨爭下所產生的作品，故事主角牛僧孺自述冥遇事。貞元年間牛氏落第歸宛葉，夜經鳴皋山下有宅，入內見漢文帝母薄太后，有相繼見戚夫人、王昭君、楊玉環、潘淑妃、綠珠等女。其間飲宴賦詩，最後令昭君侍寢。明晨別，問里人，說明有薄太后廟，但已荒蘙多時。

本篇傳奇的詩文頗多，在宋人取材上多爲化用增損該傳之詩句而來，約有 24 闋，詞人在運用上無比例偏高者，南北宋詞人比例亦是南多北少。

另外是韓愈的〈石鼎聯句詩序〉，一題作〈軒轅彌明傳〉。故事梗概是元和七年，衡山道士軒轅彌明自衡山到長安，投宿舊識劉師服家，恰校書郎侯喜在座，據傳彌明歲已九十餘，有神術，面貌怪異。劉、侯座中談詩，彌明忽指前之石鼎對侯，邀侯等詠石鼎。彌明屢出語驚人，而劉、侯才思漸枯，最後八句由彌明獨立完成，兩人始知彌明之神異。

後代多數學者認爲如韓愈〈石鼎聯句詩序〉、柳宗元〈河間傳〉、〈李赤傳〉，以及沈亞之〈秦夢記〉、〈異夢錄〉等作品，亦是傳奇小說的一種，薛洪勣則直接將其稱之「古文體傳奇小說」。〔註 21〕〈石鼎聯句詩序〉所述故事，又在《本事詩》、《仙傳拾遺》等書中記載，

〔註 20〕〈周秦行紀〉作者在《太平廣記》收入此篇時，題作者爲牛僧孺，而後孫光憲《北夢瑣言》、樂史《綠珠傳》、《唐詩紀事》、吳曾《能改齋漫錄》等等均作牛僧孺；後代學者張洎在《賈氏談錄》（收錄於《筆記小說大觀》，臺北：新興書局，1977 年 3 月）提出：「世傳〈周秦行紀〉，非僧孺所作，是德裕門人韋瓘所撰。」（第 16 編，頁 211～212）此說被晁公武接受，在《郡齋讀書志》中亦題韋瓘。現今學者多從之，但仍有部分學者對此說存疑，以佚名示之。本文則從張洎之說。

〔註 21〕薛洪勣：《傳奇小說史》（杭州：浙江古籍出版社，1998 年 12 月），頁 91。

故在後世有一定的流傳性。在詞之取材上，被運用較少，只有 9 闋，以辛棄疾（3 闋）取用最多，其他亦多爲豪放派詞人。

二、詞作內容與類型

（一）和詞、次韻之作

宋詞所謂和人之作，或者次其韻者本多，已無須說明。詞在內容上運用到夢幻神仙類之小說情節者，多爲和詞或次韻之作，形成特殊情況。從頻繁取用該類小說爲典的劉克莊探查，可發現其中之共通性。

劉克莊（1187～1269）〔註 22〕的官途並不順遂，多次任祠官，等同閒居，其遠大志向無法施展，發於詞作，如〈水調歌頭・蒙恩主崇禧再用前韻〉:「做取散人千百歲，笑渠儂、一霎邯鄲夢。……問先生、加齊卿相，可無心動。除卻醴泉中太乙，揀個名山自奉。」（頁 2629）因不得志，故作消極語，要那些如邯鄲夢裡的富貴，不如作個散人，不心動於卿相之位，只想隱居山林而終。閒逸多年後，在晚年因賈似道推舉，又得任官。但年歲已大，其雄心壯志早已消磨退減，對於當官的意態闌珊，在詞作中均可看出。景定年間，好友林希逸作詞祝賀劉氏生日，劉氏則和五闋詞，幾乎篇篇盡寫欲辭官隱退之決心。在〈轉調二郎神・再和〉中表現：

> 黃粱夢覺，忽跳出、北扉西省。今似得何人，老僧退院，秀才下省。罷草河西淮南詔，沒一字、諳尚書省。已交侶樵漁，免教人道，彌封官省。　多幸。條冰解去，新銜全省。笑殺太師光，賜靈壽杖，有詔扶他入省。死諡醉侯，生封詩伯，此事不關朝省。便茅屋、送老雲邊，也勝倚金華省。（頁 2610）

一開頭便告訴好友對於當官一事，已如「黃粱夢覺」，感覺就像僧人與秀才不在其位，不做其事一般自由，那自由的心境，便似與樵漁之輩爲友般輕鬆自在，甚至直言老死在茅屋之中，也好過爲官來得快

〔註 22〕生卒年依《全宋詞》小傳，見唐圭璋主編：《全宋詞》，冊 4，頁 2591。

活；八十歲時作〈念奴嬌・五和〉上片回顧一生曾走過之經歷，下片則云：

> 老來茲事都休，問門前賓客，今朝來幾。達汝空函，投伊大甕內，誰曾提起。丹汞灰飛，黃粱炊熟，跳出槐宮裡。兒童不識，禿翁定是誰子。（頁2606）

說明自己年歲已老，體力逐衰，往事也因訪客稀少，而難再重提。於是劉氏以〈枕中記〉與〈南柯記〉裡離開夢境前的情節，來表達自己的心境亦是如此，跳脫官場的爾虞我詐。

李曾伯在鬢髮星星時，亦慨然有感，其〈沁園春・次仁和韻時欲之官永興〉：

> 二十年前，黃州竹樓，共酬好春。記淮堧江表，群賢畢集，清明上巳，二美相并。一枕黃粱，滿頭白髮，屈指舊游能幾人。堪嗟處，悵光陰易老，猶困西塵。　　今朝又值良辰。空相像、長安天氣新。問蘭亭癸丑，雪堂壬戌，倏成疇昔，將似來今。觴泛流泉，茗烹新火，領略韶華聊嘯吟。鸚洲去，有故人相問，爲語歸音。（頁2822）

藉由和友之詞，不禁懷想年輕時在「淮堧江表，群賢畢集，清明上巳，二美相并」，當時的美好只能遙憶，那種心情就像黃粱夢境，從美好歸回平凡。用〈枕中記〉引發出人生如夢的感嘆。而王炎〈滿江紅・至日和黃伯威〉上片：

> 宦海浮沈，名與字、不能彰徹。青雲上、諸公袞袞，難登狹劣。結綬彈冠成底事，解頤折角皆虛說。待黃粱、夢覺始歸來，非明哲。（頁1860）

和詞之作，詞人多半會利用作品來陳述自己心中欲吐之言，藉機向朋友吐露想法或不平處，在使用該類傳奇入詞所體現出來的情緒，不乏是官事不利、病衰年老所引起的慨然。另外還有感歎光陰飛逝，勸人惜取的狀況，如洪适兩度酬和徐守，在〈滿江紅〉提：「年年是、楊花吹絮，草茵凝碧。駒隙光陰身易老，槐安夢幻醒難覓。」（頁1384）於〈滿庭芳〉又云：「年荒省事，投轄井中稀。架上舞衣塵積，絃索斷、箏雁差池。南柯夢，轉頭陳跡，飢鼠穴空彝。」（頁 1386）均有要人把握當下的味道。

（二）壽慶、悼亡之作

壽詞在宋詞裡占有十分之一，亦是宋詞單一主題之大宗，如魏了翁的詞集裡所收 186 首，光是壽詞就有 102 首。再加上賀人諸類喜事，合算後幾乎是每位詞人都可作上一兩闋。

在自壽〔註 23〕方面，有如上述劉克莊回和壽詞，訴說年歲老大，往事如許，難以回首的意義相同，如無名氏〈沁園春・自壽〉下片云：

> 細思世事無邊。只好把清樽對眼前。看槐國功名，有如戲劇，竹林宴賞，便似神仙。富貴危機。榮華作夢，早已輸入一著先。從今去、莫將醉趣，與醒人傳。（頁 3766）

利用壽詞透露自己此刻的心境，感嘆世事無邊，面對功名、富貴，是夢是危機，亦不去強求，因爲甘於「竹林宴賞」如神仙的逸趣裡度過後半生。最後則反用「眾人皆醉我獨醒」，似乎有意說明曾經的清醒也是枉然，不如歸於醉鄉，與山林相伴。這樣老衰所引發的慨嘆，大多士人都存有的心態，又如何夢桂〈大江東去・自壽〉裡除了敘說類似的感慨，還藏著身不由己的亡國之痛：

> 半生習氣，被風霜、銷盡頭顱如許。七十年來都鑄錯，回首邯鄲何處。杜曲桑麻，柴桑松菊，歸計成遲莫。一樽自壽，不妨沈醉狂舞。　休問滄海桑田，看朱顏白髮，轉次全故。烏兔相催天也老，千古英雄坏土。汾水悲歌，雍江苦調，墮淚眞兒女。興亡一夢，大江依舊東注。（頁 3154）

眼看著白髮蒼蒼的自己，才驚覺人生的方向全盤皆錯，曾經追求如邯

〔註 23〕劉尊明認爲：「『自壽』詞中，便主要是表現創作主體的自我生命意識，這時詞人已超脫了禮教的束縛和功利的需求，直接面對自己的生命歷程，點檢自己的生命足跡，反思和探索生命的價值和意義，抒發挫敗後的悲劇意緒，表現頑強不息的生命活力。」自壽詞是一種個性化的體現。詳參其書《唐宋詞綜論》（北京：中國社會科學出版社，2004 年 12 月），頁 161～162。

鄲夢境裡的一切，隨著夢醒也煙消雲散。夢因何醒？來自於「汾水悲歌，雍江苦調」所傷懷的亡國之痛。南宋覆亡成爲難以面對的「滄海桑田」，只好樽酒入肚，消沉於醉舞之中。其實何夢桂在咸淳年間得省試第一，後廷試又見名，可謂相當傑出，但辛苦追求的功名隨著亡國而全然白費。爲了保持自我節操，元主屢徵均不仕。這闋自壽詞，有濃厚的哀悼意味。

壽詞的內容多半是以祝福之語居多，沈義父《樂府指迷》提及：

> 壽曲最難作，切宜戒壽酒、壽香、老人星、千春百歲之類。須打破舊曲規模，只形容當人事業才能，隱然有祝頌之意方好。〔註 24〕

所以唐傳奇裡一些美善的文字，也常被壽詞運用，如王埜〈沁園春〉上片：「月地雲階，碧山丹水，春滿北園。正慈闈初度，酡顏綠髮，黃堂稱壽，畫戟朱幡。戲彩斕斑，安輿遊衍，未數當時萊與潘。今朝好，把一家和氣，散在千門。」（頁 2716）借鑒〈周秦行紀〉之詩句「風香引到大羅天，月地雲階拜洞仙。」〔註 25〕用月地雲階來形容景物之美好。劉辰翁〈臨江仙〉上片：「舊日詩腸論斗酒，風流懷抱如傾。幾年不聽渭城聲。尊前無賀老，卷裡少彌明。」（頁 3203）此闋是祝賀默軒生日，用飲中八仙賀知章，以及仙人彌明來恭維對方。

另一方面是弔已逝之人。詞中悼亡詞不多，故彌足珍貴。劉克莊是寫悼亡詞的好手之一，其〈風入松〉便是弔念其妻所作：

> 攀翻宰樹暫徘徊。草草安排。昔人徒步陳雞絮，愧公家、僕馬駢罍。華表舊愁滿目，黃粱殘夢傷懷。　　欲將莊列等歡哀。對卷慵開。憑高指點虛無路，問何年、遼鶴歸來。宿酒得風漸解，小輿待月同回。（頁 2637）

劉克莊逢人生之低落，作數闋悼亡詞，此闋感傷爲了功名，將妻子留於家鄉，如今妻死，相伴終身之夢碎，只能在妻子墓前徘徊難離。回

〔註 24〕〔宋〕沈義父：《樂府指迷》（北京：中華書局，2005 年 10 月，《詞話叢編》本，冊 1），頁 282。

〔註 25〕李時人編校，何滿子審訂：《全唐五代小說》，冊 1，頁 545。

憶過去種種，愧對愛妻之實眾矣，如黃粱夢覺，感傷無限。想利用莊子、列子來解消自己心中的傷痛，卻無法讀入，懶於開卷，心裡只想知道如何再會亡妻之面。另外劉鎮〈江神子〉弔友方檢詳，亦是一開頭便道：「思君夢裡說邯鄲。未成歡。已炊殘。斷送春歸，風雨霎時間。」（頁 2474）利用〈枕中記〉夢中達貴，夢醒成空的概念，來呈現對朋友的思念之情。

（三）遊歷、節令之作

宋代官制受到前朝藩鎮割據的影響，屬地方官職者，任期爲三年一替，有時在某地尚未待滿期限，又被迫離開該地，故爲官的文人們無形中有許多遊歷的經驗，從蘇軾、辛棄疾的年譜中可以探得一二。如晁補之由吳興離開至松江時，作〈水龍吟〉，下片云：「一似君恩賜與，賀家湖、千峰凝翠。黃粱未熟，紅旌已遠，南柯舊事。常恐重來，夜闌相對，也疑非是。向松陵回首，平蕪盡處，人在青山外。」（頁 553）運用〈枕中記〉、〈南柯記〉爲典，表現出對世事無常的無可奈何。屢遭貶謫而回到家鄉後，寓居於東皋，連作十幾闋「東皋寓居」之作，其中〈過澗歇〉作：

> 歸去。奈故人、尚作青眼相期，未許明時歸去。放懷處，買得東皋數畝，靜愛園林趣。任過客、剝啄相呼晝扃户。
> 　　堪笑兒童事業，華顛向誰語。草堂入悄，圓荷過微雨。都付邯鄲，一枕清風，好夢初覺，砌下槐影方停午。（頁 555）

開頭就學陶潛直喊「不如歸去」，在《宋史・晁補之傳》中記載：「葺歸來園，自號歸來子，忘情仕進，慕陶潛爲人。」〔註 26〕不受君王喜愛，無法展現長才在政事上，即使友朋不捨，仍是必須離開。詞作中將回鄉後所過「買得東皋數畝，靜愛園林趣」的生活表達出來，然而內心尚存些許遺憾，故詞作作結處以〈枕中記〉盧生於夢中的遭遇，那令人嚮往的人生過程，這樣的美好如夢初醒，自己還是在東皋宅下

〔註 26〕〔元〕脫脫：《宋史》，卷 444，頁 13112。

那棵槐樹下休憩。有同樣的心情者，還有李光〈水調歌頭·罷政東歸十八日晚抵西興〉下片：「回頭萬事何有，一枕夢黃糧。十載人間憂患，贏得蕭蕭華髮，清鏡照星霜。」（頁 787）杜旟〈摸魚兒·湖上〉上片：「放扁舟、萬山環處，平鋪碧浪千頃。仙人憐我征塵久，借與夢游清枕。」（頁 2206）均是為官途不順遂，或功名未成而同感嗚之。

另外還有旅途中的懷古作品，如趙希邁〈八聲甘州·竹西懷古〉上片寫：

> 寒雲飛萬里，一番秋、一番攪離懷。向隋堤躍馬，前時柳色，今度蒿萊。錦纜殘香在否，枉被白鷗猜。千古揚州夢，一覺庭槐。（頁 2692）

竹西意指「竹西亭」，此亭位於揚州城北五里禪智寺側，是邑中名勝，正如杜牧〈題揚州禪智寺〉詩：「誰知竹西路，歌吹是揚州。」〔註 27〕而竹西亦是揚州的別稱，此處運用〈大業拾遺記〉、〈開河記〉裡寫隋煬帝遊江都軼事扣題，再取〈南柯記〉夢境中的經歷，說明所謂「揚州夢」的美妙。又王奕的〈八聲甘州·題維揚摘星樓〉亦不約而同的使用該傳，下片作：「□百年間春夢，笑槐柯蟻穴，多少王侯。謾平山堂裡，棋局幾邊籌。」（頁 3299）維揚亦指揚州，而古揚州的繁華，是眾人稱羨並嚮往的。在這古城之中，多少王侯英雄立功建業，但到頭來也如同南柯一夢，醒來即空。

節令詞亦占取材該類傳奇為典故的一部分。如無名氏所作失調名一闋寫「上元」：

> 步障移春錦繡叢。珠簾翠幕護春風。沈香甲煎薰爐暖，玉樹明金蜜炬融。　車流水，馬游龍。歡聲浮動建章宮。誰憐此夜春江上，魂斷黃粱一夢中。（頁 3669）

上片寫上元節熱鬧非凡的外在景象，下片再續寫人潮眾多，更添熱鬧氣氛，而最後則用「魂斷黃粱一夢中」來襯托夜間春江上那名可憐人，也就是詞人自己，內心與歡樂的節日格格不入。

〔註 27〕〔清〕彭定求等編：《全唐詩》，冊 16，卷 522，頁 5964。

吳文英兩首重午詞，〈澡蘭香〉上片：「銀瓶露井，綵箑雲窗，往事少年依約。爲當時、曾寫榴裙，傷心紅綃褪萼。黍夢光陰漸老，汀洲煙蒻。」（頁 2901）將〈枕中記〉所夢事凝鍊成「黍夢」一詞，感嘆美好時光早逝；〈杏花天〉上片：「幽歡一夢成炊黍。知綠暗、汀菰幾度。竹西歌斷芳塵去。寬盡經年臂縷。」（頁 2940）則用該傳形容與美人歡愉之時轉眼成空。還有寫中秋者，如張鎡〈八聲甘州・中秋夜作〉：

> 歎流光迅景，百年間、能醉幾中秋。正淒蛩響砌，驚烏翻樹，煙淡蘋洲。誰喚金輪出海，不帶一雲浮。纔上青林頂，俄轉朱樓。　　人老歡情已減，料素娥信我，不爲閒愁。念幾番清夢，常是故鄉留。倩風前、數聲橫管，叫玉鸞、騎向碧空遊。誰能顧，黍炊榮利，蟻戰仇讎。（頁 2138）

張氏從宏觀角度看人的一生能有幾次醉賞中秋之月，接著續寫月升月降的各種情態。下片因觀月的移轉，再度引發詞人對生老病死的慨嘆，人老對世事的興趣減低，卻擺脫不了爲名利、親情、爭戰、仇恨等世情所惱。詞人運用〈枕中記〉盧生所遭遇的大起大落，以及〈南柯記〉裡兩處不同蟻群的對戰，形容這些「世情」。而逸民〈江城子〉寫中秋的回憶，下片作：「如今且說世平康。收戰場。息欃槍。路斷邯鄲，無復夢黃粱。浪說爲農今決矣，新酒熟，菊花香。」（頁 3587）回憶應舉時的種種現象，下片用「路斷邯鄲，無復夢黃粱」說明自己科舉不中，美夢難續。

第三節　人物軼異

唐傳奇絕大多數均是以人爲傳名，如〈馮燕傳〉、〈李章武傳〉、〈虬鬚客傳〉，傳奇集如《甘澤謠》、《傳奇》等，裡面的每一篇均以人名當成該篇標題，內容亦是所著人物的特殊遭遇。本節以「人物軼異」一名來歸納該類小說作品，其內容主題不一，最主要則包含了歷史、倫理、政治、英雄等。在宋詞取材的狀況少於婚戀情感與夢幻神仙者，被取材頻率較高的傳奇有〈大業拾遺記〉、〈海山記〉、〈迷樓記〉、〈開河記〉等寫隋煬帝軼事者，或者如〈李牟吹笛記〉、〈馮燕傳〉、〈中元傳〉等名人之特殊際遇者，以及〈蘭亭記〉、〈韋鮑生妓〉等，記錄特殊物品所引發的故事。以下分別論述之。

一、取材名篇介紹

（一）隋煬帝故事群

在此所指涉的「隋煬帝故事群」包括〈大業拾遺記〉，〔註28〕以及〈海山記〉、〈迷樓記〉與〈開河記〉。隋煬帝故事在唐代民間頗爲流傳，有行於文者，較早尚有杜寶《大業雜記》、《大業幸江都記》與趙毅《大業略記》等書。然是書今皆不全，後世描述該事時，多少會借用入文作中。另外還有白居易樂府詩〈隋堤柳〉，亦與該事相關。〈大業拾遺記〉與隋煬三記所述之事頗有類者，以下大致將四篇傳奇所陳述之內容分點概述：

1、煬帝出生，至煬帝結楊素登基，闢西苑，鑿五湖北海事，納各地奇珍入京師。

2、帝有夢陳後主事，又於北海射鯉。見玉李楊梅茂盛事；寵貢矮民王義。

3、幸江都，宮女多半不隨駕，詔麻叔謀爲開河都督，渠成，煬帝選大船五百，自洛陽泛舟至大梁。擇民女五百，謂之殿腳女，中有吳絳仙，帝特愛之，賜合歡果。又聽虞世基計，渠堤上栽柳。因渠道遠繞而囚麻叔謀。

4、晚年沉迷女色，浙人項昇善構宮室，得圖，帝詔有司役夫數萬築之，名「迷樓」。選女數千入樓，每一幸數月不出，有臣進御童女車，御車女中有女寶兒，帝特寵，後又進烏銅鏡。

〔註28〕該傳又名〈大業拾遺〉、〈大業拾遺錄〉、〈隋朝遺事〉、〈隋遺錄〉、〈南部烟花記〉、〈南部烟花錄〉，李劍國：《唐五代志怪傳奇敘錄》有考證該篇篇名事，本文茲從此說，詳見李書，下冊，頁556～562。

有不進御者眾，有侯夫人留數詩傷其遇。

5、入迷樓前後另有幸月觀與蕭妃夜語憶故，後帝寵韓俊娥賜別名來夢兒，蕭妃妒去之；與杳娘蕭妃拆字事，到帝有焚草之變。迷樓在唐帝入京見後，以爲民之膏血，命人焚之。

〈大業拾遺記〉與隋煬三記被判定爲唐末作品，故有些宋詞取材隋煬帝故事，不見得是出這些傳奇裡，例如「隋柳」、「隋堤」，在唐詩中頗爲常見，早在初唐便有詩人用於詩作中，如耿湋〈送郭秀才赴舉〉:「海雨沾隋柳，江潮赴楚船。」〔註29〕太宗皇帝〈春池柳〉:「年柳變池臺，隋堤曲直回。」〔註30〕中唐又有白居易作〈隋堤柳〉，所指涉多與此四篇故事有一定關聯性，其內容如下：

隋堤柳，歲久年深盡衰朽。風飄飄兮雨蕭蕭，三株兩株汴河口。老枝病葉愁殺人，曾經大業年中春。大業年中煬天子，種柳成行夾流水。西自黃河東至淮，綠陰一千三百里。大業末年春暮月，柳色如煙絮如雪。南幸江都恣佚遊，應將此柳繫龍舟。紫髯郎將護錦纜，青娥御史直迷樓。海內財力此時竭，舟中歌笑何日休。上荒下困勢不久，宗社之危如綴旒。煬天子，自言福祚長無窮，豈知皇子封酅公。龍舟未過彭城閤，義旗已入長安宮。蕭牆禍生人事變，晏駕不得歸秦中。土墳數尺何處葬，吳公臺下多悲風。二百年來汴河路，沙草和煙朝復暮。後王何以鑒前王，請看隋堤亡國樹。〔註31〕

其中相關情節或專有名詞若有互見之處，除上述「隋柳」、「隋堤」不收外，其餘皆收於宋詞取材「隋煬帝故事群」中。取材數約 81 闋，較常取用的詞人有賀鑄（6 闋）、蘇軾（5 闋）、姚述堯（4 闋）、周邦彥與吳文英（3 闋）等。雖同一詞人取材多首多爲北宋詞人，但依據數據顯示，取材該故事群者，有南重北輕之狀況。

〔註29〕〔清〕彭定求等編：《全唐詩》，冊 8，卷 268，頁 2991。
〔註30〕〔清〕彭定求等編：《全唐詩》，冊 1，卷 1，頁 16。
〔註31〕〔清〕彭定求等編：《全唐詩》，冊 13，卷 427，頁 4708～4709。

（二）〈李牟吹笛記〉

李舟作此文近兩百字，所記如下：

> 李舟好事，嘗得村舍烟竹，截以爲笛，堅如鐵石。以遺李牟。牟吹笛天下第一。月夜泛江，維舟吹之，寥亮逸發，上徹雲表。俄有客獨立于岸，呼船請載。既至，請笛而吹，甚爲精壯，山石可裂。牟平生未嘗見。及入破，呼吸盤擗，其笛應聲而碎。客散，不知所之。舟著記，疑其蛟龍也。李牟夜吹笛于瓜州，舟楫甚隘。初發調，群動皆息；及數奏，微風颯然而至。又頃俄，舟人賈客皆怨嘆悲泣之聲。〔註32〕

此傳透過李肇《國史補》得以保留，《太平廣記》引《國史補》文，李牟作李謩，文字小異，而牟、謩二字是一音之轉，所書實爲一事。關於李牟事，元稹〈連昌宮詞〉:「李謩壓笛傍宮牆，偷得新翻數般曲。」〔註33〕與《甘澤謠・許雲封》記李謩乃天寶梨園之樂工，〔註34〕皆指李謩確有其人。

宋詞取材唐傳奇部分，約有 25 闋，詞人取材該傳與〈傳書燕〉用法雷同，均取傳中最精彩處。詞人多用〈傳書燕〉裡雙燕爲思婦準確傳遞詩信引入作中，而在〈李牟吹笛記〉裡則是多以客吹鐵笛之異象化入詞句。較常使用該傳入詞的詞人有吳文英（3 闋）、辛棄疾（2 闋），而南宋詞人取材該傳之比例占五分之四。

（三）其　他

除了「隋煬帝故事群」與〈李牟吹笛記〉有較高的取材外，其餘人物軼異類之作品，在宋詞的取用均是一般，但仍有幾篇小說值得提出討論：

〈馮燕傳〉是沈亞之所撰，出於《沈下賢文集》卷四。全文四百餘字，所述魏地游俠少年馮燕，慷慨有義氣，因搏殺不平，逃亡滑州，

〔註32〕李時人編校，何滿子審訂：《全唐五代小說》，冊 1，頁 525～526。
〔註33〕〔清〕彭定求等編：《全唐詩》，冊 12，卷 419，頁 4612。
〔註34〕李時人編校，何滿子審訂：《全唐五代小說》，冊 3，頁 1728。

受賈耽賞留屬中軍。某日見滑將張嬰妻美，便與之私通。張嬰知此事，常毆責張妻，引起妻黨不滿。一次張嬰醉飲歸來，馮燕恰在室中，張妻開門迎夫，以裙裾掩蔽馮燕，馮燕藉機轉入門後躲藏。發現頭巾遺於枕下，恰在佩刀旁。此時張嬰已昏睡，馮燕指頭巾欲取，張妻卻遞上佩刀。馮燕接刀，斷張妻頸而去。隔日張嬰醒，發現妻已死，輒被鄰居拘捕，並通知妻黨。張嬰遭眾人責打，並送官府。在判死罪赴刑場時，突有一人排眾而至，是馮燕前來自首。司法官上報滑州刺史賈耽，賈耽以歸回官印贖燕死罪。皇帝認為馮燕所為正當，下令赦免滑州所有死囚。沈亞之作後，著名詩人司空圖亦寫〈馮燕歌〉來和沈亞之的〈傳〉。〔註 35〕在宋代詞作中，〈馮燕傳〉與〈馮燕歌〉再度得到傳承，有曾布作〈水調歌頭〉7 闋，主題檃括傳文意義。

另外羅隱的〈中元傳〉〔註 36〕是記錄王勃寫下聞名後世的〈滕王閣序〉故事。王勃年十三，隨父（一說舅）宦遊江左，途中遇一老叟，係水府之神。神令勃來至南昌作〈滕王閣序〉，當助清風一席。至南昌，見都督閻公宴於滕王閣，請諸客作序，時公婿吳生已宿構之，公欲誇之賓客。公授諸客皆辭，唯勃欣然接受。公慍怒而歸內閣，囑人伺王勃下筆，當以口報。初報公皆鄙之，直到報云：「落霞與孤鶩齊飛，秋水共長天一色。」乃歎為眞天才，文成後公大悅，示眾客皆嘆服。勃歸故地，見老叟相待。叟吩咐王勃過長蘆，焚陰錢十萬，欲

〔註 35〕〈馮燕歌〉是否為司空圖所作，有部分學者認為〈歌〉、〈傳〉均為沈亞之所撰，例如程毅中在《唐代小說史》（北京：人民文學出版社，2003 年 5 月）提及：「〈馮燕傳〉亦見《文苑英華》卷 795，並附〈馮燕歌〉（一說司空圖作）……〈馮燕傳〉說：『為感詞人沈下賢，長歌更與分明說。』似乎歌也是沈亞之作的。」（頁 168）但大多數學者均肯定〈歌〉為司空圖所作，故從之。

〔註 36〕〈中元傳〉不見著錄，但該文被轉載多次，可見於劉斧《摭遺》、《分門古今類事》卷三、陳元靚《歲時廣記》等，蜀本《分門古今類事》（收錄於《筆記小說大觀》，臺北：新興書局，1977 年 8 月）文末注出羅隱〈中元傳〉，故知原作原題。（頁 1007）然此三書對〈中元傳〉均有裁節，惟《歲時廣記》所述事較全，可視為羅隱原文。

以償債，然勃過長蘆卻忘老叟之囑，船不動，勃當悟，取陰錢焚之乃得前進。

與〈中元傳〉有與有異曲同工之妙者，即是〈蘭亭記〉。〔註37〕兩者均是由一篇序記所敷衍的故事。何延之〈蘭亭記〉較著重於〈蘭亭序〉的下落。文中說明此序傳承至智永禪師弟子辯才時，太宗欲得此序，而蕭翼爲太宗智取得序，太宗臨終時，又命高宗將序陪葬陵中事。

筆者在蒐羅宋詞取材時，對於直接典用〈蘭亭集序〉與〈秋日登洪府滕王閣餞別序〉兩文者不取，僅收有關〈中元傳〉與〈蘭亭記〉之故事情節，或重要人物、物品等，兩傳取材數各 6 闋。

最後還有李玫《纂異記》的〈韋鮑生妓〉。此傳記載開成初年富人鮑生，養妓多人。至歷陽與表弟韋生相遇，鮑籌酒宴，因於佇淮陽時喪馬數匹，故僅攜一、二妓陪侍。舞樂將盡，鮑問韋尋購良馬消息，韋便將購得奇馬事說之。鮑聞後喜，舉燭觀馬，韋戲鮑曰：能以人換。鮑命人帶妓四弦濃妝前來，妓至，舉杯歌唱並勸酒，韋生召人牽一紫馬酬鮑。忽有紫衣帽者二人，鮑、韋疑大官夜至，入室以窺。紫衣即席嘲妾換馬事。兩人對飲賦詩，並述舉貢之道利弊，後又發吟詠之意，兩人以妾換馬爲題，以芭蕉葉抽毫操之，二人竟是謝莊、江淹者，然芭蕉用盡，韋發篋取紅箋，跪獻廡下。二人驚云：幽顯路殊，不可相遇。再謂生日後主文柄，較量輕重，無以小巧爲意。言訖，二人不知其所在。此傳宋詞亦有 8 闋引以爲典，主要是借鑒四弦妓詩作。

二、詞作內容與類型

（一）詠物抒懷

「隋煬帝故事群」在該類比重最大，雖內容不是專寫男女情愛，卻在記錄帝王淫奢時，出現許多關於女性的事蹟，包括蕭妃、司花女袁寶兒、塾腳女吳絳仙、羅羅、來夢兒韓俊兒、杳娘、侯夫人等等，

〔註37〕〈蘭亭記〉又名〈蘭亭始末記〉，此記係由唐代張彥遠《法書要錄》收入得以保留。

這些美人以及背後經歷之事跡，形成詞人詠花之最佳譬喻，例如李處全〈菩薩蠻〉詠菊花云：「四時皆有司花女。杪秋猶見花如許。想得紫金丹。工夫造化間。」（頁 1732）用司花女所隱含的美麗之意，來形容花嬌；姜夔〈疏影〉是一首著名的詠梅詞，其中下片：「猶記深宮舊事，那人正睡裡，飛近蛾綠。」（頁 2182）用「蛾綠」一詞，來形容「那人」之美，在〈大業拾遺記〉裡記載：

> 絳仙善畫長蛾眉，帝色不自禁，回輦召絳仙，……由是殿腳女爭效長蛾眉。司宮吏日給螺子黛五斛，號爲蛾綠。〔註 38〕

隋煬帝賞絳仙長蛾眉之美，更賜蛾綠來增飾，故引起眾女效法。而趙以夫〈大酺〉上片作：「醉豔酣春，妍姿浥露，翠羽輕明如削。檀心鴉黃嫩，似離情愁緒，萬絲交錯。」（頁 2660）亦是如此，司花女寶兒「多憨態」隋煬帝便命虞世南嘲戲之，故作詩：「學畫鴉黃半未成，垂肩嚲袖太憨生。」〔註 39〕鴉黃是古代仕女塗額化妝的黃粉，趙以夫詠牡丹，將牡丹中間花蕊上的黃粉，用美女畫鴉黃的情態來形容，可說是相得益彰。

除了用美人形態來描繪花之嬌豔外，還有李彭老〈法曲獻仙音〉下片：「念當時、看花遊冶，曾錦纜移舟，寶箏隨輦。」（頁 2969）回憶曾經賞花經驗的美好，用隋煬帝幸遊江都，處處錦纜彩舟的熱鬧氣象相互比擬。李老萊〈揚州慢〉詠瓊花，揚州瓊花觀因內有瓊花絕美而得名，李氏用隋煬帝在揚州建蓋迷樓事蹟入此詞下片作：「悵朱檻香消，綠屏夢渺，腸斷瑤瓊。九曲迷樓依舊，沈沈夜、想覓行雲。但荒煙幽翠，東風吹作秋聲。」（頁 2973）用迷樓外觀依舊，但人事已非，來託喻今非昔比之感慨。又馬子嚴〈賀新郎〉上片：「客裡傷春淺。問今年梅蕊，因甚化工不管。陌上芳塵行處滿。可計天涯近遠。見說道、迷樓左畔。」（頁 2067）亦用迷樓點出瓊花之所在。

除了詠花之作外，尚有蘇軾作〈減字木蘭花・西湖食荔支〉，上

〔註 38〕李時人編校，何滿子審訂：《全唐五代小說》，冊 3，頁 1864～1865。
〔註 39〕李時人編校，何滿子審訂：《全唐五代小說》，冊 3，頁 1864。

片作：「閩溪珍獻。過海雲帆來似箭。玉坐金盤。不貢奇葩四百年。」（頁 312）利用〈海山記〉裡有關荔枝的事：

帝自素死，益無憚，乃辟地周二百里爲西苑，役民力常百萬。內爲十六院，聚土石爲山，鑿爲五湖四海。詔天下境內所有鳥獸草木，驛至京師。……閩中進五色荔枝：綠荔枝、紫紋荔枝、赭色荔枝、丁香荔枝、淺黃荔枝。〔註 40〕

在該傳中，煬帝從各地搜括珍品，而閩地最珍貴的食物即是荔枝。東坡詠荔枝，用此事說其珍貴奇葩。許庭〈臨江仙〉：

不見隋河堤上柳，綠陰流水依依。龍舟東下疾於飛。千條萬葉，濃翠染旌旗。　　記得當年春去也，錦帆不見西歸。故拋輕絮點人衣。如將亡國恨，說與路人知。（頁 1349）

以詠柳的手法，寫歷史興亡的感嘆。隋煬帝在運河兩旁種植柳樹，所乘龍舟隨河東去，當時春日柳翠，與彩纜之舟交錯形成色彩斑爛的綺麗畫面。用「旌旗」一詞有兩種指涉，一指舟上所插之旗，另則用來預示戰爭的開始，以呼應「春去也」、「錦帆不見西歸」，最後以擬人的手法，寫柳絮隨風飄散惹愁緒，像是在敘述亡國之恨般。

劉辰翁〈酹江月・漫興〉從詠月中有感而發，上片寫：「遙憐兒女，未解憶長安、十年前月。徙倚桂枝空延佇，無物同心堪結。冷落江湖，蕭條門巷，猶著西樓客。恨無鐵笛，一聲吹裂山石。」（頁 3221）起首用杜甫〈月夜〉詩：「遙憐小兒女，未解憶長安。」〔註 41〕點出月夜情思，再反用「李舍人班舊節齋吳客，嘗言中秋之盛」〔註 42〕事，說明今昔全然變樣，累積滿懷觀月之愁緒後，再用〈李牟吹笛記〉月夜江上吹笛之情節，欲將胸中鬱積的苦悶，透過笛聲解放而出，此刻詞人相信，如此吹笛，便能似李牟舟上客吹笛一般，可裂山石。除江夜吹笛意境，〈李牟吹笛記〉在詠笛作品亦常被取用，如楊无咎〈解蹀躞・呂倩倩吹笛〉：「金谷樓中人在，兩點眉顰綠。叫雲穿月，橫吹

〔註 40〕李時人編校，何滿子審訂：《全唐五代小說》，冊 3，頁 1875～1876。
〔註 41〕〔清〕彭定求等編：《全唐詩》，冊 7，卷 224，頁 2403。
〔註 42〕此爲此句下原注，亦見唐圭璋主編：《全宋詞》，冊 5，頁 3222。

楚山竹。」（頁 1180）用李牟事來形容笛聲「寥亮逸發」；孔德明〈水調歌頭・龍笛詞〉下片：「轟起一聲蘄州，耳畔覺泠泠。裂石穿雲去，萬鬼盡潛形。」（頁 3894）則用此事說明笛聲之嘹亮壯闊。

（二）宦遊羈旅

內容有關宦遊羈旅之主題，份量位居第二，如周邦彥〈青房并蒂蓮〉即是遊歷懷古之作：

> 醉凝眸。正楚天秋晚，遠岸雲收。草綠蓮紅，□映小汀洲。芰荷香裡鴛鴦浦，恨菱歌、驚起眠鷗。望去帆、一派湖光，棹聲咿啞櫓聲柔。　　愁窺汴堤細柳，曾舞送鶯時，錦纜龍舟。擁傾國纖腰皓齒，笑倚迷樓。空令五湖夜月，也羞照三十六宮秋。正浪吟、不覺回橈，水花風葉兩悠悠。（頁 621）〔註 43〕

維揚即是揚州，《尚書・禹貢》有「淮海惟揚州」之語，〔註 44〕而「惟」字通「維」，遂以「維揚」爲揚州之別稱。上片寫揚州湖光之美，起首兩句點出季節與時間，在秋天的傍晚之際，用微醉的雙眼所觀望到的景色。周氏凝鍊前人寫泊於水上之詩句來增飾詞句，如韓偓〈南浦〉：「應是石城艇子來，兩槳咿啞過花塢。」〔註 45〕吳融〈汴上晚泊〉：「蕭然正無寐，夜櫓莫咿啞。」〔註 46〕下片五句，即是使用「隋煬帝故事群」來點出懷古之旨。詞人將視角鎖定在一名侍女上，看著煬帝乘錦纜龍舟，河水兩旁是翠綠細長的楊柳，座中天子有美女環倚，各個天姿國色，游歷至所建迷樓處，因「使眞仙游其中」〔註 47〕更讓煬帝開懷。同樣寫水

〔註 43〕《全宋詞》案云：「此首又見《陽春白雪》卷四，題王聖與作，注云：『明本誤附美成集後。』所云明本，殆指明州所刊《清眞集》二十四卷。此書刊於嘉泰中，王沂孫時代較晚。此詞是否周邦彥作，尚未可知，但亦非王沂孫作。」（冊 2，頁 622）

〔註 44〕《尚書・禹貢》（臺北：藝文印書館，2001 年 12 月，《十三經注疏》本，冊 1），卷 6，頁 82。

〔註 45〕〔清〕彭定求等編：《全唐詩》，冊 20，卷 861，頁 7806。

〔註 46〕〔清〕彭定求等編：《全唐詩》，冊 20，卷 864，頁 7861。

〔註 47〕李時人編校，何滿子審訂：《全唐五代小說》，冊 3，頁 1885。

上晚景，汪元量（1241？～？）有不同作法，其〈滿江紅・吳江秋夜〉：

一個蘭舟，雙桂槳、順流東去。但滿目、銀光萬頃，淒其風露。漁火已歸鴻雁汊，櫂歌更在鴛鴦浦。漸夜深、蘆葉冷颼颼，臨平路。　吹鐵笛，鳴金鼓。絲玉膾，傾香醑。且浩歌痛飲，藕花深處。秋水長天迷遠望，曉風殘月空凝佇。問人間、今夕是何年，清如許。（頁 3338）

兩首所寫之季節同，但時間不同，汪氏此闋是描述夜黑之後，因漁火、星月之光，使得江水「銀光萬頃」，秋風淒緊，遠處有櫂歌入耳，給人深幽的意境。隨時光流轉，夜深萬籟俱寂，詞人觀景之餘，佐以音樂、美酒，下片先用〈李牟吹笛記〉的江夜吹笛意境，再借〈滕王閣序〉文句寫景，最後又用〈周秦行紀〉之詩句，以及東坡〈水調歌頭〉詞之意境，來襯托「曉風殘月空凝佇」。汪氏雖只有五十餘闋詞，卻屢用該類傳奇入詞，再看〈六州歌頭・江都〉：

綠蕪城上，懷古恨依依。淮山碎。江波逝。昔人非。今人悲。惆悵隋天子。錦帆裡。環朱履。叢香綺。展旌旗。蕩漣漪。擊鼓撾金，擁瓊璈玉吹。恣意游嬉。斜日暉暉。亂鶯啼。　銷魂此際。君臣醉。貔貅弊。事如飛。山河墜。煙塵起。風淒淒。雨霏霏。草木皆垂淚。家國棄。竟忘歸。笙歌地。歡娛地。盡荒畦。惟有當時皓月，依然挂、楊柳青枝。聽隄邊漁叟，一笛醉中吹。興廢誰知。（頁 3340）

此詞寫於赴燕途中，雖說懷古，實際則是傷今，就如詞云「昔人非，今人悲」汪氏欲表達今人之悲勝過懷古。將旨意點出後，直接詮釋「昔人非」，此處從「惆悵隋天子」到「斜日暉暉，亂鶯啼」均使用了「隋煬帝故事群」之內容，來說明過往在江都此地曾發生過最豪奢的生活，將〈開河記〉中煬帝糜爛淫奢的生活享樂，用〈六州歌頭〉特有的三字句激烈急切的表達出來。程大昌《演繁露》云：「〈六州歌頭〉，本鼓吹曲也，近世好事者倚其聲為弔古詞。」〔註 48〕楊慎《詞品》亦

〔註 48〕〔宋〕程大昌：《演繁露》（上海：上海古籍出版社，1999 年 2 月，《宋元詞話》本），頁 317。

說明：「〈六州歌頭〉，本鼓吹曲也，音調悲壯，又以古興亡事實之，聞之使人慷慨，良不與豔科詞同科，誠可喜也。」〔註 49〕下片雖仍寫過去，卻直指現況，亦用激切的情感寫亡國的痛恨，君主受奸臣舞弄如醉酒般不清醒，使得戰亂起，風雲色變，連草木都爲之流淚。曾經繁華遊冶之處，如今蘋毀不堪，惟有貫穿時空的浩月，仍陪伴在楊柳青枝旁，此處亦表現出強烈的今昔之比。整首詞鎖著「懷古恨依依」之恨，將心中的憂憤傾瀉而出。

另外汪元量名作〈水龍吟·淮河舟中夜聞宮人琴聲〉上片之末作：「自都門燕別，龍艘錦纜，空載得、春歸去。」（頁 3340）當時宋帝與眾妃、宮人數千人被擄北歸，汪氏亦在其中，聞琴聲故作此詞，此處亦用「隋煬帝故事群」事，來形容被擄一事，而「空載得、春歸去」則暗指南宋國勢已如春去般，不可追挽。

其他如陳韡〈蘭陵王〉上片末云：「隋堤楊柳猶春色。嗟十載人事，幾番棋局，青油年少已鬢白。漫惆悵京國。」（頁 2487）用楊柳青綠起興，來反襯自己鬢髮星白，故下片結於「功名休問，吾老矣，付俊傑。」感嘆英雄空老；辛棄疾〈滿江紅〉下片：「巖泉上，飛鳧浴。巢林下，栖禽宿。恨酴醾開晚，謾翻船玉。蓮社豈堪談昨夢，蘭亭何處尋遺墨。但羈懷、空自倚鞦韆，無心蹴。」（頁 1953）此闋寫因旅居京師，卻又因寂寞而遙念故鄉之情懷。下片承懷想「故園」起興，描述故園景美，卻不得主人賞。用蓮社以書招淵明事，再用〈蘭亭記〉裡尋遺墨事，然稼軒尋遺墨非指珍貴墨寶，而是指當年那群文人的雅興難再得，借以抒發爲官不成又難回故鄉的慨嘆。

（三）主題檃括

宋代檃括詞不多，檃括主題爲唐傳奇者更少，然在該類傳奇中，檃括詞則占一部分，形成特色。劉勰《文心雕龍·鎔裁》言：「檃括

〔註 49〕〔明〕楊慎《詞品》（北京：中華書局，2005 年 10 月，《詞話叢編》本，冊 1），卷 1，頁 430。

情理，矯揉文采也。」〔註 50〕是首見將「檃括」一詞用於文學理論者，檃括詞便是將原有的詩文或其他作品加以剪裁、改寫入詞作中。曾布〈水調歌頭〉七首檃括〈馮燕傳〉故事，無名氏〈傾杯序〉則寫〈中元傳〉事。另外林正大〈括賀新涼〉（蘭亭當日事）、吳潛〈哨遍〉（在晉永和），方岳〈沁園春〉（歲在永和）〔註 51〕均是檃括〈蘭亭集序〉，吳潛詞詞題作「括蘭亭記」亦是對該序之簡稱，與何延之〈蘭亭記〉較無關係，故不討論。

1、曾布〈水調歌頭〉七闋檃括〈馮燕傳、歌〉

曾布（1035～1107）〔註 52〕此七闋詞是剪裁〈馮燕傳〉與〈馮燕歌〉而來，從〈排遍第一〉觀察：

> 魏豪有馮燕，年少客幽并。擊毬鬥雞為戲，遊俠久知名。因避仇、來東郡。元戎留屬中軍。直氣凌貔虎，須臾叱吒風雲。凜凜坐中生。　偶乘佳興。輕裘錦帶，東風躍馬，往來尋訪幽勝。遊冶出東城。堤上鶯花撩亂，香車寶馬縱橫。草軟平沙穩。高樓兩岸春風，語笑隔簾聲。（頁 266）

首四句先括〈馮燕傳〉：「馮燕者，魏豪人，父祖無聞名，燕少以意氣任專，爲擊毬鬥雞戲。」〔註 53〕取「魏豪」、「擊毬鬥雞戲」來介紹馮燕與其興趣，再取司空圖〈馮燕歌〉：「魏中義士有馮燕，游俠幽并最少年。」〔註 54〕美化馮燕形象。詞以「因避仇」簡單帶過〈馮燕傳〉裡行文頗多的「搏殺不平」之爭議形象，故取詩「避讎偶作滑臺客」一語帶過，再大讚馮燕被相國賈公留屬後，「直氣凌貔虎，須臾叱吒風雲」的英雄氣象。下片寫巧遇張嬰妻，並與之偷歡，〈傳〉只作：「他日出行里中，見戶旁婦人，翳袖而望者，色甚冶，使人熟其意，遂室之。」〔註 55〕但〈馮

〔註 50〕〔梁〕劉勰撰，周振甫注釋：《文心雕龍注釋》，頁 615。
〔註 51〕見唐圭璋主編：《全宋詞》，冊 4，頁 2441、2728、2837。
〔註 52〕見唐圭璋主編：《全宋詞》，冊 1，頁 266。
〔註 53〕李時人編校，何滿子審訂：《全唐五代小說》，冊 1，頁 692。
〔註 54〕〔清〕彭定求等編：《全唐詩》，冊 19，卷 634，頁 7282～7283。下文引司空圖〈馮燕歌〉均從此，不另注。
〔註 55〕李時人編校，何滿子審訂：《全唐五代小說》，冊 1，頁 692。

燕歌〉與詞均在此擴大描述，在〈排遍第二〉與〈排遍第三〉大書特書兩人之私情，甚至將原本偷情的罪惡之事，敘述得唯美浪漫，曾布有此敘述亦其來有因，係取材多由〈馮燕歌〉而來：

> 此時恰遇鶯花月，堤上軒車晝不絕。兩面高樓語笑聲，指點行人情暗結。擲果潘郎誰不慕，朱門別見紅妝露。故故推門掩不開，似教歐軋傳言語。馮生敲鐙袖籠鞭，半拂垂楊半惹煙。樹間春鳥知人意，的的心期暗與傳。傳道張嬰偏嗜酒，從此香閨爲我有。梁間客燕正相欺，屋上鳴鳩空自鬥。

〈馮燕歌〉用十六句詩來表達兩人互相欣賞，進而結合之經過，而曾布則加以增飾，甚至在〈排遍第三〉下片云：「唯見新恩繾綣，連枝並翼，香閨日日爲郎，誰知松蘿託蔓，一比一毫輕。」（頁 266）渾然不見有夫之婦與人偷情的不倫之戀，只見「窈窕佳人，獨立瑤階，擲果潘郎，瞥見紅顏橫波盼。」（頁 266）像是一對正經的俊男美女正熱戀歡愛的情景。

小說中第一個高潮，在於馮燕殺張妻的行爲，雖只用幾句帶過：「嬰醉且瞑。燕指巾令其妻取，妻即刀授燕，燕熟視，斷其妻頸，遂巾而去。」〔註 56〕沈〈傳〉以「燕熟視」三字留給讀者很大的想像空間，到了〈馮燕歌〉時，就將馮燕熟視背後心理的想法，也就是殺張妻的原因：「爾能負彼必相負」道出，曾布承繼〈馮燕歌〉之說法，在〈排遍第四〉下片：「爾能負心於彼，於我必無情。熟視花鈿不足，剛腸終不能平。假手迎天意，一揮霜刃。牕間粉頸斷瑤瓊。」（頁 267）再次深化馮燕之義，用「剛腸終不能平」加以形容，甚至將殺張妻視爲「天意」，將之合理化。

〈馮燕傳〉篇幅不大，近 450 餘字，到了〈馮燕歌〉時，增加到 476 字，司空圖對於沈〈傳〉已如其詩所言「長歌更與分明說」，將沈〈傳〉裡曖昧未言的部分，直接陳述在詩作中，而在曾布七闋〈水

〔註 56〕李時人編校，何滿子審訂：《全唐五代小說》，冊 1，頁 692。

調歌頭〉，字數則達到 724 字，除了曾布大量引重〈馮燕歌〉的內容外，還包括曾布對〈馮燕傳〉的再發揮。在黃美鈴〈〈馮燕傳〉、〈馮燕歌〉、〈水調七遍〉對馮燕的謳歌—男性中心層級分明的道德體系呈現〉一文中，亦仔細介紹並比較此三篇作品的差別，其中對曾布詞的發揮，有如是觀點：

> 值得注意者，〈水調七遍〉多了馮燕手刃張妻，並捨命救冤屈後的自我省察，〈排遍第六〉云：「割愛無心，泣對虞姬，手戮傾城寵。翻然起死，不教仇怨負冤聲。」此處對馮燕心理世界的描寫，多少注意到了他與張妻的情感關係，以及對張妻的虧欠。〔註 57〕

馮燕對張妻的情感雖在，在曾布增述此段心理描述，亦只是用以襯托馮燕之義舉。

此七闋詞原見於王明清《玉照新志》，王氏云：

> 〈馮燕傳〉，見之《麗情集》，唐賈耽守太原時事也。元祐中，曾文肅帥并門，感嘆其義風，自製〈水調歌頭〉，以亞大曲。〔註 58〕

文肅是曾布之謚號，布是曾鞏之弟，與鞏同舉進士，累官至尚書右僕射。曾布與沈亞之、司空圖的創作意圖一致，均是感嘆馮燕的義風，才作此七闋詞。但〈歌〉用「凌波如喚遊金谷，羞彼揶揄淚滿衣。」將張妻的形象貶低，而〈水調〉詞亦承繼作：「還被凌波呼喚，相將金谷同遊，想見逢迎處，揶揄羞面，妝臉淚盈盈。」（頁 267）以金谷園綠珠爲石崇墜樓；「割愛無心，泣對虞姬。」（頁 267）虞姬爲項羽自殺，用此二美人背後的形象，來暗指張妻的不貞，這種情況在宋詞裡是較少見者。針對〈歌〉與〈水調〉詞在人物形象上的重新詮釋，王小琳有如此看法：

> 這兩篇衍生之作，透過抬高馮燕與貶抑張妻，顯然進一步

〔註 57〕黃美鈴：〈〈馮燕傳〉、〈馮燕歌〉、〈水調七遍〉對馮燕的謳歌——男性中心層級分明的道德體系呈現〉，《漢學研究》第 24 卷第 2 期（2006 年 12 月），頁 182。

〔註 58〕〔宋〕王明清：《玉照新志》（上海：上海古籍出版社，1999 年 2 月，《宋元詞話》本），頁 359。

> 將馮燕塑造爲爲義懲淫、替天行道的形象，以爲倫理教化的典型。但是如果在「熟視」時的心理轉折，馮燕想到的是張妻起殺夫之心，來日也可能假手他人以害己，未免落入自我算計的私心之中，與「義」的內涵相距甚遠，那麼費力塑造的義的形象終欠缺說服力。〔註59〕

〈水調〉本爲隋曲，隋煬帝將巡幸江都，開鑿汴河時作，其調聲韻悲切，〔註60〕唐代亦流傳該曲名，聲調在第五疊五言四句兩平韻時，聲情最爲怨切。〈水調〉在宋代流行不絕，宋人裁其歌頭，變舊曲爲新聲，始見劉潛詞。《碧鷄漫志》言該詞牌爲中呂調（夾鍾羽）〔註61〕與原〈水調〉之聲情已兩異，在周德清《中原音韻》論此聲情爲「典雅沉重」，〔註62〕由此觀之，曾布使用〈水調歌頭〉一方面是因該詞牌一闋所含之字數較多，適合用以敘述，另一方面則是因爲詞牌聲情與〈馮燕傳〉的調性相當，取此聲情描述英雄義行，可謂相得益彰。

2、〈傾杯序〉檃括〈中元傳〉

無名氏〈傾杯序〉，此詞是錄於《歲時廣記‧記滕閣》裡，此篇上引〈中元傳〉原文，〔註63〕陳元靚再加入此闋宋人詞作，可知其檃括該傳全文：

> 昔有王生，冠世文章，嘗隨舊遊江渚。偶爾停舟寓目，遙望江祠，依依陌上閒步。恭詣殿砌，稽首瞻仰，返回歸路。遇老叟，坐于磯石，貌純古。　　因語□，子非王勃是致，生驚詢之，片餉方悟。子有清才，幸對滕王高閣，可作當

〔註59〕王小琳：〈〈馮燕傳〉及其相關故事的女性閱讀——兼論當代文學女性婚外戀的書寫角度〉，「2006年當代跨文化國際研討會」會議論文。（文章詳見網頁 http：//www.la.nsysu.edu.tw/MCR2006/papers/wang%20shu%20lin.doc）

〔註60〕〔唐〕劉餗，程毅中點校：《隋唐嘉話》，卷下，頁58。

〔註61〕〔宋〕王灼：《碧雞漫志》，卷4，頁106。

〔註62〕〔元〕周德清：《中原音韻》（臺北：藝文印書館，1979年3月），頁110。

〔註63〕陳元靚《歲時廣記》云引《摭言》，今本《摭言》無涉神仙事，劉斧《摭遺》亦有記此事，事詳於《摭言》，故《摭言》應爲《摭遺》之誤。

年詞賦。汝但上舟，休慮。迢迢仗清風去。到筵中、下筆華麗，如神助。　　會俊侶。面如玉。大夫久坐覺生怒。報云落霞並飛孤鶩。秋水長天，一色澄素。閻公竦然，復坐華筵，次詩引序。道鳴鸞佩玉，鏘鏘罷歌舞。　　棟雲飛過南浦。暮簾捲向西山雨。閑雲潭影，淡淡悠悠，物換星移，幾度寒暑。閣中帝子，悄悄垂名，在於何處。算長江、儼然自東去。（頁3675）

〈傾杯序〉共四疊，207字，而宋詞詞牌中，字數最多者爲〈鶯啼序〉共四疊，240字，可知〈傾杯序〉亦是屬詞牌中字數較多者。由於《全宋詞》獨見此作，無法得知詞牌之聲情，雖詞牌中有〈傾杯樂〉、〈傾杯令〉、〈傾杯近〉等，亦無法判斷之間是否有無關係。

從文字關係觀察，將一篇傳奇濃縮於200餘字內，作者對於內容有所取捨，舉之特色如下：

（1）襲用〈傳〉中原文者

如〈傳〉云：「勃詣殿砌，稽首瞻仰，返回歸路。遇老叟，年高貌古，骨秀神清，坐於磯上。」〔註64〕詞作第一疊後半與此段僅數字之差；再「子非王勃乎？勃心驚異」與「子有清才」等，〔註65〕詞作第二疊亦直接襲用。

（2）改易王勃詩、文

作者只要遇到檃括王勃詩、文處必會改動，但句意不變，如「落霞與孤鶩齊飛，秋水共長天一色」，〔註66〕詞作「落霞並飛孤鶩。秋水長天，一色澄素。」〈傳〉又引王勃〈滕王閣〉詩：

滕王高閣臨江渚，珮玉鳴鸞罷歌舞。畫棟朝飛南浦雲，珠簾暮捲西山雨。閑雲潭影日悠悠，物換星移幾度秋。閣中

〔註64〕李時人編校，何滿子審訂：《全唐五代小說》，冊3，頁1589。此引文係用施蟄存、陳如江輯錄的《歲時廣記》點校版本，可更清楚兩者之襲用關係。見《歲時廣記》（上海：上海古籍出版社，1999年2月），頁649。

〔註65〕李時人編校，何滿子審訂：《全唐五代小說》，冊3，頁1589～1590。

〔註66〕李時人編校，何滿子審訂：《全唐五代小說》，冊3，頁1590。

帝子今何在，檻外長江空自流。〔註67〕

從「道鳴鸞佩玉」至「儼然自東去」，除「滕王高閣臨江渚」未引入之外，已算是將此詩完整檃括，雖句意不變，仍可看出作者在此處有逞現才華，欲與王勃一較高下的意味。

（3）刪減部分情節

作者將重點放在遇神仙清風助行，與〈滕王閣序〉完成的重點，略去閻公爲婿所安排寫序事，以及公入內，命人逐一口報事，僅以「大夫久坐覺生怒」一語帶過，另外在王勃賦詩後的所有情節，均無入詞，可能是受到宋代流傳該傳節本所影響。

〈傾杯序〉檃括此傳應是對王勃的愛好，再加上改易其詩有和王作的效果，卻意外留下一闋取材於唐傳奇之詞作。

第四節　綜合主題

部分傳奇小說在內容上難以界定如上述三類之中，故專闢一節探討，也因爲這些小說有綜合性的主題，在被宋詞取材的數量上，亦是名列前茅的佼佼者，分別爲白居易、陳鴻的〈長恨歌、傳〉與裴鉶《傳奇》裡的〈裴航〉、〈文簫〉三篇，以下分述之。

一、宋詞與多元主題——〈長恨歌、傳〉

（一）〈長恨歌、傳〉內容簡介

陳鴻的〈長恨傳〉（又名長恨歌傳）在宋代以後出現四種版本，較有出入者，以《文苑英華》（通行本）與明刻本《文苑英華》所附《麗情集》本兩者，主要差別在於用散文、駢文敘寫的不同，以及所述支線情節略有差異，但兩者故事主體梗概，大致相同，均與〈長恨歌〉所載情節相似。〔註68〕由於從詞作的取材借用上，無法間接考辨

〔註67〕李時人編校，何滿子審訂：《全唐五代小說》，冊3，頁1591；又見〔清〕彭定求等編：《全唐詩》，冊3，卷55，頁673。

〔註68〕版本問題除第一章注有略述之外，可詳參周相錄：《長恨歌研究》，

版本問題，故選擇範本以通行本為主，再輔以他本比較。

該故事講述開元、天寶年間，唐玄宗與楊貴妃的愛情故事，除此之外，它還包涵作者感慨舊史、諷喻淫亂誤國等其他意旨。首先在人物方面，重要者分別有：唐玄宗、楊貴妃、蜀道士以及後宮佳麗三千（此指形象）等；故事場景一路從驪山華清宮、馬嵬、長安城，以及最後的仙山。通篇環繞著李、楊兩人事跡書寫，剪裁得宜，大略可分為以下八個段落：

1、太平盛世，玄宗因寵妃相繼即世，嫌怨後宮無出色者。

2、得楊玄琰女，詔賜藻瑩，見楊女出浴嬌弱，甚悅。

3、先授金釵鈿合，再封為貴妃，專寵一人，連同親族亦顯貴。

4、安祿山假借討楊國忠之名，引兵嚮闕，使國忠、貴妃皆死於馬嵬。

5、隔年肅宗即位，玄宗回長安思及舊事，感慨良多。

6、有蜀道士為玄宗上天下地尋妃，於仙山覓得「玉妃太眞院」。

7、貴妃分釵寄情，又感傷憶及夜半憑肩相許「永世為夫妻」事。

8、作者略提寫作緣由與意旨。

以上所分類八種，是為詞作取材情節部分加以細分。

（二）宋詞取材〈長恨歌、傳〉之詞作

由以上所歸納出的分類與條件加以檢索整理統計，取材〈長恨歌、傳〉之情節可得詞作約 152 首，以故事中李、楊二人的初識過程，與貴妃於仙山感傷憶往兩項情節最多；單借鑿白居易〈長恨歌〉詩句者，也大約亦有 151 闋之多。〔註 69〕而詞作內容包含整體故事者，約有八首，分別為李冠〈六州歌頭〉（淒涼繡嶺）、黃庭堅〈調笑〉（無

頁 33～74。

〔註 69〕此處有關取材〈長恨歌、傳〉之詞作合算約有 303 首，另有吳世如在《唐宋詩歌中的楊貴妃形象研究》（臺北：淡江大學中文研究所碩士論文，2002 年）統計相關楊貴妃詞作共 160 首，重出一首，故有 159 首，吳氏所統計之詞作少於本文所統計之數量，可見是書附錄，頁 137～140。

語）、鄭僅〈調笑轉踏〉（時節）、李綱〈雨霖鈴〉（蛾眉修綠）、吳文英〈宴清都〉（繡幄鴛鴦柱）、王沂孫〈水龍吟〉（淡妝不掃蛾眉）（翠雲遙擁環妃）、無名氏〈伊州曲〉（金雞障下胡雛戲）。關於詞人取材情節而言，作品數達五首以上者有吳文英（7 闋）、柳永（5 闋），爲引用之冠，其他如晁端禮、賀鑄、趙長卿、辛棄疾、王沂孫等亦作有四闋。根據資料顯示，綜觀宋詞取材唐人傳奇的引用情形，以〈長恨歌、傳〉爲宋人取材之冠，與其他唐人傳奇相較之下，可說尤爲凸出，是其餘傳奇故事皆不逹者。

（三）受綜合主題傳奇影響的詞作內容

〈長恨歌、傳〉主題多元，可說是愛情、歷史、神話之綜合體，在情節的類別上，本文已大致分爲八項，而宋詞取材於「貴妃出浴」、「仙山尋貴妃」以及「貴妃死後分釵寄情」等情節爲數最多，占取材情節的作品數逾半。詞人取材該傳奇情節，亦受其多元化之影響，體現詞作之內容亦相當多元，以下將整理該類詞作的題材趨向，以數量多寡依次排列說明，並進一步分析此類詞作的用事特色。

1、題材類別

（1）詠物寫景

此類占取材情節作品總數的五分之二，題詠對象以花、草、水果、溫泉、爲主，其中以詠花最多；寫景數量較少，偏重在雨後景致。被題詠的花類分別有海棠、梅、牡丹、蓮、荷、梨花、酴醾、銀杏、菊、桃花、茉莉、榴花等，即使是題詠建築物，亦多半也與花有關。自古花與美人常作互喻，詞人則將貴妃出浴的嬌態、天生麗質淡妝的容顏，轉化比擬花的形狀、顏色以及精神。如吳文英〈丁香結〉下片云：「還似。海霧冷仙山，喚覺環兒半睡。淺薄朱脣，嬌羞豔色，自傷時背。」（頁 2889）用方士尋妃，在仙山覓得，而貴妃方醒的絕美容貌來形容海棠之豔麗。李彌遜〈十月桃〉上片：「一枝三四，弄疏英秀色，特地生寒。刻楮三年，謾誇煮石成丹。梨花帶雨難並，似玉妃、寂寞微濟。」（頁 1051）以貴妃帶淚花顏來媲美梅色；辛棄疾〈虞美人〉下片作：「淡中有味清中貴。飛絮殘英避。露華微滲玉肌香。恰似楊妃初試、出蘭湯。」（頁 1902）貴妃初被詔入，明皇賜湯，稼軒認爲當時未被皇室生活改變的楊妃，其形象與酴醾潔白之美最爲吻合。而詠荷花之作，則多傾向使用貴妃出浴來比擬，如李曾伯〈水龍吟〉上片：「似輕鬟、晚臨妝鏡。阿環浴罷，珠橫翠亂，芳肌猶潤。」（頁 2829）趙長卿〈清平樂〉上片：「綽約藕花初過雨。出浴楊妃無語。」（頁 1790）還有蔣捷〈晝錦堂・荷花〉上片：「染柳煙消，敲菰雨斷，歷歷猶寄斜陽。掩冉玉妃芳袂，擁出靈場。」（頁 3436）

另外有一類則借詠物來寄託國家興亡的感嘆，如王易簡、呂同老、唐珏、趙汝鈉等人的〈水龍吟・浮翠山房擬賦白蓮〉作品。這些作品收錄在《樂府補題》中，以「浮翠山房擬賦白蓮」爲題者共有十首，取材有關〈長恨歌、傳〉部分共有六首，故出現〈水龍吟〉詠白蓮是用以寫后妃一事之說。〔註 70〕在藉貴妃來詠白蓮之美，亦多著重在貴妃出浴、仙山初醒（或是酒醉初醒）的情節上。依據路成文考察，認爲浮翠山房位於西湖，宋室南渡，西湖即爲皇室成員休閑娛樂之地，其地位同於太液池，可以繫聯南宋後宮之人遊覽西湖之事，詞人懷故題之，而路氏認爲詞中除了表達對故國的思念之情，還包含對自我節操的保持，強調清靜自守的情志。〔註 71〕而牛海蓉亦認爲宋遺民將西湖視爲故國的象徵，〔註 72〕故遺民詞人的「西湖詞」帶有多重意涵。張預〈山中白雲詞跋〉云：

西湖故多沉憂善歌之士。自南渡之際，故家遺老，愴懷禾

〔註 70〕詳參夏承燾：〈樂府補題考〉，《唐宋詞人年譜》（臺北：明倫出版社，1970 年 12 月），頁 376～383。

〔註 71〕詳見路成文：《宋代詠物詞史論》（北京：商務印書館，2005 年 12 月），頁 269～272。

〔註 72〕牛海蓉：《元初宋金遺民詞人研究》（北京：中國社會科學出版社，2007 年 2 月），頁 198。

> 黍，山殘水剩之感，風孱月�之思，流連紆郁，忍俊不禁，往往託興聲律，借抒襟抱。其尤工者，比物儷華，言促意長；後之人推尚其作，至比於草堂詩史，謂興亡之跡，於是乎系焉。〔註 73〕

可以借該段評述來總括宋遺民於亡國後所作之西湖詞，便可看出當時詠西湖所存在的意義。

（2）情愛離愁

李、楊的戀情貫穿整篇故事，尤其在楊妃分釵寄情，到憶及兩人憑肩互許盟誓的情節，特別令人感到浪漫，這段情節對於後代文人有很深的影響。在婚姻戀情的題材中，也多半引用該情節來鋪陳詞作，大概可以分爲三種描述：例如晏幾道〈風入松〉寫別恨，上片作：

> 心心念念憶相逢。別恨誰濃。就中懊惱難拚處，是擘釵、分鈿匆匆。卻似桃源路失，落花空記前蹤。（頁 227）

用李、楊分釵事，來比喻自己與情人匆匆分離，感傷更甚，因此心裡所繫念者，都是何時能相逢之事。再看康與之〈瑞鶴仙〉上片寫：

> 薄寒羅袖怯。教小玉添香，被翻宮襭。蘭釭半明滅。聽幾聲歸雁，一簾微月。情波恨葉。索新詞、猶自怨別。夢回時、雪暖酥凝，掠鬢寶鴛釵折。（頁 1304）

先典〈長恨歌〉裡的婢女小玉形象，再將分釵寄情的事寫出；又洪瑹〈踏莎行〉下片云：「帶綰同心，釵分一股。斷魂空草高唐賦。」（頁 2963）均是用該情節寫離情之恨，此爲第一類。第二類如晁端禮〈雨中花〉下片：「幾多映月憑肩私語，傍花和淚深盟。爭信道、三年虛負，一事無成。瑤珮空傳好好，秦箏聞說瓊瓊。此心在了，半邊明鏡，終遇今生。」（頁 422）憶想過去的甜蜜，用李、楊憑肩私語之情節來敘寫；又見晁氏以此再作〈雨中花〉（小小中庭）：「難忘處、憑肩私語，和淚深盟。假使釵分金股，休論井引銀瓶。但知記取，此心常

〔註 73〕〔宋〕張炎撰，黃畬校箋：《山中白雲詞箋》（杭州：浙江古籍出版社，1994 年 12 月），頁 501。

在，好事須成。」（頁 439）

第三類則如李甲〈幔卷紬〉，上片作：

> 絕羽沉鱗，埋花葬玉，杳杳悲前事。對一盞寒燈，數點流螢，悄悄畫屏，巫山十二。蕣臉星眸，蕙情蘭性，一旦成流水。便縱有、甘泉妙手，洪都方士何濟。（頁 490）

將方士上仙山尋妃的事加入詞作中，深化音訊渺茫的遺憾。又如晁端禮〈鷰山溪〉（輕衫短帽）：「深院鎖春風，悄無人、桃花自笑。金釵一股，擬欲問音塵，天杳杳。波渺渺。何處尋蓬島。」（頁 424）也是使用相關情節，來說明音訊難得。其他相關題材的詞作，大約不出以上三種取材。

（3）**題畫贈答**

除了故事有高度的流傳性外，關於楊貴妃的畫作，亦從唐末影響到宋代。所以題畫之詞也占有一些比例。除蔣捷的題畫詞與高觀國題牡丹畫非以貴妃爲主角外，其餘（高觀國題太眞出浴圖、程武題馬嵬圖、陳德武題楊妃夜宴醉歸圖）皆是。雖以圖畫的內容爲主要描述對象，然而詞人又將〈長恨歌、傳〉故事結合一起，以高觀國〈思佳客〉爲例：

> 寫出梨花雨後晴。凝脂洗盡見天眞。春從翠髻堆邊見，嬌自紅綃脫處生。　天寶夢，馬嵬塵。斷魂無復到華清。恰如佇立東風裏，猶能霓裳羯鼓聲。（頁 2359）

在題詠之餘，多半還是涉及到馬嵬舊事，並將「長恨」的精神點出；而次韻贈答之作，除了單純和人詞作外，也分佈在以上四類作品當中。舉例如李之儀〈千秋歲〉（深簾靜晝）：「閒舞袖。回身昵語憑肩久。眉厭橫波皺。歌斷青青柳。釵遽擘，壺頻叩。鬢凄清鏡雪，淚漲芳樽酒。」（頁 340）借憑肩私語以及分釵情節，來寫久別重逢；趙長卿〈一叢花〉上片：「階前春草亂愁芽。塵暗綠窗紗。釵盟鏡約知何限，最斷腸、溢浦琵琶。」（頁 1785）則用釵盟鏡約來反指送別。

（4）節令祝賀

在故事當中，楊妃提到「七夕」之節日，並指出該日對兩人的重要性，例如憑肩私語、分釵寄情等事，所以詞人作七夕節令詞時，喜歡引用該情節來深化詞境。例如晏幾道〈蝶戀花〉在下片直接將情節說明於詞中：「分鈿擘釵涼葉下。香袖憑肩，誰記當時話。路隔銀河猶可借。世間離恨何年罷。」（頁 223）吳文英〈六么令〉下片:「那知天上計拙，乞巧樓南北。瓜果幾度淒涼，寂寞羅池客。人事回廊縹緲，誰見金釵擘。今夕何夕。杯殘月墮，但耿銀河漫天碧。」（頁 2889）王沂孫〈錦堂春〉下片：「綵盤凝望仙子，但三星隱隱，一水盈盈。暗想憑肩私語，鬢亂釵橫。蛛網飄絲罥恨，玉籤傳點催明，算人間待巧，似恁怱怱，有甚心情。」（頁 3364）把李、楊故事融入詞作爲典實。七夕詞據黃杰統計，在兩宋詞中共有 133 首，〔註 74〕而內容取材〈長恨歌、傳〉情節者占十分之一，足以見得該傳與七夕詞有密切關係。在賀壽、賀生女的作品中，也將楊妃專寵時，民間流傳「男不封侯女作妃，看女卻爲門上楣」〔註 75〕的歌謠濃縮引用於詞中，或是仙化貴妃，以達到祝賀效果。

2、用事特色

（1）將貴妃神仙化

陳寅恪在箋證樂府詩〈李夫人〉時，指出該作與〈長恨歌、傳〉的關係：

> 樂天之詩句與陳鴻之傳文所以特爲佳勝者，實在其後半節暢述人天生死形魂離合之關係，而此種物語之增加，則由漢武帝、李夫人故事轉化而來。
>
> 明皇與楊妃之關係，雖爲唐世文人公開共同習作詩文之題

〔註 74〕見黃杰：《宋詞與民俗》，頁 47。而劉學燕在《兩宋七夕與重陽詞研究》中所統計七夕詞共有 212 闋，頗有懸殊，但該論文亦說明七夕詞典用〈長恨、歌傳〉情節頻繁。統計數字見劉學燕論文，頁 246。

〔註 75〕李時人編校，何滿子審訂：《全唐五代小說》，冊 1，頁 671。

目，而增入漢武帝、李夫人故事，乃白、陳之所特創。〔註76〕

陳氏站在肯定《麗情集》本爲原作的角度下，觀察《麗情集》本涉及漢武帝、李夫人事較他本多，再加上他認爲〈歌〉、〈傳〉實爲一個「不可分離之共同機構」，〔註77〕直接說明〈歌〉、〈傳〉內容皆受漢武帝、李夫人事所影響。而宋詞多受白、陳詩傳的影響，甚至更進一步拓展貴妃仙化的部分，這個現象在詠物詞作常見，爲了提升所詠之物的高貴，也相對將拿來比附的楊妃神仙化，因此造成故事的神話性被擴大。雖然宋詞將傳奇小說神話的部分加強，卻沒有直接影響到後來的同一母題作品，例如白樸的《梧桐雨》就沒有仙山神話的部分。

（2）對於貴妃同情諒解者多於批判

詞流行於歌樓酒館，吟唱者多半爲歌妓，就因與女性息息相關，因而對於女性多半是採同情的態度。張再林在《唐宋士風與詞風研究》說明在唐代白居易後奠定一種士人對女性同情、尊重的態度，而宋代因襲並擴張這樣的態度，導致影響詞風的雅化現象。〔註78〕白居易撰寫〈長恨歌〉時，寄予對楊妃同情的成份較高，再者白詩的藝術價值超越陳傳與樂史〈外傳〉，浪漫多情的詩風也較契合於詞體本身，因此〈傳〉與〈外傳〉中本有的「懲尤物、窒亂階」的意旨，也漸遭磨滅。這在詞作取材的數量而言，給予楊妃負面評價者只占少數，其餘多以同情或讚美爲主，可見一斑。

（3）寫事深刻化、詠物具象化

在寫事方面，吳文英即席有三姬求詞，因作〈聲聲慢・飲時貴家即席三姬求詞〉，上片：

> 春星當戶，眉月分心，羅屏繡幕圍香，歌緩□□，輕塵暗簌文梁。秋桐汎商絲雨、恨未回、飄雪垂楊。連寶鏡，更

〔註76〕見陳寅恪：《元白詩箋證稿》，頁248、41。

〔註77〕陳寅恪：《元白詩箋證稿》，頁4。

〔註78〕詳見張再林：《唐宋士風與詞風研究——以白居易、蘇軾爲中心》（北京：人民文學出版社，2005年6月），頁250～262。

一家姊妹，曾入昭陽。（頁 2920）

巧妙運用傳奇的情節，將三美妓在富豪之家受寵事，以及三人的美貌，用「更一家姊妹，曾入昭陽」一語道盡；在詠物方面，王之道〈滿庭芳〉寫蓮花，上片：「翠蓋千重，青錢萬疊，雨餘綠漲銀塘。藕花無數，高下鬥芬芳。渾似華清賜浴，溫泉滑、洗出眞香。何妨更，合歡連理，高壓萬芝祥。」（頁 1146）扣緊陳傳的華清池蓮，將蓮花出泥不染的姿態，用貴妃出浴的美景相比附，使之具象化；而王安石〈西江月〉詠梅，上片：「梅好惟嫌淡佇，天教薄與胭脂。眞妃初出華清池。酒入瓊姬半醉。」（頁 207）亦是用貴妃的膚色與半醉的情態，比擬梅花的顏色。

（四）「長恨故事」主題詞之寫作特色

《全宋詞》中整首取材李、楊故事的作品並不多，種類卻是最多，歸納後可得詞作有：李冠〈六州歌頭〉、黃庭堅〈調笑歌〉、鄭僅〈調笑轉踏〉、李綱〈雨霖鈴〉、吳文英〈宴清都〉、王沂孫〈水龍吟〉兩闋與無名氏〈伊州曲〉等八首。〔註 79〕大致可分爲四大項，分別是詠美人詞、懷古詞、詠物（花）詞以及檃括詞，以下將分析比較同類型作品的寫作技巧與特色。

1、詠美人詞

在此八首之中，黃庭堅與鄭僅的〈調笑〉詞，在形式上屬於小令，主題則是以寫楊妃爲主，形式、題旨皆同。宋代〈調笑〉的形式，其實與「大曲」相似，是用來表演歌舞藝術，也是聯章詞體的一種，此形式在下一章節會有系統的介紹，此處則從簡。黃、鄭的〈調笑〉詞均僅有本事詩與曲詞兩部分，是屬於〈調笑〉詞最簡略的形式：

無語。恨如許。方士歸時腸斷處。梨花一枝春帶雨。半鈿分釵親付。天長地久相思苦。渺渺鯨波無路。（頁 399）〔註 80〕

〔註 79〕《全宋詞》收謝枋得存目詞〈風流子〉（三郎年少客）一闋，內容亦涉及整體故事，但經唐圭璋判定該詞爲金僕散汝弼所作（頁 3142），故不列入討論。

〔註 80〕此詞本事詩云：「海上神仙字太眞、昭陽殿裡稱心人。猶思一曲霓裳

時節。白銀闕。洞裏春晴百和爇。蘭心底事多悲切。消盡一團冰雪。明皇恩愛雲山絕。誰道蓬萊安悦。（頁446）〔註81〕

宋代〈調笑〉詞流傳後世的作品並不多，大概可分爲兩類，一是詠物，如曾慥詞；一是敘事懷人，如黃庭堅、鄭僅、晁補之與秦觀詞。黃、鄭兩人同屬懷人敘事之作，在體製上相同，而內容上兩人以貴妃爲主題抒寫，用本事詩介紹貴妃的故事，再用曲詞將玄宗悼念的情感敘寫出來，在架構上是相似的，兩者也都繼承〈長恨歌、傳〉貴妃死後居於仙山一事，但其間仍有所差異：

（1）情節比重方面：黃詞以順時的寫法，點出貴妃受寵、馬嵬之死，將重心放在蜀道士尋覓楊妃到將半股金釵帶回給玄宗的情節上；而鄭詞著重在貴妃、玄宗初識的過程與楊妃貌美的描述上，最後寫因時節而有所感懷的玄宗，內心的思念，兩者取用不同。

（2）用字方面：黃詞使用〈長恨歌〉成句「梨花一枝春帶雨」，其他詞句在用字上也多依循白詩的脈絡走，但本事詩與曲詞出現重複的句子，使得詞作意涵不夠凝鍊，缺乏新意；反觀鄭詞雖詠貴妃，但多用新語，一句「誰道蓬萊安悅」就將故事情節從玄宗悼妃到方士尋妃的內容一語道盡。

（3）用韻方面：黃詞使用第四部仄聲韻，相當切合玄宗有恨無處可訴的嗚咽之情，而鄭詞使用第十八部入聲韻，充份表現玄宗思念淒絕的情深。

2、懷古詞

李、楊故事具有歷史性，所描述的部分場景也確實出現在文人可達之處。文人習慣登臨懷古，而懷古之作也最容易將該地曾發生過的故事或歷史，寫入作品當中。李冠寫驪山，而李綱作西蜀懷古，詞作云：

舞，散作中原胡馬塵。方士歸來說風度。梨花一枝春帶雨。分釵半鈿愁殺人，上皇倚闌獨無語。」

〔註81〕此詞本事詩作：「綽約妍姿號太眞。肌膚冰雪怯輕塵。霞衣乍舉紅搖影，按出霓裳曲最新。舞釵斜嚲烏雲髮。一點春心幽恨切。蓬萊雖說浪風輕，翻恨明皇此時節。」

> 蛾眉修綠。正君王恩寵，曼舞絲竹。華清賜浴瑤甃，五家會處，花盈山谷。百里遺簪墮珥，盡寶鈿珠玉。聽突騎、鼙鼓聲喧，寂寞霓裳羽衣曲。　　金輿遠幸匆匆速。奈六軍不發人爭目。明眸皓齒難戀，腸斷處、繡囊猶馥。劍閣崢嶸，何況鈴聲，帶雨相續。謾留與、千古傷神，盡入生綃幅。(〈雨霖鈴〉，頁 901)

李冠〈六州歌頭・驪山〉在第二章第二節已有簡析，此處將李冠與李綱作品，進行比較：前者以「淒涼」二字說明該地已今非昔比，接著點出兩位主角遊歷於此的事跡，以順時性之手法將楊貴妃受明皇寵幸，到香消於馬嵬之情節，從上片銜接到下片，過片時配合〈六州歌頭〉下片不斷轉韻、改變句式的詞調特色來寫戰亂的動蕩，使詞情與聲情合一，最後以史實的角度說明香囊存在(《唐書》所載)，〔註 82〕貴妃死於馬嵬是事實，而方士尋妃(〈長恨歌、傳〉所載)這種文人虛構的故事，只是個傳說，留給後人緬懷之用，直接否定具神話色彩的傳奇內容。後者則刺玄宗第一次到西蜀，爲的是逃難而來，把原因歸咎於「曼舞絲竹」的貪戀舞樂，以及「華清賜浴瑤甃」的寵愛美人兩事，較特別者，是李綱特地選用〈雨霖鈴〉寫明皇思念貴妃事，將詞調、詞文與題旨巧妙的搭配一起。懷古作品多半具有批判味道，對於楊妃之死並無太多的同情，這一點倒是與史學家陳鴻作〈長恨傳〉的旨意「懲尤物，窒亂階」〔註 83〕不謀而合。

3、詠物詞

沈義父《樂府指迷》云：「作詞與詩不同，縱是花卉之類，亦須略用情意，或要入閨房之意。」〔註 84〕沈氏之言說明詠花不能單只有

〔註 82〕《新、舊唐書》均載此事，見〔宋〕歐陽脩等撰：《新唐書》云：「帝至自蜀，道過其所，使祭之，且詔改葬。禮部侍郎李揆曰：「龍武將士以國忠負上速亂，爲天下殺之。今葬妃，恐反仄自疑。」帝乃止。密遣中使者具棺槨它葬焉。啓瘞，故香囊猶在，中人以獻，帝視之，悽感流涕，命工貌妃於別殿，朝夕往，必爲鯁欷。」(卷 76，頁 3495)

〔註 83〕李時人編校，何滿子審訂：《全唐五代小說》，冊 1，頁 673。

〔註 84〕〔宋〕沈義父：《樂府指迷》，冊 1，頁 281。

寫花的外觀與美麗，若能加入一些情語，會使詞作顯得更有深度，這是沈氏所認爲的作詞原則。然而到了南宋中後期，因國勢衰危，部分詞家不作綺旎之語，寫慷慨詞，以解心中苦悶，另一方面也出現借此抒彼，感懷國破家亡之痛，或個人身世遭遇。吳文英〈宴清都〉題詠連理海棠：

> 繡幄鴛鴦柱。紅情密，膩雲低護秦樹。芳根兼倚，花梢鈿合，錦屏人妒。東風睡足交枝，正夢枕、瑤釵燕股。障灩蠟、滿照歡叢，嫠蟾冷落羞度。　　人間萬感幽單，華清慣浴，春盎風露。連鬟並暖，同心共結，向承恩處。憑誰爲歌長恨，暗殿鎖、秋燈夜語。敘舊期、不負春盟，紅朝翠暮。（頁 2882）

文句扣緊連理枝與海棠花，上片用「被底鴛鴦」、「金釵玉鈿合」、「海棠春睡」等相關本事寫花枝相交，濃情蜜意的神態；下片轉爲抒情，投射自己的感情狀態，以「憑誰爲歌長恨」爲分界，以上憶往，用貴妃出浴、受寵的情節鋪陳愛人的可愛可親，以下愁思，用玄宗的心態比附自己，感慨作結，層次多變。劉永濟分析該詞也提出：「此詞既以楊妃比花，以明皇、楊妃之離合之事貫穿其中，實則又以楊妃比去妾以抒寫自己的離情。」〔註 85〕吳氏取材該故實在宋代詞人比例最高，田玉琪在《徘徊於七寶樓台—吳文英詞研究》提出兩點原因，一爲李、楊愛情故事與吳文英的愛情遭遇有類似之處，一爲〈長恨歌〉內容想像豐富，造語奇麗，與吳氏追求的語言風格是一致的。以上可略爲說明取材之因。〔註 86〕

吳文英用該本事抒寫個人情感，而王沂孫則作〈水龍吟〉兩闋題詠白蓮，實寫家國之思：

> 淡妝不掃蛾眉，爲誰佇立羞明鏡。真妃解語，西施淨洗，娉婷顧影。薄露初勻，纖塵不染移根玉井。想飄然一葉，

〔註 85〕劉永濟：《微睇室說詞》（上海：上海古籍出版社，1987 年 5 月），頁 7。

〔註 86〕田玉琪：《徘徊於七寶樓台——吳文英詞研究》（北京：中華書局，2004 年 8 月），頁 98～99。

颼颼短髮，中流臥，浮煙艇。　　可惜瑤臺路迥。抱淒涼，月中難認。相逢還是，冰壺浴罷，牙牀酒醒。步襪空留，舞裳微褪，粉殘香冷。望海山依約，時時夢想，素波千頃。（頁3355）

翠雲遙擁環妃，夜深按徹霓裳舞。鉛華淨洗，涓涓出浴，盈盈解語。太液荒寒，海山依約，斷魂何許。甚人間、別有冰肌雪豔，嬌無奈、頻相顧。　　三十六陂煙雨。舊淒涼、向誰堪訴。如今謾說，仙姿自潔，芳心更苦。羅襪初停，玉璫還解，早淩波去。試乘風一葉，重來月底，與脩花譜。（頁3355）

宋詞實際含有寄託（指對於國事興亡的寄託）的作品並非多數，南宋後從辛棄疾的詞作略有幾首外，直至宋末則漸漸開展寄託的詞作。而王沂孫的詞，在評論家的眼中，就是有寄託的代表。王氏兩首〈水龍吟〉運用貴妃人物形象與所處的時代背景來描繪白蓮，李、楊故事涉及到國家中衰的情節，切合王氏顛沛流離的遭遇。兩首選用本事的題材相當類似，除〈長恨歌、傳〉外，還結合〈楊太眞外傳〉、《開元天寶遺事》等相關帝妃戀史，使用情節不外乎出浴、霓裳歌舞、解語、醉初醒、憑肩誓盟、步搖金璫等事，寫作技巧上，將白蓮擬人化，並借詠蓮夾敘自己身處亡國之悲。第一闋爲順序抒寫，上片堆疊貴妃眾多情貌，以表現白蓮之美，下片轉爲虛實相間，用夢境與過去曾發生的眞實交合，營造一種遺憾之感；第二首從回憶美好起頭，但現實已是「太液荒寒」人事盡非，空留斷魂的悔恨，這般今昔之比，正切中詞人家國已失，身世飄零的悲痛；下片延續悔恨的情緒，以及盼望重逢（意指復國）的可能。雖王氏此二闋不比其他如〈眉嫵〉詠新月、〈水龍吟〉詠牡丹寄託之深，但仍可一窺寄寓亡國之恨的筆觸。

4、檃括詞

無名氏〈伊州曲〉，雖沒有明確指出作意爲何，但查看作品本身，大致可得知檃括〈長恨歌〉詩文，再加上〈長恨傳〉、〈楊太眞外傳〉

的部分內容而來：

> 金雞障下胡雛戲。樂極禍來，漁陽兵起。鸞輿幸蜀，玉環縊死。馬嵬坡下塵滓。夜對行宮皓月，恨最恨、春風桃李。洪都方士。念君縈繫。妃子。蓬萊殿裏。覓尋太眞，宮中睡起。遙謝君意。淚流瓊臉，梨花帶雨，髣彿霓裳初試。寄鈿合、共金釵私言徒爾。在天願爲、比翼同飛。居地應爲、連理雙枝。天長與地久，唯此恨無已。（頁 3674）

〈楊太眞外傳〉:「上嘗於勤政樓東間設大金雞帳，施一大埸，卷去簾，令祿山坐。其下設百戲，與祿山看焉。」〔註 87〕作者櫽括該文，作爲開頭，原因有二，其一是引禍（安祿山）入宮，其二是貪戀聲色，於是樂極禍至，作者在此似乎不全將惹禍的矛頭指向貴妃，是因爲詞作的精神是繼承白詩「重情」的筆調。由「漁陽兵起」到「天長與地久，唯此恨無已」，直接櫽括白詩「漁陽鞞鼓動地來，驚破霓裳羽衣曲」到「天長地久有時盡，此恨綿綿無絕期」。〔註 88〕作者改寫以單式句爲主的詩作，用〈伊州曲〉這種雙式句較多的詞調抒寫，提升原本恨意高昂的詩文，轉而變成婉轉纏綿的愁情。

二、宋詞與人仙情愛——〈裴航〉、〈文簫〉

（一）〈裴航〉、〈文簫〉內容介紹

《傳奇》一書裡，有部分是人仙相戀的故事，包括〈裴航〉、〈文簫〉、〈薛昭〉、〈封陟〉等等，其中最廣爲人知者，即〈裴航〉〔註 89〕一篇，從一首小詩作爲開展故事的起點，描述秀才裴航，在求仕途中，與樊夫人同舟，因夫人色美，裴生以詩導之，無料夫人冷

〔註 87〕魯迅校錄：《唐宋傳奇集》，頁 180。

〔註 88〕李時人編校，何滿子審訂：《全唐五代小說》，冊 1，頁 674～677。亦可見〔清〕彭定求等編：《全唐詩》，冊 13，卷 435，頁 4818～4819。

〔註 89〕〈裴航〉一篇《太平廣記》卷 50，引《傳奇》。《類說》卷 32 有節載，而《紺珠集》卷 11 亦節載，題名爲〈藍橋神仙窟〉；《古今事文類聚》前集卷 34 節引，題《藍橋遇仙》；《錦繡萬花谷》前集卷 2 節引〈仙藥〉，卷 16 節引〈藍橋遇仙〉。

淡理會，僅留一詩便不見蹤跡。裴生遍尋不得，後行經藍橋驛下緝麻女雲英求漿，卻被雲英之美貌所傾倒。裴生不顧門第之見，開口求婚，爲得雲英，裴生放棄舉業，不顧他人恥笑，於街上高聲訪求玉杵，並不惜解囊購置，於百日之期，徒步前往藍橋；後雲英再約搗藥百日，才議婚事，裴生毫無懈怠，終得與雲英結爲夫妻，超爲上仙。

與〈裴航〉結構頗類者，還有〈文簫〉〔註 90〕篇，均是以一首詩來開展一段故事，故事敘寫唐大和年間，書生文簫於中秋日遊鍾陵西山遊帷觀，邂逅一如仙美人，便吟詩讚之，料雙方相互愛慕，情投意合。忽有仙童自天而降，宣佈天判，云：「吳彩鸞以私欲而泄天機，謫爲民妻一紀。」〔註 91〕彩鸞聞之號泣，與生偕歸鍾陵。彩鸞告知來歷，爲仙君吳猛之女，已亦仙女也。決心與文簫同甘共苦，知生不能自贍，故抄書謀生。某夜風雷驟至，而後雙雙騎虎仙去。兩篇故事情節相似，故合併討論。

（二）宋詞取材兩篇傳奇之作品

關於宋詞取材〈裴航〉、〈文簫〉兩篇之詞作，共約有 120 闋，〈裴航〉占 101 闋，而〈文簫〉有 16 闋。其中有 3 闋爲兩事合用。另外有 2 闋是以〈裴航〉故事爲主題進行創作，分別爲王之望〈好事近〉（綵艦載娉婷）與楊澤民〈倒犯〉（畫舫、並仙舟遠窺）。詞人方面，吳文英以〈裴航〉事爲典，共作 7 闋爲引用之冠，陳允平將兩事合用作 2 闋，〈裴航〉事作 3 闋，以〈文簫〉爲典者 2 闋，總合亦 7 闋；再者取材〈裴航〉事作詞較多者還有蔡伸（6 闋）、晁補之（3 闋）、范成大（3 闋）等。

〔註 90〕〈文簫〉一篇《類說》卷 32 節載，題〈文簫〉，又《紺珠集》卷 11 節載，題〈鬻唐韻〉；《歲時廣記》卷 33 引，題〈入仙壇〉；《古今事文類聚》前集卷 11 節錄，題〈遇吳彩鸞〉；《錦繡萬花谷》後集卷 17 節題〈文簫駕彩鸞〉。以《類書》爲最詳。

〔註 91〕李時人編校，何滿子審訂：《全唐五代小說》，冊 3，頁 1840。

（三）取材人仙情愛之主題特色

詞人運用有關人與仙人所譜戀情，或是仙女形象，不外乎是對生命的另一種嚮往，生命裡愁苦多於歡樂，詞人在詞作中架構屬於自己的理想世界，這是詞作運用該事的中心思想。以下將取材詞作中較凸出以及有代表性之主題羅列於下，分點述之。

1、情愛——嚮往美善境界

在愛情裡的美好境界，詞人如何詮釋？當然可以選擇如李清照〈一翦梅〉:「此情無計可消除，才下眉頭，却上心頭。」（頁 928）這種白描手法來說明，但若能「以事類之」亦能將愛情的美好加以表達。而〈裴航〉、〈文簫〉的愛情故事正是詞人們的選擇之一。蔡伸〈滿庭芳〉寫情人重逢：

> 鸚鵡洲邊，芙蓉城下，迥然水秀山明。小舟雙槳，特地訪雲英。驚破蘭衾好夢，開朱户、一笑相迎。良宵永，南窗皓月，依舊照娉婷。　　別來，無限恨，持杯欲語，恍若魂驚。念霎時相見，又慘離情。還是匆匆去也，重攜手、密語叮嚀。佳期在，寶釵鸞鏡，端不負平生。（頁 1005）

行路的過程中，詞人眼中瞥過許多好山好水，然而心之嚮往者，是如雲英般美麗的女子，亦是詞人心中美好境界。女子的笑容，月光下的絕美容顏，是詞人離別後的寄託。下片一轉，別恨無限，只好將玉手重攜，重定佳期再相聚。愛情裡的美善世界，成爲詞人羈旅的心靈寄託。然而美善境界難以達到，詞人亦會如是作：

> 奈此夜、旅泊江城。謾花光眩目，綠酒如澠。幽懷終有恨，恨綺窗清影，虛照娉婷。藍橋□杳，楚館雲深。擬憑歸夢去，強就枕，無奈孤衾夢易驚。（蔡伸〈憶瑤姬〉下片，頁 1009）

> 幽恨人誰問，孤衾淚獨橫。此時風月此時情。擬倩藍橋歸夢、見雲英。（蔡伸〈南歌子〉下片，頁 1013）

> 不忍今宵重到。惹離愁多少。蓬山路杳，藍橋信阻，黃花空老。（蔡伸〈西地錦〉下片，頁 1023）

蔡伸〈憶瑤姬〉彷如〈滿庭芳〉的接續，透過賞月，想到曾經「南窗皓月，依舊照娉婷。」如今月照如昔，卻「恨綺窗清影，虛照娉婷。」而「藍橋」，已被詞人視為與佳人相戀的美好國度，也杳然不見。現實中無法見到，只好屈就在夢中相會，再再顯示詞人對美善境界之追求。

再看多用此事為典的吳文英，亦視故事裡所陳為一美善境界。其〈慶春宮〉：

> 殘葉翻濃，餘香棲苦，障風怨動秋聲。雲影搖寒，波塵銷膩，翠房人去深扃。晝成淒黯，雁飛過、垂楊轉青。闌干橫暮，酥印痕香，玉腕誰憑。　菱花乍失娉婷。別岸圍紅，千豔傾城。重洗清杯，同追深夜，豆花寒落愁燈。近歡成夢，斷雲隔、巫山幾層。偷相憐處，熏盡金篝，銷瘦雲英。（頁 2882）

詞中以「翠房人去深扃」、「菱花乍失娉婷」說明佳人不在身邊，眼前本是美妙同「雁飛過、垂楊轉青」的春天景緻，如今一片「淒黯」，宛如秋之蕭瑟。下片用失、愁、斷、盡等負面字眼，來添增失意的情緒，在末句畫龍點睛，使用了〈裴航〉女主角雲英，以總結心中欲傳達的心境。「銷瘦雲英」是反用該典，旨在說明對美好境界欲達而未達之的苦澀。吳文英於理宗紹定到淳祐年間，在蘇州幕府度過十年歲月，當中曾納一歌妓，擁有一段美好又安定的時光。然而好景不常，在是妾離去後，吳文英的生活霎時變調，有部分皆反應在詞作中。再觀察〈荔枝香近〉，雖是一首七夕節令詞，實則懷想故妾，用「天上、未比人間更情苦。」吐露自己內心的巨大痛楚，下片作：「秋鬢改，妒月姊、長眉嫵。過雨西風，數葉井梧愁舞。夢入藍橋，幾點疏星映朱戶。淚溼沙邊凝佇。」（頁 2890）與蔡伸一般，現實中難以完成的事，只能在夢中祈求「再現」，結語用「淚溼沙邊凝佇」可釋出兩種意思，其一是終於現到朝思暮想的佳人，掛著滿臉淚水久候沙邊；另一意則是疏星之下，空無一人，夢中只能空等佳人到來。不論如何詮解，「夢入藍橋」即是對美好世界再現的開始。陳允平的〈滿路花〉亦是希望美好再現：

寒輕菊未殘，春小梅初破。獸鑪閒撥盡，松明火。青氈錦幄，四壁新妝裡。重暖香篝，繡被擁銀屏，彩鸞空伴雲臥。
　　相思何處，夢入藍橋左。歸期還細數，愁眉鎖。薄情孤雁，不向樓西過。故人應怪我。怪我無書，有書還倩誰呵。（頁 3127）

此詞運用〈裴航〉、〈文簫〉兩事。首二句點出季節，在「青氈錦幄，四壁新妝」的環境下，心裡卻想著遠處孤獨的佳人，就如同彩鸞仙子爲情貶爲凡人，如今卻只能獨守寂寞；所以期待美好再現，能夢入藍橋，來救贖自己愁眉不展的心情。又〈感皇恩〉（體態玉精神）：「爲待別時親付。要人長記得，相思苦。彩鸞獨跨，藍橋歸路。」（頁 3121）亦是相同心情。而〈齊天樂〉下片：「雪面波鏡。萬感瓊漿，千莖鬢雪，煙鎖藍橋花徑。留連暮景。」（頁 2884）因飲酒而有所感懷。當詞人飲「瓊漿」入肚，心緒卻飄至曩昔的某段時光，亦是藉「藍橋」指涉過往的美好，以「煙鎖」形容過去恍惚難辨，以「留連暮景」代爲說明此情難捨。應該呂秀梅在《唐代婚戀小說研究》中提到：「在唐代異類婚戀小說中，藉著塑造異類女性的方式，來寄託作者對愛情的想望與補償，以及對現實人間的婚戀生活的投射。」〔註 92〕異類女性是文人投射最多元的一種虛構形象，更能滿足文人在現實之中想擁有的各種欲望，這也可以用來解釋宋詞人取材之心態。

2、祝賀——期許下的美好

祝賀詞雖不是此二傳比重最大之類型，卻比其他如婚戀、人物軼異等主題來得多，一百多闋詞中，就有 19 闋，原因就在於故事爲人仙戀。祝賀他人，必需使用美好的事物加以點綴，此二傳裡的內容，恰好是最佳形容之一。在祝賀別人娶妻時，詞人選擇使用裴航遇雲英事來稱許，如趙必瑑〈朝中措〉上片：「鳳凰臺上聽吹簫。銀燭萬紅搖。要覓瓊漿玉飲，隔牆便是藍橋。」（頁 3385）〈百字謠〉上片：「太

〔註 92〕呂秀梅：《唐代婚戀小說研究》（臺南：成功大學中國文學研究所碩士論文，2006 年），頁 135。

眞姑女，問新來、誰與歡傳玉鏡。莫恨無人伸好語，人在藍橋仙境。一笑樽前，歡然相與，便勝瓊漿飲。」（頁 3767）無名氏〈賀新郎〉上片：「路入藍橋境。憶當年、雲英來會，玄霜搗盡。爭似溫公風流壻，一笑歡傳玉鏡。便勝似、瓊漿玉飲。」（頁 3767）詞人不約而同在上片用藍橋遇雲英事：

> 遂飾妝歸輦下。經藍橋驛側近，因渴甚，遂下道求漿而飲。見茅屋三四間，低而復隘，有老嫗緝麻苧。航揖之求漿，嫗咄曰：「雲英，擎一甌漿來，郎君要飲。」……睹一女子，露裛瓊英，春融雪彩，臉欺膩玉，鬢若濃雲。嬌而掩面蔽身，雖紅蘭之隱幽谷，不足比其芳麗也。航驚怛，植足而不能去。〔註 93〕

一方面讚美新郎有裴航之高才，另一方面又用雲英之美，比擬新娘之美，如此佳緣，就好似當年裴航娶得雲英那般，除此之外，還深藏被期許之美好，祝福之人以此佳話來恭賀夫妻兩人在未來也能同傳中情節所述，一直處於美善之境界裡。

用於祝壽亦相當適切，何夢桂壽徐信甫母，上片作：

> 對芙蓉峰曉，雪初消、雲□靄煙霏。是阿誰壽母，紫鸞笙裡，玉液瓊枝。元是雲翹仙子，珥節度瑤池。手種碧蓮子，長記年時。（頁 3146）

將被壽者神仙化，原爲雲翹仙子，雲翹在此傳爲雲英姊，用仙人的品格來襯托被壽之人；無名氏壽族生日，與定光佛同日生，故詞中將之神仙化，〈永遇樂〉下片：「瑤籍兒孫，玉京夫婦，慶聚神仙窟。從今生旦，三千紀算，常對曇華優缽。」（頁 3765）詞人將壽星擬爲仙輩，兒孫亦仙化前來祝賀，所云「玉京夫婦」便是指涉裴航、雲英二人；又無名氏〈千秋歲・壽翁文叔三月廿三〉借鑒雲英詩「藍橋便是神仙窟」，〔註 94〕下片作：

> 富貴何心得。積善多陰德。那管青衫白髮。兒孫俱滿目，

〔註 93〕李時人編校，何滿子審訂：《全唐五代小說》，冊 3，頁 1760。
〔註 94〕李時人編校，何滿子審訂：《全唐五代小說》，冊 3，頁 1760。

詩禮傳衣鉢。長不老，藍橋是個神仙宅。（頁 3790）

用藍橋是神仙窟，來指涉住在此處之人，均能長生不老，代其稱以賀他人長壽。另外賀生女亦用此典，如劉克莊〈沁園春·十和林卿得女〉：

莫信人言，虺不如熊，瓦不如璋。爲孟堅補史，班昭才學，中郎傳業，蔡琰詞章。盡洗鉛華，亦無瓔珞，猶帶栴檀國裡香。笑貧女，尚寒機軋軋，催嫁衣忙。　　好逑不數潘楊。占夢者曾言大秤量。待銀河浪靜，金針穿了，藍橋路近，玉杵攜將。倩似凝之，媲如道韞，簾卷燕飛王謝堂。恁時節，看孫皆朱紫，翁未皤蒼。（頁 2600）

上片先破生兒優於女的世俗傳言，用古代才女班昭、蔡琰證明女子亦能繼承家業，木蘭代父從軍，女子亦可爲男子事；下片再舉上官婉兒、謝道韞賢雅聰慧，人多賞之。言及婚配時，下片作祝賀的期許語，認爲林希逸的女兒以後必定追求者不斷，勝過潘、楊兩家之子女，更意指以後會嫁得一名如裴航般癡心的情郎，爲她傾盡自囊，帶玉杵求婚配，亦用此典說明女孩的不凡仙姿；而無名氏〈清平樂〉下片直言：「小喬應嫁周郎。雲英定遇裴航。」（頁 3776）用小喬與雲英的美人形象比擬友人之女，再將女嬰的未來作預言，定能嫁與佳公子。以上是詞人在作品裡利用人仙戀之典實，蘊藏一種期盼的美好。

3、題詠——事、物相比之美

在詠物詞作中，較特別者是詠湯詞。在《宋詞與民俗》中，對詠湯詞有如此解釋：

從宋詞的情況看來，湯確可專指，眞是「別有湯也」。《全宋詞》中計有 18 首詞題云「湯詞」，……據詞意，此「湯詞」之「湯」，主要是「湯藥」之意，爲中藥基本劑型之一。「湯詞」與「茶詞」相比，自有禮儀、功用上的不同。〔註 95〕

宋代湯詞的確不單指有一種解釋，一種與泡茶有關，張相《詩詞曲語詞匯釋》有「點湯」條，云：「點湯，送客之義。……舊時主客會晤，

〔註 95〕黃杰：《宋詞與民俗》，頁 223。

有端茶送客之習慣，客瀕行時，主人必端茶敬客，以爲禮節。其有惡客不願與之久談者，主人亦往往端茶示意以速其行。」〔註 96〕詞人常以同調賦詠茶詞與湯詞，〔註 97〕作用則是飲茶意在留客，飲湯意在送客。〔註 98〕以程珌的茶、湯詞觀察：

歲貢來從玉壘，天恩拜賜金奩。春風一朵紫雲鮮。明日輕浮盞面。　想見清都絳闕，雍容多少神仙。歸來滿袖玉爐煙。願侍年年天宴。（〈西江月〉，頁 2290）

飲罷天廚碧玉觴。仙韶九奏少停章。何人採得扶桑椹，搗就藍橋碧紺霜。　凡骨變，驟清涼。何須仙露與瓊漿。君恩珍重渾如許，祝取天皇似玉皇。（〈鷓鴣天〉，頁 2290）

在一場宴會酒酣耳熱後，飲茶成爲延續宴樂的一種儀式，在程珌這組宴會詞〔註 99〕中，詞意充滿稱與皇恩浩蕩，國泰民安的祥和之氣，用神仙的聖潔以歌詠事物，包括離別所飲的湯。在〈裴航〉傳云：「昨有神仙，遺靈丹一刀圭，但須玉杵臼搗之百日，方可就吞，當得後天而老。」〔註 100〕詞中將「扶桑椹」比擬成珍貴藥材，又云此湯一喝，連仙露與瓊漿也比不上。

〔註 96〕張相編著：《詩詞曲語詞匯釋》（北京：中華書局，2001 年 8 月），下冊，頁 851～852。

〔註 97〕如曹冠〈朝中措〉詠茶：「春芽北苑小方珪。碾畔玉塵飛。金筯春葱擊拂，花甕雪乳珍奇。　主人情重，留連佳客，不醉無歸。邀住清風兩腋，重斟上馬金卮。」（頁 1534）詠湯詞：「更闌月影轉瑤臺。歌舞下香階。洞府歸雲縹緲，主賓清興徘徊。　湯斟崖蜜，香浮瑞露，風味方回。投轄高情無厭，抱琴明日重來。」（頁 1534）又李處全〈柳梢青〉詠茶：「九天圓月。香塵碎玉，素濤翻雪。石乳香甘，松風湯嫩，一時三絕。　清宵好盡歡娛，奈明日、扶頭怎說。整頓頹山，殷勤春露，餘甘齒頰。」（頁 1732）詠湯詞：「餘甘齒頰。酒□半酣，漏聲頻促。月下傳呼，風前摻別，無因留客。　丁寧玉筍磨香，爲料理、十分醒著。後會何時，前歡未盡，明朝重約。」（頁 1732）

〔註 98〕黃杰：《宋詞與民俗》，頁 226。

〔註 99〕此組宴會詞格式如下：〈前筵勾曲〉→〈醉蓬萊〉（酒詞）→〈後筵勾曲〉→〈西江月〉（茶詞）→〈鷓鴣天〉（湯詞）。

〔註 100〕李時人編校，何滿子審訂：《全唐五代小說》，冊 3，頁 1761。

但茶、湯所指應有區別，即使是喝飲之用，兩者在內容上應有所區別。例如程珌之湯是以扶桑椹汁爲主，黃庭堅〈更漏子〉則是指餘甘湯，上片云：「菴摩勒，西土果。霜後明珠顆顆。憑玉兔，搗香塵。稱爲席上珍。」（頁 390）直接在詞中介紹「菴摩勒」的特性，菴摩勒就是餘甘子，故稱餘甘湯。因爲需磨碎來煮，故取用玉兔搗藥的情節相擬，見〈裴航〉：「夜則嫗收藥臼於內室。航又聞搗藥聲，因窺之，有玉兔持杵臼，而雪光輝室，可鑒毫芒。」〔註 101〕亦用該意表示湯水珍貴。以「餘甘湯」爲題者，還有無名氏作〈臨江仙〉，下片云：「正味能銷酒力，餘甘解助茶清。瓊漿一飲覺身輕。藍橋知不遠，歸臥對雲英。」（頁 3658）雖無詞題說明，亦可見之詠湯，此詞正可以解釋茶與湯之不同，也點出宴會飲用之順序，與程珌宴會詞同，湯係於酒、茶之後飲用，最後三句，用「裴航飲漿」來說明湯品爲佳飲。而張炎的湯詞則是以花粉珍草調成的湯，〈踏莎行〉詞云：

> 瑤草收香，琪花采汞。冰輪碾處芳塵動。竹罏湯暖火初紅，玉纖調罷歌聲送。　　麾去茶經，襲藏酒頌。一杯清味佳賓共。從來采藥得長生，藍橋休被瓊漿弄。（頁 3510）

采汞，即採其花粉，故云「芳塵動」，用琪花、瑤草這種在仙境生長的植物，說明使用之材料珍貴，最末點出「采藥得長生」之實，進而反用藍橋裴航被端漿之女迷惑事，瓊漿在故事中應指一般飲用的水，但雲英給裴航的，是神仙所飲之水，後人多指瓊漿爲酒，張炎所欲表達者，應是要客人別被美酒給迷惑，長生需飲此湯，引申有祝福之意。〈裴航〉故事涉及到神丹妙藥與瓊漿（水）等物品，故湯詞取材的機會較高。

另外還有張鎡〈眼兒媚〉詠水晶葡萄之美，上片：「玄霜涼夜鑄瑤丹。飄落翠藤間。西風萬顆，明珠巧綴，零露初溥。」（頁 2131）用珍貴丹藥搗裂的碎片，飄撒在藤蔓間，來比擬葡萄生長之珍貴；陳武德〈清平樂〉詠落雨的姿態：

〔註 101〕李時人編校，何滿子審訂：《全唐五代小說》，冊 3，頁 1761。

> 絲絲線線。惹起雲根燕。萬里江山春欲遍。多在梨花庭院。
> 經旬一見通宵。恍如身在藍橋。記與巫山神女，不禁暮暮朝朝。(頁 3459)

陳氏則是形容身處「絲絲線線」的雨絲之中，彷佛置身藍橋那般如夢似幻，也就是美善的境地。詞人又進一步寄託能處於該情境下，是期盼能暮暮朝朝的。以上則是詞人取材人仙戀，用佳事之美，來映襯所詠物體之美的主題特色。

第五章　取材唐傳奇之表現手法綜論

劉勰《文心雕龍・事類》云：「事類者，蓋文章之外，據事以類義，援古以證今者也。」〔註1〕說明在詩文之中，可將史實、傳說故事，或者典章制度鎔鑄凝鍊，來表現特定意義之詞句；論及詞體，李清照在其詞論中提及：

> 秦（觀）即專主情致，而少故實。譬如貧家美女，雖極妍麗豐逸，而終乏富貴態；黃（庭堅）即尚故實，而多疵病，譬如良玉有瑕，價自減半矣。〔註2〕

認爲作詞是需要適當運用故實，也就是使用典故，才能更符合詞體之特性。使用典故在韻文體系裡相當常見，而宋詞取材唐傳奇之內容，又是如何表現在作品之中？在上一章說明每一類唐傳奇被取鑒於詞作，所產生之主題，其作品分析中，已約略有說明表現之手法，本章則就整體綜觀之角度，將所有取材唐傳奇之詞作，整合概分三大類：第一類是「借鑒小說之詩作」，包含詩作字面與句意之借鑒，並舉例說明詞作借鑒小說之詩作的各項技巧；第二類是「取材小說之情節」，包括引用小說人物的形象、小說中物品所引申的情感與物象意義、被廣泛使用的重要情節，在不同詞人筆下呈現出的不同效果，以及反用

〔註1〕〔梁〕劉勰撰，周振甫注釋：《文心雕龍注釋》，頁705。

〔註2〕〔宋〕李清照：〈詞論〉（鄭州：大象出版社，2002年3月，《歷代詞話》本，上冊），頁13。

人物形象或故事情節等不同角度示例說明；第三類是「檃括小說為主題」，從詞作擇調與剪裁小說原文之細節過程，分析詞人將唐傳奇視為主題來吟詠之整體表現。

第一節　借鑒小說之詩作

許多唐傳奇將詩結合於小說之中，並且關係相當密切，在緒論中已有說明。甚至有部分傳奇是以一首詩開展出一則故事，或者是通篇以詩構成，兼雜幾段描述，如此一來，顯示小說之詩與故事情節密不可分的關係，以及小說之詩對於情節舖排之重要。因這一層原由，使得宋詞取材傳奇小說，以借鑒小說之詩作為一大宗，占總取材數的三分之一，在被取材的 52 篇小說中，內容有詩者有 34 篇，比重甚高。在借鑒小說之詩作的技巧方面，本文借重王師偉勇在《宋詞與唐詩之對應研究》所提及的借鑒技巧來分類，採用前兩類技巧，包含字面之借鑒與句意之借鑒。〔註 3〕字面之借鑒包括（一）截取小說詩之字面；（二）鎔鑄小說詩之字面。句意之借鑒則包含（一）增損小說詩之字句；（二）化用小說詩之句意；（三）襲用小說詩之成句。以下分點說明。

一、字面之借鑒

（一）截取小說詩之字面

該類討論詞作截取小說之詩之字面，止於辭彙引用，大致可再分三類，包括「自一詩句中截取一字面」與「自一詩句中截取兩字面」，還有「自兩詩句中截取兩字面」，如下示例：

1、「自一詩句中截取一字面」例

（1）柳永〈柳腰輕〉（英英妙舞腰肢軟）：「章臺柳、昭陽燕。」（頁 15）

〔註 3〕王師偉勇：《宋詞與唐詩之對應研究》，頁 21～25。

〈柳氏傳〉裡，韓翃與柳氏離別後有詩，曰：「章臺柳，章臺柳，昔日青青今在否。」〔註 4〕柳永取用「章臺柳」詩句化入詞作，又如李之儀〈千秋歲〉（萬紅暄晝）：「好在章臺柳。洞戶隔，憑誰叩。」（頁 340）馮時行〈漁家傲〉（雲覆衡茅霜雪後）：「光陰驟。須臾又綠章臺柳。」（頁 1169）方千里〈漁家傲〉（燭彩花光明似晝）「腰肢宛勝章臺柳。眼尾春嬌波態溜。」（頁 2493）等。

（2）晏幾道〈生查子〉（狂花頃刻香）：「天與短因緣，聚散常容易。」（頁 229）

在〈纂異記．韋鮑生妓〉中四弦妓所吟之詩：「風颭荷珠難暫圓，多生信有短因緣。」〔註 5〕晏幾道即截取此詩字面用之；又有蘇軾〈菩薩蠻〉（玉笙不受朱脣暖）：「莫唱短因緣。長安遠似天。」（頁 304）向子諲〈鷓鴣天〉（召埭初逢兩妙年）：「長恨恨，短因緣。空餘胡蝶夢相連。」（頁 956）呂渭老〈江城子〉（聞君見影已堪憐）：「短因緣。偶同筵。」（頁 1123）等。

（3）晁端禮〈滿庭芳〉首句：「淺約鴉黃，輕勻螺黛。」（頁 421）〔註 6〕

在〈大業拾遺錄〉中，虞世南嘲司花女所作詩云：「學畫鴉黃半未成，垂肩嚲袖太憨生。」〔註 7〕晁氏截取「鴉黃」一詞用於詞作中，其他又如趙以夫〈大酺〉（正綠陰濃）：「檀心鴉黃嫩，似離情愁緒。」（頁 2660）周弼〈二郎神〉（浪花皺石）：「領略鴉黃，破除螺黛。」（頁 2781）等。

2、「自一詩句中截取兩字面」例

（1）劉一止〈洞仙歌〉（細風輕霧）：「向月地雲階，負伊多少。」

〔註 4〕李時人編校，何滿子審訂：《全唐五代小說》，冊 1，頁 620。若下述再有出現，則不再另注。

〔註 5〕李時人編校，何滿子審訂：《全唐五代小說》，冊 2，頁 1384。

〔註 6〕此詞又別作劉過〈滿庭芳〉，見唐圭璋主編：《全宋詞》，冊 3，頁 2153。

〔註 7〕李時人編校，何滿子審訂：《全唐五代小說》，冊 3，頁 1864。若下述再有出現，則不再另注。

（頁 792）

〈周秦行紀〉小說中牛僧孺所吟之詩：「香風引到大羅天，月地雲階拜洞仙。」〔註 8〕劉一止截取「月地」「雲階」兩字面入詞作中，又如李清照〈行香子〉（草際鳴蛩）：「雲階月地，關鎖千重。」（頁 930）曹冠〈念奴嬌〉（蜀川三峽）：「十二靈峰，雲階月地。」（頁 1534）張孝祥〈鷓鴣天〉首句：「月地雲階歡意闌。仙姿不合住人間。」（頁 1694）等。

（2）史浩〈永遇樂〉（鄞有壺天）：「虛無縹緲，蓬萊方丈。」（頁 1271）

〈長恨歌、傳〉中白居易詩句云：「忽聞海上有仙山，山在虛無縹緲間。」〔註 9〕史浩在詞作中「虛無」「縹緲」連用，應是取自該詩而來，又如其詞〈水龍吟〉首句：「翠空縹緲虛無，算唯海上蓬瀛好。」（頁 1271）〈採蓮〉（霞霄上）：「縹緲虛無，蓬萊弱水。」（頁 1250）劉過〈水龍吟〉（謫仙狂客何如）：「三山海上，虛無縹緲。」（頁 2150）等。

（3）汪晫〈賀新郎〉（夜對燈花語）：「有沙邊、寒蛩吟透，梧桐秋雨。」（頁 2287）

又〈長恨歌、傳〉詩云：「春風桃李花開夜，秋雨梧桐葉落時。」〔註 10〕汪晫連用「秋雨」「梧桐」兩字面，應係從此出，又如曾揆〈謁金門〉（深院寂）：「伴我枕頭雙淚溼。梧桐秋雨滴。」（頁 2477）楊澤民〈瑞龍吟〉（城南路）：「憶桃李春風，梧桐秋雨。」（頁 3000）「桃李」「春風」字面亦從此而截取。

3、「自兩詩句中截取兩字面」例

（1）陳克〈南歌子〉（勝日萱庭小）：「年來椿樹更蒼蒼。不用藍橋辛苦、擣玄霜。」（頁 831）

〔註 8〕李時人編校，何滿子審訂：《全唐五代小說》，冊 2，頁 948。
〔註 9〕李時人編校，何滿子審訂：《全唐五代小說》，冊 1，頁 676。
〔註 10〕李時人編校，何滿子審訂：《全唐五代小說》，冊 1，頁 675。

裴鉶《傳奇・裴航》故事中，樊夫人答航之詩云：「一飲瓊漿百感生，玄霜擣盡見雲英。藍橋便是神仙窟，何必崎嶇上玉清。」〔註 11〕陳氏用該詩不同句裡的「藍橋」、「玄霜」兩字面，完成詞句。

（二）鎔鑄小說詩之字面

1、歐陽脩〈漁家傲〉（三月芳菲看欲暮）：「胭脂淚洒梨花雨。寶馬繡軒南陌路。」（頁 131）

〈長恨歌、傳〉詩云：「玉容寂寞淚闌干，梨花一枝春帶雨。」〔註 12〕歐陽脩「梨花雨」一詞，即是鎔鑄「梨花一枝春帶雨」而成；另外又如晏幾道〈鷓鴣天〉（一醉醒來春又殘）：「野棠梨雨淚闌干。玉笙聲裡鸞空怨。」（頁 223）除了鎔鑄外，還截取「淚闌干」字面；晁端禮〈清平樂〉（朦朧月午）：「點滴梨花雨。青翼欺人多謾語。」（頁 431）向子諲〈生查子〉（春山和恨長）：「脈脈復盈盈，幾點梨花雨。」（頁 974）等。

2、曾布〈水調歌頭〉（說良人滑將張嬰）：「唯見新恩繾綣，連枝並翼。」（頁 266）

〈長恨歌、傳〉詩云：「侍兒扶起嬌無力，始是新承恩澤時。」又「在天願作比翼鳥，在地願爲連理枝。」〔註 13〕曾布此二句顯然是出自此詩，又先將「新承恩澤」鎔爲「新恩」，再將「比翼鳥」「連理枝」鎔鑄爲「並翼」「連枝」。又如楊无咎〈鷓鴣天〉（湖上風光直萬金）：「當時比翼連枝願，未必風流得似今。」（頁 1201）張炎〈瑤臺聚八仙〉（老圃堪嗟）：「連枝願爲比翼，問因甚寒城獨自花。」（頁 3499）等。

3、陳坦之〈塞翁吟〉（遠碧秋痕瘦）：「荷雨碎，泣殘妝。繫愁在垂楊。」（頁 3181）

〔註 11〕李時人編校，何滿子審訂：《全唐五代小說》，冊 3，頁 1760。若下述再有出現，則不再另注。

〔註 12〕李時人編校，何滿子審訂：《全唐五代小說》，冊 1，頁 677。若下述再有出現，則不再另注。

〔註 13〕李時人編校，何滿子審訂：《全唐五代小說》，冊 1，頁 674、677。

〈梅妃傳〉裡梅妃所作詩曰：「柳葉雙眉久不描，殘妝和淚濕紅綃。」〔註14〕陳氏將「殘妝和淚」凝鍊成「泣殘妝」入詞。

二、字意之借鑒

（一）增損小說詩之字句

此類指取材小說之詩整句，不改文意、語序，僅增減或更動數字者。尚可細分為三項，分別為「增字」、「減字」，以及「改易字句」。

1、「增字」例

（1）晏殊〈浣溪沙〉（一向年光有限身）：「落花風雨更傷春。不如憐取眼前人。」（頁 90）

〈鶯鶯傳〉中鶯鶯所賦詩：「還將舊時意，憐取眼前人。」〔註15〕晏殊加「不如」兩字於「憐取眼前人」，另外晏殊又用此法〈木蘭花〉（簾旌浪卷金泥鳳）：「不如憐取眼前人，免更勞魂兼役夢。」（頁 95）

（2）秦觀〈青門飲〉（風起雲間）：「可憐又學，章臺楊柳。」（頁 470）

〈柳氏傳〉裡，韓翃詩，曰：「章臺柳，章臺柳，昔日青青今在否。」秦觀增「章臺柳」為「章臺楊柳」，又如蔡伸〈朝中措〉首句：「章臺楊柳月依依。飛絮送春歸。」（頁 1029）呂渭老〈驀山溪〉（元宵燈火）：「章臺楊柳，聞道無關鎖。」（頁 1116）陳允平〈瑞龍吟〉（長安路）：「空有章臺煙柳，瘦纖仍似，宮腰飛舞。」（頁 3113）等。

（3）賀鑄〈暈眉山〉（鏡暈眉山）：「添香惜夜。依稀待月西廂下。」（頁 501）

〈鶯鶯傳〉裡鶯鶯之詩：「待月西廂下，迎風戶半開。」〔註16〕賀鑄增「依稀」二字為「依稀待月西廂下」為詞，此係增字例。

〔註14〕李時人編校，何滿子審訂：《全唐五代小說》，冊 3，頁 1417。若下述再有出現，則不再另注。

〔註15〕李時人編校，何滿子審訂：《全唐五代小說》，冊 1，頁 662。

〔註16〕李時人編校，何滿子審訂：《全唐五代小說》，冊 1，頁 657。

2、「減字」例

（1）洪适〈六州歌頭〉首句：「嚴更永，今夕是何年。」（頁 1389）

〈周秦行紀〉中假牛僧孺口賦之詩：「共道人間惆悵事，不知今夕是何年。」〔註 17〕洪适剪裁「不知」入詞，又如范成大〈菩薩蠻〉（雪林一夜收寒了）：「今夕是何年。新春新月圓。」（頁 1618）汪元量〈滿江紅〉（一個蘭舟）：「問人間、今夕是何年，清如許。」（頁 3338）等。

（2）謝逸〈江神子〉（一江秋水碧灣灣）：「恰似梨花春帶雨，愁滿眼，淚闌干。」（頁 650）

〈長恨歌、傳〉中有詩句：「玉容寂寞淚闌干，梨花一枝春帶雨。」謝氏減其「一枝」後入詞，又如無名氏〈浪淘沙〉（雪裏暗香濃）：「絕勝梨花春帶雨，旖旎春風。」（頁 3644）

（3）周邦彥〈望江南〉首句：「歌席上，無賴是橫波。」（頁 615）

〈大業拾遺記〉：帝常醉遊諸宮，偶戲宮婢羅羅者。羅羅畏蕭妃，不敢迎帝，且辭以有程姬之疾，不可薦寢。帝乃嘲之曰：「個人無賴是橫波，黛染隆顱簇小娥。」〔註 18〕周氏裁其詩句為「無賴是橫波」，此為減字例。

3、「改易字句」例

（1）蘇軾〈蝶戀花〉（一顆櫻桃樊素口）：「學畫鴉兒猶未就。眉尖已作傷春皺。」（頁 300）

〈大業拾遺錄〉中，虞世南詩云：「學畫鴉黃半未成，垂肩嚲袖太憨生。」東坡改「鴉黃」為「鴉兒」，又易「半未成」為「猶未就」，此為改易字句例。

（2）趙子發〈虞美人〉（飛雲流水來無信）：「小桃如臉柳如眉。記得那人模樣、舊家時。」（頁 740）

〔註 17〕李時人編校，何滿子審訂：《全唐五代小說》，冊 2，頁 948。
〔註 18〕李時人編校，何滿子審訂：《全唐五代小說》，冊 3，頁 1865。

〈長恨歌、傳〉中有詩句:「芙蓉如面柳如眉,對此如何不淚垂。」〔註19〕趙氏改「芙蓉」爲「小桃」,又改「面」爲「臉」入詞。

(3)無名氏〈巫山〉(千里):「雪肌花貌參差是。朱閣五雲仙子。」(頁3647)

〈長恨歌、傳〉中有詩句:「中有一人字太眞,雪膚花貌參差是。」〔註20〕詞人改易「膚」字爲之,此爲改易字句例。

(二)化用小說詩之句意

此類係指取材小說之詩片段,不改其意,而另造新句者,爲「襲意造新語」例;或者引申其意另造新句者,爲「引伸詩意」例;或者反用詩意,另創新句者,爲「反用詩意」例,以下舉數例說明:

1、「襲意造新語」例

(1)歐陽脩〈千秋歲〉首句:「羅衫滿袖,盡是憶伊淚。殘妝粉,餘香被。」(頁148)

〈梅妃傳〉裡梅妃之詩曰:「柳葉雙眉久不描,殘妝和淚濕紅綃。」歐陽公詞顯襲其意而易其語,又如洪瑹〈水龍吟〉(經年不見書來):「殘妝淚洗,把羅襟搵。」(頁2962)無名氏〈點絳脣〉(春雨濛濛):「淚痕如線。界破殘妝面。」(頁3739)等。

(2)周邦彥〈四園竹〉(浮雲護月):「腸斷蕭娘,舊日書辭。」(頁604)

〈鶯鶯傳〉引楊巨源詩:「風流才子多春思,腸斷蕭娘一紙書。」〔註21〕周詞顯襲其意而易其語,又如周作〈夜游宮〉(葉下斜陽照水):「有誰知,爲蕭娘,書一紙。」(頁607)

(3)趙長卿〈點絳脣〉首句:「瓦濕鴛鴦,夜深霜重江風冷。」(頁1801)

〔註19〕李時人編校,何滿子審訂:《全唐五代小說》,冊1,頁675。
〔註20〕李時人編校,何滿子審訂:《全唐五代小說》,冊1,頁676。
〔註21〕李時人編校,何滿子審訂:《全唐五代小說》,冊1,頁661。

〈長恨歌、傳〉詩曰：「鴛鴦瓦冷霜華重，翡翠衾寒誰與共。」〔註 22〕趙氏用鴛鴦句意化爲兩句。

（4）仇遠〈眼兒媚〉（傷春情味酒頻中）：「分明彷彿，未央楊柳，太液芙蓉。」（頁 3396）

〈長恨歌、傳〉詩曰：「歸來池苑皆依舊，太液芙蓉未央柳。」〔註 23〕仇遠將太液句拆爲兩句，此爲襲意造新語例。

2、「引伸詩意」例

（1）晏幾道〈臨江仙〉首句：「淺淺餘寒春半，雪消蕙草初長。」（頁 222）

〈鶯鶯傳〉裡楊巨源詩：「清潤潘郎玉不如，中庭蕙草雪消初。」〔註 24〕中庭句說明雪初消，因此能見綠草蹤跡，而晏幾道則引申其意，並強調於雪消後，蕙草初長，著重點不同。此爲引伸詩意例。

3、「反用詩意」例

（1）賀鑄〈鴛鴦語〉（京江抵、海邊吳楚）：「奈玉壺、難叩鴛鴦語。」（頁 501）

《傳奇・元柳二公》裡有南溟夫人題詩云：「若到人間扣玉壺，鴛鴦自解分明語。」〔註 25〕詩意如偈語一般，指扣玉壺，便會有鴛鴦解難，且「事無不從」，〔註 26〕賀鑄反用原意，用在寫離情別意上，想藉扣玉壺來得知消息，卻無法得知。

（2）晁補之〈江城子〉（娉娉聞道似輕盈）：「章臺休詠舊青青。惹離情。恨難平。」（頁 576）

韓翃作〈章臺柳〉詩，旨在問柳氏有無安好，而晁氏則因離別之苦，故言休詠該詩，以免惹來愁恨情緒。

〔註 22〕李時人編校，何滿子審訂：《全唐五代小說》，冊 1，頁 676。
〔註 23〕李時人編校，何滿子審訂：《全唐五代小說》，冊 1，頁 675。
〔註 24〕李時人編校，何滿子審訂：《全唐五代小說》，冊 1，頁 660。
〔註 25〕李時人編校，何滿子審訂：《全唐五代小說》，冊 3，頁 1745。
〔註 26〕李時人編校，何滿子審訂：《全唐五代小說》，冊 3，頁 1745。

(3) 侯寘〈風入松〉(霏霏小雨惱春光):「幾時玉杵藍橋路，約雲英、同搗玄霜。」(頁 1429)

《傳奇・裴航》裡樊夫人詩云:「一飲瓊漿百感生，玄霜擣盡見雲英。」詩意應是搗盡玄霜後，方能與雲英相會，但侯氏卻反用其意，約雲英共搗，以此說明自己嚮往的情境，此爲反用詩意例。

(三)襲用小說詩之成句

此類係將小說之詩整句不改而襲用入詞者，以下舉數例示之:

1、蘇軾〈定風波〉(莫怪鴛鴦繡帶長):「怕見。爲郎憔悴卻羞郎。」(頁 289)

襲用〈鶯鶯傳〉詩:「不爲傍人羞不起，爲郎憔悴却羞郎。」〔註27〕

2、賀鑄〈群玉軒〉(群玉軒中跡已陳):「風月夜，憐取眼前人。」(頁 426)

襲用〈鶯鶯傳〉詩:「還將舊時意，憐取眼前人。」

3、呂巖〈望江南〉(瑤池上):「唱徹步虛清燕罷，不知今夕是何年。」(頁 3858)

襲用〈周秦行紀〉詩:「共道人間惆悵事，不知今夕是何年。」

4、汪元量〈憶王孫〉起首二句:「離宮別苑草萋萋。對此如何不淚垂。」(頁 3342)

襲用〈長恨歌、傳〉詩「芙蓉如面柳如眉，對此如何不淚垂」，〔註28〕又如劉氏〈沁園春〉(我生不辰):「缺月疏桐，淡煙衰草，對此如何不淚垂。」(頁 3420) 亦是。

5、蔡伸〈飛雪滿群山〉(絕代佳人):「未酬深願，綿綿此恨無盡期。」(頁 138)

襲用〈長恨歌、傳〉詩「此恨綿綿無盡期」，〔註 29〕又如楊冠卿〈小

〔註27〕李時人編校，何滿子審訂:《全唐五代小說》，冊 1，頁 662。

〔註28〕李時人編校，何滿子審訂:《全唐五代小說》，冊 1，頁 675。

〔註29〕「此恨綿綿無絕期」又作「無盡期」。見〔清〕彭定求等編:《全唐詩》，冊 13，卷 435，頁 4820。

重山〉首句：「一笑回眸百媚生。嬌羞佯不語，豔波橫。」（頁 1864），襲用「回眸一笑百媚生」。〔註 30〕此係整句襲用，僅調動詞序，亦將之歸入襲用成句例。

唐代小說作品裡許多均包含詩歌在內，大都出自作品中人物題詠，其中有不少是十分精彩的詩歌作品。李劍國在《唐五代志怪傳奇敘錄》指出詩歌在作品中的地位和作用，大體有五種情況：

> 一是詩歌代替人物對話，最典型的是〈游仙窟〉，完全是舞文弄墨，自炫自娛。二是錄入作者或他人題詠作品中人物事件的詩歌，一般同情節發展沒有關係。如〈鶯鶯傳〉的楊巨源〈崔娘詩〉、元稹〈會眞詩〉，〈李章武傳〉中李助所賦詩。有的則同情節發展有關聯，如〈非烟傳〉崔李二生所賦詩。三是鬼魅以詩自寓，如〈東陽夜怪錄〉、《玄怪錄・元無有》等，乃以詩爲戲，以造文趣。四是根據情節需要爲人物撰作詩歌，如《傳奇・鄭德璘》；甚至也未必是情節所必需，只是爲增加作品文采而做的點綴，這種情況很常見，如〈周秦行紀〉。五是根據規定情景通過人物自題自吟或贈答酬對，抒寫人物情緒，或有意識創造抒情氛圍乃至意境。〔註 31〕

有些小說裡的詩歌，常有畫龍點睛之妙，讓該篇作品因此爲之一亮，就如洪邁所言：「大率唐人多工詩，雖小說戲劇鬼物假託，莫不宛轉有思致，不必顯門名家而後可稱也。」〔註 32〕而明代楊愼亦說明：「詩盛于唐，其作者往往托於傳奇小說神仙幽怪以傳于後，而其詩大有妙絕今古、一字千金者。」〔註 33〕兩位後代評論者的意見，或許可代表宋代詞人對於唐傳奇裡之詩句相當欣賞，並且願意借鑒於自己的詞作

〔註 30〕李時人編校，何滿子審訂：《全唐五代小説》，冊 1，頁 674。

〔註 31〕李劍國：《唐五代志怪傳奇敘錄》，上冊，頁 90。

〔註 32〕〔宋〕洪邁：《容齋隨筆》，卷 15，「唐詩人有名不彰顯者」條，頁 387。

〔註 33〕〔明〕楊愼：《藝林伐山故事》（上海：上海古籍出版社，1990 年 7 月，《和刻本類書集成》本，冊 4），卷 3，「唐人傳奇小詩」條，頁 368。

中，此等作法之意見；另一方面，部分傳奇的詩本身足以代表一篇傳奇，故詞人借鑒入詞，會使詞作增添故事性。

第二節　取材小說之人物與情節

宋詞運用小說情節方面的表現手法頗豐，整理歸納後有三類較具特色，亦較常見，分別為：「借其人物形象」、「鎖定焦點情節」與「反用情節描述」，以下分別舉例說明。

一、借其人物形象

文學作品常藉外物形象來增飾內容，源於《詩經》、《楚辭》的比興手法，劉勰在《文心雕龍》提及：

> 是以陶鈞文思，貴在虛靜，疏瀹五藏，澡雪精神；積學以儲寶，酌理以富才，研閱以窮照，馴致以懌辭，然後使玄解之宰，尋聲律而定墨；獨照之匠，窺意象而運斤；此蓋馭文之首術，謀篇之大端。（〈神思〉篇）〔註34〕
>
> 比者，附也；興者，起也。附理者，切類以指事，起情者，依微以擬議。起情故興體以立，附理故比例以生。比則畜憤以斥言，興則環譬以記諷。（〈比興〉篇）〔註35〕

劉勰進一步將這些寫作技巧加以說明，〈神思〉首度將「意象」一詞，用於文學中，言憑藉意念中之形象，來進行寫作的剪裁修飾，前提是「積學」、「酌理」與「研閱」。而〈比興〉篇則深入說明比、興所指之意，比為比附事理，興則是托物起興，又如宋代朱熹《詩集傳》所言：「比者，以彼物比此物也……興者，先言他物以引起所詠之詞也。」〔註36〕

而詞人取材唐傳奇之人物形象，是詞人透過外部世界所見得之象

〔註34〕〔梁〕劉勰撰，周振甫注釋：《文心雕龍注釋》，頁515。
〔註35〕〔梁〕劉勰撰，周振甫注釋：《文心雕龍注釋》，頁677。
〔註36〕〔宋〕朱熹：《詩集傳》（臺北：臺灣中華書局，1989年6月），頁3～4。

再加以擬之，方萬勤對意象之虛實之分有如是詮釋：「實象有物象、景象、人象、事象；虛象就是幻象。……人象是人的外貌、行為、心理構成的意象。」〔註37〕人物形象是「人象」之一環；就形成方式而言，是屬於「現成意象」以及「典故意象」。「現成意象」是指承襲文學書寫傳統所形成的意象，此種意象具有強烈的表現力，因而被歷代文人沿用。該類意象在經過約定俗成後，凝聚更多意涵，使其具有某種普遍性與典型性；而「典故意象」即是運用典故而形成的意象，對於歷史意蘊之接續更加凸顯。〔註38〕以下列舉較常見之人物意象示之。

（一）美人形象

1、嬪妃美人

（1）楊貴妃

唐傳奇的嬪妃美人中，被取材最頻繁者，就屬楊貴妃。其美貌動人，在李白的詩作〈清平調〉三首中已隱約透露，在《舊唐書》中也有這樣的描述：「奏玄琰女姿色冠代，宜蒙召見。時妃衣道士服，號曰太真。既進見，玄宗大悅。……太真姿質豐豔，善歌舞、通音律、智算過人。每倩盼承迎，動移上意。」〔註39〕而在〈長恨歌、傳〉，也得到了進一步的具體化，如〈歌〉謂：「回眸一笑百媚生，六宮粉黛無顏色。」〔註40〕故詞人最常取材的一類，則是貴妃的美貌，將貴妃的外貌或名字與花朵、歌妓加以類比，以達到具象的形容，例如盧炳〈冉冉雲〉上片：「帶露天香最清遠。太真妃、院妝體段。拼對花、

〔註37〕見方萬勤：〈論中國現代詩的意象〉，《江漢大學學報》1994年第4期（1994年），頁65。

〔註38〕李清筠：《時空情境中的自我影像》（臺北：文津出版社，2000年10月）將意象分為幾點說明，以形成方式有直覺、現成與典故意象；以表現型態有動態與靜態意象兩類；以書寫技巧有描述性、擬情性以及象徵性意象；以取材內容有自然、人文意象兩類。以上相關名詞詳見該書頁143～149。

〔註39〕〔後晉〕劉昫：《舊唐書》，卷51，頁2178。

〔註40〕李時人編校，何滿子審訂：《全唐五代小說》，冊1，頁674。

滿把流霞頻勸。怕逐東風零亂。」（頁 2167）郭應祥〈虞美人〉上片：「梅桃末利東籬菊。著箇瓶兒簇。尋常四物不同時。恰似西施二趙、太眞妃。」（頁 2227）方千里〈玉燭新〉下片：「驪山宮殿無人，想笑問君王，豔容如否。萬花競鬥。難比並、麗美巧勻豐瘦。」（頁 2502）等，均以楊貴妃在世人心中的美人形象，對不同的花種加以比附；賀鑄〈攀鞍態〉上片：「逢迎一笑金難買。小櫻唇、淺蛾黛。玉環風調依然在。想花下、攀鞍態。」（頁 502）張生〈西江月〉上片：「一望朱樓巧小，四邊繡幕低垂。個人活脫似楊妃。倚遍闌干十二。」（頁 3856）以楊妃之美來比擬心怡之美人；而曹邍作〈齊天樂〉悼念故姬，上片作：「翠簫聲斷青鸞翼，心期破釵誰表。夜燭銀屏，春風粉袖，猶記琵琶斜抱。瑤池路杳。恨巫女回雲，月娥沈照。謾說蓬萊，玉環花貌夢難到。」（頁 3163）以貴妃如花的容顏形容自己的愛人。

第二類是取楊貴妃在出浴時所表現的情態與肌膚之色澤，在〈長恨傳〉云：「別疏湯泉，詔賜澡瑩。既出水，體弱力微，若不任羅綺。光彩煥發，轉動照人。上甚悅。」〔註 41〕王之道〈浣溪沙〉下片：「新浴太眞增豔麗，微風新燕鬥清奇。綠窗朱戶雅相宜。」（頁 1148）馬子嚴〈水龍吟〉（東君直是多情）：「正太眞浴罷，西施濃抹，都沈醉、嬌相稱。」（頁 2066）劉克莊〈漢宮春・祕書弟家賞紅梅〉（青女初晴）：「還似得、華清湯暖，薄綃半卸冰肌。」（頁 2600）等，以楊妃出浴時，雪肌被水溫溫熱得粉紅，以及「嬌無力」的樣態，來形容花的顏色與姿態。

第三類則是取楊妃帶淚之花顏。在方士於仙山覓得貴妃後，貴妃感念明皇念舊，思及皇上則涕泣的容顏，在〈歌〉有描述貴妃當時的情態爲：「玉容寂寞淚闌干，梨花一枝春帶雨。」如此情貌也形成廣泛被運用的典實之一。在本章第一節有詞對該詩句之借鑒之法，此處則著重於形象運用之說明。如蘇軾〈木蘭花令〉：「知君仙骨無寒暑。

〔註 41〕李時人編校，何滿子審訂：《全唐五代小說》，冊 1，頁 671。

千載相逢猶旦暮。故將別語惱佳人，要看梨花枝上雨。」（頁 283）黃庭堅〈南歌子〉下片：「柳葉隨歌皺，梨花與淚傾。別時不似見時情。今夜月明江上、酒初醒。」（頁 410）申純〈石州引〉：「懊恨東君，催趲去程，春意牢落。梨花粉淚溶溶，知是爲誰輕別。」（頁 3884）詞人描述正處與情人分離苦痛時，常用楊妃帶淚花顏來比擬身旁佳人；或者情人久別，受思念侵襲，因而有恨的思婦淚顏，亦用此擬之，如晁端禮〈清平樂〉：「朦朧月午。點滴梨花雨。青翼欺人多謾語。消息知他眞否。」（頁 431）秦觀〈阮郎歸〉下片：「揮玉箸，灑眞珠。梨花春雨餘。人人盡道斷腸初。那堪腸已無。」（頁 463）陳允平〈芳草渡〉：「芳草渡。漸池邐分飛，鴛儔鳳侶。洒一枝香淚，梨花寂寞春雨。惜別情思苦。匆匆深盟訴。」（頁 3134）。

（2）其他嬪妃

詞人在隋煬帝故事群中，亦使用故事中嬪妃所展現的不同情態，有御車女袁寶兒：

> 長安貢御車女袁寶兒，年十五，腰肢纖墮，騃冶多態。帝寵愛之特厚。……會帝駕適至，因以「迎輦」名之。花外殷紫，內素膩菲芬，……帝命寶兒持之，號曰「司花女」。時詔虞世南草〈征遼指揮德音敕〉于帝側，寶兒注視久之。帝謂世南曰：「……及今得寶兒，方昭前事。然多憨態。」〔註 42〕

袁寶兒美麗出眾，在賀鑄〈雨中花令〉上片：「清滑京江人物秀。富美髮、豐肌素手。寶子餘妍，阿嬌餘韻，獨步秋娘後。」（頁 509）便用「寶子餘妍」來稱許眼前顰眉歌妓之美；而寶兒持花的「司花女」形象，亦被引申爲花之仙子，即管理花季之女神，如孫惔〈點絳脣〉首句：「煙洗風梳，司花先放江梅吐。竹村沙路。」（頁 1037）王奕〈賀新郎〉首句：「試問司花女。是何年、培植瓊葩，分來何譜。」（頁 3299）無名氏〈金縷衣〉首句：「帝遣司花女。炯瓊琚瑤佩，新

〔註 42〕李時人編校，何滿子審訂：《全唐五代小說》，冊 3，頁 1864。

來滿空飛舞。飛到水晶宮闕處，還被六丁迎住。」（頁 3822）另外隋煬帝賞寶兒之憨，這個形象也成為一種形容，如陳克〈南歌子〉下片：「蠢蠢吳蠶臥，娉娉楚女閒。紅陰角子共嘗酸。腸斷個儂憨態、小眉彎。」（頁 831）辛棄疾〈蝶戀花〉上片：「意態憨生元自好。學畫鴉兒，舊日偏他巧。蜂蝶不禁花引調。西園人去春風少。」（頁 1903）將寶兒久視人的憨樣，說明女子惹人憐。

其他還包括麗華與蕭妃的美人形象，在〈大業拾遺記〉裡描寫兩人：

> 舞女數十許，羅侍左右。中一人迥美，帝屢目之。後主云：「殿下不識此人耶？即麗華也。……」俄而以綠文測海蠡，酌紅梁新釀勸帝，帝飲之甚歡。……帝強為之操觚曰：「見面無多事，聞名爾許時。坐來生百媚，實個好相知。」
>
> 帝飲之甚歡，因請麗華舞〈玉樹後庭華〉。麗華辭以抛擲久，自井中出來，腰肢裊娜，無復往時姿態。帝再三索之，乃徐起，終一曲。後主問帝：「蕭妃何如此人？」帝曰：「春蘭秋菊，各一時之秀也。」〔註 43〕

隋煬帝夢寐中與陳後主相遇，後主有一嬪妃立於身後，名為麗華，即張貴妃。煬帝因其「迥美」不凡而屢視，並以「坐來生百媚」來讚美。詞人用此形象入詞，如賀鑄〈綺筵張〉作：「綺繡張筵。粉黛爭妍。記六朝、舊數閨房秀，有長圓璧長，永新瓊樹，隨步金蓮。不減麗華標韻，更能唱、想夫憐。」（頁 515）呂渭老〈好事近〉下片：「麗華百媚坐來生，仙韻動群目。一曲鳳簫同去，倦人間絲竹。」（頁 1119）均以麗華之美比擬所詠美人；而汪莘〈漢宮春〉（春色平分）：「花中隱者，有春蘭、秋菊俱優。須是到、溪山清湅，江梅香噴枝頭。」（頁 2193）方千里〈六么令〉上片：「照人明豔，肌雪消繁燠。嬌雲慢垂柔領，紺髮濃於沐。微暈紅潮一線，拂拂桃腮熟。群芳難逐。天香國豔，試比春蘭共秋菊。」（頁 2501）等，則運用情節中以「春蘭」、「秋

〔註 43〕李時人編校，何滿子審訂：《全唐五代小說》，冊 3，頁 1866。

菊」各爲一時之秀，來說明陳後主的張貴妃，與煬帝的蕭妃，無法比較，各有千秋的說法來加以比附。

著名的嬪妃通常是皇帝所寵愛的女子，不僅是外貌特出，連性格亦具有典型性，當然還有眾人皆知的普遍性。詞人使用嬪妃美人形象，以正向而言，實有提升詞作中類比對象的高貴化、唯一化，讓讀者將兩者結合聯想時，能迅速產生共鳴。

2、歌妓美人

在宋代，詞與歌妓可謂息息相關，不可分離，而唐傳奇中記錄許多前代著名歌妓的相關事蹟，當然也將名歌妓的絕世美貌以文字形容於故事之中。詞人則順理成章藉眾歌妓的形象，來類比身旁的佳人，或者是同樣爲歌妓身分的女子，另一方面則借美人形象來形容花朵的顏色或姿態。以下是宋代詞人較常取用的名歌妓，羅列如下：

（1）霍小玉

霍小玉的美，在〈霍小玉傳〉中蔣防是如此描寫：

> 逡巡，鮑引淨持下階相迎，延入對坐。年可四十餘，綽約多姿，談笑甚媚。因謂生曰：「素聞十郎才調風流，今又見容儀雅秀，名下固無虛士。某有一女子，雖拙教訓，顏色不至醜陋，得配君子，頗爲相宜。頻見鮑十一娘說意旨，今亦便令永奉箕帚。」……即令小玉自堂東閣子中而出，生即拜迎。但覺一室之中，若瓊林玉樹，互相照曜，轉盼精彩射人。〔註44〕

用「瓊林玉樹」來形容一個美人，如此形象這在宋詞中得到延續：柳永〈尉遲杯〉（寵佳麗）：「每相逢、月夕花朝，自有憐才深意。 綢繆鳳枕鴛被。深深處、瓊枝玉樹相倚。」（頁21）張先〈醉紅妝〉上片：「瓊枝玉樹不相饒。薄雲衣、細柳腰。一般妝樣百般嬌。眉眼細、好如描。」（頁 70）秦觀〈虞美人〉下片：「瓊枝玉樹頻相見。只恨離人遠。欲將幽事寄青樓。爭奈無情江水、不西流。」（頁 467）周邦

〔註44〕李時人編校，何滿子審訂：《全唐五代小說》，冊2，頁728。

彥〈拜星月〉(夜色催更):「竹檻燈窗，識秋娘庭院。笑相遇，似覺瓊枝玉樹，暖日明霞光爛。水眄蘭情，總平生稀見。」(頁 613) 向子諲〈鷓鴣天〉上片:「召棣初逢兩妙年。瑤林玉樹倚風前。疏梅影裡春同醉，紅芰香中月一船。」(頁 956);當李益與小玉在酒酣耳熱之後，小玉又展現不同情貌:

> 酒闌及暝，鮑引生就西院憩息。閑庭邃宇，簾幕甚華。鮑令侍兒桂子、浣沙與生脫靴解帶。須臾，玉至，言敘溫和，辭氣宛媚。解羅衣之際，態有餘妍，低幃暱枕，極其歡愛，生自以為巫山洛浦不過也。〔註 45〕

透過酒精催情，小玉在進入與李益歡愛之前，輕解羅衣的樣態，也成為詞人取材的形象之一，如賀鑄〈感皇恩〉上片:「歌笑見餘妍，情生眄睞。擁髻揚蛾黛。多態。」(頁 520) 又〈南鄉子〉下片:「眉宇有餘妍。初破瓜時正妙年。玉局彈棋無限意，纏綿。腸斷吳蠶兩處眠。」(頁 528) 又〈減字木蘭花〉上片:「浮動花釵影鬢煙。淺妝濃笑有餘妍。酒醺檀點語憑肩。」(頁 536) 王千秋〈謁金門〉下片:「兩兩鴛鴦難學。六六錦鱗空託。趁有餘妍須細酌。東風情性惡。」(頁 1476) 等。

(2) 崔鶯鶯、紅娘

鶯鶯成功塑立一位「凝睇怨絕」的美人形象，在〈鶯鶯傳〉裡對鶯鶯的容貌有如下形容:

> 久之，乃至，常服睟容，不加新飾。垂鬟接黛，雙臉銷紅而已，顏色艷異，光輝動人。張驚，為之禮，因坐鄭旁。以鄭之抑而見也，凝睇怨絕，若不勝其體者。……俄而紅娘捧崔氏而至，至則嬌羞融冶，力不能運支體，曩時端莊，不復同矣。〔註 46〕

〔註 45〕李時人編校，何滿子審訂:《全唐五代小說》，冊 2，頁 729。以「餘妍」形容女子之嬌美者，還有南朝齊劉繪〈詠博山香爐詩〉:「復有漢遊女，拾羽弄餘妍。」(見逯欽立輯校:《先秦漢魏晉南北朝詩》，臺北:木鐸出版社，1988 年 7 月，中冊，頁 1469。)

〔註 46〕李時人編校，何滿子審訂:《全唐五代小說》，冊 1，頁 656。

其容止態度也成爲後代文人創作傳奇、話本女主角的「榜樣」，而詞人在描繪美人時，也取用鶯鶯形態之美，例如張炎〈解語花〉上片：「行歌趁月，喚酒延秋，多買鶯鶯笑。蕊枝嬌小。渾無奈、一掬醉鄉懷抱。」（頁 3495）用鶯鶯之美稱讚吳子雲姬愛菊；又如蘇軾〈南歌子〉上片：「笑怕薔薇罥，行憂寶瑟僵。美人依約在西廂。衹恐暗中迷路、認餘香。」（頁 294）賀鑄〈羅敷歌〉（高樓簾捲秋風裏）：「衾枕遺香。今夜還如昨夜長。玉人望月銷凝處，應在西廂。」（頁 517）以西廂之約點化所詠美人如鶯鶯一般令人憐愛；蘇軾〈三部樂〉上片：「美人如月。乍見掩暮雲，更增妍絕。算應無恨，安用陰晴圓缺。嬌甚空只成愁，待下床又懶，未語先咽。數日不來，落盡一庭紅葉。」（頁 298）描述病中的朝雲，〔註 47〕疏懶無力的狀貌，用鶯鶯形容自己「萬轉千回懶下牀」的美人慵懶形象寫成。

另外〈鶯鶯傳〉中還有一名人物，雖著墨不多，卻也引起詞人注意，並塑其形象，那就是替張生與鶯鶯傳遞訊息的紅娘：

> 是後又十餘日，杳不復知。張生賦《會眞詩》三十韻，未畢，而紅娘適至。因授之，以貽崔氏。自是復容之，朝隱而出，暮隱而入，同安於曩所謂西廂者，幾一月矣。〔註 48〕

劉克莊便以此形象，來描摹所詠之丹桂，見〈滿江紅〉上片：「楮葉工夫，辛苦似、鏤冰炊礫。君看取、天公巧處，自然形色。髮綵已非前度綠，眼花休問何時赤。又誰能、月下待紅娘，傳音息。」（頁 2616）

（3）其他歌妓

尙有一些歌妓，亦屢受詞人青睞而運用，像〈柳氏傳〉裡的李生幸姬柳氏：

> 有李生者，與翊友善。家累千金，負氣愛才。其幸姬曰柳

〔註 47〕鄒同慶、王宗堂：《蘇軾詞編年校注》（北京：中華書局，2002 年 9 月）云：「考下片『何事散花卻病，維摩無疾』等語，與〈殢人嬌・贈朝雲〉上片『白髮蒼顏，正是維摩境界。空方丈、散花何礙』相類，當亦贈朝雲之作。」（頁 780）

〔註 48〕李時人編校，何滿子審訂：《全唐五代小說》，冊 1，頁 658。

> 氏，艷絕一時，喜談謔，善謳咏。李生居之別第，與翊爲宴歌之地，而館翊於其側。……天寶末，盜覆二京，士女奔駭。柳氏以艷獨異，且懼不免，乃剪髮毀形，寄迹法靈寺。〔註49〕

將柳氏之美表現於詞中如黃庭堅〈玉樓春〉上片：「風開水面魚紋皺。暖入草心犀點透。乍看晴日弄柔條，憶得章臺人姓柳。」（頁 392）方千里〈瑣窗寒〉（燕子池塘）：「算章臺、楊柳尙存，楚娥鬢影依舊否。再相逢、拚解雕鞍，燕樂同杯俎。」（頁 2488）方千里〈漁家傲〉上片：「燭彩花光明似晝。羅幃夜出傾城秀。紅錦紋茵雙鳳鬥。看舞後。腰肢宛勝章臺柳。」（頁 2493）楊澤民〈漁家傲〉上片：「穠李素華曾縞晝。當年獨冠群芳秀。今日再來眉暗鬥。誰人後。追思恰似章臺柳。」（頁 3004）章臺柳一詞蘊含多意，可以指柳氏之美，亦可以指涉章臺歌妓，當然也可以取其字面之意，視爲柳枝。詞人結合此三種意象，將柳枝與柳氏的身分與美色，用來型塑所詠之人的美貌與身材，並點出其身分。

古代歌妓之命名通常簡單，有如小玉、鶯鶯、李娃等，不是疊字，就是「小」字起頭，或者以著名美女名字前加一字「賽」，如賽西施、賽貂蟬等，也有直接取與古代歌妓名相同者。此處舉「豔絕代」〔註50〕的紅綃、「有殊色」〔註51〕的紅拂等歌妓名，運用者如晏幾道〈玉樓春〉上片：「紅綃學舞腰肢軟。旋織舞衣宮樣染。織成雲外雁行斜，染作江南春水淺。」（頁 237）吳文英〈鳳棲梧〉：「湘水煙中相見早。羅蓋低籠，紅拂猶嬌小。」（頁 2938）等，然紅綃、紅拂均別有他意，詞人是否指涉美人形象不可篤定，姑且視爲一例並陳。

（二）仙異形象

唐代社會對於男女情感面的開放，在唐傳奇中呈現部分事實，人

〔註49〕李時人編校，何滿子審訂：《全唐五代小說》，冊 1，頁 619～620。
〔註50〕李時人編校，何滿子審訂：《全唐五代小說》，冊 3，頁 1786。
〔註51〕李時人編校，何滿子審訂：《全唐五代小說》，冊 3，頁 1779。

類對情愛的追求是必需且渴望，於是除了人與人之間，甚至出現人與仙、妖、鬼、動植物等異類相戀的故事。這些特異者與人類有情感面之糾纏，是創作者假想的一種境界，藉由書寫來完成一種人間得不到的美好。而道教的教義中，則整合人類欲追求的美好境地，唐傳奇中亦不乏有宣揚仙凡通感與神仙度人的作品，人仙的結合，滿足人類對物欲、情欲之追求，將飲食男女人之大欲透過宗教合理化、美善化。在《傳奇・封陟》有詩云：「弄玉有夫階得道，劉綱兼室盡登仙。」〔註 52〕說明有神仙眷侶這般美事。文簫、弄玉的佳話亦常入詞，而裴航、雲英也廣爲詞人取用，但多數爲取材情節者，待下節討論。

就形象面而言，女仙的美麗容貌以及背後代表的長壽意象是取材的重點，常見者有雲英（包括與裴航仙侶形象）、雲翹〔註 53〕、吳彩鸞（包括與文簫仙侶形象）、玉華君〔註 54〕等，上一章已說明雲英「艷麗驚人，姿容擢世」的美人情貌，也因此讓裴航「躊躕而不能適」，〔註 55〕再看其姊雲翹以及吳彩鸞，姿色亦不凡：

> 因傭巨舟，載於湘漢。同載有樊夫人，乃國色也。言詞問接，帷帳昵洽。……後有仙女，鬟髻霓衣，云是妻之姊耳。航拜訖，……女曰：「不憶鄂渚同舟回而抵襄漢乎？」航深驚怛，懇悃陳謝。後問左右，曰：「是小娘子之姊雲翹夫人。劉綱仙君之妻也，已是高眞，爲玉皇之女吏。」〔註 56〕

> 時文簫亦往觀焉，睹一姝，幽蘭自芳，美玉不艷，雲孤碧落，月淡寒空。〔註 57〕

運用於詞作如蘇軾〈殢人嬌〉上片：「別駕來時，燈火熒煌無數。向青

〔註 52〕李時人編校，何滿子審訂：《全唐五代小說》，冊 3，頁 1766。
〔註 53〕關於劉綱之妻在《傳奇》還有〈湘媼〉一篇，湘媼即樊夫人。
〔註 54〕在所選取之唐傳奇範圍中，〈崔少玄傳〉與〈盧陲妻傳〉所述之人爲同一人，在〈崔少玄傳〉中指崔少玄，即盧陲妻爲玉華君。見李時人編校，何滿子審訂：《全唐五代小說》，冊 1，頁 600。
〔註 55〕李時人編校，何滿子審訂：《全唐五代小說》，冊 3，頁 1760。
〔註 56〕李時人編校，何滿子審訂：《全唐五代小說》，冊 3，頁 1759～1762。
〔註 57〕李時人編校，何滿子審訂：《全唐五代小說》，冊 3，頁 1839。

瑣、隙中偷覷。元來便是，共彩鸞仙侶。方見了、管須低聲說與。」（頁309）彩鸞仙侶即指吳彩鸞與其夫婿文簫，用文簫讚美邦直娶得美嬌娘，從此過神仙伴侶之生活；而晁補之〈千秋歲〉上片：「玉京仙侶，同受琅函結。風雨隔，塵埃絕。霞觴翻手破，閬苑花前別。鵬翼斂，人間泛梗無由歇。」（頁572）玉京所指爲雲英，玉京仙侶即裴航、雲英兩人，所用亦爲神先眷侶形象；張先〈夢仙鄉〉上片：「江東蘇小。夭斜窈窕。都不勝、彩鸞嬌妙。春豔上新妝。肌肉過人香。」（頁64）毛滂〈減字木蘭花〉上片：「暖風吹雪。洗盡碧階今夜月。試覓雲英。更就藍橋借月明。」（頁676）辛棄疾〈念奴嬌〉上片：「江南盡處，墮玉京仙子，絕塵英秀。彩筆風流，偏解寫、姑射冰姿清瘦。笑殺春工，細窺天巧，妙絕應難有。丹青圖畫，一時都愧凡陋。」（頁1892）管鍵〈臨江仙〉下片：「好是長松飄墜屑，天花時下繽紛。桃源何處更尋眞。腰懸明月佩，直訪玉華君。」（頁1572）等，則均典其形象美好；王千秋〈瑞鶴仙〉（紅消梅雨潤）：「且金船滿酌，雲翹低祝，□比椿齡更永。任月斜、未放笙歌，翠桐轉影。」（頁1472）陳著〈眞珠簾〉（綸巾古貌塵寰表）：「象簡緋袍親侍策，且勝賞、先春獨笑。都道。館中書就養，雲翹偕老。」（頁3034）用其仙女長壽形象。

而吳文英將「汜人」在故事裡的行爲塑造成一種形象，在〈湘中怨解〉中汜人的經歷：

> 見一艷女，翳然蒙袖曰：「我孤，養於兄嫂，嫂惡，常苦我。今欲赴水，故留哀須臾。」生曰：「能遂我歸之乎？」應曰：「婢御無悔。」遂與居。號曰汜人。……居數歲，生遊長安。是夕，謂生曰：「我湖中蛟室之娣也，謫而從君。今歲滿，無以久留君所，欲爲訣耳。」即相持啼泣。生留之，不能，竟去。〔註58〕

汜人最終仍是離開鄭生身邊，吳文英則將自己的遭遇與故事相結合，並投射汜人離別形象在離去的蘇妓上。見〈瑣窗寒〉：

〔註58〕李時人編校，何滿子審訂：《全唐五代小說》，冊1，頁690～691。

紺縷堆雲，清腮潤玉，汜人初見。蠻腥未洗，海客一懷悽惋。渺征槎、去乘閬風，占香上國幽心展。□遺芳掩色，眞姿凝澹，返魂騷畹。　　一盼，千金換。又笑伴鴟夷，共歸吳苑。離煙恨水，夢杳南天秋晚。比來時、瘦肌更銷，冷薰沁骨悲鄉遠。最傷情、送客咸陽，佩結西風怨。（頁 2873）

詞雖詠「玉蘭」，卻是詠花即詠人。詞一開始即將汜人譬花（人），並一以貫之的典用其形象。上片運用汜人資質高潔，外貌超群的美人形象來比擬美人、美花，卻暗藏伏筆，下片則承接汜人在故事裡凝鍊的離別形象，寫出離別之苦痛。而另一闋〈淒涼犯・重台水仙〉下片：「樊姊玉奴恨，小鈿疏脣，洗妝輕怯。汜人最苦，粉痕深、幾重愁靨。花隘春濃，猛熏透、霜綃細摺。倚瑤臺，十二金錢暈半掐。」（頁 2927）亦是將詠花詞結合自我情事與汜人形象的作品。

不管是小說家筆下，或是詞人筆下的美人形象，均寄託男性心中理想女性的典型。心理學家榮格有云：

每個男人心理都有女人的一種永恆形象，不是這個或那個女人的形象，而是一種絕對的女性形象。這種形象從根本上說是無意識的，是從嵌在男人身上有機體上的初源遺傳而來的因素，是所有祖先對女性經歷留下的一種原型積澱。〔註 59〕

這種「絕對的女性形象」已超越個人偏好，是一種隨著文化代代相傳，體現於現實社會中男性對女性的要求，這樣的要求透過以男性爲主的文學體系中，成爲男性的集體潛意識。正如康正果在《風騷與豔情》所提及文人筆下女性的兩種形象：一是有德性的良家婦女，一是色藝兼俱的戀愛對象。〔註 60〕此兩種形象在禮教社會的無形控管下，是難以合爲一體的，然而小說作者努力將兩種形象鎔鑄一體，讓小說中的女性同時擁有此兩種特性。沈沂穎在《唐人小說中之妓女故事研究》就此形象鎔鑄

〔註 59〕霍爾・榮格撰，張月譯：《榮格心理學綱要》（鄭州：黃河文藝出版社，1987 年 7 月，《文藝心理學著譯叢書》本），頁 42。

〔註 60〕康正果：《風騷與豔情：中國古典詩詞的女性研究》，頁 5。

針對唐妓形象所呈現出理想女性的兩種特質加以探討，一是美麗、主動、不逾矩的形象，另一是對男性有助益的形象。〔註61〕理想女性應爲多情、主動，再加上外貌吸引人，如鶯鶯、柳氏、紅拂、紅綃、吳彩鸞等女性，這些條件滿足男性渴望愛情的空虛心靈，又因其賤民或者神女身分，無須男性負責的條件下，讓男性全然無後顧之憂。再加上文中安排女性能帶來助益如：助其成仙（如雲英、彩鸞等）、考取功名（如柳氏、李娃等）、轉機換運（如紅拂、紅線等）等事，這些均是滿足男性各類欲望之投射。而宋代詞人亦接受小說家對完美女性的認知觀感，在取材傳奇小說的女性形象，亦不脫離與唐世文人的諸多想望。

（三）男性形象

唐傳奇故事中所出現的角色，就性別而言，應當是男女相當，但在宋詞使用唐傳奇之人物形象中，屬於男性形象被利用的數量不如女性多，究其主要原因，一方面是因爲以詞題詠人物，主要爲女性居多，而唐傳奇所敘寫的女性，有部分具有典型化，可謂相當出色；另一方面是中國歷代著名的男性族繁不及備載，就宋詞單一作者的詞作而言，數量最多的稼軒詞，所運用的男性人物形象可包含文臣、武將、隱士與文人等，從林鶴音《稼軒詞中人物意象之研究》觀察，小說裡的男性角色，在詞作運用較不廣泛，可見一斑。〔註62〕因爲數量較少，故將男性形象統整在此一小節介紹。

彌明與懶殘的神異形象，是詞人取材唐傳奇中喜愛的男性形象，在〈石鼎聯句詩序〉中，韓愈形容自己的學生侯喜「新有能詩聲」，而描繪彌明的外在形象爲「貌極醜，白鬚黑面，長頸而高結喉，中又作楚語，喜視之若無人。」〔註63〕疲憊時倚牆睡，則「鼻息如雷鳴」。〔註64〕

〔註61〕沈沂穎：《唐人小說中之妓女故事研究》（臺北：臺灣大學中文研究所碩士論文，2004年），頁156～159。

〔註62〕林鶴音《稼軒詞中人物意象之研究》提出探討之四種男性形象，所羅列者均是稼軒較常運用者，但稼軒詞中亦有使用到唐傳奇之男性形象。

〔註63〕李時人編校，何滿子審訂：《全唐五代小說》，冊1，頁608。

這些形象被詞人加以利用，如呂勝己〈臨江仙〉下片：「愛竹子猷參杖屨，能詩侯喜同登。賡酬不盡古今情。清風生白麈，側月照疏星。」（頁1760）用侯喜能詩來讚許同行的侯姓友人；蘇軾〈臨江仙〉上片：「夜飲東坡醒復醉，歸來彷彿三更。家童鼻息已雷鳴。敲門都不應，倚杖聽江聲。」、辛棄疾〈水龍吟〉（補陀大士虛空）：「又說春雷鼻息，是臥龍、彎環如許。不然應是，洞庭張樂，湘靈來去。」（頁1893）等，則用彌明熟睡時模樣比附人物、或是發揮想像，將雨巖飛泉的聲勢之大，可能是有巨龍盤旋酣臥，所發出的鼻息聲造成，使詞作增添活潑感。而彌明最後獨立完成完成詩作，亦成爲詞人讚美友朋之形容，如辛棄疾〈江神子・和李能伯韻呈趙晉臣〉下片：「家傳鴻寶舊知名。看長生。奉嚴宸。且把風流，水北畫耆英。咫尺西風詩酒社，石鼎句，要彌明。」（頁1957）周密〈滿江紅・寄剡中自醉兄〉下片：「評硯品，臨書譜。箋畫史，脩茶具。喜一愚天稟，一閒天賦。百戰徵求千里馬，十年飽飣三都賦。問何如、石鼎約彌明，同聯句。」（頁3288）等。與彌明的形象稍爲類似者，還有懶殘，傳中云：

> 懶殘者，唐天寶初衡嶽寺執役僧也。退食，即收所餘而食，性懶而食殘，故號「懶殘」也。……懶殘正撥牛糞火，出芋啖之。良久乃曰：「可以席地。」取所啖芋之半以授焉，李公捧承，盡食而謝。謂李公曰：「愼勿多言，領取十年宰相。」〔註65〕

懶殘的神異在於分芋時預言李泌可爲宰相，劉克莊〈沁園春〉：「有箇頭陀，形等枯株，心猶死灰。幸春山筍賤，無人爭喫，夜鑪芋美，與客同煨。」（頁2595）馮取洽〈賀新郎〉（問訊花庵主）：「要參到、道心微處。儘做逃禪逃得密，也難遮、撥草來尋路。應爲撥，懶殘芋。」（頁2655）劉、馮二人詞之主題均與佛教相關，使用異僧懶殘形象加以鏈結。

〔註64〕李時人編校，何滿子審訂：《全唐五代小說》，冊1，頁609。
〔註65〕李時人編校，何滿子審訂：《全唐五代小說》，冊3，頁1717。

再者還有陶峴的隱逸形象亦被詞人使用，故事云：

> 陶峴者，彭澤令孫也。開元中，家於昆山。富有田業。擇家人不欺能守事者，悉付之家事。身則泛游於江湖，遍行天下。……峴且名聞朝廷，又值天下無事，經過郡邑，無不招延。峴拒之曰：「某麋鹿閒人，非王公上客。」亦有未招而詣者。系水仙之爲人，江山之可駐耳。吳越之土，號爲水仙。〔註 66〕

以水仙的高潔比喻陶峴爲人瀟灑自在，徐積〈堪畫看〉：「討得漁竿買得船。歸休何必待高年。深浪裡，亂雲邊。只有逍遙是水仙。」（頁 214）朱敦儒〈好事近〉上片：「眼裡數閒人，只有釣翁瀟灑。已佩水仙宮印，惡風波不怕。」（頁 854）陸游〈漁父〉：「鏡湖俯仰兩青天。萬頃玻璃一葉船。拈棹舞，擁蓑眠。不作天仙作水仙。」（頁 1600）此二首詞均寫隱逸的漁父生活，運用陶峴爲淵明之後代，富田業卻悉付他人，遊於江湖，時人號爲水仙的形象，寫詞作裡的漁父，以及內心嚮往的生活。漁父的隱逸形象在屈原〈漁父〉歌中已然建立，「滄浪之水清兮，可以濯吾纓；滄浪之水濁兮，可以濯吾足。」〔註 67〕隱約可見漁父逍遙自在的曠達性格。到了張志和〈漁父〉詞，「青箬笠，綠蓑衣，斜風細雨不須歸。」〔註 68〕更加凸顯漁父外在形貌與性格之超脫。錢鴻瑛認爲：「自中唐張志和的〈漁歌子〉以後，唐宋詞中形成了寫煙波雲水、以漁翁代高隱的傳統。」〔註 69〕而袁郊小說的陶峴成爲寫隱逸人物形象的新選擇。

其他零星出現的男性人物形象，應用在所詠之物相關故事出現之人，或和詞中讚美別人時，以及對自我之比況，如劉一止〈驀山溪〉

〔註 66〕李時人編校，何滿子審訂：《全唐五代小說》，冊 3，頁 1732～1733。

〔註 67〕〔宋〕朱熹：《楚辭集注》（臺北：中央圖書館，1991 年 2 月），頁 143。

〔註 68〕曾昭岷、曹濟平、王兆鵬、劉尊明編著：《全唐五代詞》，上冊，頁 25。

〔註 69〕見錢鴻瑛：《唐宋詞：本體意識的高揚與深化》（桂林：廣西師範大學出版社，2000 年 11 月），頁 171。

（王家人地）：「東風御柳，應訪此韓翃，歸步穩，赤墀邊，肯記幽棲否。」（頁 798）辛棄疾〈賀新郎〉（高閣臨江渚）：「王郎健筆誇翹楚，到如今、落霞孤鶩，競傳佳句。」（頁 1930）郭應祥〈西江月〉下片：「落筆君如王勃，屬辭我愧周墀。明年應記盍簪時。耿耿懷人不寐。」（頁 2222）劉克莊〈沁園春〉（一卷陰符）：「牛角書生，虬髯豪客，談笑皆堪折簡招。依稀記，曾請纓繫粵，草檄征遼。」（頁 2594）又劉氏〈解連環〉（懸弧之旦）：「竈壞丹飛，慢追悔、鄴侯婚宦。已發心懺悔，免去猴冠，卸下麟楦。」（頁 2607）等。

（四）以物代象

王文進認為在中國詩詞中描寫人物的手法，大略可分為兩種方式：

> 一種是直接刻鏤追摹人物的面貌及風采。另外一種則是藉著人物的衣飾烘托其神韻或捕捉其動作。〔註 70〕

此言亦可用以解釋詞作典用唐傳奇之人物形象的不同方式。在借其「人」之形象已說明第一種方式，而另一種方式則在於以人物所使用之物品，借為其形象使用，例如〈大業拾遺記〉裡所提及吳絳仙，擅畫長蛾眉，隋煬帝賞之，更贈螺子黛，也就是蛾綠，讓絳仙增其美。在詞作中亦常用「眉」來表現女性之美，以及其背後的情感，例如晏幾道〈浣溪沙〉上片云：「飛鵲臺前暈翠娥。千金新換絳仙螺。最難加意為顰多。」（頁 239）蘇軾〈南歌子〉起首二句：「寸恨誰云短，綿綿豈易裁。半年眉綠未曾開。」（頁 294）郭世模〈浣溪沙〉上片：「幾點胭脂印指紅。一雙蛾綠歛眉濃。夜寒綃帳燭花融。」（頁 1722）周密〈浪淘沙〉上片：「淺色初裁試暖衣。畫簾斜日看花飛。柳搖蛾綠妒春眉。」（頁 3267）等，均以「眉」代人，呈現女子憂愁之形象。在唐五代詞人藉眉傳達女性情感的寫作方式上，王怡芬認為：「花間詞人在作女性眉毛的敘寫時，極少言及快樂的情緒，伴隨著眉毛以表

〔註 70〕王文進：〈衫袖襟袍裳衩袂襖——中國詩詞中衣飾意象運用舉隅〉，《聯合文學》第 12 卷第 11 期（1996 年 9 月），頁 95。

達情感的形容詞，皆不出一個『愁』的意象。」〔註 71〕而宋詞似乎承繼此傳統，多藉眉表達感傷情懷，又用典故，讓女性形象更具象化。有時又連用絳仙蛾綠與〈大業拾遺記〉裡，另一位美人袁寶兒畫額黃之形象作詞，如晁端禮〈滿庭芳〉起首三句：「淺約鴉黃，輕勻螺黛，故教取次梳妝。」（頁 421）周弼〈二郎神〉（浪花皺石）：「領略鴉黃，破除螺黛，都付渚蘋汀荇。」（頁 2781）蔣捷〈祝英臺〉（柳邊樓）：「知他蛾綠纖眉，鵝黃小袖，在何處、閒游閒玩。」（頁 3441）等。

另外滎陽公子用來策馬之鞭，也形塑出文士風流的形象代號，如晁端禮〈玉樓宴〉（記紅顏日、向瑤階）：「繡鞍縱驕馬，故墜鞭柳徑，緩轡花衢。斗帳蘭釭曲，曾是振、聲名上都。」（頁 422）晁補之〈離亭宴〉起首二句：「丹府黃香堪笑，章臺墜鞭年少。」（頁 562）王之道〈菩薩蠻〉（晴窗睡起鑪煙直）：「墜鞭還駐馬。縹緲珠簾下。」（頁 1153），均是用以形容士人風儀翩翩，其中晁補之詞是描寫當時黃庭堅風流才子，年少煥發之形象。

二、鎖定焦點情節

一篇小說是由許多情節組合而成，當中必然有某幾段情節特別引人入勝，膾炙人口，並給予後代文人反覆使用、加工、轉述於自己作品裡。這過程中慢慢形成典故，既融攝積澱新的意蘊，又被濃縮凝鍊為最簡的數個字、或是一段文字之語言單位。故事中的焦點情節，被頻繁使用，成為廣為人知的「熟典」運用，不同的作者，使用同一典故時，會表現出的不同樣貌。本節所指之「焦點情節」，係指在唐傳奇中某篇小說，某一段情節被文人們大量取材使用，勝過其他情節者，例如〈長恨歌、傳〉裡貴妃分釵寄情的情節，〈裴航〉藍橋遇雲英、〈鶯鶯傳〉西廂纏綿之情等等；或者篇幅較小之傳奇，透顯出的核心情節者，如〈傳書燕〉、〈李牟吹笛記〉的燕信、笛音等等。本節

〔註 71〕見王怡芬：《《花間集》女性敘寫研究》（臺南：成功大學中文研究所碩士論文，1999 年），頁 80。

將這些詞人所善用之焦點情節，舉例說明如下。

（一）貴妃、明皇分釵寄情

〈長恨歌、傳〉是一篇綜合多種主題的故事，而每一段情節，幾乎都被後代文人加以運用過，然最受詞家喜愛，是鴻都方士上仙山尋得貴妃下落，而貴妃回憶在七夕佳節中，與明皇兩人夜半憑肩私語，誓言世世爲夫婦，並取當時定情之夕所贈的金釵鈿合，各折其半，授使者曰：「爲我謝太上皇，謹獻是物，尋舊好也。」〔註72〕這段分釵以寄情的焦點情節，占取材〈長恨歌、傳〉詞作總數的三分之一強，成爲被引用之冠。雖然「分釵」之舉，在唐代之前，便有其特殊之意，係代表夫妻或情人離異的一種象徵，在袁宏《後漢紀．靈帝紀上》：「夏侯氏父母曰：婦人見去，當分釵斷帶。」〔註73〕另外詩作如南朝梁陸罩〈閨怨詩〉亦寫到：「自憐斷帶日，偏恨分釵時。留步惜餘影，含意結愁眉。徒知今異昔，空使怨成思。欲以別離思，獨向蘼蕪悲。」〔註74〕早於該傳提及「分釵」一詞。但〈長恨歌、傳〉將分釵之舉結合更多元素，包含「憑肩盟誓」、「七夕」、「帝妃之戀」、「仙山仙女」等相關情節，使得詞人運用該典，即使是相同情感，也可以結合不同元素加以敘寫，以抒情詞表現最富，再者是七夕詞與詠花詞，以下示例以證：

1、抒情詞

（1）晁端禮〈千秋歲〉下片：「一句臨歧語。忍淚奴聽取。身可捨，情難負。縱非瓶斷綆，也是釵分股。再見了，知他似得如今否。」（頁442）

（2）方千里〈浪淘沙〉（素秋霽）：「魚封遠、雁書漸歇。甚時合、金釵分處缺。謾飄蕩、海角天涯，再見日，應憐兩鬢玲瓏雪。」（頁2492）

〔註72〕李時人編校，何滿子審訂：《全唐五代小說》，冊1，頁671～673。

〔註73〕〔晉〕袁宏：《後漢紀．靈帝紀上》（臺北：臺灣商務印書館，1975年10月，《人人文庫》本，冊176），卷23，頁276。

〔註74〕見逯欽立輯校：《先秦漢魏晉南北朝詩》，中冊，頁1777。

（3）鄭覺齋〈念奴嬌〉（捲簾酒醒）：「恩不相酬，怨難重合，往事冰澌泮。分明訣絕，股釵還我一半。」（頁 2676）

（4）陳東甫〈長相思〉：「花深深。柳陰陰。度柳穿花覓信音。君心負妾心。怨鳴琴。恨孤衾。鈿誓釵盟何處尋。當初誰料今。」（頁 2783）

（5）何夢桂〈賀新郎〉上片：「更靜鐘初定。捲珠簾、人人獨立，怨懷難忍。欲撥金猊添沈水，病力厭厭不任。任蝶粉、蜂黃消盡。亭北海棠還開否，縱金釵、猶在成長恨。花似我，瘦應甚。」（頁 3152）

2、七夕詞

（1）張元幹〈如夢令〉：「雨洗青冥風露。雲外雙星初度。乞巧夜樓空，月姊回廊私語。凝佇。凝佇。不似去年情緒。」（頁 1087）

（2）辛棄疾〈綠頭鴨〉（歎飄零）：「笑此夕、金釵無據，遺恨滿蓬瀛。敧高枕，梧桐聽雨，如是天明。」（頁 1976）

（3）吳文英〈惜秋華〉上片：「露罥蛛絲，小樓陰墮月，秋驚華鬢。宮漏未央，當時鈿釵遺恨。人間夢隔西風，算天上、年華一瞬。相逢，縱相疏、勝卻巫陽無準。」（頁 2912）

3、詠花詞

（1）王寀〈蝶戀花〉下片：「幽豔偏宜春雨細。紅粉闌干，有個人相似。鈿合金釵誰與寄。丹青傳得淒涼意。」（頁 699）此爲詠梅詞。

（2）趙以夫〈解語花・東湖賦蓮後五日，雙苞呈瑞。昌化史君持以見遺，因用時父韻〉上片：「紅香溼月，翠影停雲，羅襪塵生步。並肩私語。知何事、暗遺玉容泣露。」（頁 2665）

物品除了可以借代爲形象外，還可代以說明不想明言的「情感」，例如上述以女性外在妝飾不僅能形容所述女性之形象，亦可以表現主角之情感。在使用唐傳奇故事之物品，其所代之情，較多仍指涉男女情愛，或相思之情，除金釵鈿盒外，還有下文會介紹的「燕信」。使用「分釵」情節，一方面扣緊「長恨」精神，另一方面又結合這段情節裡的其他元素，有別以往使用「分釵」典之單調，然該典對於宋詞而言，已是熟爛之典，故詞人時而會出現如「分釵半夜，往事流傳千古」，卻說這千古往事爲「閒言潑語」，在反用情節處會舉例介紹。

（二）西廂、藍橋定情之地

一則故事裡所描寫的人、事、地、物，在該故事廣爲人知後，故事中這些元素會形成代替此故事的一種「語碼」被運用。《傳奇・裴航》和〈鶯鶯傳〉均在故事中有詩句提及一個地區或某個場景，該地區（場景）也在小說裡發生重要情節，如西廂〔註75〕與鶯鶯纏綿、藍橋遇雲英等，導致該地因故事而形塑出特殊意義。後代文人便把該地區（場景）所發生之情事，用地區名加以指涉。以下舉數例證之：

1、「西廂」用例

（1）蘇軾〈雨中花慢〉（邃院重簾何處）：「今夜何人，吹笙北嶺，待月西廂。空悵望處，一株紅杏，斜倚低牆。」（頁329）

（2）賀鑄〈減字木蘭花〉下片：「弄影西廂侵戶月，分香東畔拂牆花。此時相望抵天涯。」（頁535）

（3）袁去華〈宴清都〉（暮雨消煩暑）：「西廂待月私語。佳期易失難重，餘香破鏡，雖在何據。」（頁1499）

（4）高觀國〈隔浦蓮〉（銀灣初霽暮雨）：「西廂舊約，玉嬌誰見私語。柔情不盡，好似冰綃雲縷。」（頁2359）

（5）吳文英〈聲聲慢〉（藍雲籠曉）：「三十六宮愁重，問誰持金

〔註75〕「西廂」一詞早在《爾雅・釋宮第五》（臺北：藝文印書館，2001年12月，《十三經注疏》本，冊8）中提及：「室有東西廂曰廟，無東西廂有室曰寢，無室曰榭。」（卷5，頁75）後來「西廂」二字因鶯鶯詩：「待月西廂下」而名盛，此本在指稱廟屋西側房間之名詞，也因此傳而有特殊意義。

插，和月都移。掣鎖西廂，清尊素手重攜。」（頁 2920）

2、「藍橋」用例

（1）李之儀〈千秋歲〉上片：「柔腸寸折。解袂留清血。藍橋動是經年別。掩門春絮亂，敧枕秋蛩咽。檀篆滅。鴛衾半擁空牀月。」（頁 340）

（2）仲殊〈蝶戀花〉下片：「經歲別離閒與問。花上啼鶯，解道深深恨。可惜斷雲無定準。不能爲寄藍橋信。」（頁 549）

（3）呂渭老〈醉落魄〉下片：「匆匆一醉霜華白。歸來偏記藍橋宅。五更殘夢迷蝴蝶。覷著花枝，只被繡簾隔。」（頁 1116）

（4）陳三聘〈念奴嬌〉（水空高下）：「此夜飄泊孤篷，短歌誰和，自笑狂蹤跡。咫尺藍橋仙路遠，窅窅雲英消息。」（頁 2026）

（5）吳文英〈洞仙歌〉（芳辰良宴）：「待枝上，飽東風，結子成陰，藍橋去、還覓瓊漿一飲。」（頁 2904）

以「西廂」爲典，占取材〈鶯鶯傳〉本事總數的三分之一強，共 37 闋；而以「藍橋」爲典，占取材〈裴航〉本事總數的二分之一強，共 68 闋。由於此二地爲故事中男女主角的定情之地，有強化「愛情」描述之效果，亦常被用來指涉「美好」，尤其特別用以指涉曩昔之美。

（三）邯鄲、南柯夢境虛華

「邯鄲」、「南柯」與西廂、藍橋一樣，均是地區（場景）之名，但有所區別處，是在於此地區之「語碼」，通常與「夢」一詞並用，如「邯鄲夢」、「南柯夢」，係因〈枕中記〉、〈南柯記〉故事均在夢境中發生，而故事所述之夢，有極深刻的警世意謂，故在形成典故後，以簡單數字，概括整個故事所呈現之意含。結合之詞組不只包含「邯鄲」、「南柯」兩地名，還包括故事其他重要象徵，如〈枕中記〉傳末述主人炊黃粱未熟，故有「黃粱夢」之稱，甚至凝鍊成「黍夢」來運用；而〈南柯記〉因淳于棼進入一處叫「大槐安國」的蟻穴之國，故又有以「槐安夢」、「蟻夢」之別稱，不管用哪種方式，均是指涉故事中從夢境引發出的特殊意義，也因爲此二傳故事類似，詞人時而選擇連用來強化欲營造的語言氛圍，以下舉數例證之：

1、「邯鄲夢」用例

（1）李之儀〈蝶戀花〉上片：「萬事都歸一夢了。曾向邯鄲，枕上教知道。百歲年光誰得到。其間憂患知多少。」（頁 343）

（2）黃庭堅〈最落魄〉（陶陶兀兀）：「邯鄲一枕誰憂樂。新詩新事因閒適。」（頁 395）

（3）陳與義〈木蘭花慢〉（北歸人未老）：「正雪暗滹沱，雲迷芒碭，夢繞邯鄲。」（頁 1070）

（4）陸游〈木蘭花慢〉上片：「閱邯鄲夢境，歎綠鬢、早霜侵。奈華岳燒丹，青谿看鶴，尚負初心。年來向濁世裡，悟眞詮祕訣絕幽深。養就金芝九畹，種成琪樹千林。」（頁 1591）

2、「黃粱夢」用例

（1）賀鑄〈六州歌頭〉（少年俠氣）：「似黃粱夢。辭丹鳳。明月共。漾孤篷。官冗從。」（頁 538）

（2）張元幹〈永遇樂〉（月仄金盆）：「白鷗盟在，黃粱夢破，投老此心如水。」（頁 1076）

（3）趙以夫〈沁園春〉（自笑生來）：「膾炙功名，膏肓富貴，舉世黃粱夢正酣。」（頁 3047）

3、「邯鄲」、「黃粱」並用例

（1）陸游〈洞庭春色〉（壯歲文章）：「請看邯鄲當日夢，待炊罷黃粱徐欠伸。方知道，許多時富貴，何處關身。」（頁 1592）

4、「黍夢」用例

（1）吳文英〈瀟蘭香〉（盤絲繫腕）：「爲當時、曾寫榴裙，傷心紅綃褪萼。黍夢光陰漸老，汀洲煙蒻。」（頁 2901）

（2）陳著〈浪淘沙〉上片：「春事紫和紅。蜂蝶爭叢。消磨多少看花翁。不用借他炊黍枕，何夢非空。」（頁 3054）

5、「南柯夢」用例

（1）王安禮〈瀟湘憶故人慢〉（薰風微動）：「寄瀟洒、一枕南柯。引多少、夢中歸緒，洞庭雨棹煙簑。」（頁 264）

（2）朱敦儒〈水龍吟〉（放船千里淩波去）：「北客翩然，壯心偏感，年華將暮。念伊嵩舊隱，巢由故友，南柯夢、遽如許。」（頁 835）

（3）王學文〈摸魚兒〉（記當年、舞衫零亂）：「浮雲事，又作南柯夢徹。一簪聊寄華髮。乾坤桑海無窮事，才歷昆明初劫。」（頁 3344）

6、「槐安夢」用例

（1）洪适〈滿庭芳〉上片：「同病相憐，凍吟誰伴，漫懷舉案齊眉。槐安夢境，一笑自來稀。未到斜川見雪，春欲半、尙壓銅池。今思古，拊盆擊筑，蕢鼎閒夔彝。」（頁 1387）

（2）葛郯〈滿庭霜〉（歸去來兮）：「誰道雲深無路，小橋外、一徑相通。功名小，從教群蟻，鏖戰大槐宮。」（頁 1544）

7、「蟻夢」用例

（1）黃庭堅〈西江月〉下片：「蟻穴夢魂人世，楊花蹤跡風中。莫將社燕等秋鴻。處處春山翠重。」（頁 404）

（2）姜夔〈永遇樂〉（我與先生）：「長干白下，青樓朱閣，往往夢中槐蟻。卻不如、窪尊放滿，老夫未醉。」（頁 2187）

8、〈枕中記〉、〈南柯記〉本事連用例

（1）呂勝己〈柳梢青〉下片：「蒲團紙帳蘭臺。夢不到、邯鄲便回。蟻穴榮華，人間功業，都惱人懷。」（頁 1762）

（2）劉克莊〈念奴嬌〉下片：「回首當日遭逢，譬如春夢，誤入華胥裡。推枕黃粱猶未熟，封拜幾王侯矣。似甕中蛇，似蕉中鹿，又似槐中蟻。先人書在，尙堪追補遺史。」（頁 2604）

（3）趙必𤩪〈齊天樂〉（東南半壁乾坤窄）：「休說我命通，待他心肯。浮世南柯，夢邯鄲一枕。」（頁 3380）

在宋詞中以「夢」爲主題者頗多，運用二傳典故占一部分。在林舜英《夢在唐傳奇情節結構中的作用與意義》說明夢在唐傳奇情節中的意義有五：「一爲澈悟生命眞諦的意義；二爲宣揚宗教的意義；三爲預示未來的意義；四爲溝通鬼神的意義；五爲純粹文字的意義。」〔註 76〕而二傳所要傳達之意義著重在澈悟生命之眞諦，但詞人運用二傳通常以「消極」之心態、「嘆老空望」之心情、「今昔對比」之模式進行寫作，雖契合唐傳奇故事之意義，但屬「自我慰藉」者多，「澈悟」者少。

（四）其　他

〈傳書燕〉與〈李牟吹笛記〉篇幅較小，核心情節則容易彰顯。前者焦點在於「雙燕傳信」，後者在於「吹笛技巧與笛音」。燕傳信成爲「寄託相思」的代稱，例如李彌遜〈青玉案〉（楊花儘做難拘管）：「欲憑桃葉傳春怨。算不似、斜風倩雙燕。縱得書來春又換。」（頁 1055）呂渭老〈撲蝴蝶近〉（風荷露竹）：「怎不悶。當初欲憑，燕翼西飛寄歸信。小窗睡起，梁間都去盡。」（頁 1127）史達祖〈風流子〉（紅樓橫落日）：「如今但，鶯通信息，雙燕說相思。」（頁 2329）不管是「春怨」、「秋意新愁」，背後皆有「人去」之因，而「燕傳信」這等傳說，卻成爲詞中主角迫切需要的憑藉。情人的相思之情期盼被「知道」，故常以「燕信」來替代。

〈李牟吹笛記〉記錄出神入化的吹笛技巧，亦受詞家之青睞，該傳記錄笛聲的三種層次，初爲「寥亮逸發，上徹雲表」，再者「甚爲精壯，山石可裂」，最後「入破，呼吸盤擗，其笛應聲而碎」，後兩種層次是舟中之客吹笛所表現出聲情與狀況亦是全文之焦點，詞人常進行取材，如：

〔註 76〕林舜英：《夢在唐傳奇情節結構中的作用與意義》（嘉義：南華大學中文研究所碩士論文，2003 年），頁 15。

1、蘇軾〈念奴嬌〉（憑高眺遠）：「便欲乘風，翻然歸去，何用騎鵬翼。水晶宮裡，一聲吹斷橫笛。」（頁 330）
2、曹勛〈滿庭芳〉（秋色澄暉）：「夜涼天半，橫管度新聲。應是齊吹萬指，巖谷震、石裂霜清。」（頁 1233）
3、陳亮〈好事近〉（橫玉叫清宵）：「人在畫樓高處，倚闌干幾曲。穿雲裂石韻悠揚，風細斷還續。」（頁 2103）
4、吳文英〈夜鵲飛〉（金規印遙漢）：「中郎舊恨，寄橫竹、吹裂哀雲。」（頁 2877）
5、張炎〈淒涼犯〉（西風暗翦荷衣碎）：「因甚忘歸，謾吹裂，山陽夜笛。夢三十六陂流水去未得。」（頁 3478）

三、反用情節描述

綜合以上三類所述，均是正面的明用或暗用典故，另外還有以「反用」、「反襯」的手法，來達到用典的效果，以下分「人物形象方面」與「情節使用方面」舉例說明。

（一）人物形象方面

在上述人物形象中，均以女性形象居多，而反用唐傳奇女性角色形象亦占最多數，其中又以「楊貴妃」之美人形象被反用次數最高，如趙彥端作〈鷓鴣天〉詠歌女文秀，下片作：「丹臉嫩，黛眉新。肯將朱粉污天眞。楊妃不似才卿貌，也得君王寵愛勤。」（頁 1462）用貴妃美麗換得君王歡心，來反襯文秀的美貌更勝一籌。另一種則是用來「反襯」所詠之物特出之處，如李子正〈減蘭十梅・雨〉下片：「瓊肥微膩。疑是凝酥初點綴。冷豔相宜。不似梨花帶雨時。」（頁 996）李彌遜〈十月桃〉上片作：「一枝三四，弄疏英秀色，特地生寒。刻楮三年，謾誇煮石成丹。梨花帶雨難並，似玉妃、寂寞微潸。瑤臺空闊，露下星墜，零亂風鬟。」（頁 1051）無名氏〈浪淘沙〉下片：「素豔有誰同。不並妖紅。應如褒姒笑時容。絕勝梨花春帶雨，旖旎春風。」（頁 3644）楊貴妃的絕色容顏已能輕易迷惑君王，而當貴妃落淚的情貌，就好比純白的梨花花瓣有雨珠附著，那般清麗絕豔，更勝平時。詞人利用貴妃最美的情貌來比附他物，以反襯的手法，描述這些花物的美姿能再勝貴妃絕美一籌。除了「反襯」手法外，較特別的是有些詞人還對楊貴妃加諸諷刺，辛棄疾作〈杏花天〉：

牡丹比得誰顏色。似宮中、太眞第一。漁陽鼙鼓邊風急。人在沈香亭北。　　買栽池館多何益。莫虛把、千金拋擲。若教解語傾人國。一箇西施也得。（頁 1901）

題詞爲嘲牡丹，實則嘲貴妃，相對也在詞作中暗含批判；李昴英用〈賀新郎〉詠白蓮時，下片詞句：「涼臺向晚微風馥。訝銀盃羽化，折取戲浮醽醁。安得梅花如許大，天遣辟除暑溽。渾不覺、鷺翹鷗浴。可恨妖妃汙太液，只東林、社友追遊熟。宜夜看，燦瑤燭。」（頁 2868）以妖妃評價楊氏，並否定以貴妃比喻蓮花高潔的象徵，這與〈長恨傳〉中明皇以良池配佳人之情節相異，卻暗合〈長恨傳〉中「懲尤物、窒亂階」的旨意。

其他如楊澤民〈一落索〉下片：「譜裡知名自久。眞情難有。縱然時下有眞情，又還似、章臺柳。」（頁 3005）反用〈柳氏傳〉中柳氏對韓翃一片情深之形象，將「章臺柳」直視爲隨人任意攀折的歌妓。

（二）情節使用方面

在反用情節內容上，數量較少，僅取數例說明。

1、柳永〈玉蝶蝴〉（望處雨收雲斷）：「念雙燕、難憑遠信，指暮天、空識歸航。」（頁 40）

〈傳書燕〉的雙燕最後準確將紹蘭所繫之信傳遞至夫婿面前，而詞人反用故事情節，直指雙燕無信，信終難達。如此例者尚有：晏幾道〈蝶戀花〉（欲減羅衣寒未去）：「宿酒醒遲，惱破春情緒。遠信還因歸燕誤。小屛風上西江路。」（頁 224）晁端禮〈雨鈴霖〉（槐陰添綠）：「別後厭厭，應是香肌，瘦減羅幅。問燕子、不肯傳情，甚入華堂宿。」（頁 436）賀鑄〈滿江紅〉（火禁初開）：「自怨別，疏行樂。被無情雙燕，短封難託。」（頁 512）史達祖〈解佩令〉（人行花塢）：

「有新詞、逢春分付。屢欲傳情，奈燕子、不曾飛去。」（頁 2333）孫惟信〈晝錦堂〉（薄袖禁寒）：「杏梢空鬧相思眼，燕翎難繫斷腸牋。」（頁 2485）方千里〈風流子〉（河梁攜手別）：「自雙燕再來，斷無音信，海棠開了，還又參差。」（頁 2497）等，皆感嘆燕誤音訊。

2、邵博〈念奴嬌〉下片：「惆悵玉杵無憑，藍橋人去，空鎖神仙宅。」（頁 896）

在〈裴航〉故事中，玉杵是雲英測試裴航是否爲「信士」之憑證，故事最後裴航傾盡家產，就爲將玉杵購得，但在邵博詞中，卻反用此情節，說明即使得到玉杵，仍無法娶得雲英，甚至人去無蹤。反用此情節之相關詞作還有：蘇軾〈南歌子〉下片：「卯酒醒還困，仙材夢不成。藍橋何處覓雲英。只有多情流水、伴人行。」（頁 292）毛滂〈青玉案〉（芙蕖花上濛濛雨）：「玉京人去無由駐。恁獨坐、憑闌處。」（頁 680）等。

3、辛棄疾〈滿江紅〉下片：「快酒兵長俊，詩壇高築，一再人來風味惡，兩三杯後花緣熟。記五更、聯句失彌明，龍銜燭。」（頁 1954）

韓愈在〈石鼎聯句詩序〉寫侯喜、劉師服與彌明三人聯賦石鼎，最後侯、劉二人搜索枯腸，無法再賦，彌明則輕而易舉將詩完成。辛棄疾此詞描寫與傅巖叟同詠梅，在陳文蔚〈徐天錫歸自玉山，昌甫以三詩送之，後二篇有及予與徐子融、傅巖叟之意，且托其轉寄，答其意以謝之〉詩其二自注說明：「雙梅在巖叟家香月堂，清古可愛，昌甫每與稼軒同領略之。」〔註 77〕兩人興致高昂，才思不斷，詠至五更不休，連彌明離去都渾然不覺，反用故事情節，來表達兩人專心的情貌。

4、柳永〈離別難〉（花謝水流倏忽）：「想嬌魂媚魄非遠，縱洪都方士也難尋。最苦是、好景良天，尊前歌笑，空想遺音。」（頁 36）

〔註 77〕見〔宋〕陳文蔚：《陳克齋集》（臺北：臺灣商務印書館，1987 年 2 月，《景印文淵閣四庫全書》本，冊 1171），卷 14，頁 109。

在〈長恨歌、傳〉中，洪都方士爲明皇尋訪楊貴妃，上窮碧落，下達黃泉，均難以覓得，最後終於在仙山訪得芳蹤，而柳永卻反用該典，說明即使派遣如洪都方士這般厲害之人去找尋，亦無法尋至。

5、郭應祥〈鵲橋仙〉（今年七夕）：「分釵半夜，往事流傳千古。

獨憐詞客與詩人，費多少、閒言潑語。」（頁 2225）

郭氏有感詞人騷客常以〈長恨歌、傳〉「分釵半夜」這等流傳千古的情事，寫入詞作中，而自己卻認爲這些舊事已然成爲「閒言潑語」，了無意趣。是借該典而反用之。另一闋作意類似之詞是姜夔的〈摸魚兒〉（向秋來、漸疏班扇），在詞序中提及：「蓋欲一洗鈿合金釵之塵」，〔註 78〕黃兆漢認爲此處指一洗以往詠七夕多以男女定情爲主之老調，〔註 79〕亦是借〈長恨歌、傳〉之情節而反用。

第三節　檃括小說爲主題

在兩宋詞作中，「檃括詞」並不占多數。近來學者研究均將檃括詞視爲東坡始作。羅忼烈〈宋詞雜體〉說明將「檃括」一詞之釋義者，是蘇軾〈哨遍〉之題序，〔註 80〕另外唐玲玲與內山精也，亦在其研究中指出蘇軾是將檃括詞視爲一種獨立之詞體，並進行創作的人。〔註 81〕而羅忼烈、唐玲玲與吳承學同時也提出在蘇軾之前，劉几〈梅花曲〉已有檃括王安石之詩入詞，可視作檃括詞之先導。〔註 82〕王師偉勇納

〔註 78〕唐圭璋主編：《全宋詞》，冊 3，頁 2180。

〔註 79〕見〔宋〕姜夔撰，黃兆漢編著：《姜白石詞詳注》（臺北：臺灣學生書局，1998 年 2 月），頁 244。

〔註 80〕羅忼烈：《兩小山齋論文集》（北京：中華書局，1982 年 7 月），頁 133～159。

〔註 81〕見唐玲玲：《東坡樂府研究》（成都：巴蜀書社，1993 年 2 月），頁 169。以及內山精也：〈兩宋檃括詞考〉，《日本學者論中國古典文學——村山吉廣教授古稀紀念集》（成都：巴蜀書社，2005 年 6 月），頁 308。

〔註 82〕見羅忼烈：《兩小山齋論文集》，頁 158、唐玲玲：《東坡樂府研究》，頁 171、吳承學：〈論宋代檃括詞〉，《文學遺產》2000 年第 4 期（2000 年），頁 75。

整前說，在〈兩宋檃括詞探析〉一文中，重新定義「檃括詞」，並據其定義，說明在蘇軾、劉几之前，於寇準、晏殊與滕宗諒的詞作中，亦可發現檃括詞，以寇準最早，而詞題下標明「檃括」二字以填詞者，則爲蘇軾最早。〔註 83〕此文亦統計出兩宋檃括詞有 136 闋，〔註 84〕可見檃括詞在兩宋詞之數量比例。徐勝利也提出「檃括前人的故事而成新詞」〔註 85〕是檃括的主要類型之一。

本文觀察宋詞檃括唐傳奇故事，著重在詞作視唐傳奇爲主題進行創作，或大量用唐傳奇之情節，比附他物（事）者，與上述所指「檃括詞」略有不同。在此將檃括唐傳奇爲主題之條件略分爲三項，第一，是以某篇唐傳奇故事爲主題檃括入詞敘寫者；第二，是詞題（序）中透露某篇唐傳奇之篇名或重要人物，並將故事檃括者；第三，是詞作中檃括某篇唐傳奇故事，並旁及與該篇相關故事者。〔註 86〕以此三項條件進行檢索，可得詞作 36 闋，〔註 87〕如下表所列：

圖表三　宋詞檃括唐傳奇故事為主題作品列表

編號	取材傳奇	作 者	詞　牌	詞題（序）	起　句	頁數
1	010 傳書燕	晏幾道	采桑子		征人去日殷勤囑	250
2	016 離魂記	秦觀	調笑令	離魂記	心素	467
3	027 鶯鶯傳	毛滂	調笑	鶯鶯	何處	690

〔註 83〕詳見王師偉勇：〈兩宋檃括詞探析〉，《宋元文學學術研討會論文集》（臺北：東吳大學中國文學系，2002 年 3 月），頁 235～237。

〔註 84〕王師偉勇：〈兩宋檃括詞探析〉，頁 249。

〔註 85〕徐勝利：〈隱括：宋詞獨特的創作方法〉，《鄂州大學學報》第 12 卷第 4 期（2005 年 7 月），頁 48。

〔註 86〕如劉克莊〈水調歌頭．解印有期戲作〉詞：「老子頗更事，打透利名關。百年擾擾于役，何異入槐安。夢裡偶然得意，醒後纔堪發笑，蟻穴駕車還。恰佩南柯印，彷彿榖曾丹。　　客未散，日初昳，酒猶殘。向來幻境安在，回首總成閑。莫問浮雲起滅，且跨剛風遊戲，露冷玉簫寒。寄語抱朴子，候我石樓山。」（頁 2592）整闋有一半以上用以檃括〈南柯太守傳〉之故事大概，但仍不列入計算。

〔註 87〕此處統計 36 闋詞並無全部包含在王師統計之 136 闋中，係因定義上與檢索條件上之不同所造成。

4	027 鶯鶯傳	秦觀	調笑令	鶯鶯	春夢	466
5	027 鶯鶯傳	趙令畤	蝶戀花其一	商調蝶戀花十二闋（餘略）	麗質仙娥生月殿	491
6	027 鶯鶯傳	趙令畤	蝶戀花其二	（略）	錦額重簾深幾許	492
7	027 鶯鶯傳	趙令畤	蝶戀花其三	（略）	懊惱嬌癡情未慣	493
8	027 鶯鶯傳	趙令畤	蝶戀花其四	（略）	庭院黃昏春雨霽	493
9	027 鶯鶯傳	趙令畤	蝶戀花其五	（略）	屈指幽期惟恐誤	493
10	027 鶯鶯傳	趙令畤	蝶戀花其六	（略）	數夕孤眠如度歲	494
11	027 鶯鶯傳	趙令畤	蝶戀花其七	（略）	一夢行雲還暫阻	494
12	027 鶯鶯傳	趙令畤	蝶戀花其八	（略）	碧沼鴛鴦交頸舞	494
13	027 鶯鶯傳	趙令畤	蝶戀花其九	（略）	別後相思心目亂	495
14	027 鶯鶯傳	趙令畤	蝶戀花其十	（略）	尺素重重封錦字	495
15	027 鶯鶯傳	趙令畤	蝶戀花其十一	（略）	夢覺高唐雲雨散	496
16	027 鶯鶯傳	趙令畤	蝶戀花其十二	（略）	鏡破人離何處問	496
17	030 長恨歌傳	王沂孫	水龍吟	白蓮	淡妝不掃蛾眉	3355
18	030 長恨歌傳	王沂孫	水龍吟	白蓮	翠雲遙擁環妃	3355
19	030 長恨歌傳	吳文英	宴清都	連理海棠	繡幄鴛鴦柱	2882
20	030 長恨歌傳	李冠	六州歌頭	驪山	淒涼繡嶺	114
21	030 長恨歌傳	李綱	雨霖鈴	明皇幸西蜀	蛾眉修綠	901
22	030 長恨歌傳	無名氏	伊州曲		金雞障下胡雛戲	3674
23	030 長恨歌傳	黃庭堅	調笑歌		無語	399
24	030 長恨歌傳	鄭僅	調笑轉踏		時節	446
25	039 烟中怨解	秦觀	調笑令	煙中怨	眷戀	466
26	047 馮燕傳	曾布	水調歌頭排遍第二		袖籠鞭敲鐙	266
27	047 馮燕傳	曾布	水調歌頭排遍第一		魏豪有馮燕	266
28	047 馮燕傳	曾布	水調歌頭排遍第三		說良人滑將張嬰	266
29	047 馮燕傳	曾布	水調歌頭排遍第四		一夕還家醉	267
30	047 馮燕傳	曾布	水調歌頭排遍第五		鳳凰釵、寶玉凋零	267
31	047 馮燕傳	曾布	水調歌頭排遍第六（帶花遍）		向紅塵裡	267

32	047 馮燕傳	曾布	水調歌頭排遍第七（攧花十八）		義城元靖賢相國	267
33	073 無雙傳	秦觀	調笑令	無雙	相慕	465
34	076 中元傳	無名氏	傾杯序		昔有王生	3675
35	087.4 傳奇・裴航	王之望	好事近		綵艦載娉婷	1336
36	087.4 傳奇・裴航	楊澤民	倒犯	藍橋	畫舫、並仙舟遠窺	3013

以下就此 36 闋詞作進一步說明。

一、擇調強化鋪陳

在 36 闋詞中，詞人所選擇之詞牌只有 12 種，分別是〈采桑子〉、〈調笑〉（包含〈調笑令〉、〈調笑歌〉、〈調笑轉踏〉）、〈蝶戀花〉、〈水龍吟〉、〈宴清都〉、〈六州歌頭〉、〈雨鈴霖〉、〈伊州曲〉、〈水調歌頭〉、〈傾杯序〉、〈好事近〉與〈倒犯〉等，以〈調笑〉爲最多詞人之選擇，有黃庭堅、秦觀、鄭僅與毛滂四人作。〈調笑〉以形式而言，屬於小令，照理來說，小令難以用來敘事，但〈調笑〉的特殊格式，又間接幫助小令詞得以敘事。以下就前述所提及之詞牌分類介紹如列：

（一）調笑詞

「調笑令」一詞最早可見白居易〈代書詩一百韻寄微之〉:「打嫌〈調笑〉易，飲訝〈卷波〉遲。」其自注曰:「抛打曲有〈調笑令〉，飲酒曲有〈卷白波〉」〔註 88〕〈調笑令〉又稱〈古調笑〉、〈宮中調笑〉、〈調嘯詞〉、〈三臺令〉、〈轉應曲〉，此調字數爲三十二字，八句，四仄韻，兩平韻，兩疊韻，屬單調曲。如韋應物〈調笑〉:

> 胡馬。胡馬。遠放燕支山下。跑沙跑雪獨嘶。東望西望路迷。迷路。迷路。邊草無窮日暮。〔註 89〕

〔註 88〕〔清〕彭定求等編：《全唐詩》，冊 13，卷 436，頁 4823。

〔註 89〕曾昭岷、曹濟平、王兆鵬、劉尊明編著：《全唐五代詞》，上冊，頁 22。韋應物〈調笑〉又作〈調嘯詞〉。

唐代〈調笑令〉需平仄韻遞轉，難在平韻再轉仄韻時，二言疊句必須用上六言的最後兩字倒轉爲之，所以又名爲〈轉應曲〉。〔註 90〕但唐代〈調笑令〉與宋代發展的〈調笑轉踏〉有很大的不同，龍沐勛認爲：「北宋以後，多用不轉韻格。三十八字，七仄韻，聯章以或轉踏，藉以演唱故事。」〔註 91〕龍氏雖認爲唐、宋〈調笑〉有所不同，卻只將宋代〈調笑〉視爲一種變格，與萬樹《詞律》看法相同。而張夢機在《詞律探源》則有不同觀點：

> 按唐人〈調笑〉與宋〈調笑令〉，明是二調，宋〈調笑令〉多連章爲轉踏詞者，每詞之前，有七言古詩八句，即以詩末二字爲詞之起句，亦即以起韻，其體格字句與唐〈調笑〉迥不相侔，萬樹《詞律》收宋詞爲唐詞之又一體，非也。……入宋以後，句法益變，專供大曲歌舞之用矣。〔註 92〕

宋代〈調笑〉的格式，在曲子前會有七言八句古詩一首，詩的末二字即是詞的起句。曲子總字數爲三十八字，七句七仄韻，不用疊句，不需倒轉句法，亦不需轉韻，屬單調曲。體製上確實與唐之〈調笑〉有許多差別。

〈調笑轉踏〉的形式，其實與宋代大曲相似，〔註 93〕是用來表

〔註 90〕龍沐勛：《唐宋詞格律》（臺北：里仁書局，2002 年 9 月），頁 157。

〔註 91〕龍沐勛：《唐宋詞格律》，頁 157。

〔註 92〕張夢機：《詞律探源》（臺北：文史哲出版社，1981 年 11 月），頁 390。〔清〕陳廷敬、王奕清等編：《康熙詞譜》（長沙：岳麓書社，2002 年 10 月）亦將唐、宋〈調笑〉視爲不同詞牌討論。

〔註 93〕〈唐宋大曲考〉對宋代大曲有詳細說明，此處則不再贅言。王氏以爲大曲皆舞曲，應有樂、有舞、有詞，除唱作外，尚可供搬演之。（《王國維戲曲論文集》，頁 179～182）在王秀雲：《毛滂東堂詞研究》（臺北：東吳大學中文研究所碩士論文，1984 年）歸納〈調笑令〉形式，羅列於下：「1.前有序引；2.引詞後有口號七言四句或八句詩；3.每首前有本事題名，並以七言八句集句作引；4.詩後爲歌詞；5.末有放隊詩，七言四句」，從放隊詩中可見調笑令爲歌舞相間的隊舞形式。（頁 157）；又彭國忠：〈論宋代〈調笑〉詞〉中，分有「白語」、「口號」、「題目」、「詩」、「詞」、「破子」、「放隊」等七種作詳細介紹。（《華東師範大學學報（哲學社會科學版）》，2000 年第 2 期〔2000 年 2 月〕，頁 56～58）

演歌舞藝術，也是聯章詞體的一種。毛滂的〈調笑轉踏〉是北宋詞人中保留最完整者，〔註 94〕因此，較晚的洪适作〈番禺調笑〉十首，才得以所承。以下僅錄毛滂〈調笑轉踏〉釋其形式：

> 掾　白語　竊以綠雲之音，不羞春燕；結風之袖，若翩秋鴻。勿謂花月之無情，長寄綺羅之遺恨。試爲調笑，……聊發清尊之雅興。（引詞）
>
> ……（缺口號詩）
>
> 春風戶外花蕭蕭，綠茵繡屏阿母嬌；白玉郎君恃恩力，尊前心醉雙翠翹。西廂月冷濛花霧，落霞凌亂墻東樹；此夜靈犀已暗通，玉環寄恨人何處。（本事詩）
>
> 何處。長安路。不記牆東花拂樹。瑤琴理罷霓裳譜。依舊月窗風戶。薄情年少如飛絮。夢逐玉環西去。（曲詞）
>
> 右六　鶯鶯（本事題名）
>
> ……
>
> 酒美。從酒貴。濯錦江邊花滿地。鷫鸘換得文君醉。暖和一團春意。怕將醒眼看浮世。不換雲芽雪水。（破子）
>
> 歌長漸落杏梁塵，舞罷香風捲繡絪；更擬綠雲弄清切，尊前恐有斷腸人。（遣隊詩）〔註 95〕

王國維《宋元戲曲史》云：「（調笑詞）前有勾隊詞，後以一詩一曲相間，終以放隊詞，則亦用七絕，此宋初體格如此。然至汴宋之末，則其體漸變。……勾隊之詞，變而爲引子，放隊之詞，變而爲尾聲，曲前之詩，後亦變而用他曲。……今纏達之詞皆亡，唯元劇中正宮套曲，其體例全自此出。」〔註 96〕此說法可視爲〈調笑轉踏〉詞之體製的概

〔註 94〕另有無名氏作〈九張機〉，亦保留宋大曲形式之完整性。〈調笑轉踏〉除毛滂以外，尚有見於鄭僅、秦觀、黃庭堅、晁无咎、曾慥與李呂等人之詞作。毛滂之調笑形式上有引詞、有詩、有曲詞、有破子，末亦有遣隊詩四句，堪稱完整。

〔註 95〕唐圭璋主編：《全宋詞》，冊 2，頁 689～691。

〔註 96〕王國維撰，馬信美疏證：《宋元戲曲史疏證》（上海：復旦大學出版社，2004 年 8 月），頁 58。

述。〈調笑轉踏〉的曲子前有所謂「致語」，也稱作「本事詩」，相當於「引子」的作用，主要是簡介唱詞所要展開的故事梗概。「致語」與後面的曲子相比，前者偏重寫實，後者多用以抒情。由此可看出〈調笑轉踏〉結合詩詞不同的特性，也從市人文藝中得到重新融合的條件；而毛滂與洪适的〈調笑〉在結尾處有二到三段的破子詞，「破」是大曲的樂段名，依其曲作詞爲破子詞，由此得知〈調笑轉踏〉在流行的過程中，已吸收其他歌舞藝術，可視〈調笑轉踏〉爲宋詞向戲曲過渡過程中產生的一種藝術形式。從上述可理解〈調笑〉形式上的聯章性，以及每一首曲詞前會有「本事詩」，這兩個特點形成輔助小令形式無法敘事的缺失。

在唱曲方面，〈調笑轉踏〉與南宋流行的嘌唱、唱賺等曲藝有關，如《都城紀勝》所載：

> 唱叫小唱，謂執板唱慢曲、曲破，大率重起輕殺，故曰淺斟低唱，與四十大曲舞旋爲一體，今瓦市中絕無。嘌唱，謂上鼓面唱令曲小詞，驅駕虛聲，縱弄宮調，與叫果子、唱耍曲兒爲一體，本只街市，今宅院往往有之。……唱賺在京師日，有纏令、纏達：有引子、尾聲爲「纏令」；引子後只以兩腔遞且，循環間用者，爲「纏達」。〔註97〕

「轉踏」主要是因詩詞銜接，一詩一詞，迎往不已，造成「轉踏」效果。「踏」是踏歌的簡稱，在隊舞中較常用。而唱賺裡的「纏達」，是「兩腔遞且，循環間用」，可從元雜劇保留的曲目觀察，如馬致遠《陳摶高臥》第四折曲目：

> 〈正宮・端正好〉、〈滾繡球〉、〈倘秀才〉、〈滾繡球〉、〈倘秀才〉、〈叨叨令〉、〈倘秀才〉、〈滾繡球〉、〈倘秀才〉、〈滾繡球〉、〈倘秀才〉、〈三煞〉、〈二煞〉、〈煞尾〉。

兩曲相間，循環使用，正是受宋代纏達的影響，而轉踏的形式類於此，差別在於纏達是兩曲相間，而轉踏是詩詞相間。

〔註97〕〔宋〕灌圃耐得翁撰，周峰點校：《都城紀勝》，頁85。

〈調笑轉踏〉因受到北宋汴京民間樂曲影響，很快就引起文人的青睞。王灼《碧雞漫志》載：「世有〈般涉調拂霓裳曲〉，因石曼卿取作轉踏，述開元、天寶舊事。」〔註 98〕可見該演唱形式在北宋已流行，如晁補之〈調笑〉題序云：「蓋聞民俗殊方，聲音異好。洞庭九奏，謂踴躍於魚龍；子夜四時，亦欣愉於兒女。欲識風謠之變，請觀調笑之傳。」〔註 99〕亦說明因聽此佳音，故樂而作之。蘇軾亦仿韋應物〈調嘯詞〉作有兩首，而蘇門弟子們幾乎都塡過該曲，劉乃昌、楊慶存認爲：

> 蘇門弟子秦觀、黃庭堅都寫過這種體式的詞，秦觀詞集中名〈調笑令〉十首，豫章詞中亦名〈調笑〉，僅存一首，補之的〈調笑〉共七首，每各詠一事，先詩後詞。三人都寫這種俗詞，大約是互相影響的結果。元祐中期三人都在汴京供職，可能即作於此時。〔註 100〕

甚至包括《樂府雅詞》收有一篇無名氏的〈調笑集句〉，所詠題材與秦觀、晁補之〈調笑〉詞相近，〔註 101〕或許亦是某名家所爲。楊萬里在《宋詞與宋代的城市生活》中臆測：「如果不是巧合的話，蘇門曾有過一次有意識地創作〈調笑轉踏〉的集會。」〔註 102〕因此這種形式陸續被詞人們所接受，正如毛滂〈調笑〉掾語提及：「試爲調笑，戲追風流。少延重客之餘歡，聊發清尊之雅興。」〔註 103〕主要是想表現風流氣度，與提升宴席之歡樂而爲之，而另一方面，在曲詞的內

〔註 98〕王灼：《碧雞漫志》，卷 3，頁 98。

〔註 99〕唐圭璋主編：《全宋詞》，冊 1，頁 581。

〔註 100〕見晁補之、晁沖之傳，劉乃昌、楊慶存注：《晁氏琴趣外篇、晁用叔詞》（上海：上海古籍出版社，1991 年 2 月），頁 230。

〔註 101〕〈調笑集句〉亦收於《全宋詞》中，其詞序云：「蓋聞，行樂須及良辰，鍾情正在吾輩。飛觴舉白，目斷巫山之暮雲；綴玉聯珠，韻勝池塘之春草。集古人之妙句，助今日之餘歡。」（頁 3647）所詠主題共八項，分別爲巫山、桃源、洛浦、明妃、班女、文君、吳孃、琵琶（頁 3647～3649），多有與秦、晁所詠相類者。

〔註 102〕楊萬里：《宋詞與宋代的城市生活》（上海：華東師範大學出版社，2006 年 10 月），頁 157。

〔註 103〕唐圭璋主編：《全宋詞》，冊 2，頁 689。

容上，表達並抒發深摯的情感，這已脫離〈古調笑〉的色調，也再次說明唐、宋時期曲藝形式的發展趨於成熟。

（二）鼓子詞

「鼓子詞」是聯章詞體的一種，亦是宋代說唱藝術之一，形式上是以同一曲反覆多次歌唱，中間夾以說白，以鼓擊節拍，伴隨管絃以歌，多用來敘事寫景。如歐陽脩〈漁家傲〉十二首，分別詠唱穎州西湖景物；趙令畤〈蝶戀花〉十二首，詠唱鶯鶯故事等。「鼓子詞」早期較重唱詞，說白僅是開頭引言而已，如歐陽脩〈漁家傲〉，到了趙令畤才眞正形成「詞文相間」的表達方式，〔註 104〕而趙氏在詞序當中說明其目的爲將其故事「播之聲樂，形之管絃，好事君子極飲肆歡之際」，另外也將詞調形式做了交代，其言：「分爲十章，每章之下，屬之以詞，或全摭其文，或止取其意，又別爲一曲，載之傳前，先敘前篇之義。調曰商調，曲名〈蝶戀花〉，……先定格調，後聽蕪詞。」〔註 105〕這裡也透露了此詞屬商調，〔註 106〕是宋詞中少數標明樂曲宮調者。

〈鼓子詞〉有說、唱夾雜的特性，在說詞中已將〈鶯鶯傳〉故事進行講述，而唱詞之功能，則是將故事精彩處再加強敘述一番，例如

〔註 104〕參見譚傳永：《至味與知味—趙令畤及其《侯鯖錄》研究》，後篇第 2 章，頁 108。

〔註 105〕見〔宋〕趙令畤撰，孔凡禮點校：《侯鯖錄》，頁 135。

〔註 106〕〈蝶戀花〉在《全宋詞》中有注其調者不多，在北宋可見於柳永《樂章集》（小石調）、張先《安陸集》（林鍾商）、周邦彥《清眞集》（商調）與趙令畤之〈蝶戀花〉等。小石調、林鍾商均屬於七商之一，南宋所稱商調者，在唐代與北宋稱林鍾商，也就是所謂〈夷則商〉。柳永注爲小石調（即中呂商），然小石調又名林鍾商，而張先與柳永時代相近，或許柳永所指之小石調即是林鍾商，如此則可說明〈蝶戀花〉從宋初以來即爲商調。若排除上述之假設，趙氏與周邦彥年代相近，亦可見當時〈蝶戀花〉顯然已固定爲「商調」之曲子。詞調變遷之情形可參見廖奔：〈由《唱論》時代、宮調遞減節律到明人九宮十三調〉，《中華戲曲》（臨汾：山西師範大學戲曲文物研究所，2004 年 12 月），第 29 輯。（文章詳見網頁 http://www.sxtu.edu.cn/change/xyxs/xiyansuo/zhonghuanxiqu.files/index5.htm）

〈鶯鶯傳〉裡的「尤物」說，趙氏在第一闋便將之具體化，說鶯鶯「麗質仙娥生月殿。謫向人間，未免凡情亂。」（頁 491）因仙姿不凡，讓人視作尤物；最後一闋將〈傳〉末鶯鶯賦二詩所傳達的情感表現出來，作「豈料盟言，陡頓無憑準。地久天長終有盡，綿綿不似無窮恨。」（頁 496）用〈長恨歌〉之恨，借以說明鶯鶯心中之恨。趙氏所作十二闋，前後兩闋近似對該傳奇之評論，但也隱隱將內容滲透並加以鋪敘，而其餘十闋的內容分析如下：

第二闋寫鶯鶯的美豔與情態，其中「黛淺愁紅妝淡竚，怨絕情凝，不肯聊回顧」（頁 492）即表現〈鶯鶯傳〉中「凝睇怨絕」的美人形象。第三闋到第六闋，主要在描述「紅娘傳情」的情節。詞中將紅娘比擬作「青鸞」，化用李義山〈無題詩〉：「青鳥殷勤為探看」典；〔註 107〕另外在第四闋下片檃括鶯鶯〈明月三五夜〉〔註 108〕整首：

> 待月西廂人不寐，簾影搖光，朱户猶慵閉。花動拂牆紅萼墜。分明疑是情人至。（頁 493）

第五闋寫其幽會的狀況。第七闋到第十闋則描寫兩人相戀好景不長，包括張生的離去、離別之宴、鶯鶯書信贈禮等情事，其中尤以第十闋將鶯鶯所寫的長信，濃縮成詞，實為十二闋中藝術技巧之最。第十一闋寫鶯鶯婚後拒絕再見張生，以其所賦二詩，〔註 109〕檃括成詞，趙氏為鶯鶯透露其心理狀態，由「舊恨新愁無計遣，情深何似情俱淺」（頁 496）可看出她對張生愛恨交雜的矛盾。

此十闋詞充分地表現趙氏檃括詩文的功力，另外再將趙詞之特色歸納數點附於此，如下說明：

〔註 107〕〔清〕彭定求等編：《全唐詩》，冊 16，卷 539，頁 6169。

〔註 108〕〈明月三五夜〉一詩為：「待月西廂下，迎風户半開。扶牆花影動，疑是玉人來。」見李時人編校，何滿子審訂：《全唐五代小說》冊 1，頁 657。

〔註 109〕二詩即：「自從消瘦減容光，萬轉千迴懶下牀。不為旁人羞不起，為郎憔悴却羞郎。」又「棄置今何道？當時且自親。還將舊時憶，憐取眼前人。」見李時人編校，何滿子審訂：《全唐五代小說》，冊 1，頁 662。

1、於各詞中非固定角色之觀點：十闋詞中並非以某個角色作固定觀點，因此讓整個詞作顯得較爲生動。如以張生的角度爲詞者，第二闋以張生角度看鶯鶯之美、第四闋寫張生得到回應的喜悅心情、第六闋寫歡會後張生疑爲春夢的情況、其餘均以鶯鶯的角度抒寫。

2、以宋玉〈高唐賦〉典實〔註 110〕貫穿全場：如「宋玉牆東流美盼。亂花深處曾相見」（頁 491）、「惆悵空回誰共語。只應化作朝雲去」（頁 493）、「一夢行雲還暫阻，盡把深誠，綴作新詩句」（頁 494）、「夢覺高唐雲雨散，十二巫峰，隔斷相思眼」（頁 496）等句，均引此典。

3、強調鶯鶯的癡情：其中如「一縷深心，百種成牽繫」（頁 493）、「彈到離愁淒咽處，絃腸俱斷梨花雨」（頁 494）、「佩玉綵絲文竹器，願君一見知深意」（頁 495）、「物會見郎人永棄，心馳魂去神千里」（頁 495）等句，都再再表現出她爲愛情欲生欲死的情貌，具有既堅強又淒楚的衝突性。

4、詞文簡明中兼有華麗：「鼓子詞」是當代講唱文學的一種形式，趙氏也說明其目的爲：「極飲肆歡之際」故在詞文中以簡單明白爲主，但因吟詠主題是愛情故事，所以又有用字華麗的效果。

（三）其　他

除上述兩種外，其他使用來作櫽括詞之詞牌，多數爲長調，如〈六州歌頭〉、〈雨鈴霖〉、〈宴清都〉、〈水龍吟〉、〈伊州曲〉、〈水調歌頭〉、〈傾杯序〉、〈倒犯〉等，其中內容大部分在第四章均已探討。詞人擇調是否有其特殊性？如〈雨鈴霖〉與〈伊州曲〉爲契合詠楊妃、明皇事，選擇唐教坊曲相輔；〔註 111〕王沂孫作〈水龍吟〉兩闋，係因浮

〔註 110〕用宋玉〈高唐賦〉楚懷王與巫山神女「旦爲朝雲，暮爲行雨。朝朝暮暮，陽臺之下。」歡愛之典實。見〔唐〕李善等注：《增補六臣注文選》（臺北：漢京文化事業公司，1983 年 9 月），頁 343。

〔註 111〕〔宋〕李上交：《近事會元》（上海：上海古籍出版社，1999 年 2 月，《宋元詞話》本）云：「雨淋鈴，《樂府雜錄》云：唐明皇自蜀反正，樂人張野狐所製，亦曰還京樂。」（頁 3）另外王灼《碧

翠山房詠白蓮之共同題目；而曾布〈水調歌頭〉與李綱〈六州歌頭〉之使用，則是曲調聲情符合所詠之事，除此之外，詞人選擇詞調，大多都為有助敘事鋪陳之用。在曾布〈水調歌頭〉七闋中，從〈馮燕傳〉近450字，擴增到724字，已然看出詞作櫽括〈傳〉中故事，並加以鋪陳之跡，在趙氏〈蝶戀花〉裡，亦有此現象。

二、櫽括剪裁存菁

（一）主題櫽括類型

詞是一種主抒情的韻文，要以此敘事，一般較為困難，故櫽括傳奇為主題的詞作，必須將故事加以剪裁，甚至只能凸顯故事中最精彩，或者詞人最想書寫的那一部分。以下將36闋詞稍作分類，並分析詞人對故事之裁剪：

1、「單篇故事概括」者，即將一篇唐傳奇之故事概述於一闋詞中，有晏幾道〈采桑子〉、黃庭堅〈調笑歌〉〔註112〕、無名氏〈傾杯序〉、王之望〈好事近〉與楊澤明〈倒犯〉等。

2、「單篇故事聯括」者，即將一篇唐傳奇故事，用同一詞牌櫽括作數闋，有曾布〈水調歌頭〉7闋、趙令畤〈蝶戀花〉12闋等。

3、「不同故事聯括」者，在《宋元戲曲史》云：「北宋之轉踏，恆以一曲連續歌之。每一首詠一事，共若干首則詠若干事。然亦有合若干首而詠一事者。……其曲調唯〈調笑〉一調用之最多。」〔註113〕故〈調笑〉詞屬此類，有秦觀〈調笑令〉10闋，〔註114〕其中4闋櫽

雞漫志》提到〈伊州〉有七商曲（見王書，頁100），唐大曲有〈伊州歌〉，而宋詞見〈伊州曲〉僅一例，此曲或應與唐曲〈伊州〉有關。

〔註112〕雖黃氏作〈調笑〉僅存一闋，但筆者認為黃氏應該不只作一首，只是尚無留存而已。基於資料呈現之結果，將黃氏〈調笑歌〉視為單篇故事概括類。

〔註113〕王國維撰，馬信美疏證：《宋元戲曲史疏證》，頁57。

〔註114〕秦觀〈調笑轉踏〉共有十闋，分別詠昭君、樂昌公主、崔徽、無雙、灼灼、盼盼、鶯鶯、採蓮女、煙中怨及離魂記等事。

括唐傳奇〈鶯鶯傳〉、〈離魂記〉、〈烟中怨解〉與〈無雙傳〉等故事；鄭僅〈調笑轉踏〉12 闋，〔註 115〕有一闋隱括〈長恨歌、傳〉；毛滂〈調笑〉8 闋，〔註 116〕有一闋隱括〈鶯鶯傳〉。

4、「相關故事總括」者，此類與隱括〈長恨歌、傳〉相關，故以此說明，指除用〈長恨歌、傳〉故事外，又少數旁及楊貴妃與唐太宗之相關故事，有李冠〈六州歌頭〉、李綱〈雨霖淋〉、吳文英〈宴清都〉、王沂孫〈水龍吟〉兩闋、無名氏〈伊州曲〉等。

（二）詞作剪裁概述

「單篇故事概括」之詞以及「不同故事聯括」者所作的〈調笑〉詞，因礙於形式條件，對故事濃縮的幅度亦較大，而「單篇故事聯括」之詞，因聯章數篇，對於唐傳奇故事有較多增飾鋪敘之機會，另外「相關故事總括」之詞，亦是以剪裁重點情節化爲全闋，因指涉詞作均爲〈長恨歌、傳〉之隱括，已在第四章述及，此處不再贅述。

此就「單篇故事概括」之詞來看，晏幾道〈采桑子〉縮減〈傳書燕〉情節，著重在丈夫遠去，妻子憑藉燕子「淚墨題詩，欲寄相思」之重點情節上；王之望、楊澤民同樣選擇〈裴航〉一篇爲詞作主題，剪裁略有不同，王作〈好事近〉僅鋪陳故事開頭因傭巨舟，與樊夫人共乘，詞云：「綵艦載娉婷，宛在玉樓瓊宇。人欲御風仙去，覺衣裳飄舉。」（頁 1336）接著續寫藍橋一見心許事止；而楊澤民〈倒犯〉：

> 畫舫、並仙舟遠窺，黛眉新掃。芳容襯縞。佳人在、翠簾深窈。逡巡遽贈詩語，因詢屏幃悄。道自有、藍橋美質誠堪表。倩纖纖、捧芳醥。　　琴劍度關，望玉京人，迢迢天樣寫。下馬叩靖宇，見仙女、雲英小。算冠絕、人間好。

〔註 115〕鄭僅〈調笑轉踏〉共有十二闋，分別寫羅敷、莫愁、楊玉環、蘇小小等人；相如文君、劉晨遇仙、馮子都胡姬、越貫吳姬等事，以及其他不具名之女性角色。

〔註 116〕毛滂〈調笑轉踏〉共有十闋，除最後兩闋〈破子〉未有主題外，其餘分別述崔徽、泰娘、盼盼、美人賦、灼灼、鶯鶯、苕子與張好好等事。

> 飲刀圭、神丹同得道。感向日，夫人指示相垂照。壽齊天後老。（頁 3013）

幾乎是將〈裴航〉故事濃縮在百字當中，不僅故事首尾均點到，更描述重要情節藍橋遇雲英事，甚至還費筆墨描寫雲英「算冠絕、人間好」之美。楊氏剪裁處在於裴航追求雲英之辛苦過程，用「夫人指示相垂照」一語帶過，以及文末裴航、雲英婚配趨爲上仙後，盧顥遇航事，僅以「壽齊天後老」來解釋故事之旨。

另外前面提及不管是秦觀、毛滂的〈調笑轉踏〉，或者是趙氏的〈蝶戀花〉，在敘事上，都非以「詞」來論述，必需依靠其他形式輔助。選擇〈調笑轉踏〉來吟詠人物，是因爲在曲詞之前，有「本事詩」可輔以敘事：

> 崔家有女名鶯鶯，未識春光先有情。河橋兵亂依蕭寺，紅愁綠慘見張生，張生一見春情重，明月扶墻花樹動，夜半紅娘擁抱來，脈脈驚魂若春夢。
>
> 春夢。神仙洞。冉冉拂牆花樹動。西廂待月知誰共。更覺玉人情重。紅娘深夜行雲送。困嚲釵橫金鳳。（秦觀〈調笑令〉，頁 466）

從本事詩當中可概略得知故事之情節，而秦、毛二闋在內容上均檃括〈鶯鶯傳〉中詩文，如：引「待月西廂下」、「扶墻花影動」等詩句，用「紅娘斂衾攜枕而至」、「嬌羞融冶，力不能運支體」、「訣別按霓裳曲」、「贈玉環」等情節，〔註 117〕二闋詞受形式之限，剪裁之下，秦詞者主寫幽會，毛詞著重離別，而秦觀詞末二句雖爲豔語，但如王國維所云：「少游雖作豔語，終有品格。」〔註 118〕用〈高唐賦〉典和李商隱〈偶題二首〉：「水文簟上琥珀枕，傍有墜釵雙翠翹」，〔註 119〕讓豔情不直接露骨。

另外再觀察秦觀寫「無雙」、「烟中怨」與「離魂記」等〈調笑〉

〔註 117〕 李時人編校，何滿子審訂：《全唐五代小說》，冊 1，頁 658～660。
〔註 118〕 王國維：《人間詞話》，頁 4246。
〔註 119〕 〔清〕彭定求等編：《全唐詩》，冊 16，卷 541，頁 6222。

詞，三詞內容如下：

尚書有女名無雙。蛾眉如畫學新妝。姊家仙客最明俊，舅母惟只呼王郎。尚書往日先曾許。數載睽違今復遇。聞說襄王二十年，當時未必輕相慕。

相慕。無雙女。當日尚書先曾許。王郎明俊神仙侶。腸斷別離情苦。數年睽恨今復遇。笑指襄江歸去。（頁465）

鑑湖樓閣與雲齊。樓上女兒名阿溪。十五能爲綺麗句，平生未解出幽閨。謝郎巧思詩裁翦。能使佳人動幽怨。瓊枝璧月結芳期，斗帳雙雙成眷戀。

眷戀。西湖岸。湖面樓臺侵雲漢。阿溪本是飛瓊伴。風月朱扉斜掩。謝郎巧思詩裁翦。能動芳懷幽怨。（頁466）

深閨女兒嬌復癡。春愁春恨那復知。舅兄唯有相拘意，暗想花心臨別時。離舟欲解春江暮。冉冉相魂逐君去。重來兩身復一身，夢覺春風話心素。

心素。與誰語。始信別離情最苦。蘭舟欲解春江暮。精爽隨君歸去。異時攜手重來處。夢覺春風庭户。（頁467）

唐傳奇〈烟中怨解〉與〈離魂記〉故事簡短，情節較爲簡單，秦觀利用〈調笑〉詞之特殊形式，在本事詩中大略將故事敘述一遍，〔註120〕

〔註120〕〈離魂記〉故事概要，於第四章已提及，而南卓之〈烟中怨解〉故事不長（目前所存本並非全文），原文如下：「越溪有漁者楊父，一女絕色。年十四，能詩，每吟不過兩句。人問：『胡不終篇？』答曰：『無奈情思纏繞，至兩句即思迷，不復爲繼。』有謝生求娶，父曰：『吾女宜配公卿。』謝曰：『諺云，少女少郎，相樂不忘；少女老翁，苦樂不同。且安有少年公卿邪？』父曰：『吾女爲詞，多不過兩句，子能續之，稱吾女意，則妻矣。』乃命女奴示其篇曰：『珠簾半牀月，青竹滿林風。』謝續曰：『何事今宵景，無人解與同？』女曰：『天生吾夫。』遂偶之。後七年，夫婦每相樂則對泣，多欲引泛江湖。春日，女忽題曰：『春盡花隨盡，其如自是花。』謝曰：『何故爲此不祥之句？』女曰：『吾不久於人間矣，君且續之。』謝續曰：『從來說花意，不過此容華。』女曰：『逝水難駐，千萬自保。』即以首枕生膝，瞑目而逝。謝感傷不已。後二年，江山烟波融曳，見女立於江中，曰：『吾本水仙，謫居人間，今復爲仙。後倘思郎，即復謫下，不得爲仙矣。』」見李時人編校，何滿子審訂：

因該組詞皆以詠女性爲主之故事，故描述上亦以女主角爲書寫中心。在詞的部分，又重複敘述故事中最重要的情節，以及背後所含括的情感，寫「烟中怨」詞用「飛瓊」點出阿溪爲水仙仙子之身分，並再次強調「謝郎巧思」，續詩打動芳心。寫「離魂記」詞從王宙乘舟離去，倩娘離魂追隨寫起，末兩句直接說明兩人返家後，魂歸原體之狀況，這亦是該篇傳奇最動人的兩段情節。而寫「無雙」詞部分，因〈無雙傳〉內容頗長，故事與〈柳氏傳〉類似，均是敘述郎才女貌的兩人，在戰亂中離散，後來有緣再相逢，男主角無力自救愛人，請託俠義之士，最後終可抱得美人歸，劇情大略如此，只是王仙客與無雙不是文士與歌妓之身分，而是表兄妹。表哥看著妹妹長大成人，絕美容色欽慕不已，表哥寡母死後託孤，盼兩人可以結合，不料表妹父親否認此事，造成悲劇之開端。本事詩只概括故事前後作一交代，曲詞亦是，但曲詞部分較特別處，是寫作視角以王仙客出發，說明仙客戀慕美麗的無雙，卻遭舅父反對，而唐傳奇故事中頗費筆墨寫兩人離散之過程，詞僅以「數年睽恨今復遇」一語帶過，並以「笑指襄江歸去」說明結局。

從以上可看出，檃括唐傳奇故事爲主題者，剪裁故事可分作三種方式，一是整闋詞包含整篇故事之概要，楊澤民〈倒犯〉、無名氏〈傾杯序〉等類之；一是整闋詞敘寫故事主要情節，李冠〈六州歌頭〉、無名氏〈伊州曲〉等類之；一是雜揉數段情節合爲一闋詞表現，〈調笑〉詞、吳文英〈宴清都〉等類之。而曾布〈水調歌頭〉與趙令畤〈蝶戀花〉數闋則是在敘述完整故事外，還可加以闡發者。

《全唐五代小說》，冊 1，頁 703。

第六章　取材小說情節對文學之影響

宋詞與唐傳奇小說兩者文體融攝的過程中，意外的對詞體本身造成「傳奇」性的改變。這樣的改變不僅僅影響詞體內部的自我調整，也帶給後世文學如諸宮調與元雜劇一條新的道路前進。本章略分三節，就宋詞取材小說情節與檃括故事爲主題的詞作，對詞體本身的接受、對詞人們個體性的影響，以及對宋詞以降的諸宮調與元雜劇文學的開發三大方向，進行討論。

第一節　對詞之影響

詞的文學特質除了具音樂性外，還包括寫物細膩、用以抒情、詞意曲折、用字精當、風格雅緻等性質，這些特質經過詞人們一再開發，漸漸出現不同的面貌。詞人透過自己的學識涵養，外援其他文體注入詞作當中，造成詞的基本特質有深化作用，以及些許的改變。唐傳奇便是詞人們引入結合的文體之一。以下就「詞意」、「詞境」與「詞體」三方面，分析唐傳奇對詞的影響。

一、就詞意而言

（一）句意凝鍊

寫詞不像寫詩，可以直抒胸臆。詞有意蘊曲折之特性，必須隱微透露，而不直說，於是在詞作上用典使事成爲常有的情況。但用典入詞的難度，就如張炎所言：「詞用事最難，要體認著題，融化不澀。」〔註1〕又況周頤《蕙風詞話》云：

> 填詞之難，造句要自然，又要未經前人說過。自唐五代以還，名作如林，那有天然好語，留待我輩趨遣。必欲得之，其道有二。曰性靈流露，曰書卷醞釀。性靈關天分，書卷關學力。〔註2〕

用前人之語還得要有天分與勤學，才能造得自然之句。即使是吸收古人語句，仍得小心使用，需與整闋詞作融合一體爲宜。取材傳奇小說亦是用前人之語，但多出借助故事性的特色，更能讓詞句較爲凝鍊，例如賀鑄〈吹柳絮〉起首二句：「月痕依約到西廂。曾羨花枝拂短牆。」（頁516）用鶯鶯〈明月三五夜〉詩句，使原本五言絕句，濃縮成兩句，不僅把句意集中呈現，也帶出其中的故事性；秦觀〈臨江仙〉（髻子偎人嬌不整）：「不忍殘紅猶在臂，翻疑夢裡相逢。」（頁468）亦用〈鶯鶯傳〉事：「張生辨色而興，自疑曰：『豈其夢邪？』及明，睹妝在臂，香在衣，淚光熒熒然，猶瑩于茵席而已。」〔註3〕將一段歡愛過後的情形，濃縮在兩詞句裡，使得句意較爲深厚；吳文英〈杏花天〉起首二句：「幽歡一夢成炊黍。知綠暗、汀菰幾度。」（頁2940）將〈枕中記〉故事一語帶過，以「幽」述其夢境深遠，以「歡」表其夢意歡愉，以「炊黍」意指夢醒，卻在這七個字中，蘊含一個故事的片段情節。清代陳德瀛《詞徵》指出：

> 陸永仲〈夜遊宮〉詞，用詩疏，蘇東坡〈戚氏〉詞用《山海經》，劉潛夫〈沁園春〉詞用《史》、《漢》，劉後村〈清平樂〉詞用《楞嚴經》，李易安〈百字令〉詞用《世說》，

〔註1〕〔宋〕張炎：《詞源》（北京：中華書局，2005年10月，《詞話叢編》本，冊1），頁261。

〔註2〕〔清〕況周頤：《蕙風詞話》（北京：中華書局，2005年10月，《詞話叢編》本，冊5），卷1，頁4410。

〔註3〕李時人編校，何滿子審訂：《全唐五代小說》，冊1，頁658。

亭然以奇，別出機杼。〔註4〕

說明這些名家出入古籍，取用古文所敘述的故事、情節融於詞作之中，有助詞句能特出新奇。這也正如張炎《詞源》所言：

句法中有字面，蓋詞中一個生硬字用不得，須是深加鍛鍊，字字敲打得響，歌誦妥溜，方爲本色語。如賀方回、吳夢窗皆善於煉字面，多於溫庭筠、李長吉詩中來。〔註5〕

賀鑄、吳文英等從前人的詩句再度轉化，納爲己用，而這不只出現在唐代詩歌而已，唐傳奇亦是賀、吳常運用的材料。

（二）具畫面感

取材唐傳奇除有助句意凝鍊外，還會爲詞句營造出一種「畫面感」。傳奇小說是講述故事的文體，在人物、場景、情節的描繪都是細膩且出色的。宋詞借重「故事性」強的特性，轉化爲詞，在作品中便會出現「畫面感」，以主題檃括的詞作觀察，如曾布〈水調歌頭・排遍第四〉：「熟視花鈿不足，剛腸終不能平。假手迎天意，一揮霜刃。牕間粉頸斷瑤瓊。」（頁 267）五句之中，曾布描繪馮燕仔細端詳情婦的玉顏，卻無法對得起自己的良心去殺害一位無辜之人，於是揮刀斷頸，殺死剛剛正凝視的那名女子。透過詞句的描述，讓讀者自動在腦中形成片段連接的畫面，這便是取材小說會出現的聲色性。

宋詞以敘寫愛情與女性見長，而詞人在用以描述這方面的題材時，藉由取材傳奇，亦能凸顯出一種畫面來，例如賀鑄〈羅敷歌〉寫男女情愛：

高樓簾捲秋風裏，目送斜陽。衾枕遺香。今夜還如昨夜長。

　　玉人望月銷凝處，應在西廂。半掩蘭堂。惟有紗燈伴繡床。（頁 519）

運用鶯鶯本事，將一夜雲雨、西廂留情的畫面刻劃出來。晁端禮〈玉

〔註4〕〔清〕陳德瀛：《詞徵》（北京：中華書局，2005 年 10 月，《詞話叢編》本，冊 5），卷 5，4152。

〔註5〕〔宋〕張炎：《詞源》，頁 259。

樓宴〉(記紅顏日、向瑤階):「繡鞍縱驕馬,故墜鞭柳徑,緩轡花衢。」(頁 422)與〈驀山溪〉(風流心膽):「幽恨寫新詩,托何人、章臺問柳。」(頁 443)適切引用情節,讓讀者產生同感共鳴的是〈李娃傳〉與〈柳氏傳〉所引領出的情節畫面。在形繪美人時,就如同第五章所言的「美人形象」,透過典故的應用,使得詞人筆下的美人,有進一步比擬的對象,也透過此過程,讓讀者產生可比對的畫面。而有些詞作取用傳奇部分情節,讓作品不僅有畫面,甚至有聽覺上的畫面,例如蘇軾〈臨江仙〉上片:「夜飲東坡醒復醉,歸來彷彿三更。家童鼻息已雷鳴。敲門都不應,倚杖聽江聲。」(頁 287)汪元量〈失調名〉(綠荷初展):「曲中似哀似怨。似梧桐葉落,秋雨聲顫。豈待聞鈴,自淚珠如霰。」〔註 6〕一個用彌明鼻息如雷鳴比擬自家家童,另一個用明皇思念楊妃觀梧桐聽雨的情景,讓詞作得以有聲有色。

二、就詞境而言

(一)強化敘事

詞因礙於詞牌的規格,無法以一闋詞容納許多字,致使詞以抒情、寫景爲重。但情往往緣事而生,詞中仍是會鋪陳事跡,來描述情感,只是詞的敘事通常不是完整描繪,而多半是片斷式、情節式的敘事,引 Andrew H. Plaks(浦安迪)《中國敘事學》所言:

> 假定我們將「事」,即人生經驗的單元,作爲計算的出發點,則在抒情詩、戲劇和敘事文這三種體式之中,以敘事文的構成單元爲最大,抒情詩爲最小,而戲劇則居于中間地位。抒情詩是一片一片地處理人生的經驗,而敘事文則是一塊一塊地處理人生的經驗。當然,我們事實上很難找到純抒情詩,純戲劇或者敘事文的作品。……上述三方面的因素,它們互相包容,互相滲透,難解難分。〔註 7〕

〔註 6〕孔凡禮:《全宋詞補輯》,頁 86。

〔註 7〕Andrew H. Plaks(浦安迪):《中國敘事學》(北京:北京大學出版社,1996 年 3 月),頁 7。

詞亦是在與眾多文體融攝過程中，找到更能強化敘事功能的方式，而取材小說便是其中的方法，如晁沖之〈玉蝴蝶〉（目斷江南千里）：「金縷枕、別久猶香。最難忘。看花南陌，待月西廂。」（頁 653）用西廂故事來比擬自我人生難忘之情事；楊澤民〈秋蕊香〉下片：「短書封了憑金線。繫雙燕。良人貪逐利名遠。不憶幽花靜院。」（頁 3004）以〈傳書燕〉情節，表達思婦之怨；張炎〈解語花〉（行歌趁月）：「海上仙山縹緲。問玉環何事，苦無分曉。舊愁空杳。」（頁 3495）用〈長恨歌、傳〉貴妃死後成仙，仍存世間舊愁的故事情節，來比擬對女子的愛慕之意。這些屬於片面、單一情節的引用敘事，透過小說來強化詞的敘事功能，更遑論那些直接以傳奇故事爲主題的敘事詞。劉華民討論宋詞敘事現象時，曾提出：

> 宋詞敘事性作品中，許多才子佳人、男歡女愛的故事，許多熱烈追求愛情、可憐可悲的女子形象，與話本小說、講唱文學中的同類故事和人物，何其相似，正可見兩者之間的某種內在聯系。〔註 8〕

宋詞生長在以詩文代表的雅文學發展成熟之際，以及小說、戲劇所代表的俗文學漸漸張揚之中，竄出一條道路，是一種符合社會各階層可以應用的文學體製。因此一方面吸取詩文成長的經驗，另一方面又攝取唐傳奇、宋話本、參軍戲這些通俗敘事文學的表現手法，讓部分詞作出現類似極短篇小說、劇情式的敘事作品，以生動的情節、精緻的敘述豐富詞境。

（二）詞境趨雅

詞一開始是傾向於俗文學，它的產生和開展，與音樂息息相關。晚唐五代的文人開始填詞的主要動機是歌以佐歡，娛賓遣興之用，所以只是在歌筵酒樓之中的隨意創作。到了宋代，文人作詞亦脫離不了詞的娛樂性功能，宴樂遊賞的生活，讓文人創作出大量的和作詞、壽

〔註 8〕劉華民：〈宋詞敘事現象探討〉，《常熟高專學報》，2002 年第 1 期（2002 年 1 月），頁 51。

詞、應社詞、酒茶詞與節令詞等，這與接受歌妓文化與市民文化頗有關聯。然而詞體經文人大規模換血，包括雅、俗文學的相互融攝，使得詞既可以符合市民文化，又不妨礙文人風尚，而部分詞人嘗以詞創作出雅俗兼俱的作品，如黃庭堅、秦觀與晁補之等人的〈調笑〉詞，吸收民間的講唱文化，又填入有別於市井的雅化文詞，例如秦觀〈調笑〉：

春夢。神仙洞。冉冉拂牆花樹動。西廂待月知誰共。更覺玉人情重。紅娘深夜行雲送。困嚲釵橫金鳳。（頁466）

以詞表述鶯鶯故實，雖不像傳奇可以鉅細靡遺把故事表達，但利用故事裡的詩句，以及重點情節架構出的意境，也烘托故事所要傳達的情戀與曖昧。傳奇畢竟是文人筆下之產物，再加上南宋詞透過大量用典，有部分取材於傳奇，結合之下，讓詞境產生趨於雅緻的現象，例如杜旟〈摸魚兒〉：

放扁舟、萬山環處，平鋪碧浪千頃。仙人憐我征塵久，借與夢游清枕。風乍靜。望兩岸群峰，倒浸玻瓈影。樓臺相映。更日薄煙輕，荷花似醉，飛鳥墮寒鏡。　　中都內，羅綺千街萬井。天教此地幽勝。仇池仙伯今何在，隄柳幾眠還醒。君試問。□此意、只今更有何人領。功名未竟。待學取鴟夷，仍攜西子，來動五湖興。（頁2206）

該詞用〈枕中記〉情節，化為「仙人憐我征塵久，借與夢游清枕。」二句，卻已有明顯的散文化現象；再看吳文英〈滿江紅〉：

結束蕭仙，嘯梁鬼、依還未滅。荒城外、無聊閒看，野煙一抹。梅子未黃愁夜雨，榴花不見簪秋雪。又重羅、紅字寫香詞，年時節。　　簾底事，憑燕說。合歡縷，雙條脫。自香消紅臂，舊情都別。湘水離魂菰葉怨，揚州無夢銅華闕。倩臥簫、吹裂晚天雲，看新月。（頁2877）

詞作光是傳奇類就取用〈鶯鶯傳〉、〈李牟吹笛記〉、〈離魂記〉、〈傳書燕〉等故實，大量濃縮情節於詞中，使詞境寓意多元；周密〈木蘭花慢〉亦是如此：

碧霄澄暮靄，引瓊駕、碾秋光。看翠闕風高，珠樓夜午，誰擣玄霜。滄茫。玉田萬頃，趁仙查、咫尺接天潢。彷彿凌波步影，露濃佩冷衣涼。　　明璫。淨洗新妝。隨皓彩、過西廂。正霧衣香潤，雲鬟紺溼，私語相將。鴛鴦。誤驚夢曉，掠芙蓉、度影入銀塘。十二闌干佇立，鳳簫怨徹清商。（頁3264）

一樣取用〈長恨歌、傳〉、《傳奇‧裴航》、〈鶯鶯傳〉等事，豐富詞境。適當的使用典故，可加強語句的表現以及意境的美化。讀者透過典故，得以聯想與領會未直言之意。用典有強化詞作張力之作用，並且具備「詩」的特質，同時也增加一種含蓄的美感。反之，用典過度或生澀，則會使詞曲折隱晦，難以理解。因此，典故應用使詞更爲純熟與典重的同時，也讓宋詞漸漸趨向雅緻。劉華民在〈宋詞敘事現象探討〉提出：「雖然不斷地有人『指出向上一路』，推尊詞體，努力想將詞『詩化』、『雅化』，卻始終沒有從根本上、從整體上改變詞所固有的世俗文化的品格與功能同屬通俗文學，同屬世俗文化，則話本小說、講唱文學對宋詞的影響是不言而喻的。」〔註9〕劉氏之言只說對一半，俗文學的確對詞的影響深遠，然而詞不斷向詩、文、傳奇小說取材借鑒，加上創作詞者，多半是文人身分，這樣的元素結合，使詞不得不導向意境雅緻的道路走。這樣的現象引周炫在〈從用典看宋詞的雅化〉一文認爲的觀點說明：「宋詞『雅化』的結果，使得詞雖然成爲與詩、文並列的『雅文學』，但同時也使詞進一步弱化了俗文學的體性，逐步地脫離了人民大眾，失去了詞作爲娛賓遣興的功能，使宋詞逐步走向衰落。」〔註10〕

三、就詞體而言

詩有「雜體詩」，而詞作之中亦有「雜體詞」，首先提出該名詞者

〔註9〕劉華民：〈宋詞敘事現象探討〉，頁51。
〔註10〕周炫：〈從用典看宋詞的雅化〉，《廣東農工商職業技術學院學報》第23卷第1期（2007年3月），頁71。

是羅忼烈，在〈宋詞雜體〉一文中，闡述對雜體詞之見解，云：

> 宋代雜體詩既已盛行，又是詞體的黃金時期，因而把雜體詩的一些規矩移植到詞裡，是很自然的事。不過詞的格律比詩限制更多，調有定句，句有定字，字有定聲。用雜體詩的辦法填詞，不但更困難，而且詩和詞體式迥異，詩可以兼收並蓄的，詞卻不能盡量容納。結果雜體詞的花樣比詩少得多，是當然的。這一類宋詞，以前沒有人作過系統的整理，還沒有總名，現在爲了定義正名，稱爲「雜體詞」。宋人雜體詞，大致可分爲集句、櫽括、聯句、回文、嵌字、獨木橋、藥名、集詞牌名等八種。〔註 11〕

從宋代作詩之法移植進詞體之中，的確在宋詞作品裡不難看見，羅氏細分雜體爲八類，而王師偉勇就此觀點重新歸納調整爲九大類，分別爲：一、集句體，二、櫽括體，三、嵌字體，四、俳諧體，五、散文體，六、回文體，七、辭賦體，八、福唐體，九、效他體。〔註 12〕另一方面，崔海正在〈東坡詞與小說〉一文提出東坡「以小說體寫詞」，〔註 13〕例如〈戚氏〉（玉龜山）以周穆王見西王母情事作底調，再取材《穆天子傳》、《海外十洲記》、《神異經》、《漢武故事》、《漢武帝內傳》等小說、異聞相佐而成。

引「小說」入詞的確是建立在櫽括的前提下，可以說是「櫽括體」裡的「小說體」，除了東坡〈戚氏〉這種複合式的櫽括作品外，當然還包含櫽括單一故事的詞作，也就如第五章所討論的 36 闋主題櫽括的作品，亦可稱爲詞中的「小說體」，儘管這些作品均以單一故事爲主要敘述目的，但如曾布〈水調歌頭〉7 遍、趙令畤〈商調蝶戀花〉12 闋，亦時而援引其他如〈長恨歌、傳〉、《本事詩》、《漢武故事》等傳奇、筆記小說，來強化情節描述。

〔註 11〕羅忼烈：《兩小山齋論文集》，頁 134。

〔註 12〕王師偉勇：〈兩宋豪放詞之典範與突破——以蘇、辛雜體詞爲例〉，《文與哲》第 10 期（2007 年 6 月），頁 329。

〔註 13〕崔海正：〈東坡詞與小說〉，《中國第十屆蘇軾研討會論文集》，頁 339。

另一方面，有一類詞作不是以詞來表述故事，卻大量在一闋詞中，用小說或近似小說的文章表達一件事，雖不構成小說體的概念，也算是小說體的別裁。例如蘇軾〈蝶戀花·佳人〉：

一顆櫻桃樊素口。不愛黃金，衹要人長久。學畫鴉兒猶未就。眉尖已作傷春皺。　　撲蝶西園隨伴走。花落花開，漸解相思瘦。破鏡重來人在否。章臺折盡青青柳。（頁 300）

東坡寫一個佳人的感情故事，詞中描繪女子形象、對感情的執著，以及用期待情郎來歸。其間運用《本事詩》白居易妓樊素事、〈大業拾遺記〉寶兒事、徐德言與樂昌公主事、〈柳氏傳〉韓翃、柳氏事等相關小說情節加以鋪陳；又如賀鑄〈減字浣溪沙〉：

浮動花釵影鬢煙。淺妝濃笑有餘妍。酒醺檀點語憑肩。
　　留不住時分鈿鏡，舊曾行處失金蓮。碧雲芳草恨年年。

（頁 536）

一樣是抒情詞，記錄詞人與歌妓的感情事件，透過小說〈霍小玉傳〉、〈長恨歌、傳〉、《本事詩》徐德言與樂昌公主事與《南史》東昏侯與潘妃之史事，鏈結而成。這些例子亦是另一種表現詞中小說體的方式。

第二節　對詞人之影響

唐傳奇除了影響詞的內容本身，亦影響閱讀過故事的詞人們。在宋代眾多詞人裡，誰是最善用唐傳奇為材料者？筆者從被取材的 52 篇作品中，找出至少取材 7 篇〔註 14〕以上的詞人進行觀察，結果如下表呈現。

〔註 14〕選擇以七篇作為分界，係因詞人取材唐傳奇數量落於五至六篇者居多，難顯特出性，以七篇為界，則較易觀察。以下羅列取材五篇與六篇之詞人，作一參考。取材五篇者：蔡伸、張元幹、楊无咎、袁去華、趙長卿、高觀國、陳著、蔣捷、陳德武、趙必瑑；取材六篇者：陳亮、張鎡、趙以夫、楊澤民。

圖表四　詞人取材唐傳奇廣度表〔註 15〕

篇名＼詞人	晏幾道	蘇軾	黃庭堅	秦觀	賀鑄	晁補之	周邦彥	朱敦儒	呂渭老	陸游
〈古鏡記〉										
〈晉洪州西山十二眞君內傳〉										
〈遊仙窟〉					✓		✓			
〈蘭亭記〉					✓					✓
〈鏡龍圖記〉										
〈傳書燕〉	✓	✓	✓		✓			✓	✓	✓
〈李牟吹笛記〉		✓								✓
〈離魂記〉				✓				✓		
〈任氏傳〉										
〈枕中記〉			✓		✓	✓		✓	✓	✓
〈李娃傳〉	✓				✓	✓				✓
〈柳毅傳〉										
〈柳氏傳〉	✓	✓	✓	✓	✓	✓		✓	✓	
〈南柯太守傳〉			✓			✓		✓	✓	✓
〈鶯鶯傳〉	✓	✓		✓	✓		✓	✓		
〈長恨歌、傳〉	✓	✓	✓	✓	✓	✓	✓	✓	✓	✓
〈三夢記〉										
〈河間傳〉										
〈石鼎聯句詩序〉		✓	✓							
〈古岳瀆經〉										
〈烟中怨解〉				✓						
〈崔少玄傳〉										
〈湘中怨解〉		✓								

〔註 15〕本表係爲呈現詞人取材唐傳奇之廣度，上方「詞人」之排序是依《全宋詞》之順序排列；左方爲被取材之 52 篇作品篇名，排序是依論文第一章之編號順序排列；下方「數量」是指單一詞人運用唐傳奇之數量，而「取材唐傳奇總詞作數」是指該詞人取材唐傳奇所作之詞篇總數。

〈馮燕傳〉										
〈秦夢記〉										
〈霍小玉傳〉		✓		✓	✓		✓	✓		
〈周秦行紀〉		✓								✓
〈梅妃傳〉			✓					✓		
〈大業拾遺記〉	✓	✓		✓	✓		✓		✓	
〈無雙傳〉				✓						
〈鄭德璘傳〉										
〈虬鬚客傳〉										
〈中元傳〉										
〈隋煬帝海山記〉		✓								
〈隋煬帝迷樓記〉				✓	✓		✓			
〈隋煬帝開河記〉						✓	✓			
〈非烟傳〉					✓					
〈鄴侯外傳〉										
〈韋鮑生妓〉	✓	✓							✓	
〈張生〉（妻夢）					✓					
〈素娥〉										
〈陶峴〉								✓		✓
〈懶殘〉									✓	
〈圓觀〉										
〈許棲巖〉										
〈裴航〉		✓	✓			✓	✓		✓	
〈崑崙奴〉	✓									
〈江叟〉										✓
〈薛昭〉										
〈元柳二公〉					✓					
〈文簫〉		✓	✓							
〈韋仙翁〉			✓							
數量	8	14	10	9	14	7	8	10	9	10
取材唐傳奇總詞作數	13	26	13	13	36	12	18	10	14	11

篇名＼詞人	辛棄疾	史達祖	劉克莊	方千里	吳文英	劉辰翁	周密	王沂孫	仇遠	張炎
〈古鏡記〉										
〈晉洪州西山十二真君內傳〉										
〈遊仙窟〉										
〈蘭亭記〉	✓									
〈鏡龍圖記〉									✓	
〈傳書燕〉		✓		✓	✓		✓	✓	✓	
〈李牟吹笛記〉	✓		✓		✓	✓	✓	✓	✓	✓
〈離魂記〉					✓			✓		✓
〈任氏傳〉										
〈枕中記〉			✓		✓					✓
〈李娃傳〉	✓	✓								
〈柳毅傳〉						✓				
〈柳氏傳〉		✓		✓	✓	✓	✓			
〈南柯太守傳〉	✓		✓		✓	✓	✓			✓
〈鶯鶯傳〉	✓	✓	✓	✓	✓		✓		✓	✓
〈長恨歌、傳〉	✓	✓	✓	✓	✓	✓	✓	✓	✓	✓
〈三夢記〉										
〈河間傳〉					✓					
〈石鼎聯句詩序〉	✓					✓	✓			
〈古岳瀆經〉										
〈烟中怨解〉										
〈崔少玄傳〉										
〈湘中怨解〉					✓		✓			
〈馮燕傳〉										
〈秦夢記〉			✓							
〈霍小玉傳〉					✓				✓	
〈周秦行紀〉			✓	✓		✓				

〈梅妃傳〉	✓	✓				✓				
〈大業拾遺記〉	✓			✓			✓	✓	✓	
〈無雙傳〉										
〈鄭德璘傳〉										
〈虬鬚客傳〉			✓		✓					
〈中元傳〉	✓									
〈隋煬帝海山記〉										
〈隋煬帝迷樓記〉					✓			✓		
〈隋煬帝開河記〉					✓			✓		
〈非烟傳〉										
〈鄴侯外傳〉			✓							
〈韋鮑生妓〉				✓						
〈張生〉（妻夢）										
〈素娥〉	✓									✓
〈陶峴〉										
〈懶殘〉			✓							
〈圓觀〉						✓				
〈許棲巖〉										✓
〈裴航〉	✓	✓	✓		✓	✓	✓	✓		✓
〈崑崙奴〉										
〈江叟〉										
〈薛昭〉					✓					
〈元柳二公〉										
〈文簫〉						✓				✓
〈韋仙翁〉										
數量	12	7	11	7	16	11	10	8	7	10
取材唐傳奇總詞作數	26	12	23	12	40	17	13	12	10	17

由表中可以得之，最善於取材唐傳奇者爲吳文英，共用 16 篇傳奇作 39 闋詞，其次是賀鑄，共用 14 篇傳奇作 36 闋詞，第三是蘇軾，

共用 14 篇傳奇作 26 闋詞；從另一角度觀察，詞人取材唐傳奇與創作之詞作密度最高者爲朱敦儒，運用 10 篇傳奇分別用事於 10 首詞作中，其次是陸游、黃庭堅、周密。在表格中亦可觀察到這些善用唐傳奇爲材料的詞人們，均有使用〈長恨歌、傳〉一篇，而〈李牟吹笛記〉與〈裴航〉故事，則是南宋詞人取材比例較重。整體而言，因南宋詞是詞體發展相當成熟的階段，對於典故的運用，也比北宋頻繁，故取材唐傳奇的機率相對較高。宋代詞人閱讀唐傳奇，並加以應用於詞作中，在這個過程裡是否能發現唐傳奇影響詞人在創作上有何改變，筆者主要分爲兩點，說明如下：

一、對故事思想之轉化

（一）否定式之轉化

唐傳奇在撰寫之過程，呈現出作者濃厚的意旨，有「教化」意味的篇章不在少數，寫愛情故事者如〈鶯鶯傳〉張生之言：

> 大凡天之所命尤物也，不妖其身，必妖於人。使崔氏子遇合富貴，乘寵嬌，不爲雲，不爲雨，爲蛟，爲螭，吾不知其變化矣。昔殷之辛，周之幽，據百萬之國，其勢甚厚。然而一女子敗之，潰其眾，屠其身，至今爲天下僇笑。予之德不足以勝妖孽，是用忍情。〔註 16〕

張生之語透露元稹撰寫該篇小說之旨意。寫歷史兼涉愛情故事者，如〈長恨傳〉要「意者不但感其事，亦欲懲尤物，窒亂階，垂於將來也。」〔註 17〕〈梅妃傳〉作者爲女子發不平之鳴云：「傳曰：『以其所不愛及其所愛』，蓋天所以酬之也。報復之理，忽毫不差，是豈特兩女子之罪哉！」〔註 18〕將使人淪喪之罪，歸於美人尤物者有之，或替女性發言者亦有之；再看〈馮燕傳〉裡與人妻偷情的馮燕，最後將偷情的對象殺害並選

〔註 16〕李時人編校，何滿子審訂：《全唐五代小說》，冊 1，頁 662。
〔註 17〕李時人編校，何滿子審訂：《全唐五代小說》，冊 1，頁 673。
〔註 18〕李時人編校，何滿子審訂：《全唐五代小說》，冊 3，頁 1418。

擇自首的行為，被讚許為「殺不誼，白不辜，眞古豪矣！」〔註19〕〈李娃傳〉中老鴇與李娃用盡心機使滎陽生盤纏盡銷，淪為乞丐，連生父也不願相認，最後李娃助生苦讀，使生官運順遂。作者云：「倡蕩之姬，節行如是，雖古先烈女不能逾也，焉得不為之歎息哉！」〔註20〕讚美李娃之節義。或者如《甘澤謠・圓觀》所述李源信守與圓觀之立約，忠於友情的士人情操；《傳奇・裴航》中，為了能成為「信士」而娶到雲英，努力買杵搗藥的裴航，均是傳中凸顯人之忠義的重要。

一篇故事產生後，敘事文學之於作者而言，仍是有個評判的標準，即使作者在文作當中沒有明確地論述到自己的觀點或意見，也可以從文詞的架構中了解一二。唐代小說家在傳奇裡闡述的意旨，是否能被宋代文人全盤接受？以宋詞取材唐傳奇的角度觀察，詞人們在消化材料後，對原故事的內容的確會有所轉化。在本文第五章第二節中提及詞人「反用情節」的狀況，詞人們不依循原作精神，在人物與情節上加以反用，間接透露對原作想法的改變，例證羅列於該章節，此處不再贅述。而最能看出對原作思想上的轉化者，即是以某傳奇為主題之詞作，以〈鶯鶯傳〉為例，秦觀、毛滂和趙令畤分別以詞題詠鶯鶯故事，三人在情節上沒有脫離〈鶯鶯傳〉原有的故事範圍，卻不約而同對〈鶯鶯傳〉裡的部分思想與情節感到不妥，那些思想與情節對後世而言具有爭議性，例如傳中所云「懲尤物」、「惑溺」、「善補過」、「忍情說」等。三人在詞作中如何傳達對原傳思想的反動，以下分點說明：

1、秦觀在短短的〈調笑〉詞中聚焦寫幽會情節，但從詞文中，仍是透露出不認同原傳之處，引林宗毅先生所言：「秦觀寫張生一見到鶯鶯就春情重，更化用〈明月三五夜〉的詩句為『更覺玉人情重』，將張生寫成一位多情的風流才子，自然是對原作張生薄情行為不滿的一種反動表現。」〔註21〕

〔註19〕李時人編校，何滿子審訂：《全唐五代小說》，冊1，頁693。
〔註20〕李時人編校，何滿子審訂：《全唐五代小說》，冊1，頁631。
〔註21〕林宗毅：《西廂記二論》（臺北：文史哲出版社，1998年12月），頁41。

2、一樣以〈調笑〉描述鶯鶯這位女性的毛滂，詞意裡表現鄙視薄情少年張生，而同情鶯鶯的思想傾向。〔註22〕其詞文甚至直接明言對張生的不滿，如「薄情年少如飛絮」，否定張生「忍情」、「善補過」的矯情形象；也間接同情鶯鶯被始亂終棄，如「玉環寄恨人何處」、「夢逐玉環西去」（頁690）等，對鶯鶯的癡心表示遺憾之意。

3、趙令時詞比起秦觀、毛滂之詞，對鶯鶯寄予更大的同情，也相對更嚴厲地譴責張生，如前後兩闋詞中的評論：「最恨多才情太淺，等閒不念離人怨」（頁491）、「豈料盟言，陡頓無憑準」（頁496）以鶯鶯所懷的「一縷深心」來責難張生「情太淺」，〔註23〕又以作者自身的角度，去嘆惋盟言無常，這已與原傳相異。

三人在思想上都摒棄原傳的不良之處，有的同情鶯鶯，有的轉化張生，都不再重談「懲尤物」和「善補過」等濫調，詞人的轉變其中重要的原因在於詞與歌妓的密切性，這些作品均是在歌樓酒肆，酒酣耳熱之際由歌妓所唱，詞意有討好歌妓之作用，而同情鶯鶯，批評張生薄情是一種方式。唯一可惜之處，即對張生的始亂終棄與捨棄鶯鶯的悲劇結局並無更動。

（二）肯定式之轉化

另一種轉化則如沈亞之〈馮燕傳〉與曾布〈水調歌頭〉七遍的關係。從沈氏留傳推舉馮燕義行，到了曾布筆下，轉化成歌頌馮燕的俠義倫理。沈亞之該傳紀實性濃厚，寫實地將馮燕的生平經歷一一敘述，不管是低下的出身、搏殺不平、偷人之妻、到殺害人妻等事，均以史筆的寫作態度呈現。而曾布結合〈馮燕傳〉與〈馮燕歌〉並進行改寫，不僅將馮燕的人格形象提升，從市井莽漢，晉升爲風雲凜凜的英雄，又刻意淡化馮燕與人妻偷情的事實，用唯美的文詞包裝，展現馮氏浪漫柔情的一面，甚至將偷情對象殺害，還用以「天意」合理化，

〔註22〕孫遜：《董西廂和王西廂》（臺北：萬卷樓圖書公司，1993年5月），頁19。

〔註23〕孔凡禮：〈點校說明〉，《侯鯖錄》，頁8。

這種種現象只爲凸顯「殺不誼、白不辜」的核心主題。黃美鈴對於〈馮燕傳〉到〈水調歌頭〉七遍之中的轉換，有如下詮解：

> 馮燕故事的發展，是作者、作品與讀者交互影響下的發展。由〈馮燕傳〉而〈馮燕歌〉，再到〈水調七遍〉，廣大的民眾也參與了共同的創造，而這些作品也就反映了由中晚唐時期的沈亞之到稍後的司空圖，再到北宋曾布時期，這段長時間的士大夫與民眾共同認同的價值觀。〔註 24〕

這其中包括的不只是作者曾布個人的想法，可能還結合當時群體輿論與意見，此種現象理所當然可以擴大至其他傳奇，用以檢視轉變原作的成因。再反觀上述秦觀、毛滂、趙令畤三人詞作對〈鶯鶯傳〉之結局有所不滿，亦是北宋文人與市民的共同反應，但在宋人筆下並未對結局提出合理的解決方法，直到董西廂出現後，才獲得進一步的完成。〔註 25〕

二、憑藉爲心靈之出口

繆鉞認爲：「詞適宜表現人生情思、意境之尤細美者。」〔註 26〕而吳小英在《唐宋詞抒情美探幽》中進一步提出這種細美的情思包括：閨帷內的旖旎溫柔之情、個人失志的憤懣怨懟之情、俯仰治亂的激昂悲慨之情、江山易代的沉痛幽咽之情，以及對人生的審視，對歷史的沉思，對宇宙的思考等。〔註 27〕一種適合表現細美情感的文體，再加上另一種文體記錄奇情怪歷和雜著人生百態的種種故事，兩者的結合是足以用來憑藉爲人生的一門出口。前人經歷過的事，可能詞人

〔註 24〕黃美鈴：〈〈馮燕傳〉、〈馮燕歌〉、〈水調七遍〉對馮燕的謳歌——男性中心層級分明的道德體系呈現〉，《漢學研究》第 24 卷第 2 期（2006 年 12 月），頁 183。

〔註 25〕楊淑娟：《董解元西廂記研究》（臺北：東吳大學中文研究所碩士論文，1989 年），頁 62。

〔註 26〕繆鉞：《繆鉞說詞》（上海：上海古籍出版社，1999 年 4 月），頁 4。

〔註 27〕吳小英：《唐宋詞抒情美探幽》（杭州：浙江大學出版社，2005 年 6 月），頁 183。

在人生之中碰巧體會，激發創作之動力，而又經過創作這道手續，再一點一滴提升或降低那段經歷所帶來的感覺。

（一）作為情緒之出口

人在世間上總會遇到不如意的事，世人們有各種不同解決困境的方法，身爲文人，因飽讀詩書，想像豐富，在逆境中可以藉由書寫進行排解，然而文體雖眾，但大多數的文士被儒學縛綁，較少能藉著文章或詩歌傾訴自己失意的心情，若有也常是含蓄不張的，於是適合抒情的詞體便成爲文人們療各類傷口的管道之一。再加上文人接觸傳奇小說，如前所言，小說的題材多元，可含括一個人在一生當中遇到的所有事情，詞人們的遭遇有時偶然與小說描繪的事件相類，引起詞人的同感共鳴，於是將情節加以運用，嵌入詞作，無形中形成抒解負面心情的方法，也就是情緒的出口。以取用傳奇最多元的吳文英爲例，吳氏致力作詞，將詞視爲創作之主軸，也將詞當作解消鬱悶情緒的管道，這點與辛棄疾相像，差別在於辛氏積極於復興國土的大志與角色錯位〔註28〕下不得志的心境上，而吳文英則較著重在自己的感情世界裡。《夢窗詞》中有大量的懷人作品，這些作品主要書寫的對象，便是吳文英在蘇、杭的兩段情，特別以在蘇州幕府過程中所納的妾，影響尤重。吳氏與蘇妾戀情的點點滴滴，在蘇妾離開後，一直揮之不去，使得吳氏不斷以詞懷之，也透過曾閱讀的幾篇傳奇，連接起自己的情感遭遇，如〈長恨歌、傳〉的分釵遺恨：

〈瑞鶴仙〉：歌塵凝扇。待憑信，拌分鈿。（頁2875）

〈六么令〉：人事回廊縹緲，誰見金釵擘。（頁2889）

〈惜秋華〉：宮漏未央，當時鈿釵遺恨。（頁2912）

或者〈湘中怨解〉的佳人遠離：

〔註28〕楊海明認爲辛棄疾遇上人生兩次角色錯位：一是由一位驍勇善戰的武將錯位爲一位處理俗務的文吏；二係由一位極富才幹、本可做一番大事業的能吏，再次錯位爲一位隱居鄉間的「閑人」。見楊海明：《唐宋詞與人生》，頁134。

〈瑣窗寒〉：紺縷堆雲，清腮潤玉，氾人初見。蠻腥未洗，海客一懷悽惋。（頁 2873）

〈齊天樂〉：嘆霞薄輕綃，氾人重見。（頁 2884）

〈淒涼犯〉：氾人最苦，粉痕深、幾重愁靨。（頁 2927）

結合傳奇情節，與自身經歷，讓這些作品都隱隱透露詞人對蘇妾的深厚情感，與想要再見的深刻盼願，但心中願望無法實現，只能借詞抒情。

男女之間的歡愛柔情，本就是歷來歷代歌詠的一種題材，引《詞林紀事・序》所言：

> 蓋自古來忠孝節義之事，大抵發於情，情本於性，未有無情而能自立於天地間者，此雙蓮、雁丘，鳥獸草木亦以情而并垂不朽也。昔京山郝氏論詩曰：「詩多男女之詠，何也？曰：夫婦，人道之始也，故情欲莫甚於男女，廉恥莫大於中閨。禮義養於閨門者最深，而聲音發於男女者易感。故凡托興男女者和動之音，性情之始，非盡男女之事也。」得此意以讀是書，則閨房瑣屑之事，皆可作忠孝節義之事觀，又豈特偎紅倚翠，滴粉搓酥，供酒邊花下之低唱也哉。〔註 29〕

此言雖以儒家忠義觀點做爲出發來說明詩詞裡喜愛吟詠愛情的原因，略嫌矯情外，卻正面肯定人「情出於性」、「情欲莫甚於男女」以及男女之事是「性情之始」的看法。除了像吳文英將自身的愛情故事與小說情節結合，作爲呼應，引發懷想，當然可以看到其他詞人處理情戀經歷不同的選擇，例如詞人會將傳奇裡的美好故事寄託成一種期待：

王之道〈一剪梅〉：初見雲英。藍橋何處舊知名。（頁 1160）

陳三聘〈念奴嬌〉：咫尺藍橋仙路遠，窅窅雲英消息。（頁 2026）

陳武德〈踏莎行〉：聲跡隨風，浪痕如霰。藍橋路遠無由見。（頁 3462）

〔註 29〕張宗橚編，楊寶霖補正：《詞林紀事・詞林紀事補正》（上海：上海古籍出版社，1998 年 11 月），頁 2。

同樣是屬懷人之作，詞人們則選擇以美善結局的〈裴航〉傳奇，作爲懷想的正面或負面期待，又如：

晁端禮〈蓦山溪〉：幽恨寫新詩，托何人、章臺問柳（頁443）

賀鑄〈月先圓〉：才色相憐。難偶當年。屢逢迎、幾許纏綿意，記鞦韆架底，摴蒱局上，祓禊池邊。（頁514）

陳允平〈蝶戀花〉：目斷章臺愁舉首。故人應似青青舊（頁3122）

〈柳氏傳〉裡韓翃與柳氏遭遇離散，最終仍是有情人終成眷屬，這讓詞人憶懷往事時，凝聚一種期待依據，這種期待依據形成詞人抒解情緒的出口之一。那些傳奇裡人人羨慕的美好愛情故事，如上述提及的〈柳氏傳〉、〈裴航〉，或者〈傳書燕〉、〈李娃傳〉、〈無雙傳〉、〈文簫〉等，漸漸成爲後世所謂的美談、佳話，透過美談、佳話所產生的效應，成爲詞人的心靈寄託。

另外，描述情愛、美人的詞作，或許有部分涉及寓託理想君主的可能，康正果《風騷與豔情》中提及：

「美人」一詞在先秦並不特指漂亮的女人，它也指有道德的人。確切地說，「美人」就是聖王、賢者、善人。在《離騷》中屈原有時以「美人」自居，有時「美人」則指理想君王。〔註30〕

詞人透過運用唐傳奇的愛情際遇或美人形象，來比擬無法實現的政治理念或不受君王重視的失落，因爲此情不宜顯，歷來文人多半借神話素材做政治陳情，或是模仿失寵女子的口吻發洩政治牢騷，〔註31〕傳達的始終是男女關係與君臣關係中相似的境遇，也透過如此隱性的書寫，藉以抒解內心諸多不滿的情緒。

（二）作為生命之出口

另一方面正如上述提及辛棄疾在人生遭遇「角色錯位」的經歷，

〔註30〕康正果：《風騷與豔情：中國古典詩詞的女性研究》，頁81。
〔註31〕康正果：《風騷與豔情：中國古典詩詞的女性研究》，頁85。

一心爲國的武將，最後淪落成無所事事的閑人，對於稼軒而言是一場人生悲劇。囚困在儒家「積極用世」的思想裡無法解套，於是寫詞寄情成爲稼軒化解胸中眾多不平的工具。在稼軒眾多有特色的詞作中，其中一種是俳諧詞，這種具有遊戲、詼諧又帶有寄託性的詞種，是受到宋雜劇、筆記小說、戲謔詩以及當時文人與民間流行的風氣所致，〔註32〕稼軒作俳諧詞，就是用以寄託抑鬱心情。蘇師淑芬認爲：「稼軒借歌詞表達心中的怨恨不滿，不管是詠物、應酬、送別懷古等等，戲謔詞除了解頤，當然也可以排遣內心的抑鬱。」〔註33〕除此之外，稼軒還通讀莊老、釋書，尤特喜愛《莊子》一書，借鑒莊書之詞達七十餘闋。在唐宋年間，佛學大盛，許多文士在中壯年時，選擇將心靈歸以釋、道作一提升，從其詩詞中，均可探得與釋、道相關之作，其中當然包括注入佛、道思想的傳奇故事，以稼軒詞爲例：

> 水荇參差動綠波。一池蛇影噤群蛙。因風野鶴飢猶舞，積雨山梔病不花。　名利處，戰爭多。門前蠻觸日干戈。不知更有槐安國，夢覺南柯日未斜。（〈鷓鴣天・睡醒即事〉，頁1943）

透過蛇、蛙之爭，聯想到莊子寓言裡的「蠻觸之戰」，〔註34〕引發「名利處，戰爭多」之慨，再透過〈南柯傳〉的故事內容，對當時社會那群爭名逐利的人加以嘲諷，也對功名利祿一事再次否定。其他詞人亦

〔註32〕詳參蘇師淑芬：《辛派三家詞研究》（臺北：文史哲出版社，2006年3月），頁152～160。

〔註33〕蘇師淑芬：《辛派三家詞研究》，頁161。

〔註34〕戴晉人在解析《莊子・則陽》篇時，有如是說明：「『有所謂蝸者，君知之乎？』『有國於蝸之左角者曰觸氏，有國於蝸之右角者曰蠻氏，時相與爭地而戰，伏尸數萬，逐北旬有五日而後反。』君曰：『噫！其虛言與？』曰：『臣請爲君實之。君以意在四方上下有窮乎？』君曰：『無窮。』曰：『知遊心於無窮，而反在通達之國，若存若亡乎？』君曰：『然。』曰：『通達之中有魏，於魏中有梁，於梁中有王。王與蠻氏，有辯乎？』君曰：『无辯。』客出而君惝然若有亡也。」見〔清〕郭慶藩：《莊子集釋》，冊4，頁891～893。以蠻、觸兩國相戰，來諷刺戰國時期諸侯之爭伐。

有與傳奇結合的諧謔作品，例如：

> 邯鄲一枕誰憂樂。新詩新事因閒適。東山小妓攜絲竹。家裡樂天，村裡謝安石。（黃庭堅〈最落魄〉，下片，頁 395）〔註 35〕

> 多少甲第連雲，十眉環座，人醉黃金塢。回首邯鄲春夢破，零落珠歌翠舞。得似衰翁，蕭然陋巷，長作溪山主。紫芝可採，更尋巖谷深處。（黃昇〈酹江月‧戲題玉林〉，下片，頁 2996）

> 老子頗更事，打透利名關。百年擾擾于役，何異入槐安。夢裡偶然得意，醒後纔堪發笑，蟻穴駕車還。恰佩南柯印，彷彿轂曾丹。　　客未散，日初昳，酒猶殘。向來幻境安在，回首總成閑。莫問浮雲起滅，且跨剛風遊戲，露冷玉簫寒。寄語抱朴子，候我石樓山。（劉克莊〈水調歌頭‧解印有期戲作〉，頁 2592）

人世無常，如黃庭堅、劉克莊等人人生起落頻繁，遇到逆境之中，又不許自己深陷心中愁苦的囹圄，只好藉由文字遊戲自嘲、戲謔他人，在說說笑笑的過程，爲自己解套。詞人在作品裡加入傳奇屬「夢幻神仙」類的故事，經由佛老思想的渲染，的確能達到一種自我安慰的效果。

比起在情愛上不如意、職場上不順遂，國破家亡的苦痛，是士人最難以承受的傷害。國家一旦滅亡，正如「覆巢之下無完卵」，上至達官貴族，下至黎民百姓，都覆沒於人間煉獄之中。在宮中的昭儀王清惠，在牆上題下自己歷經戰亂的慘淡心情：

> 太液芙蓉，渾不似、舊時顏色。曾記得、春風雨露，玉樓金闕。名播蘭簪妃后裡，暈潮蓮臉君王側。忽一聲、鼙鼓揭天來，繁華歇。　　龍虎散，風雲滅。千古恨，憑誰說。對山河百二，淚盈襟血。客館夜驚塵土夢，宮車曉碾關山

〔註 35〕此闋詞序：「舊有醉醒醒醉一曲云：『醉醒醒醉。憑君會取皆滋味。濃斟琥珀香浮蟻。一入愁腸，便有陽春意。須將席幕爲天地。歌前起舞花前睡。從他兀兀陶陶裡。猶勝醒醒、惹得閒憔悴。』此曲亦有佳句，而多斧鑿痕，又語高下不甚入律。或傳是東坡語，非也。與『蝸角虛名』、『解下癡絛』之曲相似，疑是王仲父作。因戲作四篇呈吳元祥、黃中行，似能厭道二公意中事。」

月。問嫦娥、於我肯從容，同圓缺。(〈滿江紅〉，頁3344)

以古喻今，將楊貴妃當時經歷的亂事投射在自己身上；又有「詩史」之稱的汪元量，不僅詩記錄沉重的亡國點滴，其詞也記錄宋亡後宮人們的特殊心境。在宮裡本爲琴師，卻目睹這段時代悲劇，富有強烈的民族情感的他，記錄這段歷史與當時的心境，〈水龍吟·淮河舟中夜聞宮人琴聲〉云：

> 鼓鞞驚破霓裳，海棠亭北多風雨。歌闌酒罷，玉啼金泣，此行良苦。駝背模糊，馬頭匼匝，朝朝暮暮。自都門燕別，龍艘錦纜，空載得、春歸去。　　目斷東南半壁，悵長淮、已非吾土。受降城下，草如霜白，淒涼酸楚。粉陣紅圍，夜深人靜，誰賓誰主。對漁燈一點，羈愁一搦，譜琴中語。(頁3340)

一開頭便以〈長恨歌〉詩文帶出戰事動亂的情境，寫此詞時，汪氏與其他宮人被擄往北方，坐著如隋煬帝游江南般的龍艘錦纜，如此華麗的船隊，承載著卻是一群亡國者說著「悵長淮、已非吾土」的沉痛心情。又如〈失調名·宮人鼓瑟奏霓裳曲〉下片：

> 曲中似哀似怨。似梧桐葉落，秋雨聲顫。豈待聞鈴，自淚珠如霰。春纖罷按，早心已笑慵歌懶。脈脈憑欄，槐陰轉午，清搖歌扇。〔註36〕

宮人彈奏霓裳曲，在汪元量聽來哀怨似秋，並懷想前朝那段帝妃之戀，然而這曲霓裳是否「似哀似怨」？還是汪氏有感國勢積傾，借〈長恨歌、傳〉故事，與所聞曲子結合，以透露自己內心的憂慮，並抒發積鬱心中的不安心理。正接受亡國事實的人苦，當然還有那些亡國後成爲遺民的詞人，他們在異族的統治下苟安度日，作詞成爲遺民其中一種精神上的依託。在內容上不外乎江南風物詞、詠物詞、節令詞、壽詞等，多半都涉有易代之感慨。最顯著的就是遺民諸公應社時所作的《樂府補題》之詞，如蔣敦復所言：「碧山、草窗、玉潛、仁近諸遺民《樂府補遺》中，龍涎香、白蓮、蓴、蟹、蟬諸詠，皆寓其家國

〔註36〕孔凡禮：《全宋詞補輯》，頁86。

無窮之感，非區區詠物而已。」〔註37〕其中龍涎香、白蓮傳達遺民的身世之悲，與家國之痛，白蓮一詠，部分詞人將楊貴妃故實用上，隱藏在詠物詞作下的濃厚情感，借典實形成今昔興衰的強烈對比，並間接訴說詞人們心中深切的傷痛。當時的詠物大家王沂孫除了參與《樂府補題》所收的應社題詠作品外，王氏存64闋詞，有34闋詠物作品，大多爲宋亡後所作，其中不乏出現以傳奇爲典的詞作：

> 自眞妃舞罷，謫仙賦後，繁華夢、如流水。（〈水龍吟・牡丹〉，頁3354）
>
> 玉杵餘丹，金刀剩綵，重染吳江孤樹。幾點朱鉛，幾度怨啼秋暮。驚舊夢、綠鬢輕凋，訴新恨、絳唇微注。最堪憐，同拂新霜，繡蓉一鏡晚妝妒。（〈綺羅香・紅葉〉，頁3356）
>
> 誰在舊家殿閣，自太眞仙去，掃地春空。朱旛護取，如今應誤花工。顛倒絳英滿徑，想無車馬到山中。西風後，尚餘數點，還勝春濃。（〈慶朝清・榴花〉，頁3559）
>
> 薦筍同時，歎故園春事，已無多了。贈滿筠籠，偏暗觸、天涯懷抱。謾想青衣初見，花陰夢好。（〈三姝媚・櫻桃〉，頁3359）

這些詠物之作，常是「見家國身世之感，每流露於言外。」〔註38〕其他如劉辰翁、蔣捷等人詞作，亦透露相同的情懷：

> 笑周秦來往，與誰同夢，說開元舊。（〈水龍吟・巽吾賦溪南海棠，花下有相憶之句，讀之不可為懷，和韻並述江東旅行〉，頁3226）
>
> 歡極。蓬壺蕖侵，花院梨溶，醉連春夕。柯雲罷弈。櫻桃在，夢難覓。勸清光，乍可幽窗相伴，休照紅樓夜笛。怕人間、換譜伊涼，素娥未識。（〈瑞鶴仙・鄉城見月〉，頁3436）

透過詠物，再加入前朝舊事，「借物以寓性情」〔註39〕，產生一種興

〔註37〕〔清〕蔣敦復：《芬陀利室詞話》（北京：中華書局，2005年10月，《詞話叢編》本，冊4），卷3，頁3675。

〔註38〕〔清〕李佳：《左庵詞話》（北京：中華書局，2005年10月，《詞話叢編》本，冊4），卷上，「詠物詞」條，頁3118。

〔註39〕〔清〕沈祥龍：《論詞隨筆》（北京：中華書局，2005年10月，《詞

亡交替的悲哀，也抒解詞人自己內心的哀痛。這些不管是遇上人生仕途之不順，或者遭逢家國之亡滅的詞人們，抒發的管道當然不只一項，但其中有一種是透過詞與傳奇的結合，爲自己身處逆境的生命歷程找到一處出口。

第三節　對諸宮調與元雜劇之影響

取材於傳奇小說的詞作，對後代文學而言，究竟出現什麼影響？對於元、明、清詞或許沒有顯著的發現，因爲兩者融合所影響的，是屬於類似韻文加上敘事文學的體製。如本章所言，注入小說情節，能強化詞體的敘事性，然而詞體本有它自身的侷限，也就是在體製上較不適合用以敘事，故如〈調笑〉要輔以詩文；「鼓子詞」則是詞、文相間的形式；或者出現題詠相同故事者，得以數闋連章寫成，若單一闋詞要表達一件事不難，要承載一篇故事則非容易之事。也因如此，配合文學的演進，能完整敘其事，又挾以韻文抒其情的文體陸續出現。就詞以降的文體，在諸宮調與元雜劇中，可以顯見受該模式之影響，在此節析理彼此關係，以釐清其中演進。

一、諸宮調之繼承

諸宮調與詞體本身就有相當密切的關聯，在諸宮調的演唱部分，就是受曲子詞的影響。〔註 40〕在詞體興盛並完整的同時，諸宮調也開始漸漸興起，與詞的關係就在彼此交集的時代背景下巧然結合。龍建國針對兩者之關係，從兩個層面觀察，整理其說如下：由詞學批評看，

話叢編》本，冊 5)，「詞中詠物」條，頁 4058。

〔註 40〕龍建國云：「諸宮調與唐代變文是一脈相承的；而從音樂體製來看，諸宮調與曲子詞則是『血肉相連』。諸宮調基本上是將曲子詞直接『搬進』自己的結構體製中來演唱，或者說，宋金諸宮調所『唱』的部分就是曲子詞的有機組合。因此而言，曲子詞對諸宮調的影響是直接的、巨大的。」詳見其書《諸宮調研究》(南昌：江西人民出版社，2003 年 10 月)，頁 136～142。

論詞之風始盛於蘇軾及其門人。詞學批評的興起，標示著詞已走向自覺和成熟。而諸宮調產生於論詞之風始盛，因此它用詞調來演唱是很自然的事。另一方面從詞的傳播來看，詞主要靠小唱藝人傳播，小唱是北宋最爲常見的伎藝。無論公私宴集或瓦肆勾欄，均能見此表演，故諸宮調不可避免也受到小唱的影響。〔註 41〕除了在「唱」的體製有承繼外，就內容上而言，也不免受到相關影響，以下列點說明，詞到諸宮調變遷的關係。

（一）〈調笑轉踏〉與鼓子詞之式微

詞在流變的過程基本上是從俗到雅，但在當時難以忽視的民間文學，卻不斷拉攏詞的走向，所以便出現如〈調笑轉踏〉、「鼓子詞」等屬於舞樂藝術與說唱藝術的作品，〔註 42〕這類作品是雅俗文學轉化的過渡。詞在宋代常被認爲是小道末流，本已存留不易，更遑論向民間文學靠攏的體裁，故諸如此類的作品，在宋詞中亦屬少數。再者，宋詞本以抒情爲主，到東坡後才漸開言志、論事風氣，而敘事與詞體之間總隔著一層紗，難以親密。這些原因造成敘事詞的少數，專以題詠故事者，更是鳳毛麟角。以唐傳奇故事爲主題之詞作，〈調笑〉與鼓子詞是重要的兩類，就〈調笑〉而言，南宋作者也僅洪适、李呂所爲，再觀察趙令畤的鼓子詞，對於「鶯鶯本事」的運用，並非是一種漸進的過程，到了南宋也不見比趙氏更精良的相關作品，其中一項重要的原因便是社會的變遷。宋初在經濟的繁華，歌妓制度的健全，帝王政策的安排下，文士對於生活情趣的提升有了更大的需求。故宋代文人常有一些文雅聚會，如郊遊賞花、聽歌觀舞、飲酒品茶等活動，這些活動通常都需要歌妓們的配合，才得以更加完美，例如詞人作〈調笑轉踏〉，即爲了給歌妓表演於聚會時所作；趙令畤亦說明作詞之目的是「極飲肆歡之際」用。但到了北宋晚期至南宋初期間，因國難當頭，

〔註 41〕龍建國：《諸宮調研究》，頁 142。
〔註 42〕詳見王國維撰，馬信美疏證：《宋元戲曲史疏證》，頁 57。

個人的兒女私情和娛賓遣興之事也隨之暫停。

（二）大曲、諸宮調、唱賺等盛行

另外一方面發展出更適合講唱的體製出現，如大曲、諸宮調、唱賺等體製開始流行，更新穎的曲式使得這些過渡時期的〈調笑轉踏〉、〈鼓子詞〉面臨被漸漸淘汰的局面。彭國忠〈論宋代〈調笑〉詞〉中，已考證〈調笑〉興盛於北宋的原因，其言：

> 〈調笑〉詞在北宋末期短時間內興起，並因得到蘇門詞人的積極參與而迅速成熟、高度發展，又隨著異族的入侵，歌舞升平土壤消失，隨著趙宋朝廷的南渡而走向自己的終點或是轉折點。〔註43〕

與〈調笑轉踏〉近似的纏達、纏令因爲體製上與〈調笑〉有些不同，前文已有詳述，〔註44〕到了南宋得到進一步的發展，形成爲唱賺；相對的，「鼓子詞」的發展也受到相同的困境。待南宋漸漸回復到「直把杭州當汴州」的景況時，恰逢大曲、諸宮調等樂曲愈趨成熟的時候，在市集的瓦舍或妓院用樂等，形成一種普遍現象，如《都城紀勝》所云：

> 諸宮調，本京師孔三傳編撰，傳奇、靈怪、八曲、說唱。……今街市有樂人三五爲對，專趕春場，看潮，賞芙蓉，及酒坐祗應，與錢亦不多，謂之荒鼓板。〔註45〕

而《夢粱錄》亦有提及：

> 今士庶多以從省，筵會或社會，皆用融和坊、新街及下瓦子等處散樂家，女童裝末，家以弦所賺曲，祗應而已……，說唱諸宮調，昨汴京有孔三傳編成傳奇靈怪，入曲說唱，今杭城有女流熊保保及後輩女童皆效此，說唱亦精，於上鼓板無二也。〔註46〕

〔註43〕詳參彭國忠：〈論宋代〈調笑〉詞〉，第4節，頁62～63。

〔註44〕〈調笑轉踏〉與纏令、纏達最大不同在於纏令、纏達將引詞與遣隊詞改爲引子和尾聲，一詩一詞之體製改爲全用詞調。詳見王國維撰，馬信美疏證：《宋元戲曲史疏證》，頁70。

〔註45〕〔宋〕灌圃耐得翁撰，周峰點校：《都城紀勝》，頁85。

〔註46〕〔宋〕吳自牧撰，周峰點校：《夢粱錄》（北京：文化藝術出版社，

除此之外，在《東京夢華錄》、《西湖老人繁勝錄》、《武林紀事》中都記載了專門演唱諸宮調的藝人。有了更豐富多元的舞樂、說唱的形式，詞人面對較簡略的〈調笑轉踏〉或「鼓子詞」便少於接觸，漸漸不再使用。

（三）開發出諸宮調兩大主題

諸宮調原爲澤州地方說唱藝術的一種，後由澤州藝人孔三傳傳入京師，因次流行數百年。在王灼《碧雞漫志》載：「熙寧、元祐間（1068～1086），兗州張山人以詼諧獨步京師，時出一兩解。澤州孔三傳者，首創諸宮調古傳，士大夫皆能誦之。」〔註 47〕楊萬里認爲：「當是以多種宮調的曲子聯唱唐傳奇故事。以其形式新穎，曲調可聽，故旋即風行京師，甚至士大夫皆能誦其辭章。」〔註 48〕諸宮調講唱的材料多由現成的傳奇故事而來，而在題材方面，則以歷史和愛情故事爲主，〔註 49〕甚至出現影響甚巨的「西廂」與「長恨」兩大主題。回頭觀察宋詞取材唐傳奇的過程，統計出取材〈長恨歌、傳〉和〈鶯鶯傳〉者，分別占總取材數的第一與第三強，對宋詞而言，所謂「西廂」與「長恨」主題，亦是十分顯著，再加上諸宮調與詞的關係相當密切，從中可觀察到諸宮調受到詞轉化唐傳奇，影響諸宮調改寫的過程。以「鶯鶯傳本事」觀察，取材情節者，對於女性角色崔鶯鶯的美麗形象有進一步的提升，並強化西廂定情的美好，再看以〈鶯鶯傳〉爲主題的詞作，摒棄原傳尤物說、善補過之濫調，明顯向鶯鶯寄予深切的同情；另外「長恨歌本事」，大多取材者多半針對楊妃的美貌、體態，以及那段分釵寄情的情節大量傳播，多數詞人亦是捨棄尤物禍國的印象，

1998 年 8 月，《東京夢華錄（外四種）》本），頁 302～303。

〔註 47〕王灼：《碧雞漫志》，卷 2，頁 84。

〔註 48〕楊萬里：《宋詞與宋代的城市生活》，頁 158。龍建國亦認爲：「古傳一詞，意謂諸宮調一般是講唱和敷演長篇傳奇故事。」見《諸宮調研究》，頁 17。

〔註 49〕由龍建國的析理，說明諸宮調的主題分別有：歷史、愛情、家庭婚姻與其他。詳見《諸宮調研究》，頁 97～100。

深化白居易同情楊妃的角度繼續發展。透過宋代文人不斷引用、傳播，在詞裡成爲人人愛用的熟典，並傳唱在市民的娛樂圈子裡，是很容易引起共鳴的，這些不認同原故事思想或者深化原著作的思想，倒是給予後人一種新的書寫態度，也影響後來以西廂、長恨故事爲主的作品，如金董解元的《西廂記》諸宮調、元代王伯成的《天寶遺事》諸宮調，開發故事不同的面向。

二、元雜劇之開展

隨著諸宮調的快速興衰，〔註 50〕取而代之的是元雜劇的迅速發展。然而元雜劇不管在體製上或者是內容主題上，均有與諸宮調也一脈相承的關係，也間接與宋詞產生一定的關聯，以下就體製與文學史主題的角度加以觀察。

（一）跨文體之基本雛型

唐代傳奇，在文體的結構而言，基本上以散文書寫爲基調，再加上有「故事」的特性，而成爲一種獨立的文學體製，但傳奇因前承歷朝的文學資產，可謂眾體兼俱，在一篇小說當中，可以觀察到對辭賦、詩歌、曲子詞、民謠、書信等其他體製的運用與混血，例如〈遊仙窟〉、〈鶯鶯傳〉、〈長恨傳〉、〈隋煬帝海山記〉、《纂異記‧韋鮑生妓》等等，故唐傳奇自身便是一種「跨文體」的文學形態。而宋詞再次接受前朝的文學資產，又一次將不同的文學體製相互撞擊，產生出有別於變文體製的講唱文學之雛型，諸宮調明顯受此影響，並且進一步的發展，而稍晚的元雜劇，則是全然開展這樣的文學體製。從曾布據〈馮燕傳〉本事所制的〈水調歌頭〉七遍亦可以觀察出類戲劇的雛型。第一，陳述一則故事之始末；第二，可以歌唱，又類似押韻的散文。針對曾布

〔註 50〕龍建國云：「元代諸宮調是直接從金代諸宮調發展而來。由渠金代諸宮調十分流行，到了元代初期形成了興盛的局面。……諸宮調興盛於元代中統，至元時期（1260～1294）的三十餘年間。」見《諸宮調研究》，頁 51。

〈水調歌頭〉這樣的作品，沈家莊認爲：

> 這種改寫性質的創作，既非言志抒情體，亦非「代言體」，而近故事和話本的意味，但它又是用來演唱的，則兼有戲劇文本的性質了。從曾布此作，我們既可以了解北宋文人情趣中心轉移的信息，又能夠體察這種文學體式確實已經大大突破傳統詩文言志抒情的閫域，表現出文學創作之形式和內容多元的複合的屬性，以及其反映出的廣泛的社會生活之文學意義。〔註51〕

沈氏肯定曾作「兼有戲劇文本」的特質，並且正面肯定「跨文體」對於文學發展的意義。的確，元代戲曲的蓬勃發展，是透過唐、宋文學的結合與再造，積累兩代文學體製上的豐富性，如近體詩、變文、傳奇、詞、宋雜劇、諸宮調等各方面的影響，形成另一種獨特的文學體裁。

（二）戲曲主題承接意義

另一方面從文學主題史作縱向探查，在宋代話本小說中有便有「傳奇」一類，而元代有曲論家將元雜劇稱「傳奇」者，如鍾嗣成《錄鬼簿》在爲劇作家分類時，有一類爲「前輩才人有所編傳奇行於世者」，〔註52〕錄完各作家後，又云：「右前輩編撰傳奇名公，僅止於此。不難之云，不其難乎？」〔註53〕稱劇作家的雜劇爲傳奇的其中一項原因在於許多唐傳奇都被元雜劇改編爲劇本，而這些劇作家的雜劇，大多數都帶有濃郁的傳奇色彩，〔註54〕如關漢卿的《唐明皇哭香囊》（一作《唐明皇啓瘞哭香囊》），白樸的《唐明皇秋夜梧桐雨》，庾天錫的《裴航遇雲英》、《楊太眞華清池》（一作《楊太眞浴罷華清池》）、《隋煬帝風月錦帆舟》，馬致遠的《邯鄲道省悟黃粱夢》，王實甫的《西廂

〔註51〕見沈家莊：《宋詞的文化定位》（長沙：湖南人民出版社，2005年1月），頁382。

〔註52〕〔元〕鍾嗣成、賈仲明撰，浦漢明校：《新校錄鬼簿正續編》（成都：巴蜀書社，1996年10月），頁49。

〔註53〕〔元〕鍾嗣成、賈仲明撰，浦漢明校：《新校錄鬼簿正續編》，頁119。

〔註54〕袁行霈主編：《中國文學史》（臺北：五南圖書出版公司，2004年11月），下冊，頁556。

記》等等，可看出雜劇的部分主題內容是由唐傳奇轉化而來。汪辟疆在〈唐人小說在文學上之地位〉探討唐小說與戲曲的關係，汪氏認爲：

> 唐人小說本事，既已盛傳。始則演爲長篇記事之詩歌；繼則演爲分段之鼓辭大曲，如宋人趙德麟、曾布所撰是也；終則演爲元明後之傳奇雜劇。元明以來，劇曲大行，其取材多出自唐稗；故治元曲者，罔不重視唐人說部，蓋以其關係較深也。……如元稹〈鶯鶯傳〉爲金董解元《絃索西廂》、元王實甫《西廂記》、關漢卿《續西廂記》、明李日華《南西廂》、陸天池《南西廂記》、周公魯《錦西廂》、清查繼佐《續西廂雜劇》、程端《西廂印》所本。……陳鴻〈長恨歌傳〉爲元白仁甫《梧桐雨》、清洪昇《長生殿》所本。李朝威〈柳毅傳〉爲元尚仲賢《柳毅傳書》、元人《張生煮海》、李好古《張生煮海》、明黃說仲《龍簫記》、許自昌《橘浦記》、李漁《蜃中樓》所本。白行簡〈李娃傳〉爲元石君寶《花酒曲江池》、明薛近兗《繡襦記》所本。許堯佐〈柳氏傳〉爲元喬夢符《金錢記》所本。蔣防〈霍小玉傳〉爲明湯顯祖《紫簫記》及《紫釵記》所本。李公佐〈南柯太守傳〉爲明湯顯祖《南柯記》所本。……凡此皆元明之傳奇雜劇取材於唐稗者也。就上列諸曲本中，如《西廂記》、《邯鄲夢》、《紫釵記》、《南柯記》、《長生殿》，尤爲藝林傳誦；雖由其曲文之美妙；而其本事之哀感頑豔，實作者善於取材也。〔註55〕

汪氏所言道出取材唐傳奇本事的三個層次：開始先被詩歌演爲長篇歌辭，再被詞、曲吸收爲故實加以吟詠，最後則變爲劇曲裡的故事。另外還說明之所以這些戲曲能被廣爲喜愛，除本身曲詞美妙外，另一個原因就是作者善於取材那些已深植人心的唐傳奇重新改編。

除了上述直接明顯的主題承接外，還可從宋詞取材唐傳奇此一面向著眼，從宋詞取材唐傳奇的前三大作品來觀察，分別是：〈長恨歌、傳〉、《傳奇・裴航》、〈鶯鶯傳〉，這三篇傳奇經過宋詞的取材，加強

〔註55〕汪辟疆：〈唐人小說在文學上的地位〉，《汪辟疆文集》，頁610～611。

傳播後，在元雜劇亦產生高度的開展。〈長恨歌、傳〉方面，有關漢卿《唐明皇哭香囊》、白樸《唐明皇秋夜梧桐雨》、白樸《唐明皇遊月宮》（一作《唐明皇幸月宮》）、庾天錫《楊太眞華清池》、庾天錫《楊太眞霓裳怨》、李直夫《念奴教樂》、岳伯川《羅光遠夢斷楊貴妃》、無名氏《明皇村院會佳期》等；〈鶯鶯傳〉方面，如王國維〈錄曲餘談〉所云：

> 戲曲之存於今者，以《西廂》爲最古，亦以《西廂》爲最富。宋趙德麟（令畤）始以〈商調・蝶戀花〉十二闋，譜《會眞記》事。南宋官本雜劇段數有《鶯鶯六么》一本，金則有董解元之《弦索西廂》，元則有王實甫、關漢卿之北《西廂》，明則陸天池（采）、李君實（日華）均有《南西廂》，周公望（公魯）有《翻西廂》，國朝則查伊璜（繼佐）有《續西廂》，周果庵（坦綸）有《錦西廂》，又有研雪子之《翻西廂》，疊床架屋，殊不可解。〔註56〕

除王氏所舉之作外，還有元代李景雲《崔鶯鶯西廂記》、楊訥《翠西廂》改寫該本事，至於明、清以降，也有三十餘種相關著作流傳。〔註57〕〈裴航〉一篇亦有《武林舊事》卷十記載《裴航相遇樂》官本雜劇一部、《錄鬼簿》卷上記載元庾天錫作《裴航遇雲英》雜劇、徐畛《杵藍田裴航遇仙》的戲文等作品。以上的創作份量，便可印證經典主題流傳的廣度，是與宋詞取材的廣度有連貫性。

另外，在曲詞、戲劇人物對談方面亦是受到宋詞取材唐傳奇的影響，出現進一步的改變，張靜斐在〈藍橋佳會傳千古——裴航遇仙故事的流傳演變及其文化蘊涵〉提到如此現象：

〔註56〕王國維：〈錄曲餘談〉，《王國維戲曲論文集》，頁312。

〔註57〕林宗毅在《西廂記二論》一書提及：「自西廂故事形成於《董西廂》、《西廂記》後，繼續用此題材創作的作品仍然不少，今就個人所知三十四家進行分析，體裁包括南戲、傳奇、雜劇數種及小說二種、贰陽腔劇本一種，至於其他劇種的地方戲及說唱體裁的改編本，暫不予討論。當然，就南戲、雜劇、傳奇而言，實際當不止此數。」詳見林書，頁50～109。

> 元代開始，俗文學中對藍橋故事典故的運用幾乎泛濫，元曲和明清的很多民歌時調、通俗小說言及愛情題材都會出現「藍橋」、「裴航」、「雲英」的字樣。在小說、戲曲等俗文學作品中「玉杵」、「玉臼」、「玄霜」等典故有時仍與修道有一些關聯，「玉杵臼」意象已經較多地被用來指戀愛或婚姻雙方的信物，帶有了婚戀主題的色彩，而不僅限於作爲仙家的一件器具爲修道主題服務；「藍橋相會」的典故常常出現在小說戲劇人物的話語中，用來指與婚戀有關的故事情節；而「裴航」、「雲英」的名字也時常被直接用作有愛情或婚姻關係的青年男女的代稱。〔註58〕

宋詞費力開發〈裴航〉故事裡的「愛情」主題，使得後世創作小說、戲劇在同一故事題材上產生另一層面的啓發，不再侷限於原作爲提倡道教修練的這種服務性作品。當然不只〈裴航〉一篇，其他如〈長恨歌、傳〉、〈鶯鶯傳〉、〈柳氏傳〉等傳奇，亦有相同的開發，這樣的開展爲故事、情節從文人創作的文言小說，流傳到屬於通俗市井的俗文學領域，道路廣闊許多，比起在雅文學領域的發展，這些故事、情節在俗文學領域被更充分的運用、改寫，影響大批不同體裁的俗文學作品，顯示其多元意義與價值所在。

從諸宮調與元雜劇這兩種與詞體較近程的文學體製，來觀察宋詞取材唐傳奇對後代文學產生的影響，是直接且明顯的。不管是由體製上的漸漸變遷、轉移，或者是文學史上經典主題的一脈相傳，均可看出詞與兩者的關係是十分緊密。沈家莊在《宋詞的文化定位》一書中提及一段話，亦可爲三者之關係下一註解：

> 總之，宋詞已經完成了作爲「一代之文學」的歷史重任。它不僅在詩歌發展鏈條上承繼了言志抒情的傳統，並將這個傳統傳遞給了後代，還爲爾後的敘事文學、戲劇文學的

〔註58〕張靜斐：〈藍橋佳會傳千古——裴航遇仙故事的流傳演變及其文化蘊涵〉，《山西師大學報（社會科學版．研究生論文專刊）》，第33卷第S1期（2006年9月），頁89～90。

> 發展呼出先聲。其開放性的文化角色功能，爲元、明、清文學的觀念更新和體式嬗變提供新的啓示。……陳銳以院本和小說喻周、柳詞，〔註59〕他這獨具慧眼的發現，則啓發著人們對於詞之文學性和文學功能正在與戲劇和小說接軌這一事實的想象與聯想。〔註60〕

沈氏其說誠然。這也正因詞人將詞作與小說做接軌之舉，使得戲曲文學得以再開發出更多元的文學體製。

〔註59〕〔清〕陳銳在《裒碧齋詞話》（北京：中華書局，2005年10月，《詞話叢編》本，冊5）云：「屯田詞在院本中如《琵琶記》，清眞詞如《會眞記》；屯田詞在小說中如《金瓶梅》，清眞詞如《紅樓夢》。」見是書，頁4198。

〔註60〕詳見沈家莊：《宋詞的文化定位》，頁380～383。

第七章　結　論

詞與傳奇小說是產生於同一時代的兩種不同文體，在當時便有所「交流」，也就是融攝於一種文體之中，這歸功於傳奇小說「眾體兼備」的包容性大，不僅將詩、文、賦等文體納入內容版圖，也將當時新興的「詞體」結合於其中，可從袁郊《甘澤謠・圓觀》與〈隋煬帝海山記〉等作品見之。五代時，詞漸趨成熟，有血有骨，也開始慢慢在內容上出現較多用典的現象。在此一時期文人詞與唐傳奇的關係開始進行互動，而非單向供給，尤以孫光憲詞作，取材於唐傳奇最爲顯著。到宋初百年間，詞的創作數量進步緩慢，雖對唐傳奇的取材量多過五代，卻仍是零星可數，觀察大家如晏殊、歐陽脩、柳永、張先等人，僅柳永數量較豐，然而此一時期之詞作對於取材唐傳奇的幾種方式與技巧已然備足。

綜觀五代至宋初取材唐傳奇之作品，以白居易、陳鴻〈長恨歌、傳〉、元稹〈鶯鶯傳〉與裴鉶《傳奇》爲最，其中又以〈長恨歌、傳〉、〈鶯鶯傳〉被多次引用，這等現象可歸究於唐代文壇盟主白居易、元稹文風的持續影響，再加上盛唐國勢昌隆，形成一種享樂風氣，該風氣沿襲至五代仍受偏安心態引導並且蔓延，君臣共同苟安享樂；又因宋初詞人因襲五代詞風，內容多以宮體與倡風結合的男女情愛、離情別怨居多，所以取材這些傳奇小說的機率較大。

詞與唐傳奇在唐五代初步融攝後，於宋代雖不達大鳴大放的程度，但也小有影響，統計宋詞取材唐傳奇的詞作數量，佔《全宋詞》的近二十分之一，其中有三十六闋還以唐傳奇的故事爲主題吟詠，數量相當可觀。本章爰就前六章所述之重點，略分四點，分別爲「成就宋詞取材唐傳奇現象之條件」、「取材之重要主題」、「取材之表現手法」與「跨文體結合產生之影響」要點歸納如下：

一、成就宋詞取材唐傳奇之條件

唐世社會風氣開放，早期朝廷政策打壓舊士族，使儒術不彰，因而唐人較不受儒家禮教束縛。加上武后改革科舉內容，摒棄經學儒術，亦影響文學的改變。唐傳奇在此一風氣下產生，雖在當時被視作「小道」，也因此不受任何限制，內容上也較詩、文多元。當時文士將所謂「風流」之氣度，全然表現於傳奇小說裡，後人甚至將唐代文學直指爲「進士與倡妓文學」。另一層面因歌妓身份特殊，可自由與士人交流，這是唐宋兩代共同的特性。宋代歌妓繁盛的程度不亞於唐，歌妓與文士接觸頻繁，在飲宴之中需要佐歡的素材，唱詞彈曲成爲最好的餘興節目。詞是透過歌妓彈唱，內容則多半由文人屬筆塡寫，爲讓宴會能更爲美好，以滿足聽歌唱詞的興趣，文人與歌妓之間產生一種微妙關聯：歌妓藉由歌聲與妙識音樂的才藝，文人透過塡詞譜曲的才能，於是詞人、歌妓與詞三者互相依存，這樣的合作深化文士與歌妓的關係建立在「憐色愛才」的情愛糾葛上，更讓所謂「進士與倡妓文學」培養出新品種，且更密不可分。

另一方面，詞取材於「小說類」作品也早有爲之，從詞調名可略探一二，如〈解佩令〉、〈連理枝〉、〈湘妃怨〉等等，均以唐前小說情節命名。早期詞的內容「多詠其曲名」，由此可見兩者之淵源；取材唐前小說爲典者，在詩、詞之中亦多有人爲，如《世說新語》、《列仙傳》、《穆天子傳》等等，均是唐宋文人常常取材借鑒之對象。詞體發展至宋，詞人們將用事於小說的觸角，漸漸延伸至近代的文體中，對於詞體的用事要求，簡明來說是忌澀忌多，最好是能符合通俗淺顯，又能融化無痕的效果，還得顧及到詞的音律性與婉約特質，所以廣為宋人知的唐傳奇，不僅在自我風格上不會影響詞的特質，還能有相輔相承之功效，尤其以唐傳奇的「情愛」性與「傳奇」性，在取材運用後，更能凸顯詞的特質，故詞人們樂於發展用事的新題材。

因傳奇小說多為女性書寫傳記，還有愛情故事大量產生，凸顯出傳奇的「情愛」性，這種特色滿足詞人對愛情的渴望與幻想的投射，加上晚唐詞體發展趨於成熟，比傳奇小說更適合書寫戀愛情思，愛情主題因此從小說轉移至詞體上，而詞人也進一步將傳奇的內容取材並結合於詞作中。傳奇小說因具有「作意好奇」的創作理念，一方面由傳奇記載奇事的創作目的這種「好奇」的審美心理，還有為文的遊戲性，增添小說的「傳奇」性，也影響同屬「小道」文學的詞體。另一方面小說由歷朝歷代不斷複製於神話內蘊的特質，再透過與詞體的時代相近關係，跨文體直接移植到詞體內部，使詞體擁有虛構、浪漫的血脈，以及戲劇張力的詞境。以致於詞可以展現一種物我有情，命運一體的戲劇印象。

宋代因為君王的重視，大規模搜集小說編為如《太平御覽》、《太平廣記》等叢書，與活字印刷術的發明、改進，使得大量小說文獻得以流傳於後世，宋世這般對小說的積極傳播，的確影響詞取材於傳奇的原因，其他還有個人輯錄傳播如晁載之的《續談助》、曾慥的《類說》、朱勝非的《紺珠集》等書，讓小說文獻得以繼續流傳。除文字傳播外，還有另一種透過口傳文學，來延續小說的內容與價值，因宋代商業發達而興起的市民文化，許多「說話」者，便是取材小說的內容加以改編。這樣的風氣影響詞人，部分詞人也有過創作小說的經驗，如蘇軾、黃庭堅、秦觀等人，故宋人對於傳奇小說是毫不陌生的，也因傳播之盛，宋詞的創作很難不被小說的內容所影響。除了印刷流傳、口語流傳外，還有就是透過「重寫」來傳播，詞取材小說以「用典」的方式便是一種「重寫」傳播，可以讓原文本的「核心情節」再次廣爲流傳。以上這些環境因素或者與文體內部的契合，都影響宋詞之所以會取材唐傳奇故事情節的重要原因。

二、取材之重要主題

宋詞取材傳奇之主題要分四大類，分別是「婚戀情感」、「夢幻神仙」、「人物軼異」與「綜合主題」等。在「婚戀情感」類以〈鶯鶯傳〉、〈傳書燕〉、〈柳氏傳〉取材最豐，而取材〈鶯鶯傳〉約有 93 闋，占總取材唐傳奇數的十分之一，引用率排名第三，足以證明該篇小說相當受歡迎。取材燕足傳書者，在宋詞當中約有 52 闋；韓翃柳氏事也有 44 闋，內容上多寫離情別怨、詠花卉，以及記錄季節變化的情思與景色三大題材，是詞人取材婚戀情感類傳奇最常表現的主題，其次還有像在宴席和詞、次韻之作、遊歷山川寫景之作、節令詞等，這些作品也將該類傳奇的詩文、情節注於詞中，來提升並豐富詞作的內容與情感面。

「夢幻神仙」類取材最富者有〈枕中記〉、〈南柯太守傳〉、〈周秦行紀〉與〈石鼎聯句詩序〉四篇，以取材〈枕中記〉76 闋最多，是眾傳奇中引用比例排名在前五名者；與〈枕中記〉不分軒輊，〈南柯太守傳〉亦有 52 首之多。取用「夢幻神仙」類表現在詞作上，多半出現在詞人的和作、次韻的作品中，其次是賀壽、自壽或者弔古作品，也喜於取材該類傳奇，還有一部分的遊歷、節令詞，亦多用其本事。

第三類是「人物軼異」類，取材頻率較高的傳奇有〈大業拾遺記〉、〈海山記〉、〈迷樓記〉、〈開河記〉等寫隋煬帝軼事者，或者如〈李牟吹笛記〉、〈馮燕傳〉、〈中元傳〉等名人之特殊際遇者，以及〈蘭亭記〉、〈韋鮑生妓〉等，記錄特殊物品所引發的故事。以「隋煬帝故事群組」合算約有 80 闋的取材數，占該類第一。其於取材數均不達 30 闋，較特別是如〈馮燕傳〉、〈中元傳〉等被詞作視爲主題吟詠，如曾布〈水調歌頭〉七闋、無名氏〈傾杯序〉。其他表現在內容題材上則多以羈旅行役或詠物抒懷爲主。

最後是「綜合主題」類，主要討論白居易、陳鴻的〈長恨歌、傳〉與裴鉶《傳奇》裡的〈裴航〉、〈文簫〉三篇作品，此三篇綜合愛情、歷史、神仙夢幻多重主題，亦是詞人取材最多的作品。取材〈長恨歌、傳〉之情節可得詞作約 152 首，以故事中李、楊二人的初識過程，與貴妃於仙山感傷憶往兩項情節最多；單借鑒白居易〈長恨歌〉詩句者，也大約有 151 闋之多。而詞作內容包含整體故事者，約有八首，分別爲李冠〈六州歌頭〉、黃庭堅、鄭僅〈調笑〉詞、李綱〈雨霖鈴〉、吳文英〈宴清都〉、王沂孫〈水龍吟〉兩闋、無名氏〈伊州曲〉等，用故事對美人、懷古、詠花有所發揮；取材〈裴航〉、〈文簫〉兩篇之詞作，共約有 120 闋，〈裴航〉占 101 闋，而〈文簫〉有 16 闋。其中有 3 闋爲兩事合用。另外有 2 闋是以〈裴航〉故事爲主題進行創作，分別爲王之望〈好事近〉與楊澤民〈倒犯〉。取材這兩故事多表現在對愛情、祝賀與詠物較美善的面向鋪陳。

三、取材之表現手法

在表現手法方面概分三大類：第一類是「借鑒小說之詩作」，包含字面與句意上的借鑒，字面借鑒有「截取小說詩之字面」、「鎔鑄小說詩之字面」；句意借鑒包括「增損小說詩之字句」、「化用小說詩之句意」、「襲用小說詩之成句」等，以句意借鑒的比例較重。

第二類是「取材小說之情節」，包括「借其人物形象」、「鎖定焦點情節」與「反用情節描述」。取用小說人物的形象以「女性形象」居多，又以著名嬪妃與歌妓身分者引用較頻繁；另外還有「仙異形象」、「男性形象」與「以物代象」等，取用數量上相對較少。在鎖定焦點情節部分以「貴妃明皇分釵寄情」最多詞人取材，其他如「藍橋」與「西廂」等定情之地所代表的情節，亦有一定份量的取用；而「邯鄲」與「南柯」於夢境的虛華情節，也是詞人喜愛的情節模式，這些被廣泛使用的重要情節，在不同詞人筆下呈現出的不同效果。而「反用情節描述」方面以反用人物形象或故事情節探討，反用唐傳奇女性角色形象亦占最多數，其中又以「楊貴妃」之美人形象被反用次數最高；而情節上則以〈傳書燕〉與〈長恨歌、傳〉等相關情節被反用機率高。

第三類是「檃括小說爲主題」。宋詞檃括唐傳奇故事，著重在詞作視唐傳奇爲主題進行創作，或大量用唐傳奇之情節，比附他物（事）者，包括：是以某篇唐傳奇故事爲主題檃括入詞敘寫者；是詞題（序）中透露某篇唐傳奇之篇名或重要人物，並將故事檃括者；是詞作中檃括某篇唐傳奇故事，並旁及與該篇相關故事者。從 36 闋主題檃括之詞作觀察，擇調方面，共有 12 種詞調，只有〈采桑子〉、〈調笑〉、〈蝶戀花〉與〈好事近〉非長調，其他如〈水龍吟〉、〈宴清都〉、〈六州歌頭〉、〈雨鈴霖〉、〈伊州曲〉、〈水調歌頭〉、〈傾杯序〉與〈倒犯〉等均爲長調，易於鋪陳，而〈調笑〉與〈蝶戀花〉鼓子詞也因特殊講唱形式，突破侷限，連章敘事；從剪裁故事上觀察，可分作三種方式，一是整闋詞包含整篇故事之概要，楊澤民〈倒犯〉、無名氏〈傾杯序〉等類之；一是整闋詞敘寫故事主要情節，李冠〈六州歌頭〉、無名氏〈伊州曲〉等類之；一是雜揉數段情節合爲一闋詞表現，〈調笑〉詞、吳文英〈宴清都〉等類之。而曾布〈水調歌頭〉與趙令畤〈蝶戀花〉數闋則是在敘述完整故事外，還可加以闡發者。

四、跨文體結合產生之影響

兩種不同體製跨文體的結合對文學產生那些影響，從詞體內部觀察，詞人外援其他文體注入詞作當中，造成詞的基本特質有深化作用，以及些許的改變。唐傳奇便是詞人們引入結合的文體之一。在「詞意」方面，借助小說的「故事性」特色，更能讓詞句較爲凝鍊；除有助句意凝鍊外，還會爲詞句營造出一種「畫面感」。傳奇在人物、場景、情節的描繪都是細膩且出色，宋詞借重此特性，讓作品中有畫面感，甚至部分詞作還會兼具聲音效果，使之有聲有色。這種「故事性」也強化詞的敘事性，並間接讓詞接受小說散文書寫與大量運用小說爲典故，增添詞境趨於雅化的現象。另外在「詞體」方面，從「雜體」詞的觀念上探察，詞有「檃括」一體，因詞人以傳奇小說爲主題，故又從中獨立出所謂詞的「小說體」。

另外，最善於取材唐傳奇的詞人爲吳文英，共取材 16 篇傳奇作 39 闋詞，其次是賀鑄，共用 14 篇傳奇作 36 闋詞，第三是蘇軾，用 14 篇傳奇作 26 闋詞；從另一角度觀察，詞人取材唐傳奇與創作之詞作密度最高者爲朱敦儒，運用 10 篇傳奇分別用事於 10 首詞作中，其次是陸游、黃庭堅、周密。這些善用唐傳奇爲材料的詞人們，均有使用〈長恨歌、傳〉一篇，而〈李牟吹笛記〉與〈裴航〉故事，則是南宋詞人取材比例較重。從詞人心理層面觀察，詞人對前人創作的故事，在思想上多有轉化，雖不到更動情節的地步，卻也對原故事進行反動或加深肯定。也因唐傳奇內容訴盡人生百態，詞人在人生中遭遇類似事件時，引發同感共鳴時，利用情節的取材，來充當宣洩情緒的管道，或是視爲逆境中生命的出口。

宋詞雖取材唐傳奇增強詞的敘事性，但詞體因限於格律，終究較不適於敘事，卻也因傳奇與詞跨文體的結合，使得後代如「諸宮調」、「雜劇」這種結合音樂韻文與敘事文學的文體，產生較爲深刻的影響，不僅能進一步的繼承跨文體特性，並發揚光大。諸宮調的出現便是承繼宋詞唱的部分，與傳奇故事敘述部分；而諸宮調發展至雜劇，亦是從中逐一改變而來。另一方面從宋詞取材唐傳奇的主題性觀察，在諸宮調、雜劇裡得到相當的承接，可以從中發現如「西廂」、「長恨」主題的延續性。也透過觀察兩文體融攝的現象，略補詞史與戲劇史較疏略的環節。

出版後記

這本書是碩士班階段的學習與研究總結，大部分保留了當時的面貌，僅改動部分不當的觀點以及論述、用字上的錯誤。經過幾年後再重新校讀舊作，會發現一些可再發揮的、應該重寫的地方，有些已著手進行單篇文章的補充，為的是讓這個論題能更為周延，所以不足之處就留待未來的我進行填補與深耕。

此書能有付梓之日，首先要感謝花木蘭文化出版社為提升對臺灣中文學界研究的能見度，不辭辛勞蒐羅各校碩博士的研究論著；當然一定得感謝的，還有我碩士班指導教授蘇淑芬老師，感謝老師肯定我的文章，並引薦至出版社，才有今天印行的機會。

在出版之前，王偉勇老師、郭娟玉老師均曾給予我一些金玉良言，雖然思考過後選擇保留舊有面貌，但錯誤的觀點還是得修訂，這都要謝謝老師們的提點。更為辛苦的是學姊何淑蘋與摯友張晏菁，皆曾替我的論文文字再三校對，讓我的文章得以減少錯誤，我必須致上深深謝意。

雖說研究是辛苦的，但對「詞」的熱忱仍未減低，尤其現在的我是一邊站在講臺上解析名家詞作，一邊又動手整理詞學資料，對於詞的了解比起過去是更為深刻。暫別宋詞的範疇，即將把領域拓展至清代詞學，但對於宋詞與傳奇小說當中還存在著一些可揮灑的空間，我也將繼續爲它填上色彩。

最後我保留當初在「誌謝」上說的一段話:「我想將這份心血結晶獻給我的祖母，祖母曾經的心願，我想我沒讓她失望。」也希冀再過幾年後的春天，我能懷抱著另一份心血結晶，再次獻給她，以及我的父母。

林宏達謹誌於府城

2011 年 12 月

參考書目舉要

1、參考書目共分八大類，其中再分以數小類明之；

2、書目排列依「書名」、「編／作者朝代」、「編／作者名」、「出版城市」、「出版社名」與「出版年月」由左至右依序排列，若遇古今編／著作混合排列處，則今人編／作者之「作者朝代」則不作任何標示；

3、古籍方面以作者時代順序排列，遇同一朝代亦依年代先後次序列之；

4、「詞總集、選集」、「詩文總集」、「小說史」之書目排列，以書名朝代先後排序；

5、今人著作（包含專著、期刊、學位論文等）則以「出版年月」由早至晚依序列之，其次再序以「書名」排列。

一、詩詞文集、總集

（一）詞總集、選集

1. 《全唐五代詞》，曾昭岷等編，北京：中華書局，1999 年 12 月。
2. 《全唐五代詞釋注》，孔范今編，西安：陝西人民出版社，1998 年 11 月。

3. 《全宋詞》，唐圭璋主編，北京：中華書局，1998年11月。
4. 《全宋詞補輯》，孔凡禮補輯，臺北：源流出版社，1982年12月。
5. 《增訂注釋全宋詞》，朱德才主編，北京：文化藝術出版社，1997年12月。
6. 《花間集校》，〔五代〕趙崇祚輯，李一氓校，北京：人民文學出版社，1998年3月。

（二）個人詞集箋注

1. 《晏殊詞新釋輯評》，〔宋〕晏殊撰，劉揚忠編，北京：中國書店，2003年1月。
2. 《歐陽脩詞新釋輯評》，〔宋〕歐陽脩撰，邱少華編著，北京：中國書店，2000年12月。
3. 《柳永詞校注》，〔宋〕柳永撰，賴橋本校注，臺北：黎明文化事業，1995年4月。
4. 《張先集編年校注》，〔宋〕張先撰，吳熊和等校注，杭州：浙江古籍出版社，1996年1月。
5. 《蘇軾詞編年校注》，〔宋〕蘇軾撰，鄒同慶等校注，北京：中華書局，2002年9月。
6. 《小山詞》，〔宋〕晏幾道撰，王根林校注，上海：上海古籍出版社，1987年11月。
7. 《山谷詞》，〔宋〕黃庭堅撰，馬興榮等校注，上海：上海古籍出版社，2001年6月。
8. 《淮海居士長短句》，〔宋〕秦觀撰，徐培均校注，上海：上海古籍出版社，1992年12月。
9. 《秦觀詞新釋輯評》，〔宋〕秦觀撰，徐培均校注，北京：中國書店，2003年1月。
10. 《東山詞》，〔宋〕賀鑄撰，鍾振振校注，上海：上海古籍出版社，1989年12月。
11. 《晁氏琴趣外篇》，〔宋〕晁補之撰，劉乃昌等校注，上海：上海古籍出版社，1991年6月。
12. 《晁用叔詞》，〔宋〕晁沖之撰，劉乃昌等校注，上海：上海古籍出版社，1991年6月。
13. 《清眞集校注》，〔宋〕周邦彥撰，孫虹校注，北京：中華書局，2002年12月。
14. 《樵歌》，〔宋〕朱敦儒撰，鄧子勉校注，上海：上海古籍出版社，

1998年7月。

15. 《李清照詞新釋輯評》，〔宋〕李清照撰，陳祖美編著，北京：中國書店，2003年1月。
16. 《酒邊詞箋注》，〔宋〕向子諲撰，王沛霖等箋注，南昌：江西人民出版社，1994年8月。
17. 《陳與義集校箋》，〔宋〕陳與義撰，白敦仁校箋，上海：上海古籍出版社，1990年8月。
18. 《岳飛集輯注》，〔宋〕岳飛撰，郭光輯注，鄭州：中州古籍出版社，1997年5月。
19. 《放翁詞編年箋注》，〔宋〕陸游撰，夏承燾等箋注，臺北：木鐸出版社，1982年5月。
20. 《張孝祥詞箋校》，〔宋〕張孝祥撰，宛敏灝箋校，合肥：黃山書社，1993年9月。
21. 《增訂本稼軒詞編年箋注》，〔宋〕辛棄疾撰，鄧廣銘箋注，臺北：華正書局，2003年9月。
22. 《陳亮龍川詞箋注》，〔宋〕陳亮撰，姜書閣箋注，北京：人民文學出版社，1998年3月。
23. 《龍川詞校箋》，〔宋〕陳亮撰，夏承燾校箋，上海：上海古籍出版社，1982年4月。
24. 《龍洲詞校箋》，〔宋〕劉過撰，馬興榮校注，南昌：江西人民出版社，1999年9月。
25. 《姜白石詞詳注》，〔宋〕姜夔撰，黃兆漢編著，臺北：臺灣學生書局，1998年2月。
26. 《梅溪詞》，〔宋〕史達祖撰，雷履平等校注，上海：上海古籍出版社，1988年4月。
27. 《後村詞箋註》，〔宋〕劉克莊撰，錢仲聯箋注，上海：上海古籍出版社，1980年7月。
28. 《夢窗詞匯校箋釋集評》，〔宋〕吳文英撰，吳蓓集釋，杭州：浙江古籍出版社，2007年8月。
29. 《須溪詞》，〔宋〕劉辰翁撰，吳企明校注，上海：上海古籍出版社，1998年11月。
30. 《王沂孫詞新釋輯評》，〔宋〕王沂孫撰，高獻紅編著，北京：中國書店，2006年8月。
31. 《竹山詞》，〔宋〕蔣捷撰，黃明校注，上海：上海古籍出版社，1987年11月。

32. 《山中白雲詞箋》，〔宋〕張炎撰，黃畬校箋，杭州：浙江古籍出版社，1994 年 12 月。

（三）詩文總集

1. 《先秦漢魏晉南北朝詩》，逯欽立輯校，臺北：木鐸出版社，1988 年 7 月。
2. 《楚辭集注》，〔宋〕朱熹，臺北：中央圖書館，1991 年 2 月。
3. 《增補六臣注文選》，〔唐〕李善等注，臺北：漢京文化事業公司，1983 年 9 月。
4. 《全唐詩》，〔清〕彭定求等編，北京：中華書局，1960 年 4 月。
5. 《全唐文》，〔清〕董誥等編，北京：中華書局，1996 年 7 月。

（四）個人文集

1. 《江文通集》，〔梁〕江淹，臺北：臺灣商務印書館《國學基本叢書四百種》本，冊 263，1968 年 9 月。
2. 《韓愈古文校注彙輯》，〔唐〕韓愈撰，羅聯添編，臺北：國立編譯館，2003 年 6 月。
3. 《柳宗元集》，〔唐〕柳宗元，北京：中華書局，2000 年 1 月。
4. 《歸田錄》，〔宋〕歐陽脩撰，李逸安校點，北京：中華書局《歐陽修全集》本，冊 5，2003 年 1 月。
5. 《陳克齋集》，〔宋〕陳文蔚，臺北：臺灣商務印書館《景印文淵閣四庫全書》本，冊 1171，1987 年 2 月。

二、傳奇小說、筆記

（一）唐傳奇小說總集、選集

1. 《文苑英華》，〔宋〕李昉等編，北京：中華書局，1966 年 5 月。
2. 《太平廣記》，〔宋〕李昉等編，臺北：文史哲出版社，1981 年 11 月。
3. 《唐人傳奇小說》，汪辟疆，臺北：文史哲出版社，1988 年 4 月。
4. 《全唐小說》，王汝濤編校，濟南：山東文藝出版社，1993 年 3 月。
5. 《唐宋傳奇集》，魯迅，濟南：齊魯書社，1997 年 11 月。
6. 《全唐五代小說》，李時人編校，何滿子審訂，西安：陝西人民出版社，1998 年 9 月。
7. 《唐宋傳奇總集》，袁閭琨、薛洪勣編校，鄭州：河南人民出版社，2001 年 9 月。

（二）筆記小說

1. 《隋唐嘉話》，〔唐〕劉餗撰，程毅中點校，北京：中華書局，1979 年 12 月。
2. 《北里志》，〔唐〕孫棨撰，曹中孚校點，上海：上海古籍出版社《唐五代筆記小說大觀》本，2000 年 3 月。
3. 《開元天寶遺事》，〔五代〕，王仁裕撰，丁如明輯校，上海：上海古籍出版社《開元天寶遺事十種》本，1985 年 1 月。
4. 《北夢瑣言》，〔五代〕，孫光憲，鄭州：大象出版社，2003 年 10 月。
5. 《近事會元》，〔宋〕李上交，上海：上海古籍出版社《宋元詞話》本，1999 年 2 月。
6. 《青瑣高議》，〔宋〕劉斧，上海：上海古籍出版社，1983 年 5 月。
7. 《夢溪筆談》，〔宋〕沈括，臺北：臺灣商務印書館《景印文淵閣四庫全書》本，冊 862，1986 年 2 月。
8. 《賈氏談錄》，〔宋〕張洎，臺北：新興書局，1977 年 3 月。
9. 《東坡志林》，〔宋〕蘇軾，北京：中華書局，1997 年 12 月。
10. 《侯鯖錄》，〔宋〕趙令畤撰，孔凡禮點校，北京：中華書局，2002 年 9 月。
11. 《避暑錄話》，〔宋〕葉夢得，揚州：江蘇廣陵古籍刻印社《學津討源》本，1990 年 10 月。
12. 《分門古今類事》，〔宋〕佚名，臺北：新興書局，1977 年 8 月。
13. 《東京夢華錄》，〔宋〕孟元老撰，周峰點校，北京：文化藝術出版社，1998 年 8 月。
14. 《容齋隨筆》，〔宋〕洪邁，臺北：臺灣商務印書館《景印文淵閣四庫全書》本，冊 851，1986 年 2 月。
15. 《演繁露》，〔宋〕程大昌，上海：上海古籍出版社《宋元詞話》本，1999 年 2 月。
16. 《歲時廣記》，〔宋〕陳元靚，上海：上海古籍出版社，1999 年 2 月。
17. 《玉照新志》，〔宋〕王明清，上海：上海古籍出版社《宋元詞話》本，1999 年 2 月。
18. 《醉翁談錄》，〔宋〕羅燁，臺北：世界書局，1975 年 5 月。
19. 《都城紀勝》，〔宋〕灌圃耐得翁撰，周峰點校，北京：文化藝術出版社，1998 年 8 月。
20. 《密齋筆記》，〔宋〕謝采伯，臺北：臺灣商務印書館《景印文淵閣四庫全書》本，冊 864，1986 年 2 月。

21. 《西湖老人繁勝錄》,〔宋〕西湖老人撰，周峰點校，北京：文化藝術出版社，1998 年 8 月。
22. 《夢粱錄》,〔宋〕吳自牧撰，周峰點校，北京：文化藝術出版社，1998 年 8 月。
23. 《武林舊事》,〔宋〕周密撰，周峰點校，北京：文化藝術出版社，1998 年 8 月。
24. 《說郛》,〔元〕陶宗儀，臺北：臺灣商務印書館《景印文淵閣四庫全書》本，冊 877，1986 年 8 月。

（三）小說史

1. 《隋唐五代小說史》，侯忠義，杭州：浙江古籍出版社，1997 年 6 月。
2. 《唐代小說史》，程毅中，北京：人民文學出版社，2003 年 5 月。
3. 《宋元小說史》，蕭相愷，杭州：浙江古籍出版社，1997 年 6 月。
4. 《中國傳奇小說史話》，陳文新，臺北：正中書局，1995 年 3 月。
5. 《中國小說史》，李悔吾，臺北：洪葉文化事業，1995 年 4 月。
6. 《中國古典小說史論》，楊義，北京：中國社會科學出版社，1995 年 12 月。
7. 《傳奇小說史》，薛洪勣，杭州：浙江古籍出版社，1998 年 12 月。

三、史料、古籍文獻

（一）史　籍

1. 《漢書》,〔漢〕班固撰，唐顏師古注，北京：中華書局，1962 年 5 月。
2. 《後漢紀》,〔晉〕袁宏，臺北：臺灣商務印書館《人人文庫》本，冊 176，1975 年 10 月。
3. 《南史》,〔唐〕李延壽，北京：中華書局，1975 年 5 月。
4. 《舊唐書》,〔後晉〕劉昫等，北京：中華書局，1975 年 5 月。
5. 《新唐書》,〔宋〕歐陽脩等，北京：中華書局，1975 年 2 月。
6. 《新五代史》,〔宋〕歐陽脩，北京：中華書局，1973 年 11 月。
7. 《舊五代史》,〔宋〕薛居正等，北京：中華書局，1976 年 5 月。
8. 《宋史》,〔元〕脱脱，北京：中華書局，1977 年 10 月。
9. 《十國春秋》,〔清〕吳任臣撰，徐敏霞等點校，北京：中華書局，

1983 年 12 月。

（二）其他古籍

1. 《尚書》，〔漢〕孔安國傳，唐孔穎達疏，臺北：藝文印書館《十三經注疏》本，2001 年 12 月。
2. 《禮記》，〔漢〕鄭玄注，唐孔穎達疏，臺北：藝文印書館《十三經注疏》本，2001 年 12 月。
3. 《新論》，〔漢〕桓譚，臺北：新文豐出版公司《叢書集成新編》本，冊 21，1985 年 1 月。
4. 《爾雅》，〔晉〕郭璞注，唐邢昺疏，臺北：藝文印書館《十三經注疏》本，2001 年 12 月。
5. 《文心雕龍注釋》，〔梁〕劉勰撰，周振甫注釋，臺北：里仁書局，1998 年 9 月。
6. 《新校雲麓漫鈔》，〔宋〕趙彥衛撰，劉雅農校，臺北：世界書局《世界文庫四部刊要》本，1985 年 9 月。
7. 《吳郡志》，〔宋〕范成大撰，陸振岳校點，南京：江蘇古籍出版社，1999 年 8 月。
8. 《古今合璧事類備要》，〔宋〕謝維新，臺北：臺灣商務印書館《景印文淵閣四庫全書》本，冊 941，1986 年 8 月。
9. 《嫏嬛記》，〔元〕伊世珍，臺北：臺灣商務印書館《景印文淵閣四庫全書》本，冊 877，1986 年 8 月。
10. 《道園學古錄》，〔元〕虞集，臺北：臺灣商務印書館《景印文淵閣四庫全書》本，冊 1207，1987 年 2 月。
11. 《中原音韻》，〔元〕周德清，臺北：藝文印書館，1979 年 3 月。
12. 《新校錄鬼簿正續編》，〔元〕鍾嗣成、賈仲明撰，浦漢明校，成都：巴蜀書社，1996 年 10 月。
13. 《藝林伐山故事》，〔明〕楊愼，上海：上海古籍出版社《和刻本類書集成》本，1990 年 7 月。
14. 《虞初志》，〔明〕湯顯祖，臺北：廣文書局，1986 年 9 月。
15. 《少室山房筆叢》，〔明〕胡應麟，上海：上海書店出版社，2001 年 8 月。
16. 《中國古代百家短篇小說》，〔明〕佚名，北京：北京圖書館出版社，1998 年 1 月。
17. 《康熙詞譜》，〔清〕陳廷敬，王奕清等編，長沙：岳麓書社，2000 年 10 月。

18. 《長生殿箋注》，〔清〕洪昇撰，竹村則行箋注，鄭州：中州古籍出版社，1999 年 2 月。
19. 《長生殿》，〔清〕洪昇撰，徐朔方校注，臺北：里仁書局，2000 年 8 月。
20. 《越縵堂讀書記》，〔清〕李慈銘撰，由雲龍輯，上海：上海書店出版社，2000 年 6 月。
21. 《荀子集解》，〔清〕王先謙集解，臺北：華正書局，2003 年 10 月。
22. 《莊子集釋》，〔清〕郭慶藩集釋，北京：中華書局，1997 年 10 月。

四、詩詞評論

1. 《復雅歌詞》，〔宋〕鮦陽居士，北京：中華書局《詞話叢編》本，冊 1，2005 年 10 月。
2. 《碧雞漫志》，〔宋〕王灼，北京：中華書局《詞話叢編》本，冊 1，2005 年 10 月。
3. 《苕溪漁隱詞話》，〔宋〕胡仔，北京：中華書局《詞話叢編》本，冊 1，2005 年 10 月。
4. 《樂府指迷》，〔宋〕沈義父，北京：中華書局《詞話叢編》本，冊 1，2005 年 10 月。
5. 《詞源》，〔宋〕張炎，北京：中華書局《詞話叢編》本，冊 1，2005 年 10 月。
6. 《詞品》，〔明〕楊慎，北京：中華書局《詞話叢編》本，冊 1，2005 年 10 月。
7. 《四庫全書總目提要》，〔清〕永瑢、紀昀等撰，臺北：臺灣商務印書館，1983 年 8 月。
8. 《詞林紀事・詞林紀事補正》，〔清〕張宗橚編、楊寶霖補正，上海：上海古籍出版社，1998 年 11 月。
9. 《本事詞》，〔清〕葉申薌，北京：中華書局《詞話叢編》本，冊 3，2005 年 10 月。
10. 《左庵詞話》，〔清〕李佳，北京：中華書局《詞話叢編》本，冊 4，2005 年 10 月。
11. 《芬陀利室詞話》，〔清〕蔣敦復，北京：中華書局《詞話叢編》本，冊 4，2005 年 10 月。
12. 《詞概》，〔清〕劉熙載，北京：中華書局《詞話叢編》本，冊 4，2005 年 10 月。

13. 《白雨齋詞話》,〔清〕陳廷焯,北京:中華書局《詞話叢編》本,冊4,2005年10月。
14. 《論詞隨筆》,〔清〕沈祥龍,北京:中華書局《詞話叢編》本,冊5,2005年10月。
15. 《詞徵》,〔清〕陳德瀛,北京:中華書局《詞話叢編》本,冊5,2005年10月。
16. 《裒碧齋詞話》,〔清〕陳銳,北京:中華書局《詞話叢編》本,冊5,2005年10月。
17. 《蕙風詞話》,〔清〕況周頤,北京:中華書局《詞話叢編》本,冊5,2005年10月。
18. 《人間詞話》,王國維,北京:中華書局《詞話叢編》本,冊5,2005年10月。
19. 《唐宋詞集序跋匯編》,金啓華等編,臺北:臺灣商務印書館,1993年2月。
20. 《歷代詞話》,張璋等編,鄭州:大象出版社,2002年3月。

五、今人專著

(一)詞學研究

1. 《唐宋詞人年譜》,夏承燾,臺北:明倫出版社,1970年12月。
2. 《詞律探源》,張夢機,臺北:文史哲出版社,1981年11月。
3. 《詞學叢論》,唐圭璋,上海:上海古籍出版社,1986年5月。
4. 《微睇室說詞》,劉永濟,上海:上海古籍出版社,1987年5月。
5. 《柳永詞賞析集》,謝桃坊,成都:巴蜀書社,1987年7月。
6. 《唐五代北宋詞研究》,村上哲見,西安:陝西人民出版社,1987年8月。
7. 《南宋詞研究》,王師偉勇,臺北:文史哲出版社,1987年9月。
8. 《詞學論叢》,唐圭璋,臺北:宏業書局,1988年9月。
9. 《柳永和他的詞》,曾大興,廣州:中山大學出版社,1990年6月。
10. 《唐五代詞》,黃進德,臺北:國文天地雜誌社,1990年11月。
11. 《宋詞與佛道思想》,史雙元,北京:今日中國出版社,1992年11月。
12. 《東坡樂府研究》,唐玲玲,成都:巴蜀書社,1993年2月。
13. 《中國詞學批評史》,方智範,北京:中國社會科學出版社,1994年

7月。

14. 《宋代詞學審美理想》，張惠民，北京：人民文學出版社，1995年4月。
15. 《唐宋詞主題探索》，楊海明，高雄：麗文文化事業公司，1995年10月。
16. 《唐宋詞史》，楊海明，高雄：麗文文化事業公司，1996年2月。
17. 《唐宋詞流派史》，劉揚忠，福州：福建人民出版社，1999年2月。
18. 《繆鉞說詞》，繆鉞，上海：上海古籍出版社，1999年4月。
19. 《詹安泰詞學論集》，詹泰安，汕頭：汕頭大學出版社，1999年11月。
20. 《晚唐五代詞研究》，成松柳，長沙：湖南人民出版社，2000年4月。
21. 《唐五代詞史論稿》，劉尊明，北京：文化藝術出版社，2000年10月。
22. 《唐宋詞：本體意識的高揚與深化》，錢鴻瑛，桂林：廣西師範大學出版社，2000年11月。
23. 《唐宋詞與人生》，楊海明，石家莊：河北人民出版社，2002年5月。
24. 《唐宋詞格律》，龍沐勛，臺北：里仁書局，2002年9月。
25. 《詞學專題研究》，王師偉勇，臺北：文史哲出版社，2003年4月。
26. 《南宋詠梅詞研究》，賴慶芳，臺北：臺灣學生書局，2003年8月。
27. 《唐宋詞史論》，王兆鵬，北京：人民文學出版社，2003年9月。
28. 《唐宋詞通論》，吳熊和，北京：商務印書館，2003年10月。
29. 《黃文吉詞學論集》，黃文吉，臺北：臺灣學生書局，2003年11月。
30. 《汪元量與其詩詞研究》，陳建華，臺北：威秀資訊科技公司，2004年2月。
31. 《宋詞與唐詩之對應研究》，王師偉勇，臺北：文史哲出版社，2004年3月。
32. 《詞學史料學》，王兆鵬，北京：中華書局，2004年5月。
33. 《唐宋詞與商業文化關係研究》，王曉驪，北京：中國社會科學出版社，2004年8月。
34. 《徘徊於七寶樓臺——吳文英詞研究》，田玉琪，北京：中華書局，2004年8月。
35. 《詞與文類研究》，孫康宜撰，李奭學譯，北京：北京大學出版社，2004年9月。

36. 《唐宋詞美學》，鄧喬彬，濟南：齊魯書社，2004 年 10 月。
37. 《唐宋詞綜論》，劉尊明，北京：中國社會科學出版社，2004 年 12 月。
38. 《北宋詞史》，陶爾夫、諸葛憶兵，哈爾濱：黑龍江人民出版社，2005 年 1 月。
39. 《宋詞的文化定位》，沈家莊，長沙：湖南人民出版社，2005 年 1 月。
40. 《南宋詞史》，陶爾夫、劉敬圻，哈爾濱：黑龍江人民出版社，2005 年 1 月。
41. 《唐宋詞社會文化學研究（第二版）》，沈松勤，杭州：浙江大學出版社，2005 年 1 月。
42. 《詞學通論》，吳梅，上海：復旦大學出版社，2005 年 5 月。
43. 《唐宋士風與詞風研究——以白居易、蘇軾爲中》，張再林，北京：人民文學出版社，2005 年 6 月。
44. 《唐宋詞史的還原與建構》，王兆鵬，武漢：湖北人民出版社，2005 年 6 月。
45. 《唐宋詞抒情美探幽》，吳小英，杭州：浙江大學出版社，2005 年 6 月。
46. 《宋代詠物詞史論》，路成文，北京：商務印書館，2005 年 12 月。
47. 《宋詞與民俗》，黃杰，北京：商務印書館，2005 年 12 月。
48. 《辛派三家詞研究》，蘇師淑芬，臺北：文史哲出版社，2006 年 3 月。
49. 《宋詞與宋代的城市生活》，楊萬里，上海：華東師範大學出版社，2006 年 10 月。
50. 《唐宋詞與唐宋歌妓制度》，李劍亮，杭州：浙江大學出版社，2006 年 10 月。
51. 《宋詞中的神話特質與運用》，李文鈺，臺北：臺灣大學出版委員會，2006 年 12 月。
52. 《元初宋金遺民詞人研究》，牛海蓉，北京：中國社會科學出版社，2007 年 2 月。

（二）古典小說研究

1. 《唐人小說研究三集・本事詩校補考釋》，王夢鷗，臺北：藝文印書館，1974 年 11 月。
2. 《唐代小說敘錄》，王師國良，臺北：嘉新水泥公司，1979 年 11 月。
3. 《魯迅小說史論文集》，魯迅，臺北：里仁書局，1990 年 10 月。

4. 《唐五代志怪傳奇敘錄》，李劍國，天津：南開大學出版社，1993年12月。
5. 《唐代小說研究》，劉開榮，臺北：臺灣商務印書館，1994年5月。
6. 《唐人小說校釋》，王夢鷗，臺北：正中書局，1994年8月。
7. 《傳奇的世界——中國古代小說創作模式研究》，陳惠琴，北京：北京：師範大學出版社，1999年12月。
8. 《唐五代小說的文化闡釋》，程國賦，北京：人民文學出版社，2000年1月。
9. 《唐傳奇新探》，卞孝萱，南京：江蘇教育出版社，2001年11月。
10. 《唐人傳奇》，李宗爲，北京：中華書局，2003年6月。
11. 《長恨歌研究》，周相錄，成都：巴蜀書社，2003年10月。
12. 《山海經校注》，袁柯校注，臺北：里仁書局，2004年2月。
13. 《元稹與崔鶯鶯》，許總，北京：中華書局《文人情侶叢書》本，2004年4月。
14. 《詩與唐人小說》，崔際銀，天津：天津古籍出版社，2004年6月。
15. 《唐代小說重寫研究》，黃大宏，重慶：重慶出版社，2005年4月。
16. 《唐五代記異小說的文化闡釋》，黃東陽，臺北：威秀資訊科技公司，2007年3月。

（三）其　他

1. 《元白詩箋證稿》，陳寅恪，臺北：明倫出版社，1970年8月。
2. 《中國娼妓史》，王書奴，臺北：萬年青書店，1971年4月。
3. 《兩小山齋論文集》，羅忼烈，北京：中華書局，1982年7月。
4. 《吳梅戲曲論文集》，吳梅，北京：中國戲劇出版社，1983年5月。
5. 《榮格心理學綱要》，霍爾·榮格撰，張月譯，鄭州：黃河文藝出版社，1987年7月。
6. 《汪辟疆文集》，汪辟疆，上海：上海古籍出版社，1988年12月。
7. 《中古史學觀念史》，雷家驥，臺北：臺灣學生書局，1990年10月。
8. 《風騷與豔情——中國古典詩詞的女性研究》，康正果，臺北：雲龍出版社，1991年2月。
9. 《心靈的圖景——文學意象的主題史研究》，王立，上海：學林出版社，1992年2月。
10. 《董西廂和王西廂》，孫遜，臺北：萬卷樓圖書公司，1993年5月。

11. 《中國戲曲文學史》，許金榜，北京：中國文學出版社，1994 年 3 月。
12. 《中國敘事學》，Andrew，H‧，Plaks，北京：北京大學出版社，1996 年 3 月。
13. 《中國文學史》，葉慶炳，臺北：臺灣學生書局，1997 年 6 月。
14. 《唐伎研究》，廖美雲，臺北：臺灣學生書局，1998 年 6 月。
15. 《中國古典詩歌接受史研究》，陳文忠，合肥：安徽大學出版社，1998 年 8 月。
16. 《西廂記二論》，林宗毅，臺北：文史哲出版社，1998 年 12 月。
17. 《王國維戲曲論文集》，王國維，臺北：里仁書局，2000 年 7 月。
18. 《中國歷代小說論著選》，黃霖、韓同文選注，南昌：江西人民出版社，2000 年 9 月。
19. 《時空情境中的自我影像》，李清筠，臺北：文津出版社，2000 年 10 月。
20. 《宋代文學史》，孫望、常國武主編，北京：人民文學出版社，2001 年 12 月。
21. 《中國文學發展史》，劉大杰，臺北：華正書局，2002 年 8 月。
22. 《諸宮調研究》，龍建國，南昌：江西人民出版社，2003 年 10 月。
23. 《內闈－宋代的婚姻和婦女生活》，伊沛霞，南京：江蘇人民出版社，2004 年 5 月。
24. 《宋元戲曲史疏證》，王國維撰，馬信美疏證，上海：復旦大學出版社，2004 年 8 月。
25. 《中國文學史》，袁行霈主編，臺北：五南圖書出版公司，2004 年 11 月。
26. 《篇章意象論——以古典詩詞爲考察範圍》，仇小屏，臺北：萬卷樓圖書公司，2006 年 10 月。

六、期刊暨會議論文

1. 〈柳永家世生平新考〉，李思永，《文學遺產》1986 年第 1 期，1986 年 1 月。
2. 〈論中國現代詩的意象〉，方萬勤，《江漢大學學報》1994 年第 4 期，1994 年 4 月。
3. 〈衫袖襟袍裳衩袂襖——中國詩詞中衣飾意象運用舉隅〉，王文進，《聯合文學》12 卷 11 期，1996 年 9 月。
4. 〈紅樓夢考鏡（十八）〉，王關仕，《中國學術年刊》18 期，1997 年 3

月。
5. 〈袁郊《甘澤謠》研究〉，王師國良，《第三屆中國唐代文化學術研討會論文集》，1997 年 5 月。
6. 〈試析唐傳奇女性形象張揚的原因〉，黃定華，《宜春師專學報》第 20 卷第 4 期，1998 年 4 月。
7. 〈東坡詞與小說〉，崔海正，《中國第十屆蘇軾研討會論文集》，1999 年 3 月。
8. 〈論宋代〈調笑〉詞〉，彭國忠，《華東師範大學學報》（哲學社會科學版）2000 年第 2 期，2000 年 2 月。
9. 〈論宋代檃括詞〉，吳承學，《文學遺產》2000 年第 4 期，2000 年 4 月。
10. 〈從唐傳奇看唐代的私屬奴婢〉，王軼冰，《錦州師範學院學報》，2000 年 7 月。
11. 〈宋詞敘事現象探討〉，劉華民，《常熟高專學報》2002 年第 1 期，2002 年 1 月。
12. 〈兩宋檃括詞探析〉，王師偉勇，《宋元文學學術研討會論文集》，2002 年 3 月。
13. 〈兩宋檃括詞考〉，內山精也，《日本學者論中國古典文學——村山吉廣教授古稀紀念集》，2005 年 6 月。
14. 〈神話對小說產生發展的啓迪和影響〉，王義祥，《齊齊哈爾大學學報（哲學社會科學版）》2002 年第 4 期，2002 年 7 月。
15. 〈論《東坡詞》的寫妓篇章及對中國娼妓制度的歷史關照〉，白汝斌，《黃河科技大學學報》5 卷 1 期，2003 年 3 月。
16. 〈論詞的敘事性〉，張海鷗，《中國社會科學》2004 年第 2 期，2004 年 2 月。
17. 〈論宋詞對前代文人小說的受容〉，王曉驪，《陰山學刊》17 卷 3 期，2004 年 5 月。
18. 〈由《唱論》時代、宮調遞減節律到明人九宮十三調〉，廖奔，《中華戲曲》29 輯，2004 年 12 月。
19. 〈檃括：宋詞獨特的創作方法〉，徐勝利，《鄂州大學學報》12 卷 4 期，2005 年 7 月。
20. 〈〈馮燕傳〉及其相關故事的女性閱讀——兼論當代文學女性婚外戀的書寫角度〉，王小琳，《2006 當代跨文化國際研討會論文集》，2006 年 10 月。
21. 〈稼軒詞佳人意象探析〉，吳雅萍，《有鳳初鳴年刊》2 期，2006 年 7

月。

22. 〈藍橋佳會傳千古——裴航遇仙故事的流傳演變及其文化蘊涵〉，張靜斐，《山西師大學報（社會科學版・研究生論文專刊）》33 卷第 S1 期，2006 年 9 月。
23. 〈〈馮燕傳〉〈馮燕歌〉〈水調七遍〉對馮燕的謳歌——男性中心層級分明的道德體系呈現〉，黃美鈴，《漢學研究》24 卷 2 期，2006 年 12 月。
24. 〈試論宋人對韓愈「以文爲戲」的接受〉，查金萍，《中國韻文學刊》，21 卷 1 期，2007 年 3 月。
25. 〈宋詞取材〈長恨歌、傳〉與李、楊相關本事探析〉，林宏達，《靜宜人文社會學報》1 卷 2 期，2007 年 2 月。
26. 〈從用典看宋詞的雅化〉，周炫，《廣東農工商職業技術學院學報》23 卷 1 期，2007 年 3 月。
27. 〈本事的再利用——以宋詞取材《本事詩・情感》爲例〉，林宏達，《雲漢學刊》14 期，2007 年 6 月。
28. 〈宋詞中取材〈鶯鶯傳〉本事試探〉，林宏達，《東吳中文研究集刊》14 期，2007 年 6 月。
29. 〈兩宋豪放詞之典範與突破——以蘇、辛雜體詞爲例〉，王師偉勇，《文與哲》10 期，2007 年 6 月。
30. 〈文學體裁的多重意蘊〉，張全廷，《山東社會科學》2007 年第 8 期，2007 年 8 月。

七、學位論文

1. 《毛滂東堂詞研究》，王秀雲，東吳大學中文研究所碩士論文，1984 年。
2. 《宋代詠花詞研究》，俞玄穆，政治大學中文研究所碩士論文，1986 年。
3. 《董解元西廂記研究》，楊淑娟，東吳大學中文研究所碩士論文，1989 年。
4. 《兩宋上巳寒食清明詞研究》，張金蓮，東吳大學中文研究所碩士論文，1993 年。
5. 《北宋夢詞研究》，趙福勇，成功大學中文研究所碩士論文，1995 年。
6. 《兩宋七夕與重陽詞研究》，劉學燕，東吳大學中文研究所碩士論文，1996 年。

7. 《兩宋詠史詞研究》，鄭淑玲，中國文化大學中文研究所碩士論文，1996 年。
8. 《古典短篇小說中之韻文運用及其相關意義——以唐傳奇、話本小說為主》，許麗芳，中山大學中文研究所博士論文，1997 年。
9. 《南宋夢詞研究》，洪慧娟，東吳大學中文研究所碩士論文，1998 年。
10. 《《花間集》女性敘寫研究》，王怡芬，成功大學中文研究所碩士論文，1999 年。
11. 《至味與知味——趙令畤及其《侯鯖錄》研究》，譚傳永，輔仁大學中文研究所碩士論文，2000 年。
12. 《唐傳奇女性傳記研究》，熊嘉瑜，暨南大學中文研究所碩士論文，2000 年。
13. 《晁補之及其詞研究》，林宛瑜，中央大學中文研究所碩士論文，2000 年。
14. 《兩宋「詞人詞」雅化的發展與嬗變研究——以柳、周、姜、吳為探究中心》，黃雅莉，臺灣師範大學國文研究所博士論文，2001 年。
15. 《唐宋詩歌中的楊貴妃形象研究》，吳世如，淡江大學中文研究所碩士論文，2002 年。
16. 《夢在唐傳奇情節結構中的作用與意義》，林舜英，南華大學中文研究所碩士論文，2003 年。
17. 《宋詞燕意象研究》，戴麗娟，高雄師範大學國文研究所碩士論文，2004 年。
18. 《唐人小說中之妓女故事研究》，沈沂穎，臺灣大學中文研究所碩士論文，2004 年。
19. 《唐宋牡丹詞研究》，楊小鈴，彰化師範大學國文研究所碩士論文，2005 年。
20. 《賀鑄《東山詞》研究》，吳素音，高雄師範大學國文研究所碩士論文，2005 年。
21. 《楊貴妃在唐詩、唐史資料中之多重形象研究》，李沛靜，清華大學中文研究所碩士論文，2005 年。
22. 《稼軒詞中人物意象之研究》，林鶴音，成功大學中文研究所碩士論文，2005 年。
23. 《唐代婚戀小說研究》，呂秀梅，成功大學中文研究所碩士論文，2006 年。
24. 《《太平廣記》愛情主題研究》，林秋碩，輔仁大學中文研究所碩士論文，2007 年。

八、網路資料庫、工具書

（一）網路資料庫

1. 唐宋詞全文資料庫
   http://140.138.172、55/CSP/W_DB/index.htm
2. 南京師範大學「全唐宋金元詞文庫及賞析系統」
   http://202、119.104、80/Ci_ku/ci_web/title2、htm
3. 文淵閣四庫全書電子版
   http://tw.subscription.skqs.com/scripts/skinet.dll？OnLoginPage
4. 中國期刊網——文史哲 http://cnki50.csis.com.tw/kns50/
5. 全國博碩士論文資訊網 http://etds.ncl.edu.tw/theabs/index.jsp
6. 故宮【寒泉】古典文獻全文檢索資料庫
   http://210.69.170.100/s25/index.htm
8. 中央研究院漢籍電子文獻 http://www.sinica.edu.tw/ftms-bin/ftmsw3

（二）工具書

1. 《詞學研究書目 1912～1992》，黃文吉編，臺北：文津出版社，1993 年 4 月。
2. 《全宋詞典故辭典》，范之麟主編，武漢：湖北辭書出版社，2001 年 5 月。
3. 《詩詞曲語詞匯釋》，張相編，北京：中華書局，2001 年 8 月。
4. 《宋詞大辭典》，王兆鵬、劉尊明編，南京：鳳凰出版社，2003 年 9 月。
5. 《詞學論著總目 1901～1992》，林師玫儀編，臺北：中央研究院中國文哲研究所，2004 年 12 月。
6. 《隋唐五代小說研究資料》，程國賦編，上海：古籍出版社，2005 年 6 月。

附　錄

附錄一　宋詞取材唐傳奇各篇之數量表

第一期單行傳奇							
取材數量	傳奇名	取材數量	傳奇名	取材數量	傳奇名	取材數量	傳奇名
2	〈古鏡記〉	--	〈補江總白猿傳〉	1	〈晉洪州西山十二眞君內傳〉	4	〈遊仙窟〉
--	〈猿婦傳〉	6	〈蘭亭記〉	--	〈梁四公記〉節存	5	〈鏡龍圖記〉
--	〈綠衣使者傳〉節存	52	〈傳書燕〉節存	--	〈唐晅手記〉	--	〈放魚記〉節存
25	〈李牟吹笛記〉節存	--	〈仙游記〉	--	〈杜鵬舉傳〉		
第二期單行傳奇							
取材數量	傳奇名	取材數量	傳奇名	取材數量	傳奇名	取材數量	傳奇名
12	〈離魂記〉	2	〈任氏傳〉	76	〈枕中記〉	--	〈周廣傳〉節存
17	〈李娃傳〉	5	〈柳毅傳〉（洞庭靈姻傳）	--	〈魂遊上清記〉	--	〈楚寶傳〉

--	〈稚川記〉	45	〈柳氏傳〉	52	〈南柯太守傳〉	93	〈鶯鶯傳〉
--	〈秀師言記〉	--	〈李章武傳〉	152	〈長恨傳〉	--	〈感夢記〉節存
--	〈三夢記〉	--	〈東城老父傳〉	--	〈廬江馮媼傳〉	--	〈李赤傳〉
4	〈河間傳〉	9	〈石鼎聯句詩序〉	2	〈古岳瀆經〉	1	〈烟中怨解〉節存
--	〈異夢錄〉	--	〈蔡少霞傳〉	2	〈崔少玄傳〉	--	〈盧陲妻傳〉
--	〈謝小娥傳〉	--	〈燕女墳記〉節存	6	〈湘中怨解〉	7	〈馮燕傳〉
--	〈感異記〉	--	〈東陽夜怪錄〉	--	〈楊媛徵驗〉節存	--	〈盧逍遙傳〉節存
--	〈客僧傳〉節存（崔無隱）	--	〈達奚盈盈傳〉節存	--	〈上清傳〉	--	〈韋丹傳〉
--	〈三女星精〉	--	〈瞿童述〉	--	〈昭義軍別錄〉節存	--	〈柳及傳〉
1	〈秦夢記〉	26	〈霍小玉傳〉				
第三期單行傳奇							
取材數量	傳奇名	取材數量	傳奇名	取材數量	傳奇名	取材數量	傳奇名
--	〈楊娼傳〉	24	〈周秦行紀〉	--	〈劉無名傳〉	--	〈宣州昭亭山梓華君神祠記〉
--	〈鄭潔妻傳〉節存	20	〈梅妃傳〉	64	〈大業拾遺記〉（南部烟花記）	--	〈華嶽靈姻傳〉節存
--	〈后土夫人傳〉	--	〈冥音錄〉	--	〈侯眞人降生臺記〉	2	〈無雙傳〉
1	〈鄭德璘傳〉	3	〈虬鬚客傳〉	6	〈中元傳〉		
第四期單行傳奇							
取材數量	傳奇名	取材數量	傳奇名	取材數量	傳奇名	取材數量	傳奇名
1	〈隋煬帝海山記〉	15	〈隋煬帝迷樓記〉	13	〈隋煬帝開河記〉	--	〈余媚娘敘錄〉節存
1	〈非烟傳〉	--	〈雙女墳記〉節存	3	〈鄴侯外傳〉		

傳奇集							
林登《續博物志》							
取材數量	傳奇名	取材數量	傳奇名	取材數量	傳奇名	取材數量	傳奇名
--	〈黃花寺壁〉	--	〈蕭思遇〉	--	〈崔書生〉	--	〈趙平原〉
李玫《纂異記》							
取材數量	傳奇名	取材數量	傳奇名	取材數量	傳奇名	取材數量	傳奇名
--	〈楊禎〉	8	〈韋鮑生妓〉	--	〈許生〉	--	〈陳季卿〉
--	〈徐玄之〉	--	〈嵩岳嫁女〉	--	〈劉景復〉	1	〈張生〉（妻夢）
--	〈蔣琛〉	--	〈三史王生〉	--	〈浮梁張令〉	--	〈張生〉（夢舜）
--	〈齊君房〉	--	〈滎陽氏〉				
袁郊《甘澤謠》							
取材數量	傳奇名	取材數量	傳奇名	取材數量	傳奇名	取材數量	傳奇名
--	〈魏先生〉	5	〈素娥〉	3	〈陶峴〉	4	〈懶殘〉
--	〈韋騶〉	6	〈圓觀〉	--	〈紅綫〉	--	〈許雲封〉
裴鉶《傳奇》							
取材數量	傳奇名	取材數量	傳奇名	取材數量	傳奇名	取材數量	傳奇名
--	〈崔煒〉	--	〈陶尹二君〉	1	〈許棲巖〉	104	〈裴航〉
--	〈封陟〉	--	〈金剛仙〉	3	〈崑崙奴〉	--	〈聶隱娘〉
--	〈張無頗〉	--	〈曾季衡〉	--	〈趙合〉	--	〈顏濬〉
--	〈韋自東〉	--	〈盧涵〉	--	〈陳鸞鳳〉	1	〈江叟〉
--	〈周邯〉	--	〈馬拯〉	--	〈王居貞〉	--	〈甯茵〉
--	〈蔣武〉	--	〈孫恪〉	--	〈鄧甲〉	--	〈高昱〉
1	〈薛昭〉	--	〈蕭曠〉	--	〈姚坤〉	1	〈元柳二公〉
19	〈文簫〉	--	〈湘媪〉	--	〈楊通幽〉	--	
陳翰《異聞集》							
取材數量	傳奇名	取材數量	傳奇名	取材數量	傳奇名	取材數量	傳奇名
--	〈神告錄〉	1	〈韋仙翁〉	--	〈僕僕先生〉	--	〈稠桑老人〉（李行脩）
--	〈白皎〉	--	〈王生〉	--	〈賈籠〉	--	〈獨孤穆〉
2	〈櫻桃青衣〉						

附錄二　宋詞以唐傳奇故事爲主題作品列表

編號	取材傳奇	作者	詞牌	內　　容	頁數	備註
1	傳書燕	晏幾道	采桑子	征人去日殷勤囑，莫負心期。寒雁來時。第一傳書慰別離。　輕春織就機中素，淚墨題詩。欲寄相思。日日高樓看雁飛。	250	
2	離魂記	秦觀	調笑	詩曰：深閨女兒嬌復癡。春愁春恨那復知。舅兄唯有相拘意，暗想花心臨別時。離舟欲解春江暮。冉冉相魂逐君去。重來兩身復一身，夢覺春風話心素。 心素。與誰語。始信別離情最苦。蘭舟欲解春江暮。精爽隨君歸去。異時攜手重來處。夢覺春風庭戶。	467	
3	鶯鶯傳	秦觀	調笑	詩曰：崔家有女名鶯鶯。未識春光先有情。河橋兵亂依蕭寺，紅愁綠慘見張生。張生一見春情重。明月拂牆花樹動。夜半紅娘擁抱來，脈脈驚魂若春夢。 春夢。神仙洞。冉冉拂牆花樹動。西廂待月知誰共。更覺玉人情重。紅娘深夜行雲送。困亸釵橫金鳳。	466	
4	鶯鶯傳	趙令畤	蝶戀花	麗質仙娥生月殿。謫向人間，未免凡情亂。宋玉牆東流美盼。亂花深處曾相見。　密意濃歡方有便。不奈浮名，旋遣輕分散。最恨多才情太淺。等閑不念離人怨。	491	1
5	鶯鶯傳	趙令畤	蝶戀花	錦額重簾深幾許。繡履彎彎，未省離朱戶。強出嬌羞都不語。絳綃頻掩酥胸素。　黛淺愁紅妝淡佇。怨絕情凝，不肯聊回顧。媚臉未勻新淚汙。梅英猶帶春朝露。	492	2
6	鶯鶯傳	趙令畤	蝶戀花	懊惱嬌癡情未慣。不道看看，役得人腸斷。萬語千言都不管。蘭房跬步如天遠。　廢寢忘餐思想遍。賴有青鸞，不必凭魚雁。密寫香箋論繾綣。春詞一紙芳心亂。	493	3
7	鶯鶯傳	趙令畤	蝶戀花	庭院黃昏春雨霽。一縷深心，百種成牽繫。青翼驀然來報喜。魚箋微諭相容意。　待月西廂人不寐。簾影搖光，朱戶猶慵閉。花動拂牆紅萼墜。分明疑是情人至。	493	4

8	鶯鶯傳	趙令時	蝶戀花	屈指幽期惟恐誤。恰到春宵，明月當三五。紅影壓牆花密處。花陰便是桃源路。　不謂蘭誠金石固。斂袂怡聲，恣把多才數。惆悵空回誰共語。只應化作朝雲去。	493	5
9	鶯鶯傳	趙令時	蝶戀花	數夕孤眠如度歲。將謂今生，會合終無計。正是斷腸凝望際。雲心捧得嫦娥至。　玉困花柔羞抆淚。端麗妖嬈，不與前時比。人去月斜疑夢寐。衣香猶在妝留臂。	494	6
10	鶯鶯傳	趙令時	蝶戀花	一夢行雲還暫阻。盡把深誠，綴作新詩句。幸有青鸞堪密付。良宵從此無虛度。　兩意相歡朝又暮。爭奈郎鞭，暫指長安路。最是動人愁怨處。離情盈抱終無語。	494	7
11	鶯鶯傳	趙令時	蝶戀花	碧沼鴛鴦交頸舞。正恁雙棲，又遣分飛去。灑翰贈言終不許。援琴請盡奴衷素。　曲未成聲先怨慕。忍淚凝情，強作霓裳序。彈到離愁淒咽處。絃腸俱斷梨花雨。	494	8
12	鶯鶯傳	趙令時	蝶戀花	別後相思心目亂。不謂芳音，忽寄南來雁。卻寫花箋和淚卷。細書方寸教伊看。　獨寐良宵無計遣。夢裏依稀，暫若尋常見。幽會未終魂已斷。半衾如暖人猶遠。	495	9
13	鶯鶯傳	趙令時	蝶戀花	尺素重重封錦字。未盡幽閨，別後心中事。佩玉綵絲文竹器。願君一見知深意。　環玉長圓絲萬繫。竹上斕斑，總是相思淚。物會見郎人永棄。心馳魂去神千里。	495	10
14	鶯鶯傳	趙令時	蝶戀花	夢覺高唐雲雨散。十二巫峰，隔斷相思眼。不為旁人移步懶。為郎憔悴羞郎見。　青翼不來孤鳳怨。路失桃源，再會終無便。舊恨新愁無計遣。情深何似情俱淺。	496	11
15	鶯鶯傳	趙令時	蝶戀花	鏡破人離何處問。路隔銀河，歲會知猶近。只道新來消瘦損。玉容不見空傳信。　棄擲前歡俱未忍。豈料盟言，陡頓無憑準。地久天長終有盡，綿綿不似無窮恨。	496	12

16	鶯鶯傳	毛滂	調笑	春風戶外花蕭蕭，綠茵繡屏阿母嬌；白玉郎君恃恩力，尊前心醉雙翠翹。西廂月冷濛花霧，落霞凌亂墻東樹；此夜靈犀已暗通，玉環寄恨人何處。 何處。長安路。不記牆東花拂樹。瑤琴理罷霓裳譜。依舊月窗風戶。薄情年少加飛絮。夢逐玉環西去。	690	
17	長恨歌傳	李冠	六州歌頭	淒涼繡嶺，宮殿倚山阿。明皇帝。曾游地。鎖煙蘿。鬱嵯峨。憶昔眞妃子。豔傾國，方姝麗。朝復暮。嬪嬙妒。寵偏頗。三尺玉泉新浴，蓮羞吐、紅浸秋波。聽花奴，敲羯鼓，酣奏鳴鼉。體不勝羅。舞婆娑。　　正霓裳曳。驚烽燧。千萬騎。擁琱戈。情宛轉。魂空亂。蹙雙蛾。奈兵何。痛惜三春暮，委妖麗，馬嵬坡。平寇亂。回宸輦。忍重過。香瘞紫囊猶有，鴻都客、鈿合應訛。使行人到此，千古只傷歌。事往愁多。	114	
18	長恨歌傳	黃庭堅	調笑歌	詩曰：海上神仙字太眞、昭陽殿裡稱心人。猶思一曲霓裳舞，散作中原胡馬塵。方士歸來說風度。梨花一枝春帶雨。分釵半鈿愁殺人，上皇倚闌獨無語。 無語。恨如許。方士歸時腸斷處。梨花一枝春帶雨。半鈿分釵親付。天長地久相思苦。渺渺鯨波無路。	399	
19	長恨歌傳	鄭僅	調笑轉踏	綽約妍姿號太眞。肌膚冰雪怯輕塵。霞衣乍舉紅搖影，按出霓裳曲最新。舞釵斜嚲烏雲髮。一點春心幽恨切。蓬萊雖說浪風輕，翻恨明皇此時節。 時節。白銀闕。洞裡春晴百和爇。蘭心底事多悲切。消盡一團冰雪。明皇恩愛雲山絕。誰道蓬萊安悅。	446	
20	長恨歌傳	李綱	雨霖鈴	蛾眉修綠。正君王恩寵，曼舞絲竹。華清賜浴瑤甃，五家會處，花盈山谷。百里遺簪墮珥，盡寶鈿珠玉。聽突騎、鼙鼓聲喧，寂寞霓裳羽衣曲。　　金輿遠幸匆匆速。奈六軍不發人爭目。明眸皓齒難戀，腸斷處、繡囊猶馥。劍閣崢嶸，何況鈴聲，帶雨相續。謾留與、千古傷神，盡入生綃幅。	901	
21	長恨歌傳	吳文英	宴清都	繡幄鴛鴦柱。紅情密，膩雲低護秦樹。芳根兼倚，花梢鈿合，錦屏人妒。東風睡足交枝，正夢枕、瑤釵燕股。障灩蠟、滿照歡叢，嫠蟾冷落羞度。　　人間萬感幽單，華清慣浴，春盎風露。連鬟並	2882	

				暖，同心共結，向承恩處。憑誰爲歌長恨，暗殿鎖、秋燈夜語。敘舊期、不負春盟，紅朝翠暮。		
22	長恨歌傳	王沂孫	水龍吟	淡妝不掃蛾眉，爲誰佇立羞明鏡。眞妃解語，西施淨洗，娉婷顧影。薄露初勻，纖塵不染，移根玉井。想飄然一葉，颼颼短髮，中流臥、浮煙艇。　可惜瑤臺路迥。抱淒涼、月中難認。相逢還是，冰壺浴罷，牙牀酒醒。步襪空留，舞裳微褪，粉殘香冷。望海山依約，時時夢想，素波千頃。	3355	
23	長恨歌傳	王沂孫	水龍吟	翠雲遙擁環妃，夜深按徹霓裳舞。鉛華淨洗，涓涓出浴，盈盈解語。太液荒寒，海山依約，斷魂何許。甚人間、別有冰肌雪豔，嬌無奈、頻相顧。　三十六陂煙雨。舊淒涼、向誰堪訴。如今謾說，仙姿自潔，芳心更苦。羅襪初停，玉璫還解，早淩波去。試乘風一葉，重來月底，與修花譜。	3355	
24	長恨歌傳	無名氏	伊州曲	金雞障下胡雛戲。樂極禍來，漁陽兵起。鸞輿幸蜀，玉環縊死。馬嵬坡下塵滓。夜對行宮皓月，恨最恨、春風桃李。洪都方士。念君縈繫。妃子。蓬萊殿裡。覓尋太眞，宮中睡起。遙謝君意。淚流瓊臉，梨花帶雨，髣髴霓裳初試。寄鈿合、共金釵，私言徒爾。在天願爲、比翼同飛。居地應爲、連理雙枝。天長與地久，唯此恨無已。	3674	
25	烟中怨解	秦觀	調笑	詩曰：鑑湖樓閣與雲齊。樓上女兒名阿溪。十五能爲綺麗句，平生未解出幽閨。謝郎巧思詩裁翦。能使佳人動幽怨。瓊枝璧月結芳期，斗帳雙雙成眷戀。 眷戀。西湖岸。湖面樓臺侵雲漢。阿溪本是飛瓊伴。風月朱扉斜掩。謝郎巧思詩裁翦。能動芳懷幽怨。	466	
26	馮燕傳	曾布	水調歌頭	魏豪有馮燕，年少客幽并。擊毬鬥雞爲戲，遊俠久知名。因避仇、來東郡。元戎留屬中軍。直氣凌貔虎，須臾叱吒風雲。凜凜坐中生。　偶乘佳興。輕裘錦帶，東風躍馬，往來尋訪幽勝。遊冶出東城。堤上鶯花撩亂，香車寶馬縱橫。草軟平沙穩。高樓兩岸春風，語笑隔簾聲。	266	排遍第1

27	馮燕傳	曾布	水調歌頭	袖籠鞭敲鐙。無語獨閒行。綠楊下、人初靜。煙澹夕陽明。窈窕佳人，獨立瑤階，擲果潘郎，瞥見紅顏橫波盼，不勝嬌軟倚銀屏。　曳紅裳，頻推朱戶，半開還掩，似欲倚、咿啞聲裡，細說深情。因遣林間青鳥，為言彼此心期，的的深相許，竊香解佩，綢繆相顧不勝情。	266	排遍第2
28	馮燕傳	曾布	水調歌頭	說良人滑將張嬰。從來嗜酒、還家鎮長酩酊狂酲。屋上鳴鳩空鬥，梁間客燕相驚。誰與花為主，蘭房從此，朝雲夕雨兩牽縈。　似遊絲飄蕩，隨風無定，奈何歲華荏苒，歡計苦難憑。唯見新恩繾綣，連枝並翼，香閨日日為郎，誰知松蘿託蔓，一比一毫輕。	266	排遍第3
29	馮燕傳	曾布	水調歌頭	一夕還家醉，開戶起相迎。為郎引裾相庇，低首略潛形。情深無隱。欲郎乘間起佳兵。　授青萍。茫然撫歎，不忍欺心。爾能負心於彼，於我必無情。熟視花鈿不足，剛腸終不能平。假手迎天意，一揮霜刃。窗間粉頸斷瑤瓊。	267	排遍第4
30	馮燕傳	曾布	水調歌頭	鳳凰釵、寶玉凋零。慘然悵，嬌魂怨，飲泣吞聲。還被凌波呼喚，相將金谷同遊，想見逢迎處，揶揄羞面，妝臉淚盈盈。　醉眠人、醒來晨起，血凝螓首，但驚喧，白鄰里、駭我卒難明。思敗幽囚推究，覆盆無計哀鳴。丹筆終誣服，闤門驅擁，銜冤垂首欲臨刑。	267	排遍第5
31	馮燕傳	曾布	水調歌頭	向紅塵裡，有喧呼攘臂，轉聲辟眾，莫遣人冤濫、殺張室，忍偷生。僚吏驚呼呵叱，狂辭不變如初，投身屬吏，慷慨吐丹誠。　彷彿縲紲，自疑夢中，聞者皆驚歎，為不平。割愛無心，泣對虞姬，手戮傾城寵，翻然起死，不教仇怨負冤聲。	267	排遍第6
32	馮燕傳	曾布	水調歌頭	義城元靖賢相國，喜慕英雄士，賜金繒。聞斯事，頻歎賞，封章歸印。請贖馮燕罪，日邊紫泥封詔，闔境赦深刑。　萬古三河風義在，青簡上、眾知名。河東注，任流水滔滔，水涸名難泯。至今樂府歌詠。流入管絃聲。	267	排遍第7

33	無雙傳	秦觀	調笑	詩曰：尙書有女名無雙。蛾眉如畫學新妝。姊家仙客最明俊，舅母惟只呼王郎。尙書往日先曾許。數載睽違今復遇。聞說襄王二十年，當時未必輕相慕。 相慕。無雙女。當日尙書先曾許。王郎明俊神仙侶。腸斷別離情苦。數年睽恨今復遇。笑指襄江歸去。	465	
34	中元傳	無名氏	傾杯序	昔有王生，冠世文章，嘗隨舊遊江渚。偶爾停舟寓目，遙望江祠，依依陌上閒步。恭詣殿砌，稽首瞻仰，返回歸路。遇老叟，坐于磯石，貌純古。　因語□，子非王勃是致，生驚詢之，片餉方悟。子有清才，幸對滕王高閣，可作當年詞賦。汝但上舟，休慮。迢迢仗清風去。到筵中、下筆華麗，如神助。　會俊侶。面如玉。大夫久坐覺生怒。報云落霞並飛孤鶩。秋水長天，一色澄素。閻公竦然，復坐華筵，次詩引序。道鳴鸞佩玉，鏘鏘罷歌舞。　棟雲飛過南浦。暮簾捲向西山雨。閑雲潭影，淡淡悠悠，物換星移，幾度寒暑。閣中帝子，悄悄垂名，在於何處。算長江、儼然自東去。	3675	
35	傳奇・裴航	王之望	好事近	綵艦載娉婷，宛在玉樓瓊宇。人欲御風仙去，覺衣裳飄舉。　玉京咫尺是藍橋，一見已心許。夢解漢皋珠佩，但茫茫煙浦。	1336	
36	傳奇・裴航	楊澤民	倒犯	畫舫、並仙舟遠窺，黛眉新掃。芳容襯縞。佳人在、翠簾深窈。逡巡遽贈詩語，因詢屏幃悄。道自有、藍橋美質誠堪表。倩纖纖、捧芳醥。　琴劍度關，望玉京人，迢迢天樣窵。下馬叩靖宇，見仙女、雲英小。算冠絕、人間好。飲刀圭、神丹同得道。感向日，夫人指示相垂照。壽齊天後老。	3013	

附錄三　宋詞取材唐傳奇情節作品列表〔註1〕

編號	類型	取材傳奇	作者	詞牌	起句	頁數	備註
1	3	001 古鏡記	無名氏	水仙子	浮家泛宅生涯好	3793	
2	2	003 晉洪州西山十二眞君內傳	葛長庚	水調歌頭	草漲一湖綠	2569	
3	1	004 游仙窟	賀鑄	璧月堂	夢草池南璧月堂	501	
4	1	004 游仙窟	賀鑄	南歌子	繡幕深朱戶	529	◎
5	1	004 游仙窟	周邦彥	花心動	簾捲青樓	623	
6	3	006 蘭亭記	賀鑄	錦纏頭	舊說山陰禊事修	508	
7	3	006 蘭亭記	陸游	破陣子	仕至千鍾良易	1597	
8	3	006 蘭亭記	范成大	破陣子	漂泊天隅佳節	1626	
9	3	006 蘭亭記	辛棄疾	滿江紅	紫陌飛塵	1953	◎
10	3	006 蘭亭記	方岳	水調歌頭	剡曲一篷月	2836	
11	3	006 蘭亭記	李老萊	木蘭花慢	向煙霞堆裡	2974	
12	3	008 鏡龍圖記	葛勝仲	蝶戀花	安石榴花濃綠映	723	
13	3	008 鏡龍圖記	汪晫	賀新郎	帖子傳新語	2287	◎
14	3	008 鏡龍圖記	仇遠	尾犯	寶蠟夜籠花	3406	
15	3	008 鏡龍圖記	陳武德	百字謠	晚臨湘浦	3453	
16	3	008 鏡龍圖記	靜山	摸魚兒	曉峰高、飛泉如瀑	3586	
17	1	010 傳書燕	柳永	玉蝴蝶	望處雨收雲斷	40	◎
18	1	010 傳書燕	晏幾道	蝶戀花	欲減羅衣寒未去	224	◎
19	1	010 傳書燕	晏幾道	少年遊	雕梁燕去	247	
20	1	010 傳書燕	蘇軾	滿江紅	天豈無情	281	

〔註1〕本表格主要係以「取材傳奇」爲首排序，其次再依「頁碼」作次排序編成，小說之順序依「圖表一、宋詞取材唐傳奇篇目之研究對象」之編號遞增排列；「頁碼」部分則以北京中華書局本《全宋詞》由少至多遞增排列。其中「類型」一欄係指本文所探討之四大題材，分別爲1：「婚戀情感」、2：「夢幻神仙」、3：「人物軼異」與4：「綜合主題」，若在「取材傳奇」欄中以「綜」標示綜合不只一篇傳奇之詞作，亦直接歸於「4」類。在「備註」欄打上「◎」符號者，則是本書所引用之詞作。（另：本表格不包含附錄二與附錄四之詞作）

21	1	010 傳書燕	黃庭堅	點絳脣	幾日無書	410	◎
22	1	010 傳書燕	晁端禮	踏莎行	萱草欄干	429	
23	1	010 傳書燕	晁端禮	雨霖鈴	槐陰添綠	436	◎
24	1	010 傳書燕	賀鑄	滿江紅	火禁初開	512	◎
25	1	010 傳書燕	賀鑄	木蘭花	羅襟粉汗和香浥	529	
26	1	010 傳書燕	仲殊	念奴嬌	故園避暑	551	
27	1	010 傳書燕	謝逸	清平樂	花邊柳際	647	
28	1	010 傳書燕	陳克	謁金門	春草碧	827	
29	1	010 傳書燕	朱敦儒	杏花天	殘春庭院東風曉	849	
30	1	010 傳書燕	李彌遜	青玉案	楊花儘做難拘管	1055	◎
31	1	010 傳書燕	呂渭老	撲蝴蝶近	風荷露竹	1127	◎
32	1	010 傳書燕	呂渭老	一落索	宮錦裁書寄遠	1127	
33	1	010 傳書燕	呂渭老	西江月慢	春風淡淡	1128	
34	1	010 傳書燕	李石	生查子	今年花發時	1297	
35	1	010 傳書燕	韓元吉	永遇樂	池館春歸	1402	
36	1	010 傳書燕	袁去華	踏莎行	醉拈黃花	1508	◎
37	1	010 傳書燕	陸游	月上海棠	蘭房繡戶厭厭病	1588	
38	1	010 傳書燕	陸游	一叢花	尊前凝佇漫魂迷	1593	
39	1	010 傳書燕	程垓	玉漏遲	一春渾不見	1992	
40	1	010 傳書燕	史達祖	雙雙燕	過春社了	2326	
41	1	010 傳書燕	史達祖	萬年歡	兩袖梅風	2328	◎
42	1	010 傳書燕	史達祖	風流子	紅樓橫落日	2329	◎
43	1	010 傳書燕	史達祖	解佩令	人行花隖	2333	◎
44	1	010 傳書燕	高觀國	杏花天	霽煙消處寒猶嫩	2353	
45	1	010 傳書燕	劉鎮	水龍吟	三山臘雪才消	2473	
46	1	010 傳書燕	方千里	風流子	河梁攜手別	2497	◎
47	1	010 傳書燕	黃機	傳言玉女	日薄風柔	2534	
48	1	010 傳書燕	李曾伯	虞美人	韶華只隔窗兒外	2807	◎
49	1	010 傳書燕	趙孟堅	蓦山溪	桃花雨動	2856	
50	1	010 傳書燕	儲泳	齊天樂	東風一夜吹寒食	2956	
51	1	010 傳書燕	湯恢	二郎神	瑣窗睡起	2978	
52	1	010 傳書燕	楊澤民	秋蕊香	向曉銀瓶香暖	3004	◎
53	1	010 傳書燕	張紹文	水龍吟	日遲風軟花香	3074	

54	1	010 傳書燕	陳璧	踏莎行	江闊天低	3174	
55	1	010 傳書燕	李好古	謁金門	花過雨	3179	
56	1	010 傳書燕	周密	解語花	晴絲罥蝶	3270	◎
57	1	010 傳書燕	周密	水龍吟	燕翎誰寄愁牋	3285	◎
58	1	010 傳書燕	周密	水龍吟	舞紅輕帶愁飛	3286	
59	1	010 傳書燕	王沂孫	高陽臺	殘萼梅酸	3360	
60	1	010 傳書燕	仇遠	滿江紅	脂雨東流	3408	
61	1	010 傳書燕	無名氏	祝英臺近	剪酴醾、移紅藥	3738	
62	1	010 傳書燕	飛紅	青玉案	花低鶯踏紅英亂	3889	
63	3	013 李牟吹笛記	蘇軾	念奴嬌	憑高眺遠	330	◎
64	3	013 李牟吹笛記	楊无咎	解蹀躞	金谷樓中人在	1180	◎
65	3	013 李牟吹笛記	曹勛	滿庭芳	秋色澄暉	1233	◎
66	3	013 李牟吹笛記	范成大	醉落魄	雪晴風作	1624	
67	3	013 李牟吹笛記	辛棄疾	滿江紅	快上西樓	1870	
68	3	013 李牟吹笛記	辛棄疾	賀新郎	把酒長亭說	1889	◎
69	3	013 李牟吹笛記	陳亮	好事近	橫玉叫清宵	2103	◎
70	3	013 李牟吹笛記	劉學箕	賀新郎	東閣憑詩說	2434	
71	3	013 李牟吹笛記	葛長庚	水調歌頭	一葉飛何處	2571	
72	3	013 李牟吹笛記	劉克莊	滿庭芳	涼月如冰	2623	
73	3	013 李牟吹笛記	趙以夫	金盞子	得水能仙	2661	◎
74	3	013 李牟吹笛記	李昴英	水調歌頭	野趣在城市	2871	
75	3	013 李牟吹笛記	吳文英	夜飛鵲	金規印遙漢	2877	◎
76	3	013 李牟吹笛記	吳文英	還京樂	宴蘭漵	2888	
77	3	013 李牟吹笛記	劉辰翁	酹江月	遙憐兒女	3221	◎
78	3	013 李牟吹笛記	周密	慶宮春	重疊雲衣	3292	
79	3	013 李牟吹笛記	蒲壽宬	賀新郎	鐵笛穿花去	3301	
80	3	013 李牟吹笛記	王沂孫	無悶	陰積龍荒	3354	
81	3	013 李牟吹笛記	張炎	淒涼犯	西風暗翦荷衣碎	3478	◎
82	3	013 李牟吹笛記	黃子行	花心動	誰倚青樓	3558	◎
83	3	013 李牟吹笛記	孔德明	水調歌頭	玉人揎皓腕	3894	◎
84	1	016 離魂記	毛滂	菩薩蠻	春潮曾送離魂去	686	
85	1	016 離魂記	朱敦儒	鷓鴣天	畫舫東時洛水清	843	
86	1	016 離魂記	王之望	臨江仙	十二峰前朝復暮	1338	

87	1	016 離魂記	姜夔	踏莎行	燕燕輕盈	2174	
88	1	016 離魂記	吳文英	過秦樓	藻國淒迷	2887	
89	1	016 離魂記	吳文英	高陽臺	宮粉雕痕	2922	
90	1	016 離魂記	吳文英	浣溪沙	一曲鸞簫別彩雲	2931	
91	1	016 離魂記	王沂孫	疏影	瓊妃臥月	3354	
92	1	016 離魂記	王沂孫	一萼紅	占芳菲	3358	
93	1	016 離魂記	張炎	疏影	黃昏片月	3474	
94	1	017 任氏傳	洪适	薄媚舞答	蹋軟塵之陌	1371	
95	1	017 任氏傳	洪适	薄媚舞遣	獸質人心冰雪膚	1371	
96	2	018 枕中記	王安石	漁家傲	平岸小橋千嶂抱	205	
97	2	018 枕中記	韋驤	減字木蘭花	金貂貰酒	218	
98	2	018 枕中記	李之儀	蝶戀花	萬事都歸一夢了	343	◎
99	2	018 枕中記	黃庭堅	最落魄	陶陶兀兀	395	◎
100	2	018 枕中記	賀鑄	六州歌頭	少年俠氣	538	◎
101	2	018 枕中記	晁補之	過澗歇	歸去	555	◎
102	2	018 枕中記	李光	水調歌頭	晚渡呼舟疾	787	◎
103	2	018 枕中記	朱敦儒	驀山溪	元來塵世	845	
104	2	018 枕中記	張綱	綠頭鴨	斂晴煙	922	
105	2	018 枕中記	趙鼎	雙翠羽	小園曲徑	943	◎
106	2	018 枕中記	王以寧	水調歌頭	大別我知友	1062	
107	2	018 枕中記	王以寧	踏莎行	位正三槐	1066	◎
108	2	018 枕中記	陳與義	木蘭花慢	北歸人未老	1070	◎
109	2	018 枕中記	張元幹	永遇樂	月仄金盆	1076	◎
110	2	018 枕中記	張元幹	隴頭泉	少年時	1100	
111	2	018 枕中記	呂渭老	水調歌頭	詩人翻水畫	1122	
112	2	018 枕中記	毛幷	滿江紅	回首吾廬	1364	◎
113	2	018 枕中記	洪适	望江南	傾蓋侶	1388	
114	2	018 枕中記	張掄	醉落魄	流年迅速	1413	◎
115	2	018 枕中記	侯寘	風入松	少年心醉杜韋娘	1428	
116	2	018 枕中記	葛衍	感皇恩	風雨半摧殘	1548	
117	2	018 枕中記	陸游	木蘭花慢	閱邯鄲夢境	1591	◎
118	2	018 枕中記	陸游	洞庭春色	壯歲文章	1592	◎

119	2	018 枕中記	呂勝己	杏花天	當年悔我拋生計	1766	
120	2	018 枕中記	王炎	滿江紅	宦海浮沈	1860	◎
121	2	018 枕中記	王炎	玉樓春	往年餬口謀升斗	1860	
122	2	018 枕中記	石孝友	滿江紅	雁陣驚寒	2041	◎
123	2	018 枕中記	杜旟	摸魚兒	放扁舟、萬山環處	2206	◎
124	2	018 枕中記	李壁	滿江紅	簾捲東風	2235	
125	2	018 枕中記	韓淲	眼兒媚	西溪迴合小青蒼	2261	
126	2	018 枕中記	留元剛	滿江紅	風送清篙	2424	
127	2	018 枕中記	劉學箕	虞美人	寒來暑往何時了	2439	
128	2	018 枕中記	劉鎮	江神子	思君夢裡說邯鄲	2474	◎
129	2	018 枕中記	張輯	一絲風	臥虹千尺界湖光	2554	
130	2	018 枕中記	劉克莊	轉調二郎神	黃粱夢覺	2610	◎
131	2	018 枕中記	劉克莊	水調歌頭	主判茅君洞	2629	◎
132	2	018 枕中記	劉克莊	風入松	攀翻宰樹暫徘徊	2637	◎
133	2	018 枕中記	劉克莊	水調歌頭	風露洗玉宇	2646	
134	2	018 枕中記	吳潛	蝶戀花	野樹梅花香似撲	2738	◎
135	2	018 枕中記	吳潛	滿江紅	一笑相攜	2754	
136	2	018 枕中記	吳潛	秋霽	階砌吟蛩	2763	
137	2	018 枕中記	李曾伯	沁園春	嗟矍鑠翁	2795	
138	2	018 枕中記	李曾伯	念奴嬌	黃梅過雨	2804	
139	2	018 枕中記	李曾伯	沁園春	二十年前	2822	◎
140	2	018 枕中記	吳文英	澡蘭香	盤絲繫腕	2901	◎
141	2	018 枕中記	吳文英	夢行雲	簟波皺纖縠	2933	
142	2	018 枕中記	吳文英	杏花天	幽歡一夢成炊黍	2940	◎
143	2	018 枕中記	黃昇	酹江月	玉林何有	2996	
144	2	018 枕中記	趙以夫	沁園春	自笑生來	3047	◎
145	2	018 枕中記	陳著	沁園春	旗蓋運遷	3047	
146	2	018 枕中記	陳著	浪淘沙	春事紫和紅	3054	◎
147	2	018 枕中記	陳人傑	沁園春	落日都門	3080	
148	2	018 枕中記	何夢桂	洞仙歌	天涯何處	3150	
149	2	018 枕中記	何夢桂	賀新郎	花落風初定	3152	

150	2	018 枕中記	何夢桂	大江東去	半生習氣	3154	◎
151	2	018 枕中記	趙功可	聲聲慢	情癡倦極	3329	
152	2	018 枕中記	王清觀	太常引	邯鄲夢裡武陵溪	3337	◎
153	2	018 枕中記	陳武德	望海潮	南冠一載	3454	
154	2	018 枕中記	陳武德	木蘭花慢	值昇平海宇	3460	
155	2	018 枕中記	張炎	木蘭花慢	目光牛背上	3491	
156	2	018 枕中記	張炎	風入松	危樓古鏡影猶寒	3492	
157	2	018 枕中記	張炎	滿江紅	近日衰遲	3508	
158	2	018 枕中記	張炎	聲聲慢	□聲短棹	3518	
159	2	018 枕中記	逸民	江城子	秀才落得甚乾忙	3587	◎
160	2	018 枕中記	無名氏	失調名	步障移春錦繡叢	3669	◎
161	2	018 枕中記	無名氏	木蘭花	小桃枝上東風轉	3686	
162	2	018 枕中記	呂巖	促拍滿路花	秋風吹渭水	3858	
163	2	018 枕中記	陶上舍	金縷曲	夢覺黃粱熟	3896	
164	1	020 李娃傳	晏幾道	風入松	柳陰庭院杏梢牆	254	
165	1	020 李娃傳	晁端禮	雨中花	倦貳文昌	421	
166	1	020 李娃傳	晁端禮	玉樓宴	記紅顏日、向瑤階	422	◎
167	1	020 李娃傳	賀鑄	菩薩蠻	曲門南與鳴珂接	520	
168	1	020 李娃傳	晁補之	離亭宴	丹府黃香堪笑	562	◎
169	1	020 李娃傳	陳克	點絳脣	曲陌春風	828	
170	1	020 李娃傳	王之道	菩薩蠻	晴窗睡起鑪煙直	1153	◎
171	1	020 李娃傳	辛棄疾	惜分飛	翡翠樓前芳草路	1908	◎
172	1	020 李娃傳	史達祖	青玉案	蕙花老盡離騷句	2337	
173	1	020 李娃傳	高觀國	生查子	芙蓉羞粉香	2354	◎
174	1	020 李娃傳	劉鎮	漢宮春	日軟風柔	2472	
175	1	020 李娃傳	洪瑹	謁金門	風共雨	2964	◎
176	1	020 李娃傳	蔣捷	應天長	柳湖載酒	3448	
177	4	021 柳毅傳	陳與義	法駕導引	東風起	1068	
178	4	021 柳毅傳	張孝祥	浣溪沙	方舡載酒下江東	1702	
179	4	021 柳毅傳	程珌	水調歌頭	電闕驅神駿	2290	
180	4	021 柳毅傳	劉辰翁	永遇樂	璧月初晴	3229	

181	1	025 柳氏傳	柳永	柳腰輕	英英妙舞腰肢軟	15	◎
182	1	025 柳氏傳	晏幾道	木蘭花	小蓮未解論心素	233	
183	1	025 柳氏傳	李之儀	千秋歲	萬紅喧晝	340	◎
184	1	025 柳氏傳	李之儀	驀山溪	青樓薄倖	348	
185	1	025 柳氏傳	黃庭堅	玉樓春	風開水面魚紋皺	392	◎
186	1	025 柳氏傳	晁端禮	驀山溪	風流心膽	443	◎
187	1	025 柳氏傳	秦觀	青門飲	風起雲間	470	◎
188	1	025 柳氏傳	賀鑄	月先圓	才色相憐	514	◎
189	1	025 柳氏傳	賀鑄	河滿子	每恨相逢薄處	531	
190	1	025 柳氏傳	晁補之	阮郎歸	西城北渚舊追隨	567	
191	1	025 柳氏傳	晁補之	勝勝慢	朱門深掩	576	◎
192	1	025 柳氏傳	晁補之	江城子	娉娉聞道似輕盈	576	◎
193	1	025 柳氏傳	晁補之	鬭百草	往事臨邛	579	
194	1	025 柳氏傳	劉一止	驀山溪	王家人地	798	◎
195	1	025 柳氏傳	朱敦儒	西江月	織素休尋往恨	857	
196	1	025 柳氏傳	蔡伸	上楊春	好在章臺楊柳	1025	
197	1	025 柳氏傳	蔡伸	朝中措	章臺楊柳月依依	1029	◎
198	1	025 柳氏傳	呂渭老	驀山溪	元宵燈火	1116	◎
199	1	025 柳氏傳	馮時行	漁家傲	雲覆衡茅霜雪後	1169	◎
200	1	025 柳氏傳	袁去華	清平樂	長條依舊	1503	
201	1	025 柳氏傳	趙長卿	念奴嬌	晚妝才罷	1786	
202	1	025 柳氏傳	趙長卿	減字木蘭花	柳絲搖翠	1788	◎
203	1	025 柳氏傳	韓淲	謁金門	行又住	2253	
204	1	025 柳氏傳	史達祖	步月	翦柳章臺	2347	
205	1	025 柳氏傳	劉鎮	柳梢青	瞥眼光陰	2474	
206	1	025 柳氏傳	方千里	瑣窗寒	燕子池塘	2488	◎
207	1	025 柳氏傳	方千里	漁家傲	燭彩花光明似畫	2493	◎
208	1	025 柳氏傳	陳以莊	水龍吟	晚來江闊潮平	2518	
209	1	025 柳氏傳	吳文英	掃花游	水雲共色	2886	
210	1	025 柳氏傳	楊澤民	漁家傲	穠李素華曾縞晝	3004	◎
211	1	025 柳氏傳	楊澤民	一落索	水與東風俱秀	3005	
212	1	025 柳氏傳	陳著	綺羅香	障暑稠陰	3050	

213	1	025 柳氏傳	陳允平	瑞龍吟	長安路	3113	◎
214	1	025 柳氏傳	陳允平	蝶戀花	謝了梨花寒食後	3122	◎
215	1	025 柳氏傳	陳允平	一落索	澹澹雙蛾疏秀	3133	
216	1	025 柳氏傳	劉辰翁	點絳脣	醉裡瞢騰	3190	
217	1	025 柳氏傳	周密	聲聲慢	燕泥沾粉	3285	◎
218	1	025 柳氏傳	趙文	鶯啼序	東風何許紅紫	3323	
219	1	025 柳氏傳	章臺柳	沁園春	弱質嬌姿	3880	
220	2	026 南柯太守傳	王安禮	瀟湘憶故人慢	薰風微動	264	◎
221	2	026 南柯太守傳	黃庭堅	最落魄	陶陶兀兀	395	
222	2	026 南柯太守傳	黃庭堅	西江月	月側金盆墮水	404	◎
223	2	026 南柯太守傳	朱敦儒	水龍吟	放船千里淩波去	835	◎
224	2	026 南柯太守傳	李彌遜	三段子	層林煙霽	1048	
225	2	026 南柯太守傳	王以寧	滿庭芳	五十七年	1063	
226	2	026 南柯太守傳	呂渭老	醉落魄	明窗讀易	1116	
227	2	026 南柯太守傳	馮時行	點絳脣	十日春風	1170	
228	2	026 南柯太守傳	曾覿	水調歌頭	圖畫上麟閣	1312	
229	2	026 南柯太守傳	曾覿	鷓鴣天	每上春泥向曉乾	1319	
230	2	026 南柯太守傳	洪适	滿江紅	雨過春深	1384	◎
231	2	026 南柯太守傳	洪适	滿庭芳	風攬花間	1386	◎
232	2	026 南柯太守傳	洪适	滿庭芳	同病相憐	1387	◎
233	2	026 南柯太守傳	王千秋	生查子	功名竹上魚	1471	
234	2	026 南柯太守傳	袁去華	滿江紅	社雨初晴	1497	◎
235	2	026 南柯太守傳	葛郯	滿庭霜	歸去來兮	1544	◎
236	2	026 南柯太守傳	陸游	望梅	壽非金石	1591	
237	2	026 南柯太守傳	呂勝己	木蘭花慢	平生花恨少	1762	
238	2	026 南柯太守傳	趙長卿	謁金門	今夜雨	1791	
239	2	026 南柯太守傳	廖行之	如夢令	雨歇涼生枕簟	1840	
240	2	026 南柯太守傳	辛棄疾	水調歌頭	萬事幾時足	1931	
241	2	026 南柯太守傳	辛棄疾	鷓鴣天	水荇參差動綠波	1943	
242	2	026 南柯太守傳	姜夔	永遇樂	我與先生	2187	◎
243	2	026 南柯太守傳	周文璞	浪淘沙	還了酒家錢	2479	
244	2	026 南柯太守傳	葛長庚	水調歌頭	一個江湖客	2570	

245	2	026 南柯太守傳	劉克莊	水調歌頭	老子頗更事	2592	
246	2	026 南柯太守傳	劉克莊	念奴嬌	此翁雙手	2604	
247	2	026 南柯太守傳	劉克莊	水龍吟	行藏自決於心	2621	
248	2	026 南柯太守傳	吳潛	賀新郎	雪鬢難重綠	2747	
249	2	026 南柯太守傳	吳潛	賀新郎	月綻浮雲裡	2765	
250	2	026 南柯太守傳	李曾伯	水調歌頭	一番蓼花雨	2800	
251	2	026 南柯太守傳	吳文英	瑞龍吟	墮虹際	2891	
252	2	026 南柯太守傳	衛宗武	水調歌頭	風雨捲春去	2982	
253	2	026 南柯太守傳	陳著	摸魚兒	竹洲西、有人如玉	3043	
254	2	026 南柯太守傳	劉辰翁	滿江紅	十歲兒童	3223	◎
255	2	026 南柯太守傳	劉辰翁	水調歌頭	未信仙都子	3239	
256	2	026 南柯太守傳	周密	朝中措	桐陰薇影小闌干	3281	
257	2	026 南柯太守傳	王奕	八聲甘州	問蒼天、蒼天闃無言	3299	◎
258	2	026 南柯太守傳	王學文	摸魚兒	記當年、舞衫零亂	3344	◎
259	2	026 南柯太守傳	張炎	水調歌頭	白髮已如此	3509	
260	2	026 南柯太守傳	張炎	壺中天	繞枝倦鵲	3512	
261	2	026 南柯太守傳	無名氏	沁園春	甲子一周	3766	◎
262	2	026 南柯太守傳	申純	望江南	從前事	3886	
263	2	026 南柯太守傳	趙希蓬	瑞鷓鴣	溫柔鄉裡賭春容	B77	
264	1	027 鶯鶯傳	沈邈	剔銀燈	江上秋高霜早	12	◎
265	1	027 鶯鶯傳	晏殊	浣溪沙	青杏園林煮酒香	88	◎
266	1	027 鶯鶯傳	晏殊	浣溪沙	一向年光有限身	90	◎
267	1	027 鶯鶯傳	晏殊	木蘭花	簾旌浪卷金泥鳳	95	◎
268	1	027 鶯鶯傳	歐陽脩	蝶戀花	幾度蘭房聽禁漏	149	
269	1	027 鶯鶯傳	王琪	祝英臺	可堪妒柳羞花	165	◎
270	1	027 鶯鶯傳	晏幾道	臨江仙	淺淺餘寒春半	222	◎
271	1	027 鶯鶯傳	蘇軾	定風波	莫怪鴛鴦繡帶長	289	◎
272	1	027 鶯鶯傳	蘇軾	南歌子	笑怕薔薇罥	294	◎
273	1	027 鶯鶯傳	蘇軾	三部樂	美人如月	298	◎
274	1	027 鶯鶯傳	蘇軾	浣溪沙	桃李溪邊駐畫輪	316	

275	1	027 鶯鶯傳	蘇軾	蝶戀花	別酒勸君君一醉	321	
276	1	027 鶯鶯傳	蘇軾	雨中花慢	邃院重簾何處	329	◎
277	1	027 鶯鶯傳	賀鑄	群玉軒	群玉軒中跡已陳	426	◎
278	1	027 鶯鶯傳	秦觀	臨江仙	髻子偎人嬌不整	468	◎
279	1	027 鶯鶯傳	秦觀	南歌子	玉漏迢迢盡	468	
280	1	027 鶯鶯傳	賀鑄	暈眉山	鏡暈眉山	501	◎
281	1	027 鶯鶯傳	賀鑄	窗下繡	初見碧紗窗下繡	504	
282	1	027 鶯鶯傳	賀鑄	吹柳絮	月痕依約到西廂	516	◎
283	1	027 鶯鶯傳	賀鑄	羅敷歌	高樓簾捲秋風裏	517	◎
284	1	027 鶯鶯傳	賀鑄	減字浣溪沙	鼓動城頭啼暮鴉	535	◎
285	1	027 鶯鶯傳	賀鑄	攤破浣溪沙	雙鳳簫聲隔彩霞	538	
286	1	027 鶯鶯傳	陳師道	清平樂	休休莫莫	587	
287	1	027 鶯鶯傳	周邦彥	風流子	新綠小池塘	595	
288	1	027 鶯鶯傳	周邦彥	憶舊游	記愁橫淺黛	599	
289	1	027 鶯鶯傳	周邦彥	浣溪沙	薄薄紗廚望似空	603	
290	1	027 鶯鶯傳	周邦彥	四園竹	浮雲護月	604	◎
291	1	027 鶯鶯傳	周邦彥	夜游宮	葉下斜陽照水	607	◎
292	1	027 鶯鶯傳	周邦彥	意難忘	衣染鶯黃	616	
293	1	027 鶯鶯傳	晁沖之	玉蝴蝶	目斷江南千里	653	◎
294	1	027 鶯鶯傳	王寀	浣溪沙	珠箔隨簷一桁垂	698	
295	1	027 鶯鶯傳	朱敦儒	促拍醜奴兒	清露溼幽香	847	◎
296	1	027 鶯鶯傳	蔡伸	清平樂	綵舟雙櫓	1016	
297	1	027 鶯鶯傳	張元幹	祝英臺近	枕霞紅，釵燕墜	1081	
298	1	027 鶯鶯傳	楊无咎	雨中花	雨霽雲收	1191	
299	1	027 鶯鶯傳	康與之	應天長	管絃繡陌	1307	
300	1	027 鶯鶯傳	曾覿	念奴嬌	霽天湛碧	1310	
301	1	027 鶯鶯傳	毛幷	瑞鶴仙	柳風清晝溽	1367	
302	1	027 鶯鶯傳	袁去華	宴清都	暮雨消煩暑	1499	◎
303	1	027 鶯鶯傳	袁去華	長相思	荷花香	1508	
304	1	027 鶯鶯傳	謝懋	念奴嬌	霽天湛碧	1635	

305	1	027 鶯鶯傳	趙長卿	更漏子	燭消紅	1813	
306	1	027 鶯鶯傳	辛棄疾	蝶戀花	小小華年才月半	1880	
307	1	027 鶯鶯傳	程垓	望秦川	竹粉翻新籜	2003	
308	1	027 鶯鶯傳	劉光祖	江城子	十分雪意卻成霜	2063	
309	1	027 鶯鶯傳	陳亮	漢宮春	雪滿江頭	2108	
310	1	027 鶯鶯傳	張鎡	眼兒媚	淒風吹露溼銀床	2131	
311	1	027 鶯鶯傳	劉過	蝶戀花	寶鑑年來微有暈	2152	
312	1	027 鶯鶯傳	易祓妻	一剪梅	染淚修書寄彥章	2274	
313	1	027 鶯鶯傳	史達祖	臨江仙	愁與西風應有約	2337	
314	1	027 鶯鶯傳	高觀國	隔浦蓮	銀灣初霽暮雨	2359	◎
315	1	027 鶯鶯傳	李從周	一叢花令	梨花隨月過中庭	2403	
316	1	027 鶯鶯傳	方千里	風流子	春色遍橫塘	2489	
317	1	027 鶯鶯傳	方千里	木蘭花	溶溶水映娟娟秀	2498	
318	1	027 鶯鶯傳	劉克莊	滿江紅	楮葉工夫	2616	◎
319	1	027 鶯鶯傳	姚鏞	謁金門	吟院靜	2707	
320	1	027 鶯鶯傳	吳文英	聲聲慢	藍雲籠曉	2920	◎
321	1	027 鶯鶯傳	吳文英	高陽臺	風嫋垂楊	2922	
322	1	027 鶯鶯傳	李彭老	四字令	蘭湯晚涼	2970	
323	1	027 鶯鶯傳	楊澤民	風流子	行樂平生志	3008	
324	1	027 鶯鶯傳	胡翼龍	西江月	水霽芹香燕觜	3069	
325	1	027 鶯鶯傳	薛夢桂	三姝媚	薔薇花謝去	3137	
326	1	027 鶯鶯傳	趙聞禮	魚游春水	青樓臨遠水	3160	
327	1	027 鶯鶯傳	周密	滿庭芳	玉沁唇脂	3279	
328	1	027 鶯鶯傳	趙必𤩪	風流子	舊夢憶錢塘	3380	
329	1	027 鶯鶯傳	趙必𤩪	賀新郎	壽酒浮萸菊	3383	
330	1	027 鶯鶯傳	仇遠	愛月夜眠遲	小市收鐙	3401	
331	1	027 鶯鶯傳	仇遠	合歡帶	令巍巍、一段風流	3408	
332	1	027 鶯鶯傳	蔣捷	水龍吟	醉兮瓊瀣浮觴些	3436	
333	1	027 鶯鶯傳	劉天迪	鳳棲梧	一翦晴波嬌欲溜	3562	
334	1	027 鶯鶯傳	紫竹	菩薩蠻	約郎共會西廂下	3881	
335	4	030 長恨歌傳	柳永	秋蕊香引	留不得	25	◎

336	4	030 長恨歌傳	柳永	傾杯	離宴殷勤	25	◎
337	4	030 長恨歌傳	柳永	二郎神	炎光謝	29	◎
338	4	030 長恨歌傳	柳永	離別難	花謝水流倏忽	36	◎
339	4	030 長恨歌傳	晏殊	破陣子	海上蟠桃易熟	88	◎
340	4	030 長恨歌傳	宋祈	蝶戀花	雨過蒲萄新漲綠	116	◎
341	4	030 長恨歌傳	歐陽脩	漁家傲	乞巧樓頭雲幔卷	131	◎
342	4	030 長恨歌傳	王安石	西江月	梅好惟嫌淡竚	207	◎
343	4	030 長恨歌傳	晏幾道	蝶戀花	喜鵲橋成催鳳駕	223	◎
344	4	030 長恨歌傳	晏幾道	風入松	心心念念憶相逢	227	◎
345	4	030 長恨歌傳	陳濟翁	驀山溪	薰風時候	276	
346	4	030 長恨歌傳	李之儀	千秋歲	深簾靜晝	340	◎
347	4	030 長恨歌傳	陳睦	沁園春	小雪初晴	356	
348	4	030 長恨歌傳	晁端禮	雨中花	荳蔻梢頭	422	◎
349	4	030 長恨歌傳	晁端禮	驀山溪	輕衫短帽	424	◎
350	4	030 長恨歌傳	晁端禮	雨中花	小小中庭	439	◎
351	4	030 長恨歌傳	晁端禮	千秋歲	飛雲驟雨	442	◎
352	4	030 長恨歌傳	李甲	幔卷紬	絕羽沉鱗	490	◎
353	4	030 長恨歌傳	賀鑄	攀鞍態	逢迎一笑金難買	502	◎
354	4	030 長恨歌傳	賀鑄	思牛女	樓角參橫	507	
355	4	030 長恨歌傳	賀鑄	西江月	攜手看花深徑	530	
356	4	030 長恨歌傳	王寀	蝶戀花	鏤雪成花檀作蕊	699	◎
357	4	030 長恨歌傳	王庭珪	滿庭芳	東閣官梅	820	
358	4	030 長恨歌傳	王庭珪	醉花陰	玉妃謫墮煙村遠	821	
359	4	030 長恨歌傳	李綱	減字木蘭花	華清賜浴	904	◎
360	4	030 長恨歌傳	蔡伸	西江月	翡翠蒙金衫子	1030	
361	4	030 長恨歌傳	李彌遜	十月桃	一枝三四	1051	◎
362	4	030 長恨歌傳	張元幹	如夢令	雨洗青冥風露	1087	◎
363	4	030 長恨歌傳	王之道	減字木蘭花	尊前放手	1143	
364	4	030 長恨歌傳	王之道	滿庭芳	翠蓋千重	1146	◎
365	4	030 長恨歌傳	王之道	浣溪沙	過雨花容雜笑啼	1148	◎
366	4	030 長恨歌傳	楊无咎	水龍吟	曉來雨歇風生	1177	

367	4	030 長恨歌傳	曹勛	憶吹簫	煩暑衣襟	1215	
368	4	030 長恨歌傳	曹勛	阮郎歸	誰將春信到長安	1227	
369	4	030 長恨歌傳	曾覿	柳梢青	雨過風微	1325	◎
370	4	030 長恨歌傳	洪瑹	驀山溪	潮平風穩	1371	
371	4	030 長恨歌傳	韓元吉	醉落魄	霓裳弄月	1401	
372	4	030 長恨歌傳	侯寘	菩薩蠻	黃姑青女交相忌	1431	
373	4	030 長恨歌傳	侯寘	菩薩蠻	黃昏曾見淩波步	1432	
374	4	030 長恨歌傳	趙彥端	浣溪沙	花下憑肩月下迎	1451	
375	4	030 長恨歌傳	趙彥端	鷓鴣天	綽約嬌波二八春	1462	◎
376	4	030 長恨歌傳	王千秋	滿庭芳	蕊小雕瓊	1474	
377	4	030 長恨歌傳	袁去華	風流子	吳山新搖落	1499	◎
378	4	030 長恨歌傳	陸游	浣溪沙	浴罷華清第二湯	1580	
379	4	030 長恨歌傳	陸游	水龍吟	樽前花底尋春處	1586	
380	4	030 長恨歌傳	趙磻老	滿江紅	瀟灑星郎	1629	
381	4	030 長恨歌傳	沈瀛	減字木蘭花	淩波不止	1660	
382	4	030 長恨歌傳	張孝祥	風入松	玉妃孤豔照冰霜	1719	
383	4	030 長恨歌傳	丘崈	洞仙歌	花中尤物	1740	
384	4	030 長恨歌傳	趙長卿	瑞鶴仙	海棠花半落	1784	
385	4	030 長恨歌傳	趙長卿	一叢花	階前春草亂愁芽	1785	◎
386	4	030 長恨歌傳	趙長卿	清平樂	水鄉清楚	1790	◎
387	4	030 長恨歌傳	趙長卿	驀山溪	滿城風雨	1793	
388	4	030 長恨歌傳	張良臣	西江月	四壁空圍恨玉	1826	
389	4	030 長恨歌傳	京鏜	滿江紅	雨後晴初	1845	
390	4	030 長恨歌傳	楊冠卿	東坡引	綠波芳草路	1863	
391	4	030 長恨歌傳	辛棄疾	摸魚兒	更能消、幾番風雨	1867	
392	4	030 長恨歌傳	辛棄疾	杏花天	牡丹比得誰顏色	1901	◎
393	4	030 長恨歌傳	辛棄疾	虞美人	群花泣盡朝來露	1902	
394	4	030 長恨歌傳	辛棄疾	綠頭鴨	歎飄零	1976	◎
395	4	030 長恨歌傳	程垓	青玉案	寶林巖畔淩雲路	2001	
396	4	030 長恨歌傳	馬子嚴	水龍吟	東君直是多情	2066	◎
397	4	030 長恨歌傳	陳亮	洞仙歌	瑣窗秋暮	2109	

398	4	030 長恨歌傳	劉過	念奴嬌	並肩樓上	2147	
399	4	030 長恨歌傳	劉過	謁金門	歸不去	2148	
400	4	030 長恨歌傳	劉過	水龍吟	謫仙狂客何如	2150	
401	4	030 長恨歌傳	盧炳	冉冉雲	雨洗千紅又春晚	2167	◎
402	4	030 長恨歌傳	姜夔	摸魚兒	向秋來、漸疏班扇	2180	
403	4	030 長恨歌傳	郭應祥	鷓鴣天	令節標名自古聞	2221	
404	4	030 長恨歌傳	郭應祥	鵲橋仙	今年七夕	2225	◎
405	4	030 長恨歌傳	郭應祥	虞美人	梅桃末利東籬菊	2227	◎
406	4	030 長恨歌傳	俞國寶	瑞鶴仙	春衫和淚著	2282	
407	4	030 長恨歌傳	史達祖	海棠春令	似紅如白含芳意	2326	
408	4	030 長恨歌傳	高觀國	玉樓春	燕脂染出春風錦	2348	
409	4	030 長恨歌傳	高觀國	思佳客	寫出梨花雨後晴	2359	
410	4	030 長恨歌傳	魏了翁	鷓鴣天	遙想庭闈上壽時	2376	
411	4	030 長恨歌傳	李致遠	碧牡丹	破鏡重圓	2470	◎
412	4	030 長恨歌傳	方千里	玉燭新	海棠初雨後	2502	◎
413	4	030 長恨歌傳	劉克莊	六州歌頭	維摩病起	2591	
414	4	030 長恨歌傳	劉克莊	漢宮春	青女初晴	2600	◎
415	4	030 長恨歌傳	趙以夫	解語花	紅香溼月	2665	◎
416	4	030 長恨歌傳	趙以夫	憶舊遊慢	愛東湖六月	2665	
417	4	030 長恨歌傳	鄭覺齋	念奴嬌	捲簾酒醒	2676	◎
418	4	030 長恨歌傳	黃載	晝錦堂	麗景融晴	2689	
419	4	030 長恨歌傳	吳潛	滿江紅	問海棠花	2754	
420	4	030 長恨歌傳	陳東甫	長相思	花深深	2783	◎
421	4	030 長恨歌傳	李曾伯	水龍吟	元英燕罷瑤臺	2786	
422	4	030 長恨歌傳	李曾伯	水龍吟	此花迥絕他花	2829	◎
423	4	030 長恨歌傳	鄭熏初	一萼紅	憶燕臺	2830	
424	4	030 長恨歌傳	趙崇嶓	過秦樓	隱枕輕潮	2833	
425	4	030 長恨歌傳	趙崇嶓	菩薩蠻	桃花相向東風笑	2834	
426	4	030 長恨歌傳	方岳	水龍吟	晝長庭院深深	2843	
427	4	030 長恨歌傳	李昴英	蘭陵王	燕穿幕	2867	
428	4	030 長恨歌傳	李昴英	賀新郎	誰種藍田玉	2868	◎
429	4	030 長恨歌傳	吳文英	瑞鶴仙	晴絲牽緒亂	2875	◎

430	4	030 長恨歌傳	吳文英	丁香結	香嫋紅霏	2889	◎
431	4	030 長恨歌傳	吳文英	六么令	露蛩初響	2889	◎
432	4	030 長恨歌傳	吳文英	惜秋華	露罥蛛絲	2912	◎
433	4	030 長恨歌傳	吳文英	聲聲慢	春星當戶	2920	◎
434	4	030 長恨歌傳	吳文英	東風第一枝	傾國傾城	2928	
435	4	030 長恨歌傳	洪瑹	踏莎行	滿滿金杯	2963	◎
436	4	030 長恨歌傳	利登	綠頭鴨	晚春天	2985	
437	4	030 長恨歌傳	石正倫	霓裳中序第一	憑高快醉目	3033	
438	4	030 長恨歌傳	楊纘	八六子	怨殘紅	3075	
439	4	030 長恨歌傳	陳允平	月上海棠	游絲弄晚	3099	
440	4	030 長恨歌傳	何夢桂	賀新郎	更靜鐘初定	3152	◎
441	4	030 長恨歌傳	曹邍	齊天樂	翠簫聲斷青鸞翼	3163	◎
442	4	030 長恨歌傳	程武	念奴嬌	蜀江城遠	3173	
443	4	030 長恨歌傳	朱嗣發	摸魚兒	對西風、鬢搖煙碧	3303	
444	4	030 長恨歌傳	劉壎	買陂塘	暮雲沈、淒淒花陌	3335	
445	4	030 長恨歌傳	王沂孫	水龍吟	曉寒慵揭珠簾	3354	◎
446	4	030 長恨歌傳	王沂孫	慶清朝	玉局歌殘	3359	◎
447	4	030 長恨歌傳	王沂孫	錦堂春	桂嫩傳香	3364	◎
448	4	030 長恨歌傳	趙必瑑	意難忘	魏紫姚黃	3381	
449	4	030 長恨歌傳	仇遠	薄幸	眼波橫秀	3401	
450	4	030 長恨歌傳	仇遠	巫山一段雲	酒力欺愁薄	3403	◎
451	4	030 長恨歌傳	仇遠	何滿子	舞褥行雲襯步	3407	
452	4	030 長恨歌傳	王易簡	水龍吟	翠裳微護冰肌	3422	◎
453	4	030 長恨歌傳	呂同老	水龍吟	素肌不污天眞	3425	◎
454	4	030 長恨歌傳	唐珏	水龍吟	淡妝人更嬋娟	3426	◎
455	4	030 長恨歌傳	趙汝鈉	水龍吟	露華洗盡凡妝	3427	◎
456	4	030 長恨歌傳	蔣捷	晝錦堂	染柳煙消	3436	◎
457	4	030 長恨歌傳	蔣捷	賀新郎	綠墮雲垂領	3446	
458	4	030 長恨歌傳	陳武德	水調歌頭	日色隱花蕚	3456	

459	4	030 長恨歌傳	無名氏	洞仙歌	蓬萊宮殿	3621	
460	4	030 長恨歌傳	無名氏	萬年歡	北陸風回	3622	
461	4	030 長恨歌傳	無名氏	虞美人	春風吹到深深院	3776	
462	4	030 長恨歌傳	張生	西江月	一望朱樓巧小	3856	◎
463	4	030 長恨歌傳	曹休齋	賀新郎	舊事憑誰訴	3908	
464	4	030 長恨歌傳	汪元量	失調名	綠荷初展	B086	
465	3	036 河間傳	石孝友	念奴嬌	悶紅顰翠	2035	
466	3	036 河間傳	魏了翁	浣溪沙	試問伊誰若是班	2377	
467	3	036 河間傳	吳文英	醉蓬萊	望碧天書斷	2914	
468	3	036 河間傳	楊澤民	滿路花	雙眼灩秋波	3012	◎
469	2	037 石鼎聯句詩序	蘇軾	臨江仙	夜飲東坡醒復醉	287	◎
470	2	037 石鼎聯句詩序	黃庭堅	南歌子	詩有淵明語	388	
471	2	037 石鼎聯句詩序	呂勝己	臨江仙	忽憶裴公臺上去	1760	◎
472	2	037 石鼎聯句詩序	辛棄疾	水龍吟	補陀大士虛空	1893	◎
473	2	037 石鼎聯句詩序	辛棄疾	滿江紅	半山佳句	1954	◎
474	2	037 石鼎聯句詩序	辛棄疾	江神子	五雲高處望西清	1957	◎
475	2	037 石鼎聯句詩序	劉辰翁	臨江仙	舊日詩腸論斗酒	3203	◎
476	2	037 石鼎聯句詩序	周密	滿江紅	秋水涓涓	3288	◎
477	2	037 石鼎聯句詩序	無名氏	漁家傲	輕拍紅牙留客住	3657	
478	2	038 古岳瀆經	仲并	念奴嬌	金縢事業	1289	
479	2	038 古岳瀆經	劉浩	滿江紅	嶽瀆儲精	2988	
480	2	042 崔少玄傳	陳與義	法駕導引	朝元路	1068	
481	2	042 崔少玄傳	管鑑	臨江仙	昨日武陵溪上雪	1572	◎
482	1	046 湘中怨解	蘇軾	浣溪沙	一別姑蘇已四年	317	
483	1	046 湘中怨解	趙彥端	南鄉子	風露晚珊珊	1452	
484	1	046 湘中怨解	吳文英	瑣窗寒	紺縷堆雲	2873	◎
485	1	046 湘中怨解	丁默	華胥引	論交眉語	3170	
486	1	046 湘中怨解	周密	夷則商國香慢	玉潤金明	3290	
487	1	060 秦夢記	劉克莊	風入松	橐泉夢斷夜初長	2636	
488	1	061 霍小玉傳	張先	醉紅妝	瓊枝玉樹不相饒	70	◎
489	1	061 霍小玉傳	蘇軾	雨中花慢	今歲花時深院	282	
490	1	061 霍小玉傳	秦觀	滿庭芳	碧水驚秋	458	

491	1	061 霍小玉傳	秦觀	虞美人	高城望斷塵如霧	467	◎
492	1	061 霍小玉傳	賀鑄	鳳棲梧	獨立江東人婉孌	519	◎
493	1	061 霍小玉傳	賀鑄	感皇恩	歌笑見餘妍	520	◎
494	1	061 霍小玉傳	賀鑄	南鄉子	秋半雨涼天	528	◎
495	1	061 霍小玉傳	賀鑄	減字浣溪沙	鸚鵡驚人促下簾	536	
496	1	061 霍小玉傳	周邦彥	荔枝香近	照水殘紅零亂	596	
497	1	061 霍小玉傳	周邦彥	醜奴兒	肌膚綽約眞仙子	610	
498	1	061 霍小玉傳	周邦彥	拜星月	夜色催更	613	◎
499	1	061 霍小玉傳	朱敦儒	朝中措	夜來聽雪曉來看	847	◎
500	1	061 霍小玉傳	周紫芝	品令	西風持酒	886	
501	1	061 霍小玉傳	王之望	風流子	江國東風早	1340	
502	1	061 霍小玉傳	王千秋	謁金門	春漠漠	1476	◎
503	1	061 霍小玉傳	趙師俠	滿江紅	渺渺春江	2074	
504	1	061 霍小玉傳	陳亮	品令	瀟灑林塘暮	2105	
505	1	061 霍小玉傳	汪莘	行香子	策杖溪邊	2196	
506	1	061 霍小玉傳	吳文英	解連環	暮檐涼薄	2877	
507	1	061 霍小玉傳	無名氏	品令	一陽生暖	3629	
508	2	063 周秦行紀	蘇軾	水調歌頭	明月幾時有	280	◎
509	2	063 周秦行紀	劉一止	洞仙歌	細風輕霧	792	◎
510	2	063 周秦行紀	周紫芝	浣溪沙	無限春情不肯休	871	
511	2	063 周秦行紀	李清照	行香子	草際鳴蛩	930	◎
512	2	063 周秦行紀	洪适	六州歌頭	嚴更永	1389	◎
513	2	063 周秦行紀	韓元吉	水調歌頭	世事不須問	1397	
514	2	063 周秦行紀	曹冠	念奴嬌	蜀川三峽	1534	◎
515	2	063 周秦行紀	姜特立	聲聲慢	雲迷越岫	1605	
516	2	063 周秦行紀	范成大	菩薩蠻	雪林一夜收寒了	1618	◎
517	2	063 周秦行紀	張孝祥	鷓鴣天	月地雲階歡意闌	1694	◎
518	2	063 周秦行紀	郭世模	瑞鶴仙	雲階連月地	1721	
519	2	063 周秦行紀	姜夔	眉嫵	看垂楊連苑	2177	
520	2	063 周秦行紀	李從周	玲瓏四犯	初撥琵琶	2402	
521	2	063 周秦行紀	方千里	瑞鶴仙	看青山遶郭	2491	
522	2	063 周秦行紀	方千里	花氾	渚風低	2502	

523	2	063 周秦行紀	劉克莊	念奴嬌	素馨茉莉	2603	
524	2	063 周秦行紀	劉克莊	滿江紅	昨日梢頭	2615	
525	2	063 周秦行紀	趙以夫	徵招	玉壺凍裂琅玕折	2663	
526	2	063 周秦行紀	王埜	沁園春	月地雲階	2716	◎
527	2	063 周秦行紀	劉辰翁	水龍吟	征衫春雨縱橫	3226	◎
528	2	063 周秦行紀	胡平仲	減字木蘭花	蘭凋蕙歇	3591	
529	2	063 周秦行紀	呂巖	望江南	瑤池上	3858	◎
530	1	067 梅妃傳	歐陽脩	千秋歲	羅衫滿袖	148	◎
531	1	067 梅妃傳	黃庭堅	清平樂	舞鬟娟好	393	
532	1	067 梅妃傳	黃庭堅	採桑子	馬湖來舞釵初賜	397	
533	1	067 梅妃傳	陳師道	蝶戀花	九里山前千里路	590	
534	1	067 梅妃傳	王安中	玉樓春	秋鴻只向秦箏住	745	
535	1	067 梅妃傳	朱敦儒	清平樂	多寒易雨	862	
536	1	067 梅妃傳	楊端臣	漁家傲	有個人人情不久	1045	
537	1	067 梅妃傳	朱淑貞	減字木蘭花	獨行獨坐	1405	
538	1	067 梅妃傳	侯寘	水龍吟	夜來霜拂簾旌	1427	
539	1	067 梅妃傳	辛棄疾	臨江仙	手撚黃花無意緒	1959	
540	1	067 梅妃傳	辛棄疾	生查子	百花頭上開	1977	
541	1	067 梅妃傳	史達祖	留春令	秀肌豐靨	2336	◎
542	1	067 梅妃傳	洪瑹	水龍吟	經年不見書來	2962	◎
543	1	067 梅妃傳	黃昇	月照梨花	晝景	2995	
544	1	067 梅妃傳	陳坦之	塞翁吟	遠碧秋痕瘦	3181	◎
545	1	067 梅妃傳	劉辰翁	酹江月	冰肌玉骨	3220	
546	1	067 梅妃傳	無名氏	點絳唇	春雨濛濛	3739	◎
547	1	067 梅妃傳	無名氏	青玉案	青螺江上梅花暮	3772	
548	3	068 大業拾遺記	柳永	少年遊	層波瀲灩遠山橫	32	
549	3	068 大業拾遺記	晏幾道	浣溪沙	飛鵲臺前暈翠娥	239	◎
550	3	068 大業拾遺記	蘇軾	南歌子	寸恨誰云短	294	◎
551	3	068 大業拾遺記	蘇軾	十拍子	白酒新開九醞	295	
552	3	068 大業拾遺記	晁端禮	滿庭芳	淺約鴉黃	421	◎
553	3	068 大業拾遺記	賀鑄	點絳脣	見面無多	520	

554	3	068 大業拾遺記	周邦彥	遶佛閣	暗塵四斂	614	◎
555	3	068 大業拾遺記	周邦彥	望江南	歌席上	615	◎
556	3	068 大業拾遺記	陳克	南歌子	畫幃經梅潤	831	◎
557	3	068 大業拾遺記	孫惔	點絳脣	煙洗風梳	1037	◎
558	3	068 大業拾遺記	張元幹	菩薩蠻	天涯客裡秋容晚	1094	
559	3	068 大業拾遺記	呂渭老	好事近	小飲破清寒	1119	◎
560	3	068 大業拾遺記	王之道	水調歌頭	湖上有佳色	1139	
561	3	068 大業拾遺記	洪适	朝中措	西崑常日下雲駢	1377	
562	3	068 大業拾遺記	王千秋	謁金門	春漠漠	1476	
563	3	068 大業拾遺記	姚述堯	鷓鴣天	鳳闕朝回曉色分	1555	
564	3	068 大業拾遺記	姚述堯	減字木蘭花	霜天奇絕	1556	
565	3	068 大業拾遺記	姚述堯	瑞鷓鴣	司花著意惜春光	1556	
566	3	068 大業拾遺記	姚述堯	醜奴兒	山城寂寞渾無緒	1559	
567	3	068 大業拾遺記	姜特立	朝中措	芳林曲徑錦玲瓏	1605	
568	3	068 大業拾遺記	郭世模	浣溪沙	幾點胭脂印指紅	1722	◎
569	3	068 大業拾遺記	李處全	菩薩蠻	四時皆有司花女	1732	◎
570	3	068 大業拾遺記	李處全	西江月	婥婥妝樓紅袖	1733	
571	3	068 大業拾遺記	丘崈	定風波	月殿移根入帝鄉	1750	
572	3	068 大業拾遺記	趙長卿	探春令	彫牆風定	1780	
573	3	068 大業拾遺記	辛棄疾	蝶戀花	意態憨生元自好	1903	◎
574	3	068 大業拾遺記	劉過	滿庭芳	淺約鴉黃	2153	
575	3	068 大業拾遺記	姜夔	疏影	苔枝綴玉	2182	◎
576	3	068 大業拾遺記	汪莘	漢宮春	春色平分	2193	◎
577	3	068 大業拾遺記	韓淲	菩薩蠻	人間多少閒風度	2263	
578	3	068 大業拾遺記	張拭	向湖邊	萬里煙堤	2289	
579	3	068 大業拾遺記	高觀國	浪淘沙	啼魄一天涯	2365	
580	3	068 大業拾遺記	魏了翁	虞美人	無端嫁得龍頭客	2390	
581	3	068 大業拾遺記	方千里	六么令	照人明豔	2501	◎
582	3	068 大業拾遺記	方千里	蝶戀花	一搦腰肢初見後	2504	
583	3	068 大業拾遺記	趙以夫	大酺	正綠陰濃	2660	◎
584	3	068 大業拾遺記	趙以夫	二郎神	野塘暗碧	2671	
585	3	068 大業拾遺記	吳潛	賀新郎	一笑春無語	2743	

586	3	068 大業拾遺記	吳潛	疏影	佳人步玉	2749	
587	3	068 大業拾遺記	周弼	二郎神	浪花皺石	2781	◎
588	3	068 大業拾遺記	王義山	樂語	十樣仙葩天也愛	3066	
589	3	068 大業拾遺記	王奕	賀新郎	試問司花女	3299	◎
590	3	068 大業拾遺記	趙文	鳳凰臺上憶吹簫	白玉磋成	3325	
591	3	068 大業拾遺記	王沂孫	醉落魄	小窗銀燭	3366	
592	3	068 大業拾遺記	仇遠	醉落魄	水西雲北	3398	◎
593	3	068 大業拾遺記	王易簡	慶宮春	庭草春遲	3422	
594	3	068 大業拾遺記	蔣捷	祝英臺	柳邊樓，花下館	3441	◎
595	3	068 大業拾遺記	無名氏	金縷衣	帝遣司花女	3822	◎
596	1	073 無雙傳	無名氏	鵲橋仙	風流仙客	3768	
597	3	074 鄭德璘傳	楊无咎	齊天樂	疏疏數點黃梅雨	1186	
598	3	075 虬鬚客傳	陳亮	水調歌頭	人愛新來景	2100	◎
599	3	075 虬鬚客傳	劉克莊	沁園春	一卷陰符	2594	◎
600	3	075 虬鬚客傳	吳文英	鳳棲梧	湘水煙中相見早	2938	◎
601	3	076 中元傳	黃裳	桂枝香	人煙一簇	372	
602	3	076 中元傳	辛棄疾	賀新郎	高閣臨江渚	1930	◎
603	3	076 中元傳	郭應祥	西江月	歌扇潛回暖吹	2222	◎
604	3	076 中元傳	李昴英	滿江紅	薄冷催霜	2872	
605	3	077 隋煬帝海山記	蘇軾	減字木蘭花	閩溪珍獻	312	◎
606	3	078 隋煬帝迷樓記	賀鑄	吳門柳	嘯度萬松千步嶺	533	
607	3	078 隋煬帝迷樓記	劉一止	望海潮	垂楊深院	795	
608	3	078 隋煬帝迷樓記	陳與義	虞美人	超然堂上閒賓主	1069	
609	3	078 隋煬帝迷樓記	馬子嚴	賀新郎	客裡傷春淺	2067	◎
610	3	078 隋煬帝迷樓記	姜夔	永遇樂	雲隔迷樓	2187	
611	3	078 隋煬帝迷樓記	鄭覺齋	揚州慢	弄玉輕盈	2675	
612	3	078 隋煬帝迷樓記	方岳	風流子	小樓簾不捲	2845	
613	3	078 隋煬帝迷樓記	吳文英	倦尋芳	墜瓶恨井	2923	
614	3	078 隋煬帝迷樓記	李老萊	揚州慢	玉倚風輕	2973	◎
615	3	078 隋煬帝迷樓記	劉溪園	水龍吟	鎮淮樓下旌旗	3319	
616	3	079 隋煬帝開河記	晁補之	減字木蘭花	萍蓬行路	574	

617	3	079 隋煬帝開河記	許庭	臨江仙	不見隋河堤上柳	1349	◎
618	3	079 隋煬帝開河記	陳韡	蘭陵王	角聲切	2487	◎
619	3	079 隋煬帝開河記	吳文英	宴清都	萬壑蓬萊路	2882	
620	3	079 隋煬帝開河記	吳文英	齊天樂	玉皇重賜瑤池宴	2885	
621	3	079 隋煬帝開河記	汪元量	六州歌頭	綠蕪城上	3340	◎
622	3	081 非烟傳	賀鑄	減字木浣溪沙	青翰舟中祓禊筵	536	
623	3	083 鄴侯外傳	劉克莊	解連環	懸弧之旦	2607	◎
624	3	083 鄴侯外傳	劉克莊	賀新郎	萬字如鍼縷	2630	
625	3	085.2 纂異記・韋鮑生妓	晏幾道	生查子	狂花頃刻香	229	◎
626	3	085.2 纂異記・韋鮑生妓	蘇軾	菩薩蠻	玉笙不受朱脣暖	304	◎
627	3	085.2 纂異記・韋鮑生妓	呂渭老	江城子	聞君見影已堪憐	1123	◎
628	3	085.2 纂異記・韋鮑生妓	呂渭老	卜算子	眉爲占愁多	1130	
629	3	085.2 纂異記・韋鮑生妓	虞儔	臨江仙	萬壑千巖秋色裡	2014	
630	3	085.2 纂異記・韋鮑生妓	方千里	宴清都	暮色聞津鼓	2497	
631	2	085.8 張生（妻夢）	賀鑄	更漏子	酒三行	516	
632	2	086.2 甘澤謠・素娥	葛勝仲	西江月	韈鞨斜紅帶柳	722	
633	2	086.2 甘澤謠・素娥	辛棄疾	念奴嬌	洞庭春晚	1948	
634	2	086.2 甘澤謠・素娥	張炎	瑤臺聚八仙	楚竹閒挑	3495	
635	2	086.2 甘澤謠・素娥	張炎	臨江仙	憶得沈香歌斷後	3503	
636	3	086.3 甘澤謠・陶峴	徐積	堪畫看	討得漁竿買得船	214	◎
637	3	086.3 甘澤謠・陶峴	朱敦儒	好事近	眼裡數閒人	854	◎
638	3	086.3 甘澤謠・陶峴	陸游	漁父	鏡湖俯仰兩青天	1600	◎
639	3	086.4 甘澤謠・懶殘	呂渭老	水調歌頭	扁舟思獨往	1121	
640	3	086.4 甘澤謠・懶殘	張鎡	南歌子	種玉能延命	2131	
641	3	086.4 甘澤謠・懶殘	馮取洽	賀新郎	問訊花庵主	2655	◎
642	3	086.6 甘澤謠・圓觀	盧祖皋	木蘭花慢	嫩寒催客棹	2413	

643	3	086.6 甘澤謠・圓觀	劉辰翁	沁園春	成佛生天	3233	
644	3	086.6 甘澤謠・圓觀	劉焌	摸魚兒	笑平生、布帆無恙	3310	
645	3	086.6 甘澤謠・圓觀	周伯陽	春從天上來	浩蕩青冥	3564	
646	3	087.25 傳奇・薛昭	吳文英	解語花	門橫皺碧	2881	
647	3	087.28 傳奇・元柳二公	賀鑄	鴛鴦語	京江抵、海邊吳楚	501	◎
648	4	087.29 傳奇・文簫	張先	夢仙鄉	江東蘇小	64	◎
649	4	087.29 傳奇・文簫	蘇軾	殢人嬌	別駕來時	309	◎
650	4	087.29 傳奇・文簫	黃庭堅	滿庭芳	風力驅寒	414	
651	4	087.29 傳奇・文簫	張元幹	瑞鶴仙	倚格天峻閣	1096	
652	4	087.29 傳奇・文簫	曹勛	瑞鶴仙	小梅凝秀色	1213	
653	4	087.29 傳奇・文簫	史浩	採蓮舞	蕊宮閬苑	1254	
654	4	087.29 傳奇・文簫	張鎡	長相思	晴時看	2127	
655	4	087.29 傳奇・文簫	趙崇嶓	戀繡衾	江煙如霧水滿汀	2833	
656	4	087.29 傳奇・文簫	王義山	樂語	日日傳宣金掌露	3065	
657	4	087.29 傳奇・文簫	陳允平	摸魚兒	倚東風、畫闌十二	3097	
658	4	087.29 傳奇・文簫	劉辰翁	寶鼎現	紅妝春騎	3214	◎
659	4	087.29 傳奇・文簫	陳德武	百字謠	古今明月	3453	
660	4	087.29 傳奇・文簫	張炎	夜飛鵲	林霏散浮暝	3505	
661	4	087.29 傳奇・文簫	申純	念奴嬌	春風情性	3885	
662	4	087.29 傳奇・文簫	申純	于飛樂	天賦多嬌	3886	
663	3	087.3 傳奇・許棲巖	張炎	瑤臺聚八仙	秋水涓涓	3491	
664	4	087.4 傳奇・裴航	晏殊	漁家傲	宿蕊鬥攢金粉鬧	101	◎
665	4	087.4 傳奇・裴航	蘇軾	南歌子	雨暗初疑夜	292	◎
666	4	087.4 傳奇・裴航	李之儀	千秋歲	柔腸寸折	340	◎
667	4	087.4 傳奇・裴航	李之儀	千秋歲	中秋才過	341	
668	4	087.4 傳奇・裴航	陳睦	清平樂	鬢雲斜墜	356	
669	4	087.4 傳奇・裴航	黃庭堅	更漏子	菴摩勒	390	◎
670	4	087.4 傳奇・裴航	鄭僅	調笑轉踏	湲湲流水武陵溪	445	
671	4	087.4 傳奇・裴航	仲殊	蝶戀花	開到杏花寒食近	549	◎

672	4	087.4 傳奇·裴航	晁補之	千秋歲	玉京仙侶	572	◎
673	4	087.4 傳奇·裴航	晁補之	青玉案	三年宋玉牆東畔	576	
674	4	087.4 傳奇·裴航	晁補之	洞仙歌	青煙冪處	582	
675	4	087.4 傳奇·裴航	周邦彥	法曲獻仙音	蟬咽涼柯	602	
676	4	087.4 傳奇·裴航	周邦彥	浪淘沙慢	萬葉戰	628	
677	4	087.4 傳奇·裴航	毛滂	減字木蘭花	暖風吹雪	676	◎
678	4	087.4 傳奇·裴航	毛滂	青玉案	芙蕖花上濛濛雨	680	◎
679	4	087.4 傳奇·裴航	周純	瑞鷓鴣	一痕月色掛簾櫳	700	
680	4	087.4 傳奇·裴航	沈蔚	驀山溪	想伊不住	707	
681	4	087.4 傳奇·裴航	劉一止	青玉案	小山遮斷藍橋路	796	
682	4	087.4 傳奇·裴航	陳克	南歌子	勝日萱庭小	831	◎
683	4	087.4 傳奇·裴航	邵博	念奴嬌	天然瀟灑	896	◎
684	4	087.4 傳奇·裴航	蔡伸	滿庭芳	秦洞花迷	1005	
685	4	087.4 傳奇·裴航	蔡伸	憶瑤姬	微雨初晴	1009	
686	4	087.4 傳奇·裴航	蔡伸	南歌子	蕭寺疏鐘斷	1013	
687	4	087.4 傳奇·裴航	蔡伸	玉樓春	碧桃溪上藍橋路	1022	
688	4	087.4 傳奇·裴航	蔡伸	西地錦	寂寞悲秋懷抱	1023	
689	4	087.4 傳奇·裴航	李彌遜	永遇樂	一水如繩	1051	
690	4	087.4 傳奇·裴航	呂渭老	醉落魄	纖鞋窄襪	1116	◎
691	4	087.4 傳奇·裴航	王之道	一剪梅	風揭珠簾夜氣清	1160	◎
692	4	087.4 傳奇·裴航	楊无咎	夜行船	不假鉛華嫌太白	1202	
693	4	087.4 傳奇·裴航	曾覿	青玉案	乘鸞影裡冰輪度	1323	
694	4	087.4 傳奇·裴航	侯寘	風入松	霏霏小雨惱春光	1429	◎
695	4	087.4 傳奇·裴航	侯寘	浣溪沙	春夢驚回謝氏塘	1437	
696	4	087.4 傳奇·裴航	趙彥端	念奴嬌	姮娥萬古	1461	
697	4	087.4 傳奇·裴航	王千秋	瑞鶴仙	紅消梅雨潤	1472	◎
698	4	087.4 傳奇·裴航	朱雍	亭柳前	養就玄霜圃	1510	
699	4	087.4 傳奇·裴航	范成大	西江月	十月誰云春小	1614	
700	4	087.4 傳奇·裴航	范成大	玉樓春	雲横水繞芳塵陌	1623	
701	4	087.4 傳奇·裴航	范成大	秦樓月	湘江碧	1624	
702	4	087.4 傳奇·裴航	趙磻老	念奴嬌	冰蟾駕月	1629	

703	4	087.4 傳奇・裴航	辛棄疾	念奴嬌	江南盡處	1892	◎
704	4	087.4 傳奇・裴航	陳三聘	念奴嬌	水空高下	2026	◎
705	4	087.4 傳奇・裴航	陳亮	七娘子	風流家世傳張緒	2106	
706	4	087.4 傳奇・裴航	張鎡	眼兒媚	玄霜涼夜鑄瑤丹	2131	◎
707	4	087.4 傳奇・裴航	盧炳	水調歌頭	風馭過姑射	2162	
708	4	087.4 傳奇・裴航	程珌	鷓鴣天	飲罷天廚碧玉觴	2290	
709	4	087.4 傳奇・裴航	鄭域	驀山溪	嫣然一笑	2300	
710	4	087.4 傳奇・裴航	史達祖	菩薩蠻	廣寒夜擣玄霜細	2334	
711	4	087.4 傳奇・裴航	孫居敬	風入松	王孫去後幾時歸	2422	
712	4	087.4 傳奇・裴航	劉克莊	沁園春	莫信人言	2600	◎
713	4	087.4 傳奇・裴航	劉克莊	水龍吟	膚齋不是凡人	2622	◎
714	4	087.4 傳奇・裴航	趙福元	沁園春	珠斗闌干	2652	
715	4	087.4 傳奇・裴航	趙以夫	虞美人	素娥冷淡愁無奈	2674	
716	4	087.4 傳奇・裴航	吳文英	慶春宮	殘葉翻濃	2882	◎
717	4	087.4 傳奇・裴航	吳文英	齊天樂	芙蓉心上三更露	2884	◎
718	4	087.4 傳奇・裴航	吳文英	法曲獻仙音	落葉霞翻	2888	
719	4	087.4 傳奇・裴航	吳文英	荔枝香近	睡輕時聞	2890	◎
720	4	087.4 傳奇・裴航	吳文英	洞仙歌	芳辰良宴	2904	◎
721	4	087.4 傳奇・裴航	吳文英	風入松	春風吳柳幾番黃	2906	
722	4	087.4 傳奇・裴航	利登	齊天樂	淡雲荒草秋汀暮	2986	
723	4	087.4 傳奇・裴航	楊澤民	浣溪沙	芳蕊鬅鬆夾道垂	3005	◎
724	4	087.4 傳奇・裴航	陳著	眞珠簾	綸巾古貌塵寰表	3034	◎
725	4	087.4 傳奇・裴航	陳允平	桂枝香	殘蟬乍歇	3100	
726	4	087.4 傳奇・裴航	陳允平	八寶妝	望遠秋平	3101	
727	4	087.4 傳奇・裴航	陳允平	鷓鴣天	誰向瑤臺品鳳簫	3107	
728	4	087.4 傳奇・裴航	何夢桂	八聲甘州	對芙蓉峰曉	3146	◎
729	4	087.4 傳奇・裴航	黃廷璹	宴清都	墜葉窺檐語	3180	
730	4	087.4 傳奇・裴航	劉辰翁	法駕導引	兒童喜	3234	
731	4	087.4 傳奇・裴航	周密	南樓令	好夢不分明	3283	
732	4	087.4 傳奇・裴航	王沂孫	綺羅香	玉杵餘丹	3356	◎
733	4	087.4 傳奇・裴航	趙必瑑	朝中措	鳳凰臺上聽吹簫	3385	◎

734	4	087.4 傳奇・裴航	趙必瑑	鷓鴣天	湖海相逢盡賞音	3385	
735	4	087.4 傳奇・裴航	陳武德	清平樂	絲絲線線	3459	◎
736	4	087.4 傳奇・裴航	陳武德	踏莎行	聲跡隨風	3462	◎
737	4	087.4 傳奇・裴航	張炎	踏莎行	瑤草收香	3510	◎
738	4	087.4 傳奇・裴航	彭子翔	賀新郎	一點陽春小	3569	
739	4	087.4 傳奇・裴航	丁持正	碧桃春	幾年辛苦搗元霜	3572	
740	4	087.4 傳奇・裴航	無名氏	鼓笛慢	淡煙池館	3603	
741	4	087.4 傳奇・裴航	無名氏	臨江仙	促坐重燃絳蠟	3658	◎
742	4	087.4 傳奇・裴航	無名氏	虞美人	綺疏人把羅衣疊	3686	
743	4	087.4 傳奇・裴航	無名氏	永遇樂	柏頌纔過	3765	◎
744	4	087.4 傳奇・裴航	無名氏	百字謠	太眞姑女	3767	◎
745	4	087.4 傳奇・裴航	無名氏	賀新郎	路入藍橋境	3767	◎
746	4	087.4 傳奇・裴航	無名氏	鷓鴣天	喜氣乘龍步步春	3771	
747	4	087.4 傳奇・裴航	無名氏	清平樂	梅兄梅弟	3776	◎
748	4	087.4 傳奇・裴航	無名氏	千秋歲	園林翠幄	3790	◎
749	4	087.4 傳奇・裴航	黃妙修	浪淘沙	稽首大羅天	3883	
750	4	087.4 傳奇・裴航	申純	菩薩蠻	綠窗深貯傾城色	3885	
751	4	087.4 傳奇・裴航	申純	相思會	脈脈惜春心	3886	◎
752	3	087.7 傳奇・崑崙奴	晏幾道	玉樓春	紅綃學舞腰肢軟	237	◎
753	3	087.7 傳奇・崑崙奴	謝逸	鷓鴣天	桐葉成陰拂畫檐	648	
754	3	087.7 傳奇・崑崙奴	謝逸	鵲橋仙	蝶飛煙草	650	
755	2	088.2 異聞集・韋仙翁	黃庭堅	採桑子	宗盟有妓能歌舞	397	
756	2	088.9 異聞集・櫻桃青衣	蔣捷	瑞鶴仙	紺煙迷雁跡	3436	◎
757	2	088.9 櫻桃青衣	王沂孫	三姝媚	紅纓懸翠葆	3359	◎
758	2	47 湘中怨解	吳文英	齊天樂	麴塵猶沁傷心水	2884	◎
759	4	綜：大業拾遺記、隋煬帝迷樓記	秦觀	望海潮	星分牛斗	454	
760	4	綜：大業拾遺記、隋煬帝開河記	湯恢	八聲甘州	想當年、龍舟鳳艒	2980	
761	4	綜：大業拾遺記、隋煬帝開河記、隋煬帝迷樓記	周邦彥	青房並蒂蓮	醉凝眸	621	◎

762	4	綜：大業拾遺記、隋煬帝開河記、隋煬帝迷樓記	王沂孫	青房並蒂蓮	醉凝眸	3364	◎
763	4	綜：大業拾遺記、霍小玉傳	賀鑄	雨中花令	清滑京江人物秀	509	◎
764	4	綜：古鏡記、枕中記	呂勝己	木蘭花慢	對軒轅古鏡	1761	
765	4	綜：甘澤謠・圓觀、柳毅傳	彭子翔	木蘭花慢	仙家春不老	3570	
766	4	綜：甘澤謠・圓觀、傳奇・裴航、李娃傳	劉將孫	摸魚兒	甚平生、風流謝客	3527	
767	4	綜：李娃傳、周秦行紀	陸游	玉蝴蝶	倦客平生行處	1590	
768	4	綜：李娃傳、鶯鶯傳	劉褒	雨中花慢	縹蒂緗枝	2123	
769	4	綜：周秦行紀、李牟吹笛記	汪元量	滿江紅	一個蘭舟	3338	◎
770	4	綜：枕中記、南柯太守傳	晁補之	水龍吟	水晶宮繞千家	553	◎
771	4	綜：枕中記、南柯太守傳	呂勝己	柳梢青	葉下雲行	1762	◎
772	4	綜：枕中記、南柯太守傳	張鎡	八聲甘州	歎流光迅景	2138	◎
773	4	綜：枕中記、南柯太守傳	劉克莊	念奴嬌	少時獨步詞場	2604	◎
774	4	綜：枕中記、南柯太守傳	劉克莊	念奴嬌	隆乾間事	2606	◎
775	4	綜：枕中記、柳氏傳	無名氏	西地錦	重過黃粱古驛	3689	
776	4	綜：長恨歌傳、大業拾遺記、隋煬帝開河記	汪元量	水龍吟	鼓鞞驚破霓裳	3340	◎
777	4	綜：長恨歌傳、甘澤謠・素娥	張炎	華胥引	溫泉浴罷	3504	
778	4	綜：長恨歌傳、柳氏傳	方千里	浪淘沙	素秋霽	2492	◎
779	4	綜：長恨歌傳、傳奇・文簫	陳允平	憶舊游	又眉峰碧聚	3124	
780	4	綜：長恨歌傳、傳奇・裴航	張先	碧牡丹	步帳搖紅綺	84	◎

781	4	綜：長恨歌傳、傳奇・裴航	李億	念奴嬌	鏡鸞分影	2652	
782	4	綜：長恨歌傳、傳奇・裴航、鶯鶯傳	周密	木蘭花慢	碧霄澄暮靄	3264	◎
783	4	綜：長恨歌傳、傳奇・裴航、鶯鶯傳	張炎	解語花	行歌趁月	3495	◎
784	4	綜：非烟傳、傳書燕	賀鑄	望湘人	厭鶯聲到枕	541	◎
785	4	綜：南柯太守傳、中元傳	陳三聘	滿江紅	天豈無情	2020	
786	4	綜：南柯太守傳、枕中記	趙必𤩪	齊天樂	東南半壁乾坤窄	3380	◎
787	4	綜：柳氏傳、大業拾遺記	蘇軾	蝶戀花	一顆櫻桃樊素口	300	◎
788	4	綜：柳氏傳、李娃傳	賀鑄	雨中花	回首揚州	524	
789	4	綜：柳氏傳、霍小玉傳、長恨歌傳	柳永	尉遲杯	寵佳麗	21	◎
790	4	綜：梅妃傳、長恨歌傳	蔡伸	飛雪滿群山	冰結金壺	1006	
791	4	綜：梅妃傳、傳奇・裴航	劉辰翁	八聲甘州	甚花間、兒女笑盈盈	3224	
792	4	綜：游仙窟、鶯鶯傳	賀鑄	花心動	西郭園林	524	
793	4	綜：湘中怨解、傳奇・裴航	吳文英	淒涼犯	空江浪闊	2927	◎
794	4	綜：隋煬帝迷樓記、大業拾遺記	賀鑄	憶仙姿	柳下玉驄雙鞚	523	◎
795	4	綜：隋煬帝迷樓記、大業拾遺記	賀鑄	思越人	京口瓜洲記夢間	526	
796	4	綜：隋煬帝開河記、大業拾遺記	劉弇	清平樂	東風依舊	453	
797	4	綜：隋煬帝開河記、大業拾遺記	李彭老	法曲獻仙音	雲木槎枒	2969	◎
798	4	綜：隋煬帝開河記、大業拾遺記、南柯太守傳	趙希邁	八聲甘州	寒雲飛萬里	2692	◎
799	4	綜：隋煬帝開河記、柳氏傳	曹勛	竹馬子	喜韶景纔回	1218	◎
800	4	綜：傳奇・文簫、傳奇・裴航	陳允平	感皇恩	體態玉精神	3121	◎

801	4	綜：傳奇・文簫、傳奇・裴航	陳允平	滿路花	寒輕菊未殘	3127	◎
802	4	綜：傳奇・江叟、李牟吹笛記	陸游	風入松	十年裘馬錦江濱	1598	
803	4	綜：傳奇・裴航、長恨歌傳	蔡伸	滿庭芳	鸚鵡洲邊	1005	◎
804	4	綜：傳奇・裴航、傳奇・文簫	孫惟信	夜合花	風葉敲窗	2485	
805	4	綜：傳奇・裴航、傳書燕	孫惟信	晝錦堂	薄袖禁寒	2485	◎
806	4	綜：傳奇・裴航、傳書燕	申純	擷芳詞	月如年	3885	
807	4	綜：傳奇・裴航、鶯鶯傳	史達祖	玉簟涼	秋是愁鄉	2339	
808	4	綜：傳書燕、大業拾遺記	周密	浪淘沙	淺色初裁試暖衣	3267	◎
809	4	綜：鄴侯外傳、甘澤謠・懶殘	劉克莊	沁園春	有箇頭陀	2595	◎
810	4	綜：霍小玉傳、李牟吹笛記	仇遠	八犯玉交枝	滄島雲連	3403	
811	4	綜：霍小玉傳、長恨歌傳	賀鑄	減字浣淘沙	浮動花釵影鬢煙	536	◎
812	4	綜：霍小玉傳、長恨歌傳	趙與洽	摸魚兒	甚幽人、被花勾引	2470	
813	4	綜：霍小玉傳、纂異記・韋鮑生妓	向子諲	鷓鴣天	召埭初逢兩妙年	956	◎
814	4	綜：纂異記・韋鮑生妓、大業拾遺記	蘇軾	浣溪沙	學畫鴉兒正妙年	318	
815	4	綜：鶯鶯傳、大業拾遺記	賀鑄	綺筵張	綺繡張筵	515	◎
816	4	綜：鶯鶯傳、李牟吹笛記、離魂記、傳書燕	吳文英	滿江紅	結束蕭仙	2877	◎
817	4	綜：鶯鶯傳、長恨歌傳	楊澤民	玉燭新	梨花寒食後	3013	◎

附錄四　宋詞取材〈長恨歌〉詩句作品列表

編號	作　者	詞　　牌	起　　句	頁數	備註
1	張先	武陵春	每見韶娘梳鬢好	80	
2	晏殊	撼庭秋	別來音信千里	88	
3	晏殊	玉樓春	綠楊芳草長亭路	94	
4	歐陽脩	長相思	深花枝	123	
5	歐陽脩	漁家傲	三月芳菲看欲暮	131	
6	蔡伸	飛雪滿群山	絕代佳人	138	
7	杜安世	鳳棲梧	新月羞光影庭樹	185	
8	晏幾道	鷓鴣天	一醉醒來春又殘	223	
9	晏幾道	清平樂	西池煙草	231	
10	王觀	天香	霜瓦鴛鴦	260	
11	蘇軾	水龍吟	小舟橫截春江	278	
12	蘇軾	木蘭花令	知君仙骨無寒暑	283	
13	蘇軾	南鄉子	東武望餘杭	291	
14	蘇軾	蝶戀花	簾外東風交雨霰	301	
15	蘇軾	菩薩蠻	風迴仙馭雲開扇	304	
16	蘇軾	菩薩蠻	玉鐶墜耳黃金飾	321	
17	黃庭堅	南歌子	槐綠低窗暗	410	
18	晁端禮	清平樂	朦朧月午	431	
19	秦觀	風流子	東風吹碧草	456	
20	秦觀	阮郎歸	瀟湘門外水平鋪	463	
21	秦觀	調笑	回顧	464	
22	王安中	蝶戀花	剪蠟成梅天著意	478	
23	仲殊	訴衷情	湧金門外小瀛洲	549	
24	晁補之	望海潮	人間花老	560	
25	周邦彥	氐州第一	波落寒汀	606	
26	周邦彥	醜奴兒	肌膚綽約真仙子	610	
27	周邦彥	歸去難	佳約人未知	612	
28	謝逸	江神子	一江秋水碧灣灣	650	
29	毛滂	惜分飛	淚溼闌干花著露	677	
30	毛滂	夜行船	寒滿一衾誰共	681	

31	謝薖	念奴嬌	綠雲影裡	705	
32	趙子發	虞美人	飛雲流水來無信	740	
33	王庭珪	臨江仙	簾外東風吹斷夢	817	
34	朱敦儒	鷓鴣天	唱得梨園絕代聲	843	
35	周紫芝	臨江仙	水遠山長何處去	888	
36	趙佶	臨江仙	過水穿山前去也	897	
37	張綱	鳳棲梧	緩帶垂紅雙侍女	924	
38	向子諲	生查子	春山和恨長	974	
39	李子正	減蘭十梅・雨	瀟瀟細雨	996	
40	蔡伸	虞美人	飛梁石徑關山路	1012	
41	柳富	最高樓	人間最苦	1041	
42	李彌遜	菩薩蠻	風庭瑟瑟燈明滅	1055	
43	張元幹	浣溪沙	目送歸州鐵甕城	1085	
44	鄧肅	臨江仙	帶雨梨花看上馬	1105	
45	鄧肅	蝶戀花	執手長亭無一語	1110	
46	呂渭老	情久長	鎖窗夜永	1113	
47	呂渭老	滿江紅	笑語移時	1114	
48	呂渭老	燕歸梁	樓外東風杜宇聲	1119	
49	董穎	薄媚	窣湘裙	1166	
50	董穎	薄媚	哀誠屢吐	1167	
51	吳億	燭影搖紅	樓雪初消	1176	
52	楊无咎	鷓鴣天	湖上風光直萬金	1201	
53	曹勛	宴清都	晝幕明新曉	1209	
54	史浩	採蓮	霞霄上	1250	
55	史浩	水龍吟	翠空縹緲虛無	1271	
56	史浩	永遇樂	鄞有壺天	1271	
57	李石	搗練子	紅粉裡	1302	
58	王十朋	點絳脣	春色融融	1352	
59	韓元吉	鷓鴣天	山繞江城臘又殘	1394	
60	朱淑貞	江城子	斜風細雨作春寒	1405	
61	朱淑貞	月華清	雪壓庭春	1408	
62	侯寘	菩薩蠻	霓裳舞罷難留住	1433	
63	趙彥端	鷓鴣天	雲暗青絲玉瑩冠	1462	

64	洪邁	十二時	璧門雙闕轉蒼龍	1489	
65	林仰	少年遊	霽霞散曉月猶明	1513	
66	姚述堯	西江月	雅淡輕盈如語	1557	
67	姚述堯	醜奴兒	曉來佳氣穿簾幕	1559	
68	耿時舉	喜遷鶯	暮春清晝	1562	
69	管鑒	醉落魄	天教百媚生	1571	
70	周必大	點絳脣	秋夜乘槎	1608	
71	范成大	浣溪沙	傾坐東風百媚生	1612	
72	王質	滿江紅	慘淡輕陰	1643	
73	沈端節	鵲橋仙	懷人意思	1680	
74	沈端節	洞仙歌	雪肌花貌	1682	
75	趙長卿	菩薩蠻	西風轉柂蒹葭浦	1798	
76	趙長卿	點絳脣	瓦濕鴛鴦	1801	
77	張良臣	采桑子	佳人滿勸金蕉葉	1826	
78	廖行之	賀新郎	修月三千戶	1835	
79	京鏜	滿江紅	雨後晴初	1845	
80	楊冠卿	柳梢青	紅藥翻階	1863	
81	楊冠卿	小重山	一笑回眸百媚生	1864	
82	辛棄疾	摸魚兒	望飛來、半空鷗鷺	1868	
83	辛棄疾	賀新郎	鳳尾龍香撥	1890	
84	辛棄疾	賀新郎	鳥倦飛還矣	1901	
85	辛棄疾	南歌子	隔戶語春鶯	1908	
86	辛棄疾	水龍吟	老來曾識淵明	1931	
87	辛棄疾	菩薩蠻	紅牙籤上群仙格	1967	
88	程垓	洞庭春色	錦字親裁	1991	
89	劉過	水龍吟	謫仙狂客何如	2150	
90	盧炳	滿江紅	罨畫池亭	2169	
91	趙昂	婆羅門引	暮霞照水	2215	
92	郭應祥	鷓鴣天	方是閒堂壽宴開	2221	
93	郭應祥	謁金門	香篆裊	2233	
94	韓淲	浣溪沙	一曲霓裳舞未終	2241	
95	韓淲	蝶戀花	斜日清霜山薄暮	2248	
96	汪晫	賀新郎	夜對燈花語	2287	

97	史達祖	玉樓春	玉容寂寞誰爲主	2327	
98	高觀國	金人捧露盤	楚宮閒	2350	
99	淨圓	望江南	西方好	2431	
100	曾揆	謁金門	深院寂	2477	
101	黃機	摸魚兒	惜春歸、送春惟有	2531	
102	黃機	鵲橋仙	黃花似鈿	2537	
103	張輯	疏簾淡月	梧桐雨細	2551	
104	劉克莊	沁園春	遼鶴重來	2596	
105	趙以夫	喜遷鶯	梁苑吟新	2664	
106	趙令畤	浣溪沙	一朵夢雲驚曉鴉	2665	
107	趙以夫	滿江紅	傾國精神	2671	
108	張榘	賀新涼	匹馬鍾山路	2684	
109	吳潛	蝶戀花	澹白輕黃純雅素	2762	
110	周晉	點絳脣	午夢初回	2775	
111	周申	壺中天	秋來兩日	2853	
112	史可堂	聲聲慢	羞朱妒粉	2861	
113	吳文英	浪淘沙慢	夢仙到、吹笙路杳	2890	
114	吳文英	江神子	翠紗籠袖映紅霏	2905	
115	吳文英	鶯啼序	橫塘棹穿豔錦	2908	
116	吳文英	滿江紅	露浥初笑	2933	
117	李彭老	探芳訊	對芳晝	2970	
118	楊澤民	瑞龍吟	城南路	3000	
119	陳著	水龍吟	百花開遍園林	3048	
120	王義山	四角唱	風吹仙袂飄飄舉	3061	
121	陳允平	芳草渡	芳草渡	3134	
122	何夢桂	喜遷鶯	留春不住	3147	
123	譚宣子	側犯	素秋漸爽	3167	
124	劉辰翁	太常引	便晴也是不曾晴	3198	
125	劉辰翁	鵲橋仙	天香吹下	3200	
126	劉辰翁	酹江月	團圓桂影	3209	
127	劉辰翁	六州歌頭	向來人道	3222	
128	劉辰翁	水調歌頭	不成三五夜	3237	
129	周密	南樓令	開了木芙蓉	3283	

130	文天祥	滿江紅	試問琵琶	3306	
131	劉壎	天香	雨秀風明	3334	
132	汪元量	憶王孫	離宮別苑草萋萋	3342	
133	王清惠	滿江紅	太液芙蓉	3344	
134	張瓊英	滿江紅	太液芙蓉	3348	
135	王沂孫	鎖窗寒	出谷鶯遲	3362	
136	仇遠	眼兒媚	傷春情味酒頻中	3396	
137	劉氏	沁園春	我生不辰	3420	
138	陳德武	玉蝴蝶	好是春光秋色	3460	
139	張炎	瑤臺聚八仙	老圃堪嗟	3499	
140	張炎	鷓鴣天	樓上誰將玉笛吹	3511	
141	無名氏	雲鬢鬆令	鬢雲鬆	3602	
142	無名氏	喜遷鶯	一陽初起	3614	
143	無名氏	浪淘沙	雪裏暗香濃	3644	
144	無名氏	巫山	千里	3647	
145	無名氏	調笑集句	非霧	3648	
146	無名氏	最高樓	司春有序	3676	
147	無名氏	虞美人	秋深猶帶秋初熱	3835	
148	無名氏	烏夜啼	都無一點殘紅	3836	
149	無名氏	惜寒梅	看盡千花	3841	
150	申純	石州引	懊恨東君	3884	
151	陳妙常	楊柳枝	襄王夢裡雨雲期	3892